to

fiction

to 123

搖擺時代

Swing Time

作者：莎娣・史密斯 Zadie Smith

譯者：黃意然

責任編輯：張立雯

美術設計：許慈力

法律顧問：董安丹律師、顧慕堯律師

出版者：大塊文化出版股份有限公司

台北市105022南京東路四段25號11樓

www.locuspublishing.com

讀者服務專線：**0800-006689**

TEL：(02) 87123898　FAX：(02) 87123897

郵撥帳號：18955675　戶名：大塊文化出版股份有限公司

總經銷：大和書報圖書股份有限公司

地址：新北市新莊區五工五路2號

TEL：(02) 89902588　FAX：(02) 22901658

初版一刷：2021年5月

定價：新台幣550元

Printed in Taiwan

搖擺時代

ZADIE SMITH

莎娣・史密斯——著　黃意然——譯

【國際佳評】

☆入圍美國國家書評人協會獎小說獎及洛杉磯時報圖書獎決選名單

☆獲《紐約時報》、《大西洋雜誌》、《哈潑時尚》、《國家郵報》、《科克斯書評》、《西雅圖時報》、亞馬遜網站、全美公共廣播電台、《華盛頓郵報》、《書目雜誌》、《時代雜誌》、《經濟學人》、《英國電訊報》、《新聞日報》、《洛杉磯時報》、《衛報》、《舊金山紀事報》、《今日美國》、《美國公共電視新聞時刻》、《聖路易郵訊報》、《魅力雜誌》、BookPage書評網、BuzzFeed、《Slate雜誌》、《赫芬頓郵報》、《君子雜誌》、《悅己Self雜誌》、《密爾瓦基哨兵日報》、PopSugar、電子文學、《Elle雜誌》——等媒體及網路平台選為年度最佳圖書

「史密斯近十年來最感人的小說，敏銳地聚焦在她最喜歡的主題：努力將迥然相異的經歷主線編織成連貫的自我故事……小說的結構對於記憶的印象感覺很真實，就像我們利用過去當成現在的壓艙石那樣，另外多變的身分結構也感覺很真實，當我們回想早年生活的某些片段、封鎖其他的片段時，那個複雜、複合的『我們』很容易改變、打破再重塑。」——亞麗珊卓・施瓦茨，《紐約客》

「史密斯是現存非常優秀的批評家，她將她的散文中富有啟發性、感染力的觀點轉換成《搖擺時代》……《搖擺時代》是搭配小說的批評，如同譜上樂曲的舞蹈，兩者互相襯托，為彼此增添生氣。」——《大西洋雜誌》

「史密斯令人興奮的文化洞察力從來沒有遮蔽她筆下人物的整體性，她對人物的觀察非常敏銳，讓人覺得她是親眼目睹了他們的生活。」——《O：歐普拉雜誌》

「熱情洋溢……一本機敏、具有推進力的成長小說……史密斯的幽默既尖銳又詭祕，她用矛頭串起各種各樣的目標，包括缺乏幽默感、氣量狹小的社運積極分子和名人文化過度膨脹的自以為重要。」——《舊金山紀事報》

「精心編織且富有黑人文化情感。」——莉娜．丹恩，《Lenny 新聞通訊》

「具有豐富文化、全球意識，以及政治的敏銳度……莎娣．史密斯不僅是文采令人驚豔的作家，也是個陷阱設計精巧、善於編織主題的說故事高手，這本《搖擺時代》是莎娣．史密斯極為出色的作品。」——《新聞日報》

「引人入勝。」——《芝加哥論壇報》

「這個故事非常具有感染力，描述了幾段遭到祕密、未發揮的潛力、不公平的世界所破壞的人生，但是（史密斯）將這故事與另一個人們用跳舞來超越一切的美麗故事交織在一起。」——《經濟學人》

「莎娣．史密斯繼續留下用敏銳洞察力所描繪的精心挑選的現代生活片段，是無與倫比的文化力量……感受強烈地探究友誼、種族、名聲、母性，以及我們的起源將永遠決定我們的命運此一無可避免的真理。」——《哈潑時尚》

「史密斯在書頁中素以熱情著稱，而在這個描寫女性友誼的細膩故事裡史密斯充滿了活力與狂熱……《搖擺時代》積極地審視了令人費解的種族、階級與流行文化。」——《多倫多生活》

「史密斯有能力捕捉到這種（童年）關係的殘忍與脆弱，這點與義大利作家埃琳娜．費蘭特相似。」——《波士頓環球報》

「不只是一段友誼，還有我們整個瘋狂、不公的世界全都在史密斯出色、精確的觀察之下。」——《紐約雜誌》

「敘述者真摯的語調掩蓋了這本小說結構的複雜度與密度。每個場景、每個特質都非常成功。」——《時代雜誌》

目錄

當音樂改變，舞蹈也隨之變化。

——豪沙族諺語

前言

這是我蒙受恥辱的第一天：送上回英國的飛機遣返老家，安排住進聖約翰伍德的臨時租屋處。公寓位在八樓，窗戶望出去是板球場。我想會挑這間公寓是因為有門衛，阻擋了任何打探。我待在屋子裡。廚房牆上的電話響了又響，但是我得到警告不許接聽，自己的手機也不准開。我看人家打板球，看得一頭霧水，無法真正轉移注意力，但還是勝過盯著這間一切都設計得十分中性的豪奢公寓內裝：所有顯而易見的角落都設計成弧形，iPhone似的。板球結束後，我端詳嵌在牆內的時髦咖啡機和兩張佛像的照片——一尊是黃銅菩薩、另一尊是木雕的——以及一張一頭大象跪在一個印度小男孩旁邊、男孩也跪著的照片。房間全是雅致的灰色，之間嶄新的走廊鋪著棕褐色羊毛線氈。我盯著羊毛線上的隆起。

兩天就這樣過去。第三天，門衛打電話上來說門廳沒人了。我看了一下放在流理臺上的手機，仍設定在飛航模式。我已經離線七十二小時，還記得自己覺得這可算是當代堅忍克己、精神耐力的典範。我穿上夾克到樓下去，在大廳遇見了門衛，他趁機大發牢騷（妳不知道過去幾天這下面的情況，簡直像該死的皮卡迪利圓環！）儘管他的心態顯然很矛盾、甚至有點失望：騷動平息下來讓他很遺憾，畢竟在過去四十八小時他自覺是個重要人物。他自豪地跟我說，他叫好幾個人「改改他們的態度」，告訴某些人如果他們以為能夠闖過他這一關「那可就大錯特錯了」。我靠在他的辦公桌上聽他說話。離開英國太久了，許多簡單的口語如今聽起來很奇怪、近乎荒謬。我問他覺得晚上會不會有更多人來，他不這麼認為，因為從昨天起就沒人來過。我想知道如果有訪客來過夜是否安全。「我看不出來會有什麼問題，」他說，口氣讓我覺得自己的問題很蠢。「總是有後門嘛。」他嘆口氣。這時有個女人停下來問他，能否在她外出時幫她收乾洗回來的衣服，態度無禮、不耐，說話時眼睛也不看他，只是盯著他桌上的日曆，一個附有數位螢幕的灰色方塊，告知站在螢幕前的人現在的確切時刻，精確到秒。今天是二〇〇八年十月二十五日，時間是十二點三十六分二十三秒。我轉身離開；門衛應付了那女人後，連忙從桌後走出來為我打開前門。他問我要去哪裡，我回說不知道。我走進城市。這是個完美的倫敦秋日午后，寒冷但明媚，在某些樹下有金黃的落葉。我走過板球場和清真寺，經過杜莎夫人蠟像館，順著古奇街往上走，再走下托特納姆宮路，穿過特拉法加廣場，最後發現自己到了堤岸，接著過橋。我想到了兩個年輕人，還是學生——走過這條橋時我經常想到他們——有天深夜他們在橋上遇到搶劫並被扔出欄杆外，掉進泰晤士河裡。一人倖存一人死亡。我始終想不通那人是如何活下來的，在漆黑的嚴寒、可怕的驚嚇中，腳上還穿著鞋子。一想到他，我就堅持走在橋的右手邊，靠近鐵路線，避免看向河水。抵達南岸後首先映入眼簾的是一張海報，宣傳下午一場與奧地利電影導演的「對談」活動，將於二十分鐘後在皇家節日音樂廳展開。我一時興起決定試著買張票。我走過去，還買得到頂層樓座最後一排的位子。我並未抱著太高的期望，只想暫時轉移注意力，別去想自己的問題，坐在黑暗中，聽他們討論我從未看過的電影。然而到節目中間時，導演請採訪者播放電影《搖擺時代》（*Swing*

Time）裡的片段。這部電影我很熟，孩提時代看過一遍又一遍。我在座位上坐直了身子。眼前的大螢幕上，佛雷・亞斯坦（Fred Astaire）與三個剪影共舞。可是他們跟不上他，節奏開始混亂。最後他們認輸，揮舞三隻左手擺出非常美式的「呸」手勢，然後走下舞臺。亞斯坦一個人繼續跳。我知道三個影子也全是佛雷・亞斯坦。我小時候就知道了嗎？沒有別人會像那樣扒抓空氣，也沒有其他舞者像那樣子彎曲膝蓋。這時導演談到他對「純粹電影」的觀點，他將「純粹電影」定義為「光影之間相互作用，表現成一種節奏，隨著時間變化」，但我覺得這種思路既無聊又難懂。在他背後，同一段影片不知何故又播放了一次，我的雙腳隨著音樂節奏輕敲前面的座位；感覺身體格外輕盈，似乎突然湧起一種莫名的愉快。我失去了工作、某種形式的生活、隱私，然而比起看佛雷跳舞、身體跟上他精確的節奏所帶來的愉悅，那些事情都顯得微不足道。我感覺找不到自己肉體的位置，浮到身體上方盤旋，從非常遙遠的地方俯瞰我的人生。這讓我想到人家描述吸食迷幻藥的經驗。我同時看遍自己過往的所有歲月，然而這些歲月並非一段經歷又一段經歷地層層堆積，築成某種實質的東西，恰恰相反。真相攤開在我面前：我總是試圖依附於他人的光芒，從來沒有自己的光。我感受到自己宛如某種影子。

活動結束後，我穿過城市走回公寓，打電話給在附近咖啡館等候的拉明，告訴他警報解除。他也被掃地出門，但我沒讓他回塞內加爾的家，而是把他帶到倫敦這裡。十一點時他來了，穿著連帽上衣，以免有照相機。大廳沒人。戴著兜帽的他看起來甚至更年輕迷人，至於我，發現心中對他沒有真正的感情似乎有點可恥。事後，我們並肩躺在床上，各自抱著筆記型電腦，為了逃避查看電子郵件，我利用谷歌上網搜尋，起先漫無目的，後來有了目標：我要尋找《搖擺時代》的那段影片。我想秀給拉明看，我很好奇想知道他的看法，他本身現在是位舞者，但是他說他不曾看過或聽過亞斯坦。當那段影片播放時，他在床上坐直身體皺起眉頭。我幾乎不明白我們在看什麼：黑臉的佛雷．亞斯坦。在皇家節日音樂廳時，我坐在頂層樓座又沒戴眼鏡，而且這一幕開場是從遠景拍攝亞斯坦。但是這些都無法真正解釋我如何將兒時的影像從記憶中抹去：翻白的眼珠、白手套、柏貞格式的咧嘴笑。我覺得自己非常愚蠢，闔上筆電睡覺。隔天早晨我很早醒來，把拉明留在床上，急著到廚房去打開手機。我預期會有數百封訊息，甚至數千，但是只有也許三十。艾咪曾經一天寄給我上百封訊息，而今我終於領悟到艾咪再也不會發給我任何訊息了。我為何花這麼長的時間才明白如此明顯的事實，我不知道。我往下捲動令人沮喪的清單——一個遠房親戚、幾個朋友、好幾名記者。我發現一個標題是：**婊子**。那封訊息的郵件地址是由毫無意義的數字與字母組成，附件的影片無法打開。訊息正文只有一句話：現在所有人都知道妳的真面目了。這是抱持堅定的正義信念、滿懷惡意的七歲小女孩可能會寫的那種留言。當然——倘若你能夠忽視時光的流逝——這封信的本質正是如此。

第一部

早年

一

倘若可以將一九八二年所有的星期六想成是一天，我在那週六的上午十點遇見了崔西，我們走過布滿砂礫的教堂墓地，各自牽著母親的手。在場還有很多其他女孩，但是由於顯而易見的原因，我們注意到彼此相似與相異之處，女孩們總是會如此。我們的棕色膚色完全一樣——彷彿兩人是由同一片棕褐色材料裁剪製造出來——雀斑聚集在相同的部位，身高也一樣。可是我的臉型長、表情憂鬱，鼻子過長，外眼角下垂，嘴角也是；崔西的臉型圓、表情活潑，看起來像膚色較深的秀蘭．鄧波兒[1]，只除了她的鼻子和我的一樣有問題——我一眼就看出來了。她的鼻子很可笑，直翹向天空像隻小豬，可愛但是粗俗：鼻孔永遠外露。鼻子方面我們可以說是平手。但頭髮方面她就大獲全勝。她有一頭長及臀部的螺旋鬈髮，紮成兩條長辮子，抹了某種油因此平滑而有光澤，尾端綁著黃色絲綢蝴蝶結。黃色絲綢蝴蝶結是我母親不解的現象。她把我的大鬈髮往後梳成一團，用黑色髮帶綁起來。母親是女性主義者，留著半吋長的爆炸頭，她的頭型完美，從不化妝，並且將我們兩人打扮得盡可能簡單樸素。當妳長得像擁有絕世美貌的埃及王后娜芙蒂蒂，頭髮就不重要了。她不需要化妝品、首飾，或昂貴的衣服，這樣一來她的經濟狀況、政治見解，和審美觀念也正巧搭配得天衣無縫。配飾，包括她身邊馬臉的七歲孩子，只會局限她的風格，至少當時我這麼認為。我打量崔西診斷出相反的問題：她母親是白人，身材肥胖，患有痤瘡；她將稀疏的金髮緊緊束在腦後，我知道母親會稱之為「基爾本拉皮術」。然而崔西的個人魅力是解決之道：她是她母親最引人矚目的配飾。她們一家的外形雖然不合我母親的喜好，我卻覺得十分迷人：各式各樣的商標、錫手鐲和圓耳環、鑲了仿鑽的一切，以及昂貴的運動鞋——就是我母親拒絕承認實際存在於世界上的那種——「那不是鞋子」。不過，儘管有外在差異，我們兩家卻沒太多可選擇的：我們都來自住宅區，都沒有接受過救濟金（對我母親而言是件值得驕傲的事，對崔西的母親來說則是豈有此理；她試過很多次想「得到殘疾補助」，都失敗了。）在我母親看來，正是這些表面上的相似處使得品味問題更加重要。她的穿著打扮是為了尚未到來、而她預期將會來臨的未來。她就是為此穿著純白的亞麻長褲、藍白條紋的「布列塔尼」T恤、磨損的草編鞋，並留著不加修飾、美麗的非洲頭——一切都如此的樸素、低調，完全不符合時代的精神，與當地格格不入。總有一天我們會「離開這裡」，她會完成學業，成為真正的激進名流，或許甚至與安潔拉．戴維斯[2]及葛洛莉亞．史坦能[3]相提並論……草底鞋是這大膽願景的一部分，隱晦地指向更崇高的概念。我是件配飾，這是僅就我的樸素表示令人欽佩的母性克制而言，因為在母親

1 Shirley Temple, 1928-2014，享譽全球的美國傳奇童星及外交官，全世界第一位獲得奧斯卡獎的童星，甘迺迪中心榮譽獎得主。
2 Angela Davis, 1944-，一九六〇年代美國著名的政治活動家與激進人士。
3 Gloria Steinem, 1934-，美國女權運動先驅。

渴望加入的圈子裡認為把女兒打扮成小婊子是品味低俗的表現，然而崔西穿戴的那些令人興奮的黃色蝴蝶結、有許多華麗皺褶飾邊的裙子，以及露出幾吋孩童胡桃色腹部的中空裝，卻坦然成為她母親的渴望與化身，她唯一的喜悅。當我們在一對對母女進入教堂的瓶頸路段緊貼著她們的時候，我饒有興趣地看著崔西的母親將女兒推在身前，擠到我們前面，利用她自己的身體作為阻擋手段，晃動手臂上的肌肉擊退我們，直到進入伊莎貝爾小姐的舞蹈教室，露出一臉驕傲與熱切的表情，準備好將她的心肝寶貝暫時交給別人照顧。相較之下，我母親的態度是厭煩、半嘲諷地屈從，她認為上舞蹈班很愚蠢，她有更重要的事情要做——因此過了幾個星期六之後，就改成由我父親接手。在她來的期間，她總是頹坐在左手牆邊那一排塑膠椅上，幾乎無法克制對這整個活動的鄙視。我等待崔西的父親接手，他則始終不曾現身。結果如我母親立即猜到的，「崔西的父親」並不存在，至少沒有符合傳統有婚姻關係的父親。這也是品味低俗的例證。

二

現在我想描述一下教堂和伊莎貝爾小姐。一幢樸實無華的十九世紀建築，正面是大塊的砂岩，頗像你在狀況更差的房舍會看到的廉價包覆層——雖然不可能是那樣——令人滿意的尖塔聳立在簡樸如穀倉的內部頂上；這間名為聖克里斯多福的教堂，看起來就像我們唱童謠時用手指搭出來的教堂：

這是教堂
這是尖塔
打開門
所有人都在這兒

彩繪玻璃講述的是聖克里斯多福將年幼的耶穌扛在肩上渡河的故事，做工十分差勁：聖人看起來殘缺不全、只剩獨臂。原本的窗戶在戰時炸毀了。矗立在聖克里斯多福教堂對面的是棟聲名狼藉的高樓住宅，崔西就住在那裡。（我家是在下一條街上，環境略微好些，低樓層。）那棟高樓建於六零年代，取代損毀教堂的同一次轟炸中、一排被夷為平地的維多利亞時代房屋，不過兩棟建築物之間的關係也就到此為止。教堂無法吸引居民為了上帝到馬路對面來，於是做出務實的決定，開始經營其他領域：幼童的托兒所、提供給非母語人士的英文課程、駕訓班。這些都很受歡迎、確立已久，但星期六早上的舞蹈班是新增的，沒人清楚是怎麼回事。課程本身的費用是兩英鎊五十便士，而媽媽們之間流傳著關於芭蕾舞鞋行情的謠言，有個婦人聽說是三英鎊，另一個說是七英鎊，某某人發誓只有到柯芬園的弗里德才買得到，在那裡他們一看到你就索價十英鎊。那還有「踢踏舞」和「現代舞」要怎麼辦？可以穿芭蕾舞鞋跳現代舞嗎？現代舞是什麼？沒有人可問，沒有人已經上過課，大家都被難倒了。很少有母親的好奇心擴展到撥打釘在本地樹上自製傳單的電話號碼。很多或許能成為優秀舞者的女孩就因為害怕一張自製傳單，始終沒有跨越馬路。

我母親屬於少數人：自製傳單嚇不倒她。她對中產階級的行為模式有著驚人的直覺。比方說，她知道在後車廂二手拍賣會——儘管名稱聽來毫無指望——可以找到素質較高的人，還有他們的舊企鵝平裝書，有時候有歐威爾[4]的作品、舊的瓷藥盒、有裂紋的康沃爾陶器、廢棄不用的轆轤：我們公寓裡擺滿了這些東西。我們沒有閃耀著假露水的塑膠花，沒有水晶小雕像。這全是計畫的一部分。所有我討厭的東西，例如母親的草編鞋，通常對我們想要吸引的那種人來說都富有魅力，因此我學會不去質疑她的方式，即使她的做法令我滿心羞愧。在舞蹈班預計開課的一星期前，我聽見她在狹長廚房裡裝出高雅的語調，但是等掛斷電話時她得到了所有的答案：假如到購物中心而不是上市區去買的話，五英鎊就能買到芭蕾舞鞋，另外踢踏舞鞋可以稍後再買。跳現代舞可以用芭蕾舞鞋。現代舞是什麼？她沒問。她願意扮演關心的家長，但是永遠、絕對不扮無知的人。

父親被派去買鞋。皮革的粉紅色比我希望的要來得淺，看起來像小貓的肚子，鞋底則像骯髒灰色的貓舌，而且沒有繫在腳踝處交叉的粉紅長緞帶，沒，只有一小條可憐的鬆緊帶，那還是父親自己縫上去的。我對此極為不滿，但或許就像草編鞋，這是故意「簡單」大方？我可以堅持抱著這個想法，直到進入大廳後，老師吩咐我們在塑膠椅旁換上舞衣，然後到對面牆邊的把桿那裡。幾乎所有人都穿粉紅綢緞舞鞋，而不是我擺脫不了的淺粉小豬皮舞鞋，還有些女孩據我所知家裡依靠救濟金過活，或者沒有父親，或兩種情況皆有，她們的舞鞋卻有著在腳踝處交叉的長長緞帶。崔西站在我旁邊，左腳在她母親手中，她兩種都有：深粉紅色的綢緞和交叉的綁帶，另外還有整件芭蕾舞裙，其他人根本沒考慮到這個可能性，簡直像穿著潛水衣出現在第一堂游泳課上。伊莎貝爾老師，當時，長相和藹可親，但是有點年紀，大概四十五歲吧，真是令人失望。她的體格結實，看起來更像農夫的妻子而非芭蕾舞者，渾身上下淨是粉紅與黃、粉紅與黃。她的頭髮是黃色，不是金黃，而是像金絲雀的黃。皮膚非常粉紅，如磨破皮的粉紅，現在想來她很可能是患了紅斑痤瘡。她的緊身衣是粉紅色，運動長褲是粉紅色，外頭套著的芭蕾舞保暖罩衫是粉紅色的馬海毛，但鞋子是黃色的絲綢，色調同她的頭髮一樣。我對這點也很不滿，從來沒有人提到黃色！在她旁邊的角落裡，有個非常老的白種男人戴著短檐紳士帽，坐在直立式鋼琴

4 George Orwell, 1903-1950，英國左翼作家、新聞記者及社會評論家，最著名的作品為《動物農莊》和《一九八四》。

前彈奏〈日日夜夜〉（Night and Day），一首我很喜愛的歌曲，我為自己認得出來感到驕傲。這些老歌是從我父親那裡聽來，我祖父曾經是個熱心的酒吧駐唱歌手那一類的人——至少我父親是如此相信——他所犯的小罪，起碼有一部分，展現了某種未能發揮的創新天賦。那位鋼琴伴奏名叫布思先生。我跟著他的演奏大聲哼唱，並在哼唱中加入大量顫音，希望有人聽到。我唱歌比跳舞來得好——絲毫不是當舞者的料——雖然我對自己的歌唱非常自豪，卻多多少少知道母親很討厭這一點。我天生善於唱歌，而女性天生就會的東西母親都認為沒什麼了不起。在她看來妳倒不如為呼吸、走路，或生育感到自豪。

我們的母親充當我們的平衡架、腳踏板。我們一手搭在她們的肩上，一腳擱在她們彎曲的膝蓋上。我的身體目前在母親的手中——提起捆綁、繫緊拉正、拂去——但是我的心思在崔西身上，在她芭蕾舞鞋的鞋底上，在那上面我現在看見「弗里德」清楚地印在皮革上。她天生的足弓宛如兩隻飛行的蜂鳥，向內彎曲，而我的雙腳筆直扁平，似乎十分費勁地擺出各種姿勢。我覺得自己好像學步幼兒將兩塊積木擺出一連串的直角。拍、拍、拍，伊莎貝爾說，對，崔西，動作很漂亮。聽到讚美崔西把頭往後仰，小豬鼻子大大撐開。除此之外她完美無缺，我看得入迷。她母親似乎同樣地著迷，她對這些舞蹈課非常投入，是我們現在所謂「她的教養」中唯一始終如一的重點。她到舞蹈班的次數多過其他任何一位母親，而且注意力很少離開她女兒的雙腳。我母親的焦點則總是在別處，她永遠無法光坐在某處任時光流逝，非得學點東西不可。她可能在剛開始上課的時候來，手中拿著一本書，比方說《黑色的雅克賓黨人》[5]，等到我走過去請她幫將芭蕾舞鞋換成踢踏舞鞋時，她已經讀了一百頁了。後來換我父親接手時，他要不是睡覺就是「去散步」，那是父親去教堂墓地抽菸的委婉說法。

在這初期階段，崔西和我既不是朋友也不是敵人，甚至連泛泛之交都稱不上：我們鮮少說話。然而我們彼此總是意識著對方，兩人之間有條無形的紐帶連繫著，避免我們與其他人的關係過於深入。實際上，我比較常和莉莉·賓翰說話，她和我上同一所學校，崔西本身的跟班是可憐的老丹妮卡·巴比奇，她穿著破褲襪有濃重的口音，和崔西住同一條走廊上。可是儘管我們在上課時和這些白人女孩開玩笑、咯咯傻笑，雖然她們完全有權利自認是我們的焦點、我們關注的中心，我們似乎是她們的好朋友，但是一到休息時間喝果汁飲料吃餅乾時，崔西和我就會排在一起，每一次都是，幾乎是下意識地，像兩堆鐵銼屑受到磁鐵的吸引。

如同我對崔西的家庭感到好奇一般，原來她也對我的家庭十分好奇，她用一定的權威口吻爭論說，我們把事情「搞反了」。有天休息時，我一邊聽著她的理論，一邊焦慮地將餅乾浸到柳橙汁飲料裡。「對其他人來說那是爸爸，」她說，因為我知道這或多或少是正確無誤的，因此我想不出其他可說的話。「當妳爸爸是白人的話那表示——」她繼續說，不過這時莉莉·賓翰過來站在我們旁邊，於是我永遠無法得知爸爸是白人的話表示什麼。莉莉身材瘦高，比其他人高出一呎。她有一頭筆直的金色長髮、紅潤的臉頰，和快樂、坦

5 *The Black Jacobins*，千里達歷史學者C. L. R. 詹姆斯（James）描寫海地革命的著作。

率的天性，崔西和我都認為那似乎與艾克塞特路二十九號有直接的關係，那一整棟房子我最近才受邀前往，回來熱切地向崔西報告——她從來沒去過——那裡有私人花園，有個巨大的果醬罐裝滿「零錢」，還有支與人等身高的 Swatch 錶掛在臥室牆上。因此有些事情不能在莉莉·賓翰面前討論，這時崔西閉上嘴，鼻子高高翹起，走到房間另一邊去向她母親要芭蕾舞鞋。

三

我們小時候想從母親那裡得到什麼？完全的順從。

噢，說女人完全有權利擁有自己的人生、抱負、需要等等是很好、很理性、值得尊敬的，我也一直這樣要求自己，但是在小的時候，不，事實上這是一場消耗戰，其中不包含理性，絲毫也無，妳唯一想從母親那裡得到的是她徹底承認她是妳母親，而且只是妳的母親，她與人生其餘事物的奮戰已經結束。她必須放下武器走向妳。倘若她沒有那麼做，那就是真的戰爭了，是我母親和我之間的戰爭。直到成年以後，尤其是在她生命中痛苦的最後那幾年，我才開始真正欽佩她為自己在這世上掙得一些空間所做的一切。當我還小的時候，她的拒絕順從令我困惑受傷，尤其是因為我覺得她拒絕的理由通常都不適用。我是她的獨生女，她沒有工作——當時沒有——而且很少和她的其他家人往來。在我看來她什麼都沒有只有時間，然而我依舊得不到她的完全順從！我對她最初的理解是一個密謀逃跑的女人，想要逃離我、逃離母親的角色。我同情父親。他還相當年輕，深愛著她，想要更多的孩子，他們每天都在爭論這點，可是在這個問題上，一如所有的事情，母親拒絕讓步。她的母親生了七個孩子，她的祖母，十一個。她不要重蹈覆轍。她相信父親想要更多孩子是為了讓她陷入圈套，關於這點她基本上並沒有錯，儘管在這情況下圈套只是愛的另一種說法。他真的非常愛她！遠比她所知道或者想去了解的更深。她活在自己的幻境中，假設周遭的人無時無刻都和她有相同的感受。因此當她開始成長，起先緩慢地，接著速度增加，無論在身體或頭腦方面都超過我父親時，她自然認為他在同一時間經歷同樣的過程。可是他一如既往，照顧我、愛她、試圖跟上，緩慢勤勉地閱讀《共產黨宣言》。「有些人帶著聖經，」他自豪地告訴我。「這就是我的聖經。」聽起來很了不起，目的是為了打動我母親，但我已經注意到他似乎總是在讀這本書，沒有別的，每一堂舞蹈課他都帶著書，卻從來沒有閱讀超過前二十頁。在他們結婚的背景下，這麼做很浪漫，因為他們最初是在倫敦西北部多利斯山（Dollis Hill）的社工黨會議中邂逅，然而就連那次相遇也是一種誤會，父親去那裡是為了結識無宗教信仰、穿著短裙的可愛左派女孩，而母親是真的為了卡爾．馬克思。我的童年在這不斷擴大的差距中度過。我看著自學的母親輕易迅速地超越了父親。我們家客廳裡的書架是父親做的，上頭擺滿了二手書，開放大學的課本、政治書、歷史書、有關種族和性別的書，每當有鄰居剛好來家裡瞧見這堆奇怪的書時，父親總是喜歡稱之為「所有的『主義』」。

星期六是她的「放假日」。放什麼假？擺脫我們的假。她需要鑽研她的主義。父親帶我去上舞蹈班後，我們必須設法繼續閒晃，找點事情做，在晚餐前不要回公寓。於是搭乘一連串往南行駛的公車成為慣例，到河的最南邊去找藍伯特舅舅，我母親的兄長、父親的摯交。他是母親最年長的手足，我唯一見過的她娘家人。過去在島上，當我外婆前往英國在養老院當清潔工時，是他養大我母親和其他的兄弟姊妹。他清楚我父親打交道的對象。

「我朝她前進一步，」在盛夏的某一天，我聽見父親抱怨，「她就往後退一步！」

「尼拿她沒法子滴。她一直都是拿樣的。」

我在花園裡，幾株番茄之間。這其實是一塊租來種菜的土地，沒有任何裝飾或純粹種來欣賞的花草，所有東西都是食用的，排成又直又長的一行行種植，綁在竹竿上。在花園盡頭有一間屋外廁所，是我在英國看過的最後一間。藍伯特舅舅和父親坐在後門旁邊的摺疊躺椅上抽大麻。他們是老朋友了，藍伯特是我父母結婚照片中唯一的別人，而且他們有共同的工作：藍伯特是郵差，我父親在皇家郵政擔任投遞局經理。他們都是冷面笑匠，同樣缺乏野心，對這兩點我母親都不以為然。他們邊抽大麻邊哀嘆拿我母親沒辦法的事情時，我將雙臂伸過番茄藤蔓，任由藤蔓纏繞住手腕。藍伯特大多數的植物在我看來都具有威脅性，高度是我的兩倍，而且他種的所有東西都長得很茂盛：一叢叢藤蔓和高草，以及大得驚人的葫蘆類型的瓜。南倫敦的土壤品質較佳，我們北倫敦有太多的黏土，只是當時我並不知道這一點，結果想擰了：我以為拜訪藍伯特時是去牙買加，藍伯特的花園對我來說就是牙買加，聞起來有牙買加的味道；我在那裡吃椰子糖，即使到現在，在我記憶中藍伯特的花園永遠炎熱，而我是又渴又怕蟲子。花園狹長、面南，屋外廁所鄰接右手邊的籬笆，因此可以看見太陽落到屋外廁所後面，日落時空氣會泛起漣漪。我很想上廁所，但是決定忍住衝動直到再度看見北倫敦為止——我害怕那間屋外廁所，木頭地板，縫隙間冒出草葉、薊，和蒲公英絨球，爬上馬桶座時蒲公英絨球會沾到膝蓋上；四個角落還有蜘蛛網串連。這花園過盛且衰敗：番茄過熟、大麻太濃烈，鼠婦藏在所有東西底下。藍伯特獨自住在那裡，我覺得那裡好像瀕死之地。即使在那個年紀我都覺得父親搭八英里的車到藍伯特那兒尋找慰藉很奇怪，因為藍伯特似乎早已遭受到父親非常擔心的那種遺棄了。

厭倦了走在一行行的蔬菜間，我順著花園漫步回去，看見兩個男人技巧拙劣地將大麻菸捲藏在拳頭中。

「妳無聊了嗎？」藍伯特問。我承認我很無聊。

「者屋子曾經到處都是小孩兒，」藍伯特說，「可是那些小孩現在都有孩子了。」

我腦海中浮現的畫面是和我同齡的孩子臂彎中抱著嬰兒：那是我認為與南倫敦相連的命運。我知道母親離家就是為了逃離那一切，好讓她女兒絕對不會變成帶著小孩的小孩，她女兒不僅是要生存——像我母親那樣——而且要茁壯成長，學習許多不必要的技能，例如踢踏舞。父親向我伸出手，我爬上他的大腿，用手遮住他漸禿的頭部，觸摸他梳理過的稀疏、濕漉漉的頭髮。

「她很害羞啊？妳怕藍伯特舅舅嗎？」

藍伯特兩眼充血，雀斑像我的一樣但是突起；圓臉而溫和，淺棕色眼睛證實了家譜中據說擁有的中國人血統。可是我怕他。母親自己除了耶誕節外從來不曾拜訪藍伯特，卻奇怪地堅持父親和我這麼做，雖然每次都有附帶條件，要求我們保持警覺，絕對不要任由自己被「拖回去」。拖進哪裡？我繞著父親的身體直到爬至他的背後，可以看見他後頸那一小片留長的頭髮，他堅持不懈地守護這片頭髮。儘管他才三十多歲，但我從沒見過父親滿頭頭髮的模樣，從來不知道他是金髮，也不曉得他的頭髮變灰。我知道的是這種假胡桃色，一碰就會掉色、沾在手指上，我看過這顏色的真正來源，一個圓而淺的金屬罐打開擺在浴缸邊沿，外緣有一圈棕色的油質流下，中間耗損到只剩光禿禿的一塊，正像我父親。

「她需要伴，」他苦惱地說，「書沒有用，對吧？電影也沒用。妳需要真正的伴。」

「尼拿那女人沒法子滴。我從她小時候就知道了。她的意志像鋼鐵一樣堅定。」

這是真的。沒人有辦法對付她。等我們回到家時，她正在看開放大學的授課，手中拿著便條紙簿和鉛筆，蜷縮在長沙發上，赤裸的雙腳壓在屁股下面，看起來美麗而平靜。然而當她轉過身來，我能看出她生氣了，我們回來得太早，她想要更多時間、更安寧、更安靜，以便她讀書。我們是神殿裡的搗亂分子。她正在研讀社會學與政治學。我們不明白為什麼。

四

金・凱利[6]曾說過：倘若佛雷・亞斯坦代表貴族階級，我代表的就是無產階級。按照此邏輯，比爾・「柏貞格」・羅賓森[7]事實上應該是代表我的舞者，因為柏貞格的舞蹈是為了哈林區的花花公子、貧民區的孩童、佃農，以及所有奴隸的後代而跳。但是在我看來舞者是橫空出世的，沒有父母手足，沒有國家民族，沒有任何義務，這正是我喜愛的特質。其餘所有的枝節都不存在。我忽略那些電影荒唐的劇情：歌劇般的往來、命運的逆轉、無恥之徒巧遇可愛之人、扮成黑人的滑稽藝人、女僕與管家；對我而言這些只是通往舞蹈的橋段，故事是為了節奏而付出的代價。「孩子，不好意思，請問那是查塔努加火車嗎？」[8]每個音節在腿、腹、屁股，及雙腳都找得到相應的動作。相較之下，在上芭蕾課時，我們隨著古典音樂的錄音帶跳舞——崔西直言不諱地稱之為「白人音樂」——那是伊莎貝爾老師從收音機轉錄到一套錄音帶上的。然而我幾乎認不出那是音樂，聽不出拍子記號，儘管伊莎貝爾老師努力幫助我們，大聲喊出每小節的拍子，我始終不了解這些數字和席捲我的那一大片小提琴旋律或是銅管樂組的砰然巨響之間的關係。不過我懂的還是比崔西多：我知道她劃分黑人音樂及白人音樂的刻板想法不甚正確，在某處肯定有這兩種音樂結合的世界。在電影與照片中我看過白人男人坐在鋼琴前，而黑人女孩站在他們旁邊唱歌。噢，我想要像那些女孩一樣！

十一點十五分，芭蕾課後，在第一次休息時間中間，布思先生進入大廳，拎著一個黑色大袋子，從前鄉村醫生提的那種，袋子裡放了舞蹈課的樂譜。要是我有空——意思是如果我擺脫得了崔西——我會急忙向他走去，跟在他後面慢慢走近鋼琴，然後站在我從螢幕上看到的女孩所站的位置，請他彈〈妳的一切〉（All of You）或〈紐約的秋天〉（Autumn in New York）或〈四十二街〉（42nd Street）。在踢踏舞課上，他必須反覆彈奏六首同樣的歌曲，而我必須隨著那些歌曲跳舞，然而在上課前，趁其他人在大廳裡忙著聊天吃喝的時候，我們擁有屬於自己的時間，我會請他跟我合作某首歌曲，假如我覺得羞怯就唱得比鋼琴的音量小，不害羞就唱大聲一點。有時候當我唱歌，在大廳外面櫻桃樹下抽菸的家長會進來聆聽，而忙著準備跳舞，正在穿緊身衣、繫鞋帶的女孩會暫停動作轉過來看我。我開始意識到自己的聲音——只要不刻意唱得小於鋼琴聲——有股個人魅力能夠把人吸引過來。這並非技巧方面的才能：我的音域很窄，而是與感情有關。我能夠將自己的感受非常清楚地表達出來，能夠「清楚地傳達」。我讓悲傷的歌曲非常哀傷，快樂的歌曲充滿喜

6 Gene Kelly, 1912-1996，美國電影演員、舞者、製作人、導演與歌手，獲選美國電影學會百年來最偉大的男演員之一。

7 Bill 'Bojangles' Robinson, 1878-1949，美國踢踏舞者以及演員，是二十世紀初期最知名、演出價碼最高的非裔美國表演者。

8 出自一九四一年的歌舞片《太陽谷小夜曲》（*Sun Valley Serenade*）中的歌曲：〈查塔努加火車〉（Chattanooga Choo Choo）。

悅。等到了我們「表演考試」的時候，我學會利用聲音來誤導，就像魔術師在你應當注意他們的雙手時叫你看他們的嘴巴。但是我騙不了崔西。我走下舞臺時看見她站在舞臺側翼，兩手交叉在胸前，鼻子翹向天空。雖然她總是贏過所有人，她母親廚房的軟木板上掛滿了金牌，她卻始終不滿足，也想要在「我的」範疇——歌舞方面——獲得金牌，縱使她幾乎一點也不會唱。這點令人難以理解，我真心覺得倘若我能跳得像崔西那樣，在這世上我絕對不會想要別的東西。有些女孩是四肢有節奏感，有些是在髖部或小臂部，但崔西是每條韌帶、很可能連每個細胞都有節奏感。她的一舉一動敏捷而精確，是每個孩子都希望能夠辦到的，而且無論多麼複雜的拍子記號，她的身體都能確切地配合。有時候或許可以說是過於精確，不是格外有創意，或者說缺乏靈魂。但是任何頭腦清醒的人都不會對她的技巧有異議。我以前敬畏崔西的技巧，現在也還是。她清楚做每件事的正確時機。

五

夏末的某個星期日，我在陽臺上看幾個住同一層樓的女孩在下面的垃圾箱旁跳交互繩，突然聽見母親在叫我。我轉頭看見她牽著伊莎貝爾老師的手走進住宅區。我揮了揮手，她抬起頭來看，露出微笑大喊：「待在那兒！」我從來沒有在課堂外看過母親和伊莎貝爾老師在一起，即使從這有利的位置也看得出來伊莎貝爾老師是被硬拉著。我想要去找父親商量，他正在客廳油漆牆壁，但是我很了解母親，她對陌生人善於施展魅力，對自己的親人卻脾氣暴躁，那句「待在那兒！」的意思絕對沒得商量。我看著這奇怪的組合穿過住宅區，走進樓梯間，在玻璃磚上折射出零星散布的黃與粉紅以及紅褐色。這時垃圾箱旁的女孩轉變跳繩的方向，新的跳繩者勇敢地跑進劇烈擺動的繩圈中，並開始反覆吟唱新的歌，有關猴子噎到的那首。

終於母親來到我身邊檢視我，一臉故作神祕的表情，開口說的第一句話就是：「把鞋子脫掉。」

「哦，我們不需要馬上檢查，」伊莎貝爾老師小聲說，可是母親說：「現在知道總比以後才知道得好」，說完消失在公寓裡，一會兒後拿著一大袋自發麵粉再度出現，開始將麵粉撒在陽臺各處，直到形成一層薄薄的宛如初雪的白地毯，接著要我赤腳走過麵粉上面。我想到了崔西。我好奇伊莎貝爾老師是否輪流探訪每個女孩的家。這多麼浪費麵粉啊！伊莎貝爾老師蹲下去查看。母親向後倚著陽臺，手肘擱在上面，一面抽著菸。她斜靠在陽臺上，嘴裡斜斜地叼著香菸，頭上戴了頂貝雷帽，彷彿戴貝雷帽再自然不過。她站的位置與我呈斜角，出乎意料的奇怪角度。我走到陽臺另一端，回頭看向自己的腳印。

「好了，妳就在那裡，」伊莎貝爾老師說，可是我們在哪裡？在扁平足的國度裡。我的老師迅速脫掉一只鞋，將她自己的腳往下壓來比對：她的腳印只看到腳趾、大腳趾球及腳跟，而我的卻是完整的，人的腳底的扁平輪廓。母親對此結果興致盎然，不過伊莎貝爾老師看著我的臉，和藹地說：「芭蕾舞者需要足弓沒錯，不過有扁平足妳還是可以跳踢踏舞，妳知道吧，妳當然可以。」我想這不是事實，但是令人感激，我緊抓住這點不放，繼續上舞蹈課，以便繼續和崔西在一起——後來我才漸漸明白，那正是母親試圖阻止的事。她估計因為崔西和我上不同的學校，居住在不同的街區，讓我們聚在一起的只有舞蹈班，可是當暑假來臨、舞蹈班停課，情況還是沒什麼改變，我們越來越親近；到了八月，我們兩個幾乎每天都膩在一起。從我家陽臺可以查看她的住宅區，反之亦然，不必通電話，不需要正式安排，儘管雙方的母親在街上很少互相點頭打招呼，但是我們進出彼此的大樓成了很自然的事。

六

我們在各自的公寓裡有不同的生活模式。在崔西家，我們把玩、試驗新玩具，她的玩具供應似乎源源不斷。阿格斯百貨商品目錄上我只准在耶誕節挑選三件便宜的物品，生日時挑一件，但是對崔西而言，阿格斯百貨商品目錄是每日的聖經，她虔誠地閱讀、圈出選擇的物品，經常是在我陪同下，用她為此目的保留的一枝小紅筆。她的房間令我大開眼界，顛覆了我自以為對我們共同處境的所有認知。她的床形狀是粉紅芭比的跑車，窗簾有摺邊，所有櫃子都是閃亮的白色，房間中央看起來像有人將聖誕老公公的雪橇全部傾倒在地毯上，你得在玩具之間跋涉前進；壞掉的玩具形成某種基石，上面疊了一批批新添購的玩具，宛如考古層，或多或少對應當時電視上播放的玩具廣告。那年夏天是尿尿娃娃的夏天，餵她喝水她就會尿得到處都是。這種令人驚嘆的技術崔西有好幾個版本，能夠藉此表演各種各樣的戲劇性場面。有時候她會因為娃娃撒尿而打她。有時候她會讓娃娃光著身子羞愧地坐在角落，塑膠的雙腿彎曲與帶著酒窩的小屁股形成直角。我們兩人扮演可憐、失禁孩子的父母，崔西給我說的對白有時感覺很怪、令人尷尬，與她自己的家庭生活似曾相識，不然就是模仿她看過的眾多肥皂劇，我不大確定。

「輪妳了，說：『妳這蕩婦，她甚至不是我的孩子！她尿濕褲子難道是我的錯嗎？』來吧，輪妳了！」

「妳這蕩婦，她甚至不是我女兒！她尿濕褲子難道是我的錯嗎？」

「聽著，老兄，不然你帶她啊！你帶帶看，看你能做得多好！現在說：『親愛的，妳想得倒是挺美的！』」

某個星期六，我戰戰兢兢地向母親提起尿尿娃娃的存在，注意用「排尿」而不是「尿尿」的字眼。她正在讀書，從書中抬起頭來，眼神混合著懷疑與厭惡。

「崔西有一個？」

「崔西有四個。」

「過來一下。」

她張開雙臂，我感覺臉龐貼著她胸脯的皮膚，緊實而溫暖，活力十足，彷彿在母親體內有第二個優雅的年輕女性突然要衝出來。她一直在留長頭髮，最近「完成了」，在腦後編成引人矚目的海螺殼形髮髻，宛如一件雕塑。

「妳知道我現在在讀什麼嗎？」

「不知道。」

「我正在讀有關桑可法（sankofa）的書。妳曉得那是什麼嗎？」

「不曉得。」

「那是一種鳥，牠會回頭看自己，像這樣子。」她將美麗的頭盡可能地往後彎。「那是非洲的鳥。牠往後看，回顧過去，從以前的經驗中學習。有些人永遠不會懂。」

父親在狹長的小廚房裡，默默地煮飯，他是我們家的主廚，這段對話其實是對他說的，應該聽的人是他。他們兩人開始經常爭吵，我往往是唯一的傳聲筒，有時候相當無禮——「妳解釋給妳媽聽」或者「妳可以告訴妳爸這是我說的」——有時則像這樣，用非常微妙、近乎出色的諷刺。

「喔，」我說，看不出這和尿尿娃娃有什麼關係。我知道母親正要成為，或者說想要成為，「知識分子」，因為他們吵架時父親經常用這個詞來侮辱她。可是我其實不懂這個詞的意思，只知道知識分子利用開放大學求學，喜歡戴貝雷帽，經常使用「歷史天使」這個詞語，會在其他家人想看週六夜晚的電視時嘆氣，會在基爾本大路上停下來和托洛茨基主義分子爭論，其他人都得穿過馬路以避開他們。但是對我而言，她的轉變帶來的最主要影響是：她講話開始採用這種新的令人費解的迂迴方式。她似乎總是開一些我聽不懂的成人笑話，逗她自己開心，或者惹惱我父親。

「妳和那女孩在一起的時候，」母親解釋道：「和她一起玩是件好事，但是她接受了某種養育方式，因此她唯一擁有的就是現在。妳的養育方式跟她的不同，不要忘記這一點。那個愚蠢的舞蹈班是她的全世界，那不是她的錯——那就是她接受的養育方式。但是妳很聰明。妳有扁平足沒有關係、無所謂，因為妳很聰明，妳知道自己從哪裡來、要往何處去。」

我點點頭。聽見父親意味深長地把燉鍋弄得砰砰作響。

「妳不會忘記我剛才說的話？」

我保證不會。

我們公寓裡沒有半個娃娃，因此崔西來的時候被迫養成不同的習慣。在這裡我們有點瘋狂地在一疊畫有橫線的Ａ４黃色便條紙上塗寫，便條紙簿是父親從辦公室帶回家的。這是合作的課題。崔西因為患有讀寫障礙——雖然我們當時並不知道名稱——所以偏好口述，我則努力跟上她思維天生戲劇性的迂回曲折。我們所有的故事幾乎都涉及一名出身「牛津街」漂亮、無情的首席芭蕾舞伶，她在最後一刻斷了腿，讓我們大膽的女主角——經常是身分卑微的試衣裁縫或者地位低下的劇院廁所清潔工——能夠介入挽救局面。我注意到這些勇敢的女孩總是金髮，擁有「絲綢」般的秀髮和大大的藍眼睛。有一次我試著寫下「棕眼」，結果崔西奪走我手中的筆劃掉。我們平趴在我房間地板上書寫，倘若母親碰巧經過看到我們這樣，那是她唯一會用慈愛的眼神注視崔西的時刻。我利用這些時機為朋友爭取更多的讓步：崔西可以留下來喝茶嗎？崔西可以留下來過夜嗎？雖然我知道假如母親真的停下來讀我們在黃色便條簿上寫的東西，崔西將永遠不准再進入這間公寓。在好幾個故事中，非洲男人「潛伏在陰影裡」拿著鐵條準備敲壞純白舞者的膝蓋；在其中一個故事中，首席舞伶有個可怕的祕密：她是「混種」。我顫抖地寫下這個詞，因為經驗告訴我這個詞會徹底激怒母親。但是即使我對這些細節感到不安，與我們合作的樂趣相比也微不足道。我深深著迷於崔西的故事，沉迷在敘事永無休止的延宕滿足[9]中，這或許又是她從肥皂劇——不然就是從她本身的生活教給她的嚴厲教訓中——萃取出來的。每當你認為幸福結局終於到來，崔西就會找到絕妙的新方法來摧毀或改變結局，因此圓滿成功的那一刻——我想，對我們兩人而言，指的是觀眾起身喝采——似乎永遠不會來臨。我真希望我還留著那些便條簿。在我們描寫舞伶遭受各種各樣人身傷害的數千字句當中，我只記得一句：蒂芬妮高高跳起親吻王子並且繃起足尖，噢，她看起來非常性感，然而就在這時子彈射穿了她的大腿。

9　延宕滿足指個體為了達成特定目標、獲取渴望的結果，而願意克制衝動，放棄立即的滿足，以換得未來更大滿足的心理特質。

七

秋天，崔西去上尼斯登的女子學校，那裡幾乎所有的學生都是印度人或巴基斯坦人，而且都很肆意妄為：我以前在公車站曾看過較高年級的學生，穿著經過修改的制服——襯衫鈕子解開、裙子往上拉——在白人男孩經過的時候尖著嗓子對他們罵髒話。一所經常打架鬧事的粗野學校。而我的學校在威爾斯登，校風較為溫和，人種也較混雜：一半黑人，四分之一的白人，四分之一的南亞洲人。在一半的黑人當中至少有三分之一是「混種」，是一支民族中的少數民族，雖然事實是注意到他們令我心煩。我想要相信崔西和我是世界上唯一的姊妹、知心伴侶，特別需要彼此，可是現在我無法避免看見面前形形色色的孩子。母親一整個夏天都在鼓勵我接近她們，這些女孩背景與我相似，卻擁有母親所謂「更開闊的眼界」。有個女孩叫塔夏，一半蓋亞那、一半坦米爾，她父親是真正的坦米爾猛虎[10]，令我母親欽佩不已，也加深了我絕對不要和這女孩有任何瓜葛的欲望。有個齙牙的女孩名叫伊莉，總是名列前茅，她的父母和我們家的情況一樣，不過她搬出住宅區，如今住在西北區威爾斯登格林（Willesden Green）的豪華樓中樓裡。還有個女孩叫安諾舒卡，父親來自聖露西亞，母親是俄國人，據我母親說她的伯父是「加勒比海地區最重要的革命詩人」，但是她介紹中的每個詞我幾乎都不懂。我的心思不在學校或校內任何人身上。在操場上，我將圖釘插進鞋底，有時候整整半小時的遊戲時間都在獨自跳舞，非常滿意於沒有朋友。每當我們比母親早回家因此不在她管轄範圍的時候，我會把書包一扔，留下父親煮晚餐，直奔崔西家，在她家陽臺上一起練踢踏舞的基本舞步——時間步（time-step），然後各吃一碗天使喜悅慕斯，母親認為那「不算食物」，但依我所見還是非常美味。等我回到家時，他們的爭論已火力全開，兩邊的意見不再有交集，父親關心的是微不足道的家務問題：誰何時用吸塵器清掃了什麼，誰去了，或者說應該去，自助洗衣店。而母親回答他時總是偏離到完全不同的話題：具有革命意識的重要性，或是與人類的奮鬥相較性愛相對不重要，或者奴隸制度在年輕人心中留下的後遺症，等等。她目前完成普通教育高級程度課程，進入位在亨頓（Hendon）的密德瑟斯理工學院就讀，我們比以前更加跟不上她，令她失望，她必須不斷地解釋她的用詞。

在崔西家，唯一提高的音量來自電視。我曉得照理說我應當同情崔西沒有父親——我們走廊上每隔一戶就有這個陰影的印記——並感激我有兩位已婚的父母，可是每當我坐在她家巨大的白色皮沙發上吃天使喜悅慕斯，平靜地觀賞《萬花錦繡》（*Easter Parade*）或《紅菱豔》（*The Red Shoes*）——崔西的母親只能夠容忍彩色音樂劇——我就不由得注意到全是女性的小家庭的寧靜。在崔西家，對那男人失望已是陳年舊事：她們對他從來沒有抱持真正的希望，因為他幾乎從不在家。沒有人會對崔西的父親煽動革命失敗或做不到其他

10 Tamil Tiger。斯里蘭卡北部的反政府武裝組織，曾發動多起恐怖攻擊、種族屠殺，以及暗殺政府重要人士的行動，於二〇〇九年遭政府軍殲滅。

事情而感到訝異。不過崔西對他的想念堅定而忠誠，會為她不在身邊的父親辯護，我反倒不大可能為我體貼入微的父親說好話。每次她母親苛刻批評他，崔西必定會帶我進去她房間，或是其他清靜的地方，迅速將她母親剛才說的話整合到她自己的官方說法中：她父親沒有拋棄她，不，並不是那樣，他只是非常忙碌，因為他是麥可・傑克森的伴舞。鮮少有人跟得上麥可・傑克森的舞步，事實上幾乎無人能夠，全世界或許只有二十位舞者可以辦到，崔西的父親就是其中之一。他甚至不需要完成試舞，他們一眼就看出他的優秀。這就是他幾乎從不在家的原因：他永遠都在世界巡迴演出。他下次回家鄉的時間大概是在接下來的耶誕節，屆時麥可會在溫布利球場表演。在天氣晴朗的日子，我們可以從崔西家陽臺看見這座球場。如今我很難說自己有多相信她的鬼話——當然我多少知道麥可・傑克森終於擺脫了他的家人，現在獨自跳舞——不過和崔西一樣我從不在她母親面前提起這個話題。事實上，在我心裡，這件事既千真萬確又顯然並非事實，或許只有孩童能夠適應像這樣虛假的事實。

八

我在崔西家看《流行音樂排行榜》時，〈顫慄〉（*Thriller*）的音樂錄影帶播出了，這是我們所有人第一次看到。崔西的母親興奮極了：沒有真正站起來就開始瘋狂地跳舞，在壓皺的躺椅上上下跳動。「妳們兩個來吧！一起跳吧！動起來——快點！」我們不再黏著沙發，開始在小地毯上來回滑動，我跳得拙劣，崔西技巧高超。我們旋轉、抬起右腿，讓腳像木偶的腳一樣晃蕩，接著猝然擺動我們殭屍般的身體。影片中有許多新訊息：紅色皮褲，紅色皮夾克，以前的爆炸頭現在變得比崔西的長捲髮還棒！當然還有那個可能的受害人選，穿藍衣的漂亮棕膚女孩。「她也是『混種』嗎？」

由於我堅定的個人信仰，我想強調這部電影絕不贊同相信玄學。

影片開頭的演職人員名單上如此寫道。這是麥可自己的話語，但究竟是什麼意思？我們只理解用「電影」這個詞的認真程度。我們觀賞的根本不是音樂影片，而是應該在電影院好好欣賞的藝術作品，是件真正震撼世界的大事，號角響起。我們是現代人！這就是現代生活！我通常覺得自己和現代生活以及隨之而來的音樂距離遙遠，因為母親讓我變成了一隻桑可法鳥，但是正好父親曾經告訴過我一個故事，說佛雷．亞斯坦本人到麥可家當過門徒，拜託麥可教他月球漫步的舞步，即使到現在我仍然覺得這很合理，因為偉大的舞蹈家不拘時間、世代，永恆穿梭在這世界上，因此任何年代的舞者都會認可他。林布蘭也許無法理解畢卡索，但尼金斯基[11]會了解麥可．傑克森。「妳們兩個別停下來——起來！」當我們暫停下來靠在沙發上休息片刻，崔西的母親便大聲喊。「跳夠之前都不要停！快點！」那首曲子感覺好像很長，比一生還長。我覺得這首歌彷彿永無止境，讓我們陷入了時間迴圈，必須跳這種惡魔舞直到永遠，如同《紅菱豔》中可憐的莫伊拉．薛爾：「時光匆匆流逝，愛情匆匆而過，生命匆匆消逝，紅鞋卻永遠不停地跳下去……」但是最後歌曲結束了。「那真是他媽的太有意思了！」崔西的母親忘我地嘆息道，我們鞠躬行禮後跑到崔西的房間。

「她喜歡在電視上看到他，」只有我們兩人時，崔西吐露祕密。「他們的愛因此更加堅定。她看見他，知道他仍愛著她。」

「哪一個是他？」我問。

「第二排最後面，右邊那個，」崔西毫不遲疑地回答。

我沒有試著把這些有關崔西父親的「事實」與少數幾次實際見到他的場合連在一起想；那根本不可能。我第一次見到他的時候最可怕，那是在十一月初我們看過〈顫慄〉之後不久的事。我們三人都在廚房裡，努力做塞滿起司與培根的帶皮烤馬鈴薯，打算用鋁箔紙包起來帶去圓木公園看煙火。崔西他們住宅區公寓裡的廚房甚至比我們家的還要狹小：打開烤箱門時，門幾乎快擦到對面的牆。三人同時要在裡面的話，一個人必須坐在流理臺上。這次是崔西，她的工作是將馬鈴薯從皮上刮下來，站在她旁邊的我則負責將馬鈴薯與起司粉以及用剪刀剪碎的培根丁混合，然後她母親再把所有東西放回馬鈴薯皮裡，重新放進烤箱烤成褐色。儘管我母親經常暗示崔西的母親很邋遢，是吸引混亂的磁鐵，我卻發現她的廚房比我們家的乾淨整齊。她們的食物雖然不大健康，但總是認真用心準備，而我母親崇尚健康飲食，只要在廚房待十五分鐘就會變得有點自怨自艾又狂躁，而且整個判斷錯誤的實驗（做素食的義大利千層麵，用秋葵做「某種料理」）通常都會讓所有人備受折磨，最後她大聲爭吵、吼叫著衝出去。最後我們又會吃芬達斯脆皮煎餅。在崔西家，事情比較單純：一開始就明確地打算做芬達斯脆皮煎餅或（冷凍）披薩或者香腸和薯條，全都美味可口，沒有人會為此大吼大叫。這些馬鈴薯是特別犒賞，煙火夜的傳統。雖然才下午五點，外頭天色已暗，住宅區各處都聞得到火藥味。每間公寓都有自己的軍火庫，從兩星期前糖果店開始賣煙火起，隨意的砰然巨響和局部的小火災就展開了。沒有人會等到官方的活動開始才慶祝。貓是這種普遍縱火行為最常見的受害者，不過偶爾也有小孩被送去急診室。因為到處砰砰作響，我們習慣了砰砰聲，因此起初沒人留意到有人在使勁敲崔西家的前門；過一會兒，我們聽見有人半喊半低聲地說話，才意識到內心的驚慌與謹慎在互相爭鬥。那是男人的聲音，他在說：「讓我進去。讓我進去！妳在嗎？女人，妳給我開門！」

崔西和我瞪大眼睛看著她母親，她站著回視我們，手裡端著一盤塞得滿滿的起司馬鈴

11 Vaslav Nijinsky, 1889/1890–1950，十九世紀末二十世紀初波蘭裔的俄羅斯芭蕾舞蹈家。

薯。她看也沒看自己在做什麼，試圖將托盤放到流理臺上，結果判斷錯誤托盤掉落。

「路易？」她說。

她一把抓住我們兩人，將崔西拉下流理臺。我們踩在馬鈴薯中。她拽著我們到走廊盡頭，一把推進崔西的房間。我們一動也不敢動。她關上門留我們單獨在房裡。崔西徑直走向床，爬上床後開始在遊戲機上玩起小精靈（Pac-Man）。她不願看我。很顯然我不能問她任何問題，就連路易是否是她父親的名字都不行。我站在她母親留下我的地方等待。我從未在崔西家裡聽過如此的騷動，無論路易是何方神聖，他現在被放了進來，抑或者是他自己強行闖入，幾乎每隔一個字就聽到一聲幹，還有他掀翻家具時的沉悶巨響，以及可怕的女性慟哭聲，聽起來像尖叫的狐狸。我站在門邊看著崔西，她仍然蜷縮在芭比床上，似乎沒聽到我所聽見的聲響，或甚至不記得我在那裡：她始終沒有從小精靈遊戲中抬起頭來。十分鐘後一切結束：我們聽見前門砰的一聲關上。崔西待在床上，我站在原地，動彈不得。過一會兒門上傳來輕敲聲，崔西的母親走進來，哭得臉泛紅，端著一盤天使喜悅慕斯，與她的臉色同樣是粉紅色。我們坐著默默吃完，晚點再去看煙火。

九

我們認識的母親都有點漠不關心，或者說在外人眼中像是漠不關心，但我們知道這問題有別的說法。在學校的老師看來大概像是她們不夠關心，因此不願出席家長晚會：在家長晚會上，老師們會一張桌子挨著一張桌子坐，放空地凝視前方，耐心地等候這些永遠不會出現的母親。我能夠理解我們的母親肯定顯得有些漫不經心，當老師告知她們孩子在操場上行為不當，她們不會責罵孩子，反而會開始向老師大吼。但是我們稍微了解這些母親一些，知道她們本身在念書的時候畏懼學校，如同我們現在一般，害怕專橫的規則並且遭受過校規羞辱，比方買不起新制服、學校對安靜莫名其妙地執著、她們原本的方言或倫敦東區的土話不斷遭到糾正，以及感覺自己永遠做不好任何事情而覺得丟臉；她們深深地焦慮會「遭到責備」——因為她們的身分，因為她們做過或沒做的事，現在則是因為她們孩子的行為——我們的母親始終沒有真正脫離這種恐懼，她們之中有許多人在不比孩子大多少的年紀就成為母親，因此「家長晚會」在她們心中與「留校察看」相差無幾，仍舊是她們可能會遭到羞辱的地方。不同的是現在她們成年了，不會被迫參加。

我說「我們的母親」，但是當然我的母親與眾不同：她憤怒但不羞愧。她參加家長晚會，從不錯過。那年不知為什麼家長晚會辦在情人節：禮堂牆上釘著軟綿綿的粉紅紙做愛心，每張桌子裝飾著一枝用皺紋紙折的、黏在綠毛根上的枯萎玫瑰。我跟在她後面，她則繞著禮堂走來走去欺壓老師，完全不理會這些老師試圖討論我的學業進度，反而發表一連串即興演說，批評學校管理無能、地方議會盲目愚蠢、迫切需要「有色人種的教師」，我想這是我第一次聽到「有色人種」這個新的委婉說法。那些可憐的老師拚命緊抓著桌子的兩側。在某個時刻，為了強調聲明，她用拳頭猛捶了一下桌子，震得棉紙玫瑰和一堆鉛筆都掉在地板上：「這些孩子應該得到更多資源！」不是特別指我，而是「這些孩子」。我記得她做這動作的模樣，看起來令人驚嘆，宛如女王！我以身為她的孩子、身為這街區唯一無愧於心的母親的女兒自豪。我們一起大搖大擺地走出禮堂，母親得意洋洋，我滿心敬畏，我們兩人誰也不清楚我在學校的狀況。

我的確記得某次蒙羞，那是在耶誕節前幾天，星期六傍晚舞蹈課後，從藍伯特家回來以後，我在自家公寓裡觀看佛雷和金潔的表演：〈重振旗鼓〉（Pick Yourself Up），和崔西一起，看了一遍又一遍。崔西的抱負是有天她要自己再現整套表演——如今看來，我覺得這就像看著西斯汀禮拜堂並希望在自己的臥室天花板上重現那樣——雖然她只練習過男生的部分；我們兩個從沒想過要學金潔的任何舞步。崔西站在客廳門口跳踢踏舞，因為那裡沒有地毯，我跪在VHS錄放影機旁，在必要時倒帶暫停。母親在廚房的高腳凳上讀書。父親很不尋常地「出門」去，沒有任何解釋，就只是在四點左右「出門」，沒有交代明白的目的，據我所知也不是跑腿。在某個時間點，我冒險走進廚房去拿兩大杯利賓納果汁，結果沒見到戴著耳塞低頭看書的母親，她也沒察覺到我，只是望著窗外，臉上掛滿淚水。她看到我嚇了一跳，彷彿我是鬼魂。

「他們來了，」她近乎自言自語地說。我朝她看的地方望去，看見父親穿過住宅區，後面跟著兩個年輕白人，男孩大約二十歲，女孩看起來約莫十五、六歲。

「誰來了？」

「妳爸爸希望妳認識的人。」

我想令她羞愧的是無法控制的恥辱：就這一次，她無法主導眼前的情況，也無法保護我不受傷害，因為這與她沒有多大關係。她匆忙走進客廳叫崔西離開，崔西卻故意慢吞吞地收拾東西：她想好好看清楚他們。他們看起來很糟。近距離一看，男孩留著長而亂的金髮和鬍鬚，穿著又髒又醜、看起來很老舊的衣服，牛仔褲上縫著補丁，磨損的帆布背包上別了許多搖滾樂團的徽章：似乎不知羞恥地宣傳自己的貧窮。女孩也同樣古怪，只是整潔一些，真正如童話中所述「白皙似雪」，留著嚴肅的黑色鮑伯頭，前額的劉海平直，斜斜地剪到與耳齊高。她穿了一身黑，腳上是大大的黑色馬汀鞋，身材嬌小，五官清秀，除了大而無當的乳房之外，她似乎想要用這身黑來掩飾。崔西和我站著凝視他們。「妳該回家了。」父親對崔西說。我看著她離開，意識到無論如何她是我非常重要的盟友，因為少了她的那一刻起，我感覺自己毫無防備。那兩個白人青少年溜進我們的小客廳。父親叫他們坐下，但只有女孩照做。我擔憂地看著母親。我所知道的她平常是個完全不神經質的人，此時卻焦慮地猶豫不決，說話結巴。男孩名叫約翰，他不肯坐下。母親試著鼓勵他，他也不肯看她或是回答她，於是父親一反常態地說了句嚴厲的話，接著我們所有人看著約翰快步走出公寓。我跑到陽臺上，看見他在公共草坪上，哪裡也不去，因為他必須等女孩。他繞著小圈子跺腳，將腳下的白霜踩得嘎吱作響。這麼一來就剩下女孩了。她的名字是艾瑪。我回到屋裡時，母親叫我坐到她旁邊。「這是妳姊姊，」父親說完便走去泡茶。母親站在耶誕樹旁，假裝對耶誕燈做些有用的事。女孩轉向我，我們坦率地端詳彼此。就我所看到的我們的容貌絲毫沒有共同之處，這整件事實在荒唐，我能看出這位艾瑪跟我有同樣的想法。除了我是黑人她是白人這一滑稽而明顯的事實外，我骨架大，她身材瘦小，我在同年齡中算高，她以她的年紀來說算矮，我有雙大大的棕色眼睛，她則是狹小的綠色眼睛。只是同時我覺得我們兩人也都注意到了：下彎的嘴角，陰鬱的眼神。我不記得自己有合乎邏輯地思考，也沒有問自己像是：艾瑪的母親是誰，或者她究竟是何時、如何認識我父親的。我的腦袋沒有轉得那麼遠。我只想到：他製造出一個像我一個像她的孩子。兩個差異那麼大的人怎麼可能出自同一個源頭？父親端著一盤茶回到客廳。

「嗯，這一切讓人有點驚訝，是不是？」他邊說邊遞給艾瑪一個馬克杯。「對我們所有人來說都是。我很久沒見到……不過妳知道妳媽突然決定……嗯，她就是常常突發奇想，不是嗎？」我姊姊茫然地看著父親，他立刻放棄原本想要說的話，退一步改成閒聊。「呃，我聽說艾瑪會跳一點芭蕾。這是妳們倆的共同點。在皇家芭蕾好一陣子了——拿全額獎學金——不過她不得不停掉。」

他的意思是在舞臺上跳？在柯芬園？當首席？還是照崔西的說法扮成「屍體」？不過不是吧，「獎學金」聽起來像學校的事。話說回來，有「皇家芭蕾學校」嗎？假如真有這樣的地方，為何爸媽沒送我去？如果這個艾瑪被送去那裡，那是誰付的錢？她為什麼不得不停掉？因為她的胸部過大？還是子彈射穿了她的大腿？

「說不定有天妳們會一起跳舞呢！」母親對著一片沉默說，難得出現這種當母親的空洞言行。艾瑪害怕地抬起頭來看，這是她頭一次敢直視我母親；無論她看到了什麼，都有種力量新增她的恐懼：她頓時哭了出來。母親離開客廳。父親對我說：「妳出去一下吧。去吧。把外套穿上。」

我滑下沙發，拿起掛勾上的連帽粗呢外套出門去。我順著走道走，試著將我所知父親的一點點過往與這新的現實拼湊在一起。他出身白教堂區，一個東區的大家庭，雖不如母親的家族那麼大卻也相去不遠；他父親犯過某種輕微罪行，時常進出監獄，母親曾向我解釋，正因為如此父親才會為我的童年付出那麼多的心血：煮飯、送我上學、上舞蹈課，為我準備午餐盒等等，所有在當時以一個父親來說很不尋常的行動。我是他對自己童年的補償，也是懲罰。我也知道他一度「混過」。有一次我們在看電視時，播出了與克雷兄弟[12]相關的消息，父親隨口說：「噢，是啊，所有人都知道他們，在那時候你不得不認識他們。」他很多兄弟姊妹都「混過」，東區一般說來都「不良」，這一切都幫我加固了自己的想法：我們在倫敦這角落是聳立於普遍泥淖上的一座空氣清新的小山峰，一旦掉進泥淖很可能會被拖回真正的貧困及來自四面八方的犯罪當中。不過從來沒有人提過他有個兒子或女兒。

12 一九五、六〇年代倫敦東區最惡名昭彰的雙胞胎黑幫分子。

我走下樓梯到公共區域，倚靠著混凝土柱子站立，看著我「哥哥」踢起一小塊一小塊半凍結的草皮。由於他留著長髮和鬍鬚加上臉型修長，我覺得他看起來像成年的耶穌：我只在伊莎貝爾老師舞蹈班牆上的十字架上看過耶穌。與對那個女孩的反應不同——我認為那只不過是某種騙局——我注視著這個男孩，發現無法否定他基本的正當性。他應該是我父親的兒子沒錯，任何看到他的人都會意識到這點。不合理的是我。某種冷酷、客觀的東西支配了我：那種讓我能夠將聲音與喉嚨分離當作斟酌、研究對象的本能又出現了，我看著這個男孩心想：沒錯，他是對的，我是錯的，這不是很有趣嗎？我想，我本來可以認為自己是真正的孩子，把那男孩看作是冒牌貨，卻沒有那麼做。

他轉過身來瞧見我，臉上的表情告訴我他在可憐我，我很感動他努力展現善意，開始繞著混凝土柱玩起捉迷藏遊戲。每次他蓬亂的金髮腦袋從阻擋物後面探出，我都有種靈魂出竅的感覺：這是我父親的兒子，看起來就像我父親的兒子，這是不是很有趣？我們在玩的時候聽見樓上傳來提高嗓門的說話聲。我試圖忽略那些聲音，可是我的新玩伴不再跑動，站到陽臺下聆聽。在某一刻他的眼神再度閃現怒氣，他對我說：「我告訴妳吧：他什麼人都不在乎。他不是表面上的那樣。他的腦袋有問題。娶了那個他媽的黑鬼！」

之後那女孩跑下樓來。沒有人追在她後面，我父親或母親都沒有。她依然流著眼淚走到男孩身邊，他們互相擁抱，然後繼續相擁著穿過草坪，走出住宅區。雪輕輕飄落。我看著他們離開。一直到父親過世時我才再度見到他們，在我童年時期從來沒有提起過他們。有好長一段時間我以為這整件事是幻覺，或者也許是我從爛電影中剽竊來的。崔西向我問起這件事情時，我告訴她事實不過加油添醋一番：我宣稱我們每天經過在威爾斯登巷的那棟建築，就是有破舊藍色遮篷的那棟，是皇家芭蕾學校，我那刻薄、上流社會的白人姊姊在那裡學舞，非常成功，可是她甚至拒絕從窗口向我揮手，妳能相信嗎？她聆聽的時候，我目睹她的表情十分掙扎地想要相信，大多是從她的鼻孔表露出來。當然崔西自己非常有可能進過那棟建築，完全清楚那實際上是個破落的活動場地，舉行過許多廉價的本地婚禮，有時候舉辦賓果遊戲。幾星期後，我坐在母親那輛可笑的車子後座——一輛白色小車，招搖的法國雪鐵龍2CV，在圓形納稅證旁貼著裁減核武行動的貼紙——我瞧見一名其貌不揚的新娘，臉龐一半被薄紗和長鬈髮遮蓋，站在我的皇家芭蕾學校外面抽菸，但是我沒有讓這景象滲入幻想之中。那時我已經跟朋友一樣，對現實不敏感了。而現在——彷彿我們試著同時坐上蹺蹺板，兩人都不過分使勁，因此得以維持微妙的平衡。如果她能夠有個伴舞，我便可以有個凶惡的芭蕾舞伶。也許我始終沒有改掉這種加油添醋的習慣。二十年後在一頓場面尷尬的午餐上，我對母親重述了這個我的可怕手足的故事，母親嘆了口氣，點根菸說：「相信那雪是妳自己加的。」

十

母親早在從政前就具有政治思維：她天生會從集體的角度來考慮人。即使在年紀還小的時候我就注意到了這點，本能地覺得她有點冷漠無情，竟然能夠如此精確地分析生活在她周遭的人，包括朋友、社群、家人。我們大家是她熟識、深愛的人，卻同時也是研究的對象，是她似乎在密德瑟斯理工學院所學一切的活生生化身。她總是自絕於外，例如：她從不屈從鄰居對「時尚」的狂熱——酷愛閃亮的全套運動服和閃耀的假寶石、整日泡在美髮沙龍、給孩子穿五十英鎊的運動鞋、分好幾年付款購買長沙發——雖然她也不全然譴責這種行為。母親喜歡說，人不是因為做錯選擇才窮，而是因為窮才做錯選擇。然而儘管她在大學論文中，或者在餐桌上講給我和父親聽時，以人類學的角度冷靜地看待這些問題，但我知道在現實生活中她經常動怒。她不再接我放學——現在都是由我父親負責——正是因為那裡的景象令她極為惱火，尤其是每天下午，時間體系瓦解，所有的母親又變回孩子，來接自己小孩的孩子，所有的孩子一起欣慰地離開學校，終於可以自由地用自己的方式交談、開玩笑、大笑，從等候的冰淇淋車上買冰淇淋來吃，製造出他們認為是正常音量的噪音。我母親再也無法適應那一切。她依舊關心那個群體——從知識分子、政治的角度——只是她不再是其中的一分子。

偶爾她會陷入其中，通常是因為時機沒把握好，發覺自己困在與某位母親的交談中，通常是崔西的母親，在威爾斯登巷。在這種時候，她可以變得冷酷無情，故意提起我每項新的學業成就，或者編造一些，雖然她知道崔西的母親能夠回報的只有更多伊莎貝爾老師的稱讚，而那對於我母親而言毫無價值。我母親非常自豪她比崔西的母親、比所有的母親更費盡心力，讓我進入相當不錯的公立學校，而不是那幾間糟糕的學校之一。她跟別人比賽關心小孩，然而她的競爭對手，例如崔西的母親，與她相比根本能力不足，因此這場較量無可避免地傾向一方。我經常在想：這是某種平衡嗎？其他人必須輸我們才能贏？

初春的某個早上，父親和我在我們街區大樓的車庫旁撞見了崔西。她似乎焦慮不安，雖然她說她只是在回家途中穿過我們的住宅區，但我覺得她肯定是在等我。她看起來很冷：我懷疑她根本沒去上學。我知道她有時候會逃學，她母親也允許（有次在非假日的下午，我母親震驚地看見她們倆從大路上的女裝連鎖折扣商店走出來，開懷大笑、拎著一大堆購物袋）。父親熱情地向崔西打招呼。和母親不一樣，他不擔心跟她有瓜葛，覺得她一心一意致力於舞蹈非常棒，而且我想，也值得讚揚，那符合他的職業道德。崔西顯然也非常喜歡我父親，甚至有點愛上他。她對他像父親般和她說話充滿感激，雖然有時候他在這方面做得太過頭，不明白在借用父親幾分鐘後隨之而來的是得把他還回去的痛苦。

「快要考試了，對不對？」現在他問她。「準備得怎麼樣？」

崔西得意洋洋地翹起鼻子。「六個類別我全都要參加。」

「那是當然的。」

「不過現代舞我不是獨自一個人跳，而是跟人搭檔。芭蕾是我最強的項目，再來是踢踏舞，然後是現代舞，最後是歌舞。我要設法爭取至少三面金牌，不過如果兩金四銀我也會很高興。」

「妳是該高興。」

她把兩隻小手插在腰上。「到時你要來看我們嗎，還是怎樣？」

「噢，我會到場的！我迫不及待了呢！要為我的女孩兒們加油。」

崔西很愛對我父親吹噓，在他面前展現，有時甚至臉都紅了，她經常回答其他大人，包括我母親的簡短冷淡「是」與「不是」都消失了，取而代之的是這樣沒完沒了的嘰嘰喳喳，彷彿她認為只要暫停話流就可能冒著完全失去我父親關注的風險。

「我得到了一些消息，」她若無其事地邊說邊轉向我，這時我明白了我們為何會遇見她。「我媽安排妥當了。」

「安排什麼？」我問。

「我要離開我的學校，」她說。「轉去妳的了。」

稍後在家裡，我告訴母親這個消息，聽到這個崔西的母親為她女兒竭盡心力的證明，她也很驚訝，而且我懷疑，還有點不高興。她噘唇嘖了一聲：「真沒想到她有這種本事。」

十一

崔西轉到我班上後，我才了解教室的真正本質。教室不像我原本以為的那樣只是擠滿孩童的房間，實際上是個社會實驗室：午餐阿姨的女兒和藝術評論家的兒子共用一張桌子，父親目前在牢裡的男孩與警察的兒子同桌。郵務員的孩子跟麥可．傑克森舞群的小孩坐一桌。崔西成為我的新同桌夥伴後，最初的行動就是清楚說出這些細微差別，採用簡單又令人信服的比擬：包心菜娃娃對垃圾桶小子。每個孩子都被歸到其中一類，而且她明確指出我在她來之前建立的友誼，只要是試著跨越這個分歧的，現在全都無效且毫無價值，因為真相是那種友誼打從一開始就沒有真正存在過。包心菜娃娃與垃圾桶小子之間不會有真正的友誼，現在不會有，在英國絕對不可能。她清掉我們兩人桌子裡我心愛的包心菜娃娃收藏卡，置換成她的垃圾桶小子卡片，這立刻掀起新的狂熱，如同崔西在學校裡所做的幾乎每一件事。即使在崔西眼中本身屬於包心菜娃娃類別的孩子也個個開始收集垃圾桶小子，包括莉莉．賓翰，我們大家互相競賽以獲得最噁心的卡片：臉上淌著鼻涕的垃圾桶小子，或是畫在馬桶上的那個。她的另一項驚人創舉是拒絕坐下。她只肯站在桌子前，俯身做作業。我們老師薛爾曼先生是個活力充沛、親切的人，和她僵持了一個星期，但崔西的意志跟我母親一樣如鋼鐵般堅定，到最後老師准許她隨她高興站著。我認為崔西並非特別熱愛站著，那只是原則問題。事實上原則可以是任何事，重點是她要贏。顯然輸了這回爭執的薛爾曼先生覺得必須在其他方面施以嚴厲懲罰，於是有天早上，當我們大家興奮地交換垃圾桶小子收藏卡、沒在聽他講話，他突然完全失去理智，像個瘋子般大叫，一桌一桌去搶奪卡片，有時是從桌子裡有時是從我們手中，直到他桌上擺了一大疊，最後他將卡片推成一座側臥的高塔、掃進抽屜，態度招搖地用一把小鑰匙鎖起來。崔西悶不吭聲，不過她的小豬鼻子撐大，我心想：噢天啊，難道薛爾曼先生不知道她永遠不會原諒他嗎？

當天下午放學後，我們一起走回家。她還在生氣，不肯跟我說話，不過當我想要轉進我的住宅區時，她抓住我的手腕帶我過馬路到她家去。在電梯裡我們一路都沉默不語。我覺得好像將要發生什麼大事。我可以感覺到怒氣宛如光環包圍著她，幾乎要顫動起來。等走到她家前門時，我看見門環——一只張大嘴的黃銅猶大之獅[13]，從大路旁販售非洲藝品的貨攤買來的——慘遭破壞，現在只靠一根釘子掛著，我懷疑她父親是否又再來過。我跟著崔西到她房間。門一關上她立刻轉向我，怒目瞪視，彷彿我是薛爾曼先生，用尖銳的語氣問我既然我們來到這裡，我想做什麼？我毫無頭緒：因為以前她從未徵求過我的意見，出點子的總是她，到今天之前我從來沒有提過任何計畫。

「哼，妳他媽的不知道的話來這裡幹嘛？」

她撲通一聲坐到床上，拿起小精靈遊戲開始玩。我的臉逐漸發燙，溫順地提議練習三連時間步（triple time-steps），但崔西聽到這提議只是呻吟。

「沒必要吧，我要改練翼跳步（wings）了。」

「可是我還不會翼跳步！」

「聽著，」她說，頭也不抬、視線沒有離開螢幕，「不跳翼跳步的話拿不到銀牌，更別提金牌了。妳爸幹嘛來看妳把一切搞砸？沒有意義嘛，有嗎？」

我盯著自己不會跳翼跳步的愚蠢雙腳，坐下來開始默默掉淚。這改變不了任何事，一會兒後我覺得自己很可悲便停止哭泣。我決定幫芭比整理衣櫥打發時間。她所有的衣服都塞在肯尼的敞篷車裡，我的計畫是取出衣服撫平、掛到小衣架上，再放回衣櫥裡。我在家從來不准玩這種遊戲，因為這讓人想到沉悶的家務。這認真仔細的步驟進行到一半時，崔西莫名其妙地對我心軟了：她溜下床，和我一起盤腿坐在地板上。我們一起將這個白人小女人的生活整理得井然有序。

13 猶大之獅曾經出現在衣索匹亞王國的國旗上，於一九七四年革命後才由一顆星所取代。

十二

我們有支非常喜愛的錄影帶，標為「星期六卡通和《禮帽》」，每週從我家公寓拿到崔西家再拿回來，播放太頻繁的結果現在磁軌從上下磨損了畫面。因此我們在播放時不能冒險前進快轉，那樣會讓磁軌更加惡化，於是我們「盲目」地前進快轉，利用估算黑色磁帶從一邊捲軸捲到另一邊的寬度來猜測持續時間。崔西是前進快轉的專家，她的身體似乎知道我們何時可跳過不相關的卡通，何時按下停止鍵可以到達，比方說，〈貼面舞〉那首曲子。我突然想到假如我現在想看同一段影片——就像我在寫這段的幾分鐘前那樣——一點都不費事，瞬間搞定，只要在方框裡輸入要求就會跳出來，但在當時這可是需要技術的。在我們家鄉，我們是第一代擁有方法可以倒帶、快轉現實的人：即使是年幼的孩子也會用手指壓住那些笨重的按鍵，看過去變成現在或是未來。崔西在這過程中絕對地專注，一直要轉到佛雷和金潔恰好在她想要的位置，在陽臺上的九重葛與多利克式柱子當中，才會按下播放鍵。到這時她開始看懂舞蹈，而我永遠不懂；她看到了所有細節：零星掉落地板上的鴕鳥羽毛，金潔背部無力的肌肉，佛雷必須將她從任何仰臥姿勢猛然拉起的舞步，破壞了流暢性，毀掉了線條。她注意到了最重要的一點，那就是表演之中的舞蹈課。在佛雷和金潔身上永遠能看到舞蹈課。從某種意義上來說舞蹈課就是表演。他不是以充滿愛意的眼神看著她，連虛假的電影愛情都沒有。他注視她就像伊莎貝爾老師盯著我們：別忘了

x、請記住y，現在手舉高，腿放下，旋轉，曲膝，鞠躬。

「看看她，」崔西露出古怪的笑容說，邊用一根手指壓在螢幕的金潔臉上。「她看起來他媽的嚇死了。」

在其中一次觀看影片時，我對路易有了重要的新認識。那次公寓裡沒有別人，而既然我們看同一段影片太多遍會惹惱崔西的母親，那天下午我們決定盡情放縱一番。到了佛雷倚在欄杆休息的那一刻，崔西便跪著往前爬，再次按下按鍵，倒回到剛才的段落。我們鐵定把這五分鐘的片段看了十來次，直到突然間覺得夠了：崔西起身叫我跟上。外頭天色暗了。我不知她母親何時會到家。我們經過廚房走進浴室。她家浴室和我家的一模一樣，同樣的軟木地板、同樣的酪梨色全套盥洗用具。她跪到地上推了一下浴缸的側板：板子輕易就陷進去，而水管旁邊的克拉克鞋盒裡擺了一把小槍。崔西拿起盒子展示給我看，說那是她父親留在那裡的，等耶誕節麥可來溫布利球場時，路易將會擔任他的保鑣兼伴舞；唯有這麼安排才能混淆視聽。這一切都是最高機密。她叮嚀我，妳要是告訴別人就死定了。她將側板放回原位，進廚房去泡茶。我回家。我還記得自己非常羨慕崔西家相較於我家迷人的生活，是那麼地神祕且具有爆炸性，我邊走向自家公寓邊努力思索下次見面能夠提供給崔西什麼相等的內幕，重病或新生兒之類的，可惜想不到任何事情，什麼都沒有，完全沒有！

十三

我們站在陽臺上。崔西拿起一根菸，從我父親那兒偷來的，我站著準備為她點菸。我還來不及點她就把嘴裡的香菸吐出來、踢到背後，並且往下指著我母親，原來我母親就在我們正下方的公共草坪上笑著抬起頭來。這是五月中旬的星期日早晨，氣候溫暖陽光明媚。母親揮舞著一把引人矚目的大鐵鍬有如蘇聯農民，身穿一套非常好看的服裝：牛仔吊帶褲和完美緊貼她肌膚的淺棕色輕薄中空裝，腳上穿著勃肯鞋，頭戴一條折成三角形的黃色方巾，綁在頸後打了一個活潑的小結。她解釋說，她自告奮勇要在公共草坪上挖掘一個大約八呎乘三呎的長方形，打算建一座人人都會喜愛的菜園。崔西和我看著她。她挖掘了一陣子，不時停下來把腳擱在鐵鍬邊上，向我們大聲說些有關萵苣、各種品系、栽種的正確時機等話題，我們對這些絲毫不感興趣，不過那身裝扮使她說的每句話都莫名其妙地令人信服。我們看到其他幾個人走出自家公寓，表達關切或質疑她如此做的權利，可惜他們都不是她的對手；我們注意到並且欽佩她在幾分鐘內打發那些鄰居爸爸的方法，基本上就是直視他們的眼睛，但是和那些鄰居媽媽談的時候她遇到了阻力，是的，和鄰居媽媽談時她必須多費點力，用言語淹沒她們，直到她們明白這並非她們所能理解，她們一連串薄弱的反對聲浪完全沒入我母親滔滔不絕的談話中。她說的每句話聽起來都非常有說服力、根本無法反駁，猶如一股浪潮席捲過來，無法阻擋。誰不喜歡玫瑰？誰如此心胸狹窄、捨不得給予市中心孩子播種的機會？我們不是原本都是非洲人嗎？我們難道不是這片土地上的人嗎？

天下起雨來。母親沒穿防雨的衣服，因此回到屋內。隔天早晨上學前，我們非常興奮能趕上這個奇觀：我母親看起來宛如女星潘．葛蕾兒（Pam Grier）本人，未經市政會許可挖了一個非法的大洞。可是鐵鍬擱在她扔下的地方，溝渠裡灌滿了水，整個洞看起來好像某人掘到一半的墓穴。隔天又下雨，挖掘工作沒有更進一步。到第三天灰色淤泥開始升起，溢出到草地上。

「黏土，」父親把手指伸進淤泥中說。「她現在有麻煩了。」

但是他錯了：那是他的問題。有人告訴我母親黏土只是土壤的一層，倘若挖得夠深就可以穿過黏土層，接著只需要到園藝中心買些堆肥、倒進非法的大洞裡。我們俯視父親現在正在挖掘的洞：在黏土底下是更多的黏土。母親也下樓來看，宣稱她看到黏土「非常興奮」。她絕口不再提蔬菜，假如有人想要提起，她就天衣無縫地採取新策略，聲稱挖那個洞從來都不是為了種萵苣，一直都是為了找尋黏土，現在找到了。事實上，她有兩具製陶的轆轤，就擺在樓上！這對孩子們而言是多麼棒的資源！

那兩具轆轤雖小但非常沉重，她買下來是因為喜歡「轆轤的模樣」；某個凜冽的二月天、電梯門故障的時候，父親繃緊膝蓋、挺直雙臂，拽著這該死的東西爬了三層樓。這兩具轆轤非常原始，在某方面來說很野蠻，是農人的工具，在我們公寓裡除了撐開通往客廳的門外從來沒有派上用場。現在我們要用了，非得用不可：不用的話，母親在公共花園挖個大洞就毫無道理了。母親吩咐崔西和我找一些孩子來。我們只成功說服了住宅區的三個孩子：為了充數我們又找來莉莉．賓翰。父親將黏土舀進垃圾袋再運上公寓。母親在陽臺上擺張擱板桌，在我們每人面前扔下一大塊黏土。整個過程弄得髒亂不堪，在浴室或廚房進行八成會好一些，不過在陽臺上是考慮到能夠展示的特點：從這裡所有人都可以看見母親的教養新觀念。她基本上是在向整個住宅區發問：如果我們不把孩子丟在電視機前面每天看卡通和肥皂劇會怎樣？假如我們給他們一塊黏土、倒點水上去，示範給他們看如何讓黏土旋轉，直到形狀在他們的手中形成？那將會是怎樣的社會？我們看著黏土在她的雙掌中旋轉，看起來像陰莖，一根長長的褐色陰莖，雖然一直到崔西在我耳邊低聲說出這看法，我才允許自己承認所見略同。「這是個花瓶，」母親宣稱，接著再補充一句澄清：「插一朵花的。」我大為欽佩。我環視其他孩子，她們的母親曾經想過要從土裡挖出一只花瓶嗎？或者種一朵花好插進花瓶裡？不過崔西一點也不認真看待，她仍然忘形地想著黏土陰莖，現在害我也跟著想。母親對我們兩人蹙起眉頭，將注意力轉向莉莉．賓翰，問她想做什麼，花瓶或是馬克杯。崔西壓低聲音再次提議那個下流的第三選項。

她在嘲笑我母親，令人十分暢快。我從來沒想過我母親可以或可能成為笑柄，可是崔西覺得她的一切言行都很可笑：她用尊重的態度對我們說話，彷彿我們是大人，讓我們選擇崔西覺得我們無權選擇的東西，又發給大家許可證，准許我們在陽臺上製造毫無必要的混亂——每個人都知道真正的母親討厭髒亂——並且有臉稱之為「藝術」，厚著臉皮說那是「手工藝」。輪到崔西時，母親問她想在轆轤上做什麼，花瓶還是馬克杯，崔西停止大笑、陰沉著臉。

「我明白了，」母親說。「好吧，那妳想要做什麼？」

崔西聳一下肩。

「不一定要有用處，」母親極力勸說。「藝術代表不一定要有用！比方說，在西非一百年前，有些村婦製作了一些奇形怪狀、毫不實用的壺，人類學家不懂她們做的是什麼，但那是因為那些科學家認為所謂的『原始』人只製造有用的物品，而事實上她們製作這些壺只是為了美觀，與雕刻家無異，既不是用來集水，也不是保存穀物，純粹是為了美，並且想要表明：我們在這裡，在此時此刻，這是我們的創作。好了，這妳辦得到，對吧？沒錯，妳可以做些裝飾性的物品。那是妳的自由！接受吧！誰知道？說不定妳會成為下一位奧古斯塔．薩維奇[14]呢！」

我習慣了母親煞有介事地發言——她發表演說時我通常都不注意聽——而且我也很熟悉她在平常談話中加入她那星期碰巧在研究的主題，但我確信崔西這輩子從沒聽過這類的話。她不知道人類學家是什麼，也不知道雕刻家是做什麼的，或者奧古斯塔．薩維奇是誰，或甚至連「裝飾性」這個詞的意思都不曉得。她以為我母親是想要讓她出醜。她怎麼會知道我母親覺得沒有辦法自然地對小孩子說話呢？

14 Augusta Savage, 1892-1962，非裔美國雕塑家。

十四

崔西每天放學回家時，她家公寓幾乎總是沒人。誰知道她母親在哪裡？「在大路那裡。」我母親說，那表示「在喝酒」，不過我天天經過科林坎貝爾爵士餐廳，從沒看到她在裡面。我確實瞧見她的時候，她通常都在街上對人家嘮叨訴苦，不時哭泣、用手帕輕拭眼睛，要不然就是坐在住宅區牆壁另一邊的公車站抽菸、發呆。什麼都好就是不坐在那間狹小的公寓裡，我也不怪她。崔西和她正好相反，非常喜歡待在家，她從不想去遊樂場或是上街。她在鉛筆盒裡放了一把鑰匙，自己進門，直接走到沙發上，開始看澳洲肥皂劇，直到英國的肥皂劇開播，這過程從下午四點開始到《加冕街》的演職人員名單播放為止。這之間要麼她準備自己的下午茶點，要麼她母親帶了外賣回家，和她一起坐在沙發上。我夢想像她一樣自由。我回家時，父親或母親總是想知道「今天在學校發生了什麼事」，他們非常堅持這點，除非我告訴他們一些事，否則不會放過我，所以自然而然地我開始對他們撒謊。到這時候我把他們看成是兩個孩子，比我更天真，而我有責任保護他們，不讓他們知道那種令人不安的事實，他們聽了要麼會想得過多（母親）要麼過於敏感（父親）。那年夏天這問題變得嚴重，因為「今天在學校怎麼樣」的真正答案是「操場上有摸陰道狂」。三個住在崔西住宅區的男生發起了這個遊戲，不過現在大家都在玩，愛爾蘭小孩、希臘小孩，連保羅・巴隆這個不折不扣的盎格魯—撒克遜警察的兒子都不例外。遊戲玩法類似鬼捉人，不過女生絕對不會當「鬼」，只有男生可以當「鬼」，女生只是不斷地跑，一直跑到發覺自己被逼到一處僻靜的角落，遠離午餐阿姨和操場監督的視線，這時內褲被拉到一邊，一隻小手猛然伸進陰道，粗野、狂暴地搔癢，過一會兒後男生跑開，整個遊戲又從頭開始。你可以從誰被追得最久、最猛來判斷出女生受歡迎的程度。崔西由於歇斯底里的咯咯笑聲以及刻意的慢跑，照例排名第一。我想受歡迎，有時也跑得很慢，尷尬的事實是我想被抓到，我喜歡光是期待那隻熱燙的小手就從陰道竄升到耳朵的電流，但同樣真實的是當那隻手真的出現後，我的某種本能反應——傳承自母親、根深蒂固的自我保護觀念，總是讓我夾緊雙腿、徒勞地抵禦那隻手。我所做的一切只是讓自己因為最初幾分鐘的掙扎而變得更不受歡迎。

至於妳想要哪個男生追逐，不，這不是大家關心的問題。慾望沒有等級之分，因為慾望在這遊戲中是非常薄弱、近乎不存在的元素。重要的是妳在男生眼中是那種值得追逐的女生。這遊戲無關性慾而是關係到地位，以及權力。我們不渴望或害怕男生本身，只渴望並害怕被人需要與否。唯一的例外是有個罹患嚴重濕疹的男生，我們大家都由衷地害怕他，崔西也一樣，因為他會在內褲裡留下一點一點的灰色死皮。當我們的遊戲從操場惡作劇變成教室冒險後，濕疹男孩就成為我每日的噩夢。現在遊戲的玩法是：一個男生把鉛筆掉到地上，總是趁薛爾曼先生背對我們、眼睛盯著黑板的時候。然後那男生爬到桌下去撿鉛筆，再接近某個女生的胯部，拉開她的內褲把手指伸進去，在他認為可以逃過懲罰的範圍內盡可能在裡面留久一點。如今隨機的元素不見了：玩的人只有最初的三個男生，而且只找那些座位靠近而且他們斷定不會抱怨的女生。崔西是其中之一，還有我，以及一個和我住同一條走廊名叫莎夏．理查茲的女生。原本也普遍捲入操場狂熱之中的白人女孩現在莫名地不再入列：彷彿她們從一開始就沒有涉入。濕疹男孩的座位與我隔了一張桌子。我痛恨那些脫皮的手指，感到害怕和厭惡，卻同時情不自禁地喜歡從內褲竄到耳朵那令人愉快、無法控制的電流。當然，這種事情不可能描述給我父母聽。事實上這是我第一次陳述出來，在此之前我不曾以任何形式透露給任何人，甚至包括我自己。

如今想想我們當時只有九歲，實在很奇怪。然而回想起那段時光，我依然抱著某種程度的感激之情，把這視為我相對的幸運。沒錯，那是性慾萌發期，但是在至關重要的地方卻不涉及性行為本身，這豈不是快樂少女時期的有效定義嗎？一直到成年後我才明白或感激我這方面的幸運，才開始發現在我的女性朋友當中，無論背景，童年性慾萌發期遭到伯叔父親、堂表親、朋友、陌生人剝削和摧毀的例子比我猜想得要來得多。我想到了艾咪：七歲遭到虐待，十七歲遭強暴。除了個人的運氣外，還有歷史地理上的幸運。那些在新開墾地——或者在維多利亞時代勞動濟貧所——的少女身上發生了什麼事？我最接近的類似體驗是在音樂儲藏室，而且還差得非常遠，當然這要歸功於我的歷史好運，不過也要感謝崔西，因為是她以她獨特的方式解救了我。那是在星期五快結束的時候，學校即將放假，我進儲藏室借〈哄堂大笑〉（They All Laughed）的樂譜，這首曲子亞斯坦唱得很簡單卻非常出色，我打算在星期六早上拿給布思先生，好幫助我們唱二重唱。我的另一分運氣是，我的班級導師薛爾曼先生也是學校的音樂老師，和我一樣喜愛老歌：他有個檔案櫃裝滿了蓋希文（Gershwin）和波特（Porter）等等的樂譜，收在音樂儲藏室中，我獲准在星期五借出想要的樂譜，星期一還回來。當時學校的儲藏室差不多都長這樣：雜亂、狹小、無窗，天花板上少了很多磁磚；老舊的小提琴和大提琴盒靠牆堆放，幾個塑膠桶裝著高音豎笛，沾滿口水、吹口被咬得像狗玩具。另外有兩架鋼琴，一架壞了罩著防塵布，另一架走音得非常厲害，還有很多套非洲鼓，因為相對便宜而且任何人都能打。由於頂燈故障，你必須趁門還開著的時候找到想要的東西、確定東西的位置，然後假如物品不在伸手可及之處，只能任由門關上，摸黑前進。薛爾曼先生告訴我，他將我需要的文件夾放在最左邊角落的灰色檔案櫃上面，我瞧見了檔案櫃，讓門輕輕關上。四周一片漆黑。我手裡拿著文件夾背對著門。一道細細的光線切過房間片刻後消失。我轉身，感覺有手在我身上。其中一雙手我立刻認出來是濕疹男孩，另外一雙手我很快明白屬於他的好朋友，一個身材瘦高、動作不協調的孩子，名叫喬丹，他頭腦遲鈍、容易受人誤導，有時候會危險地失控；這一系列症狀在當時沒有特別的診斷，或是喬丹和他母親沒有接受過任何診斷。喬丹在我班上，我卻沒喊過他喬丹，而是叫他「傻蛋」，大家都這麼叫，不過如果那原意是要侮辱他，那他早就化解了，因為他總是愉快地應答彷彿那是他的名字。他在班上的地位很特殊：儘管他有些問題，無論那是什麼毛病，可他長得又高又帥。我們看起來像小孩，他看起來像青少年，手臂上有肌肉，髮型很時髦，是在真正的理髮店裡將兩邊剃掉。他功課不好，沒有真正的朋友，但是對打著鬼主意的男生來說他是順從有用的跟班，而且他經常是老師注意的焦點，他只要發出些微干擾都會得到不成比例的效果，我們其他人都覺得這很有趣。崔西可以叫老師「滾開」，她真的那麼做過，也不會被派到走廊罰站，但是喬丹大部分時間都在走廊上度過，為了一些在我們其他人眼中似乎只是小違規的事情，例如頂嘴或者不脫下棒球帽；如此過了一段時間，我們漸漸明白老師們，尤其是白人女老師，都害怕他。我們對此心生敬意：雖然年僅九歲而且弱智卻能夠讓成年女性畏懼似乎是件特別的事，好像是項成就。我個人和他關係還不錯：他有時會把手指伸進我的內褲，但我從不相信他知道自己為什麼要那麼做。在走路回家時，假如我們剛好並肩同行，我有時會為他唱《無敵神貓》（Top Cat）的主題曲，他很迷那部卡通，唱這首歌會讓他平靜、快樂。他會跟我一起走，頭歪向我這邊，發出低沉的咯咯聲宛如滿足的嬰兒。我不認為他是個挑釁者，然而現在他卻在音樂儲藏室裡，摸遍我全身，發瘋似地傻笑，跟隨、模仿濕疹男孩更蓄意的大笑，很明顯這並非操場遊戲或教室遊戲，而是新的、或許是危險的升級版。濕疹男孩哈哈大笑，我照道理應該要笑，一切本來應當是個玩笑，但是每當我想要拉上某件衣服，他們就把衣服拉下來，對這行徑我應該也要大笑。突然間笑聲停止，動作變得急切起來，他們悶不吭聲地動手，我自己也沉默下來。就在這時那道細細的光線又出現了。崔西在門口：在光線襯托下我看見了她的剪影。她關上身後的門，沒有馬上說話，只是和我們一起站在黑暗中，一言不發，沒有採取任何行動。男孩的手慢了下來：這是兒童版的性荒謬——成年人對此十分熟悉——前一刻似乎非常投入、急迫的事，現在突然（通常與燈打開同時發生）好像微不足道、毫無意義，甚至可悲。我看向崔西，她仍然如浮雕烙印在我的視網膜上：我看見她的輪廓，翹起的鼻子，綁著緞帶蝴蝶結、完美分邊的辮子。最後她往後退一步，把門大大打開撐著。

「保羅．巴隆在大門口等妳。」她說。我睜大眼睛盯著她，她再說了一遍，這回口氣不耐煩，好像我在浪費她的時間。我拉下裙子急忙走過去。我們兩人都心知肚明，保羅．巴隆不可能在大門口等我，他媽每天開福斯汽車來接他，他爸是警察，他的上唇永遠顫抖著，一雙藍眼睛又大又濕潤宛如小狗。我這輩子沒和保羅．巴隆說過兩句話。崔西宣稱他把手指伸進她的內褲，但是我看過他玩那個遊戲，注意到他在操場上漫無目的地跑來跑去，找棵樹躲在後面。我強烈懷疑他根本不想抓任何人。然而他的名字是適時出現的適當名字。只要人家認為我歸在學校裡無可期待、不配得到更好的那群人，他們就可以隨便惹我；可是保羅．巴隆屬於另一個世界，他是不可以招惹的，與他的這層虛構關係，即使只有片刻，也形成了某種保護。我跑下坡到大門口，發現父親在那裡等著我。我們從貨車買了冰淇淋，一起走回家。在等紅綠燈時，我聽見吵吵鬧鬧的聲音，放眼望去看見崔西和濕疹男孩及我們叫傻蛋的男生笑著打鬧，無所顧忌地罵髒話，似乎十分享受公眾的不滿與嘖嘖聲。此時不滿和嘖嘖聲逐漸上升，有如一大群搖蚊籠罩著他們，由公車站排隊的人、站在門口的店主，以及多位母親和父親所發出。我自己的父親是近視眼，他費力地往馬路對面騷亂的方向看去：「那不是崔西吧，是她嗎？」

第二部

早期與後期

一

和艾咪初次相遇時我還是個孩子，但我怎麼能稱之為命運呢？所有人都在同一時間遇見她，她一出現就不受時空限制，不是和一條道路而是與所有的道路交錯：每一條路都是她的，如同《愛麗絲夢遊仙境》裡的皇后，每一條道路都屬於她，當然有數以百萬計的人和我感受相同。每當他們在聽她的唱片時都覺得是與她相遇，到現在依然如此。她的第一張單曲唱片在我十歲生日那週發行，當時她二十三歲。她曾經告訴我，到同一年年底時，她已經無法再走在街上，無論是在墨爾本、巴黎、紐約、倫敦，或東京。有一回，我們在一起前往羅馬的途中飛越倫敦，隨意聊到倫敦這座城市的優缺點，她承認她不曾搭過地鐵，連一次都沒有，實在無法想像那種體驗。我說世界各地的地下鐵系統基本上都是一樣的，但是她說她上一次搭乘任何類型的列車是在二十年前離開澳洲前往紐約的時候。那時她才離開冷清的家鄉六個月，在墨爾本迅速成為地下明星，到紐約只花了六個多月就去除了修飾詞，從此成為不容置疑的明星，對於這事實她沒有哀傷或絲毫神經過敏或自憐——這是艾咪非同尋常的特點之一：她沒有悲劇的一面。她相信發生在她身上的一切都是命，對自己的身分既不驚訝也不感到孤獨，就像我猜想埃及豔后注定會成為埃及豔后那樣。

我買了那張出道單曲唱片當作莉莉．賓翰的禮物，因為她的十歲生日派對正好在我自己生日的前幾天。相當意外地，崔西和我都受邀參加，在某個星期六早上的舞蹈課時，莉莉親手交給我們小張的自製邀請卡。我非常高興，而崔西也許懷疑莉莉將她算入是出於禮貌，一臉沒好氣地收下，直接交給她母親。她母親非常擔心這件事，幾天後在街上攔住我母親，連珠炮地向她問問題：這種聚會是不是讓孩子下車就好了？還是說她身為媽媽應當要進屋裡？邀請卡上說要去看電影，可是電影票的錢誰付？客人還是主人？必須帶禮物去嗎？我們要買什麼樣的禮物？我母親能否幫她忙帶我們兩個去？彷彿派對是在令人不知所措的異國他鄉舉行，而不是在公園另一側、走路只要三分鐘的屋子裡。我母親以最紆尊降貴的態度說她會帶我們兩人去，需要留下來的話就留下。至於禮物她提議買唱片，流行單曲，可以由我們兩人合送，便宜但是肯定會受歡迎：她會帶我們到大街的沃爾沃斯超市去找合適的唱片。只是我們準備好了，確切知道要買哪張唱片，包括曲名及歌手名。我們很清楚我母親從來不看通俗小報、只聽雷鬼音樂電臺，不會知道艾咪的名聲。唯一要擔心的是封面：我們沒看過，不知道會出現什麼。考慮到歌詞，以及在《流行音樂排行榜》中讓我們看得目瞪口呆的表演，幾乎什麼都有可能：她很可能在單曲封面上一絲不掛，可能在男人——或女人——身上做愛，也可能比著中指，如同上週末她在現場直播的兒童電視節目中比了一會兒。有可能是艾咪表演迷人、挑逗舞蹈動作的照片，由於喜愛她的舞蹈動作，我們暫時拋棄了佛雷．亞斯坦，現在只想跳得像艾咪一樣，私下一有機會就模仿她，練習像她那樣優美流暢地擺動上腹部——宛如一股欲望流經身體——猛然晃動男孩似的窄臀，從胸廓挺起嬌小的乳房，巧妙地操縱在我們尚未發育的乳房底下、我們尚未擁有的肌肉。我們一到沃爾沃斯超市立刻衝在我母親前面，直接跑到唱片貨架前。她在哪裡？我們找尋淡金色的精靈短髮、淺藍得看似灰色的驚人眼睛、無明顯性別區分的小巧臉蛋配上小而尖的下巴，一半是彼得潘，一半是愛麗絲。可是我們找不到艾咪的象徵，無論赤裸與否：只有她的名字與歌名在唱片封套的左手邊，其餘的空間由對我們來說令人費解的金字塔圖像所占據，金字塔上方盤旋著一隻眼睛，這隻眼睛裝在三角形的尖端裡。封套是暗綠色，金字塔上下寫了一些文字，是我們不懂的語言。我們感到困惑卻鬆了口氣，拿去給我母親，她把唱片舉到貼近臉部的位置——她也有點近視，雖然太過虛榮不願意戴眼鏡——皺起眉頭問這是否是「有關金錢的歌曲」。我小心翼翼地回答。我知道母親對錢比對性更為拘謹。

「這跟什麼都沒有關係啦，只是一首歌而已。」

「妳們認為妳們的朋友會喜歡？」

「她會喜歡的，」崔西說。「大家都非常喜歡。我們可以也買一張嗎？」

母親嘆了口氣，仍蹙著眉頭走去貨架拿了第二張，再走到櫃檯付了兩張的錢。

那是家長要離開的那種派對——向來愛打探中產階級家庭內部的母親因此感到失望——不過似乎不像我們知道的派對那樣安排有序，沒有跳舞或派對遊戲，而且莉莉的母親一點都沒有打扮，看起來簡直像遊民，頭髮幾乎沒有梳理。在尷尬地短暫交談後，我們與我母親在門口分別。「妳們兩個看起來漂亮極了！」莉莉的母親一見到我們就大喊。之後我們加入客廳的那堆孩子中，全都是女生，沒有人穿著像崔西所穿的粉紅、鑲亮片的層疊荷葉邊蛋糕洋裝，不過也沒有人穿假維多利亞風的白領、黑天鵝絨連身裙，那是母親在本地的慈善商店裡為我「找到」的，她認為「非常完美」。其他女孩穿著吊帶褲和明亮好看的羊毛套頭衫，或者樸素的原色棉背心裙，我們一進入客廳，她們全都停下手邊的事轉頭盯著我們看。「她們看起來很漂亮吧？」莉莉的母親又說了一次，然後走出去留我們在那裡。我們是唯二的黑人女孩，而且除了莉莉外一個人也不認識。崔西立刻充滿敵意。在走過來的路上我們爭論該由誰把我們合送的禮物交給莉莉，自然是崔西贏了，可是現在她將包裝成禮物的單曲唱片放在沙發上，連提都沒提，而且聽到我們將要去看的電影是《森林王子》時，她譴責那部片「很幼稚」，只是有很多「愚蠢小動物」的「卡通」，那聲音在我聽來突然顯得非常響亮、清楚，省略掉過多的「t」。

莉莉的母親再次露面。我們擠進一輛長型的藍色汽車，有好幾排座位，宛如一輛小巴士，座位都坐滿後，莉莉的母親叫崔西、我，和另外兩個女孩坐到後面行李箱的空位，那裡鋪了一張布滿狗毛、髒兮兮的格紋地毯。母親給我一張五英鎊的鈔票，以防萬一我們兩人需要付錢，我很擔心會弄丟，於是不斷將鈔票從大衣口袋拿出來、墊在膝蓋上撫平，再重新折成四分之一大小。這段期間崔西在逗另外兩個女孩開心，表演給她們看我們平常坐在校車後面時都做什麼。我們一星期搭一次校車，到帕丁頓遊樂園上體育課：她在空間許可的範圍內跪起來，伸出兩根手指比成V字形擺在嘴巴兩邊，對著後面車上困窘的男性駕駛人把舌頭伸進伸出。五分鐘後，我們在威爾斯登巷停下來，儘管很慶幸旅程結束，但是對目的地頗為失望。我原本猜想我們是要前往市中心的大戲院，卻停在本地小小的奧德翁劇院前面，就在基爾本大路附近。崔西很高興：這是熟悉的地盤。趁莉莉的母親在售票處分神的時候，崔西示範給大家看如何不付錢偷走散裝糖果，等我們進入黑漆漆的戲院之後，又表演如何平衡地坐在往上翻的座位上，讓後頭的人看不到螢幕，以及如何踢前面的座椅直到對方轉過身來。「好了，夠了，」莉莉的母親不斷咕噥，只是無法建立起權威，她本身覺得尷尬的想法似乎阻止了她。她不希望我們製造噪音，同時又受不了阻止我們製造噪音時必須發出的聲響，而一旦崔西了解了這點，也明白莉莉的母親無意打她或罵她，或者像我們的母親那樣揪著她的耳朵將她拖出電影院——嗯，她覺得相當自由。她從頭到尾不斷地發表評論，奚落劇情和歌曲，說假如她是其中任何一個或所有的角色，那麼故事在許多方面將會與吉卜林[15]和迪士尼的想像大相徑庭。「如果我是那條蛇，我會張開大嘴一口吞下那個笨蛋！」或是「假如我是那隻猴子，那小子一出現在我的地盤我就會立刻殺了他！」派對的其他客人對這些干預都興奮不已，而我笑得最大聲。

後來到車上，崔西又坐在最後面，我不講道義地挪到第二排。莉莉的母親試圖就電影的優點展開文明的談話，幾個女孩說了些好處，這時崔西突然發話了。

「那個叫什麼名字的——毛克利？他長得像庫爾希德，對不對？我們班上的。不是嗎？」

「對，他的確像，」我大聲回話。「他長得跟我們班上那個叫庫爾希德的男生很像。」

莉莉的母親誇張地表現出感興趣的樣子，在停下來等紅綠燈時轉過頭來。

「也許他的父母來自印度。」

「才不是呢，」崔西漫不經心地說，扭頭看向窗外。「庫爾希德是巴基斯坦佬。」

我們在沉默中開回莉莉家。

主人準備了蛋糕，雖然是自製的、裝飾欠佳；我們唱了「生日快樂」，而在家長來接我們之前還有半小時，莉莉的母親沒有為此安排任何計畫，一臉擔憂地詢問我們想做什麼。透過廚房門我能看見一塊綠意盎然的狹長空間，長滿了藤蔓和矮樹叢，我很想到外頭去，但是遭到駁回，因為太冷了。「妳們何不上樓去看看，探險一下？」我可以看出這個提議多令崔西驚訝。大人會吩咐我們「別惹麻煩」、「去找點事情做」或「去做點有用的事」而我們不習慣聽到——收到指示！——去探險一下。這句話來自另一個世界。向來親切、友善、體貼的莉莉帶所有的客人到她房間，給我們看她的玩具，新的舊的，所有我們想要的都有，絲毫沒有流露出情緒惡劣或占有欲強烈的跡象。就連以前只到過她家一次的我對莉莉的東西都比莉莉自己更有占有欲。我走來走去帶崔西看莉莉房間裡許多有趣的物品，彷彿那是我自己的，規定她可以拿這樣或那樣物品的時間，向她解釋牆上東西的來歷。我秀給她看那支超大的Swatch錶，叮嚀她不許碰，然後指出一張宣傳鬥牛的海報，那是賓翰一家最近到西班牙度假時買的，在鬥牛士影像下面的不是鬥牛士的名字，而是用大大的花體紅字印著的：莉莉・賓翰。我想要崔西和我初次見到時一樣驚訝，她卻聳聳肩轉身對莉莉說：「有電唱機嗎？我們要來場表演秀。」

15 Rudyard Kipling, 1865-1936，英國作家及詩人，為《森林王子》原著《叢林奇譚》的作者。

崔西非常擅長想像遊戲，比我厲害，其中她最喜歡的遊戲就是「表演秀」。我們經常玩，總是只有我們兩人，不過現在她開始招攬這六個女孩加入「我們的」遊戲中：派一個下樓去拿禮物包裝的單曲唱片，那將是我們的配樂，安排其他人為即將展開的表演製作門票、宣傳的海報，還有一些人從各個房間收集枕頭和坐墊拿來當成座位。崔西教她們在哪裡清出一塊區域當「舞臺」。表演秀在莉莉十來歲的哥哥房間舉行，電唱機放在那裡。他不在家，我們對待他的房間就好像天生有權使用似的。可是一切幾乎都安排妥當時，崔西突然通知工作人員到最後表演的人只有她和我，其他所有人都要坐在觀眾席。有女孩膽敢質疑這個方針時，崔西毫不留情地一一予以質詢：她們上過舞蹈班嗎？她們拿過金牌嗎？跟她拿的一樣多嗎？幾個女孩哭了起來。崔西改變口氣，一點點而已：某某人可以負責「燈光」，某某人可以負責「道具」和「服裝」，或者為表演作開場白，莉莉．賓翰則可以用她父親的攝錄影機拍下一切。崔西對她們說話的語氣彷彿她們是小寶寶，我很訝異她們這麼快就平息下來。接下愚蠢的虛構工作似乎讓她們很滿意。然後在我們「排演」的時候所有人都被趕到莉莉的房間，到這時我才看到「服裝」：兩件細肩帶的蕾絲內衣，從賓翰太太的內衣抽屜拿來的。我還來不及說話，崔西就把我的衣服拉到頭上。

「妳穿紅色那件。」她說。

我們播放唱片排練。我知道有什麼不對勁，這一點都不像我們以前跳過的舞，但是我感覺事情脫離了我的掌控。崔西如同以往擔任編舞：我唯一的工作是盡我所能地跳好。當她判定我們準備好了，便邀請觀眾回到莉莉哥哥的房間，坐到地板上。莉莉站在後面，粉紅色的窄肩上扛著沉重的攝錄影機，看到兩個女孩穿著她母親的性感衣物——當然她很可能以前從沒見過——淡藍色的眼睛裡滿是困惑，我們甚至還沒開始跳舞呢。她按下按鍵說「開始錄了」，這麼做引發了一連串的因果關係，在超過四分之一世紀後，感覺像是命運，幾乎無法不看成是命運，但是無論你對命運的看法如何，這件事可以肯定、理性地說有個實際的後果：我現在無須描寫舞蹈本身。不過有些事情攝錄影機沒有捕捉到。當我們跳到最後一段副歌、我在那張椅子上跨騎在崔西身上時，莉莉·賓翰的母親正好上樓來通知我們某某人的媽媽來了，她打開兒子房間的門，看見了我們。這就是為何影片會那樣唐突地停止。她僵在門口，宛如羅得妻鹽柱般靜止不動。一會兒後她爆發了，將我們分開，剝去我們的服裝，叫觀眾回到莉莉房間，在我們穿回自己愚蠢的衣服時一聲不吭地站在旁邊。我不斷地道歉。通常對生氣的大人只會頂嘴的崔西一言不發，但是她的每個動作都包含了輕蔑的意味，甚至用譏諷的態度穿上褲襪。門鈴再次響起。莉莉·賓翰的母親下樓去。我們不知道是否該跟著走。接下來十五分鐘，門鈴響了又響，我們一直待在原地。我什麼也沒做，只是杵在那裡，但崔西以她獨特的足智多謀做了三件事：她取出錄影機裡的VHS錄影帶，將單曲唱片放回封套裡，再把這兩樣東西放進她母親認為適合背在她肩上的粉紅色絲質抽繩包。

做什麼事情都遲到的母親最後一個抵達。她被帶到樓上找我們，有如律師來到監獄隔著鐵欄杆與客戶談話，莉莉的母親非常詳盡地描述我們的行動，並提出反問句：「妳難道不好奇這年紀的孩子究竟從哪裡學到這些點子？」我母親起了防衛心：她咒罵了一聲，於是兩個女人短暫地爭吵起來。我大為震驚。在那一刻她似乎和學校裡面對孩子不良行為的其他母親沒什麼不同，她甚至說了一點方言，我非常不習慣看見她失控。她抓住我們的衣服後面，我們三人飛奔下樓，但是莉莉的母親跟著我們，在玄關重複了一遍崔西所說有關庫爾希德的事。那是她的王牌。其餘的事情我母親可以視為是「典型的布爾喬亞道德觀念」而不予理會，卻無法忽視「巴基斯坦佬」。當時我們屬於「黑人與亞洲人」，在填醫療表格時我們在黑人與亞洲人的方框上打勾，加入黑人與亞洲人家庭互助小組，固守圖書館裡的黑人與亞洲人區：人們認為這是團結的問題。然而母親為崔西辯解，她說：「她還小，只是重複她所聽到的，」對此莉莉的母親輕聲說：「的確。」我母親打開前門帶我們走，然後非常大聲地用力關上門。但是一到外面，她所有的怒氣就衝著我們，只針對我們，她把我們像兩袋垃圾拖回到路上，大吼：「妳們以為自己跟她們是一夥的嗎？妳們是這樣想的嗎？」我清楚地記得被拽著走的感覺，腳趾循著人行道，我完全不懂母親眼中的淚水，那扭曲破壞了她美麗的臉龐。我記得有關莉莉．賓翰十歲生日的一切，卻絲毫不記得我自己的。

等我們走到我們家和崔西家住宅區中間的那條馬路，母親放開崔西的手，講了一段種族蔑稱的歷史，簡短但令人震撼。我垂下頭當街哭了起來，崔西則無動於衷。她仰起下巴和小豬鼻子，一直等到我母親教訓完，然後直視我母親的眼睛。

「那只不過是個詞而已。」她說。

二

得知艾咪在不久後的將來會來到我們在霍利巷的肯頓辦公室那天，所有人都受到這消息的影響，無人能完全免疫。會議室響起一小陣歡呼，就連最老練的YTV寫手都將咖啡舉到唇邊，眺望起散發惡臭的運河，笑著回想年輕時隨艾咪早期猥褻的鬧區迪斯可音樂跳舞——如同現在孩子在他們的客廳裡一樣——或是在多愁善感的九〇年代流行抒情歌曲聲中與大學戀人分手的自己。在那裡大家流露出對真正流行巨星的敬意，不論我們個人的音樂偏好如何，對艾咪更有一分特殊的敬意：她的命運和這電視頻道的命運從一開始就緊密相連。她是個徹頭徹尾的影像藝人。你聽麥可・傑克森的歌不會想起伴隨而來的影像（這大概只是想表達他的音樂有真正的生命），然而艾咪的音樂包含在影像裡，有時候似乎只真正存在於她的影像世界中。無論何時聽到這些歌曲，在商店裡、計程車上，甚至只是在某個路過孩子耳機中迴響的節奏，首先都會浮現視覺記憶，想到她的手、腿、胸廓或腹股溝的動作，她當時的髮色、衣著，冷淡的眼神。因為這個緣故，艾咪和所有仿效她的人，無論好壞，都是我們商業模式的基礎。我們知道美國YTV之所以崛起，某種程度上就是沿著她的傳奇，宛如為精靈之神所建的神殿，如今她將要屈尊駕臨我們英國這個層級低微很多的敬奉場所，大家都認為是破天荒的成就，所有人也進入高度戒備狀態。我的部門主管柔伊為我們團隊單獨召開一場會議，因為艾咪來我們演藝人員關係部主要是為了錄製下個月在蘇黎世頒獎的獲獎感言，而她無法親自到場。屆時當然會拍攝許多針對不同新興市場的電視頻道口號（「我是艾咪，您現在收看的是《YTV日本》！」）還有或許，倘若能夠說服她的話，安排《YTV新聞》的專訪，也許甚至為《舞曲時間排行榜》來段現場表演，在地下室錄製。我的工作是收集所有這類請求——來自我們在西班牙、法國、德國、北歐國家的歐洲辦公室，以及澳洲和其他地方——在她到來之前整理成單一的文件傳真給艾咪在紐約的員工，還有四週的時間。然後，在會議結束時，發生了一件美妙的事：柔伊從她坐的桌子上滑下來——她穿著皮長褲和無肩帶背心，在背心下面可以瞥見堅硬無比的褐色腹部，肚臍處釘著寶石般的穿刺飾品——抖了抖如獅子鬣毛的半加勒比海式鬈髮，以一副沒什麼大不了、漫不經心的態度轉向我說：「那天妳需要下樓去接她，帶她到B12攝影棚，和她待在一起，張羅她需要的一切。」

我走出會議室，宛如《窈窕淑女》中輕飄飄上樓的奧黛麗．赫本，在一團逐漸增強的樂聲中準備好在開放式辦公室裡從頭跳到尾，不斷地轉啊轉地轉出門，一路旋轉回家。我那時二十二歲。說來倒也不是特別驚訝：感覺似乎我在過去一年中的所見所聞都是朝這方向發展。在九〇年代即將結束前的那段日子，YTV像是有取之不竭的精力，而這股不靠譜的大成功氣氛，多少可以用我們占據的這棟建築作為象徵：這棟三層樓加地下室的建築是以前《清醒英國》在肯頓的電視攝影棚（建築物正面仍保有與我們已不相干的、如蛋黃般鮮黃色的巨大旭日），VH1音樂頻道的標誌嵌在樓頂處，外管式暖氣系統漆著俗豔的原色，看起來像窮人的龐畢度藝術中心；室內裝潢時尚現代，光線昏暗、深色家具，彷彿詹姆斯．龐德勁敵的巢穴。這地方早在音樂電視臺或晨間電視節目之前曾經是二手車的門市，內裝暗沉像是意在掩飾建築偷工減料的本質。通風口的完工品質過於粗糙，讓老鼠得以從攝政運河爬上來，在那裡築巢、留下糞便，到夏天通風設備打開時，整層樓的人都得了夏季流感；打開時髦的調光器時，旋鈕多半會脫落在你手中。

這是間非常重視外表的公司。二十多歲的櫃檯接待人員成為助理製作人，只因為他們似乎「有趣」而且「有幹勁」。我三十一歲的老闆從製作實習生晉升到藝人部門主管只花了四年半，我自己在八個月內升遷了兩次。有時我會想假如繼續待下去，如果數位時代沒有扼殺影像明星，會發生什麼事。當時我覺得自己很幸運：我沒有特別的生涯規劃，事業還是步步高陞。喝酒有一定的幫助。在霍利巷喝酒是強制性的：出去喝酒、千杯不醉、酒量勝人一籌、從不拒絕喝酒，即使正在服用抗生素、甚至生病都照喝不誤。正好在人生那個時期，我亟欲避免晚上與父親獨處，因此參加了所有辦公室的酒聚；我非常能喝，從十三歲起就一直提升這項英國技能。在YTV最大的不同是我們喝酒免費。公司錢嘩啦嘩啦地流。「免費贈品」和「免費暢飲」是我們辦公室重複最多次的兩個詞彙。相較於以前做過的工作，甚至跟大學時代相比，在這裡感覺好像進入延長的遊戲時間：我們一直等著大人到來，他們則始終沒有出現。

我早期的任務之一是整理出席部門派對的客人名單，聚會大約一個月一次，往往是辦在市中心的高檔地點，總是有很多免費贈品：T恤、運動鞋、迷你光碟播放器、大量的CD。贊助商名義上是某家伏特加公司，但非官方說法是哥倫比亞的販毒集團。我們成群結隊進出洗手間，隔天早晨淌著鼻血、手裡拿著高跟鞋，狼狽走回家。我也負責整理公司的小型計程車收據。大家在一夜風流過後或到機場去度假時都搭小型計程車。他們在週末凌晨搭計程車往返通宵賣酒的商店或家庭派對。我曾經搭計程車到藍伯特舅舅家。一名主管因為睡過頭沒趕上火車而搭計程車到曼徹斯特，搞得辦公室人盡皆知。我離職後聽說搭計程車受到嚴格限制，但那一年的整年度交通費依然超過十萬英鎊。我曾經請柔伊解釋這背後的邏輯，她回答員工經常要隨身攜帶VHS錄影帶，而搭乘地鐵有可能會「損毀」它們。我們大多數人甚至不知道這是官方的託辭，將免費的交通視為理所當然，當成是伴隨「身在媒體」而來的權利，覺得那是他們最起碼應得的：相較於他們大學時代的老友——那些選擇銀行業或律師業的人——每年耶誕節會在獎金信封袋裡發現的數字。

至少銀行家和律師成天工作。我們一無所有但非常空閒。我自己的工作要求通常在十一點半就做完搞定——記住，我大約十點才到辦公桌前。噢，那時的時間感覺不同！我的一個半小時午餐時間就只做這件事：吃午餐。我們辦公室沒有電子郵件，還沒有，我也沒有手機。我從裝卸區出口出去，直接到運河，沿著水邊走，一手拿著保鮮膜包裝的最典型英國三明治，觀賞日間的景色：光天化日下的毒品交易，肥胖的綠頭鴨呱呱叫著要遊客的麵包屑，粉刷過的船屋，無聊的年輕哥德族[16]把腳懸在橋上，逃學，有我十年前的影子。我經常走到動物園去，坐在那長滿青草的岸邊仰望斯諾登鳥園，看一群非洲鳥飛來飛去，骨白的羽毛和血紅的喙。我一直到在牠們的那塊大陸看到牠們才知道這些鳥的名字，而牠們在那裡當然會有不同的名字。午餐後我散步回來，有時候手裡拿本書，並不特別著急，我現在感到驚訝的是當時我並不認為這一切很難得或者何其幸運。我也以為自由時間是上帝賦予我的權利。沒錯，與同事的過分行徑相比，我認為自己認真、勤奮，而我的出身背景則使我具有其他人所欠缺的、判斷輕重緩急的能力。由於資歷太淺無法參加許多「公司交誼旅行」，可是我幫他們訂機票到維也納、布達佩斯、紐約，暗自驚嘆商務艙座位的票價、商務艙的存在，當我將這些「花費」歸檔時，永遠無法判定這類事情是否從我孩提時代起就一直存在著（只是超越我的認知範圍，我看不見），或者我是否是在英國歷史上特別繁盛的時期成年，這時期金錢擁有新的意義和用途，「免費贈品」成為一種社交原則，在我居住的地區聞所未聞，然而在其他地區卻是稀鬆平常。「免費致贈行為」：將免費贈品送給不需要的人的慣常做法。我想到以前學校的同學，他們能夠輕易完成我目前的工作，對音樂的了解遠超過我，他們完全走「街頭風格」、真正的酷，就像時常有人誤把我想像成的那樣，可是他們出現在這些辦公室的可能性卻和登月一樣。我想知道：為什麼是我？

在辦公室堆得到處都是、用高級亮光紙印刷的雜誌也是免費贈品，我們現在讀到的是不列顛很酷——或者某個連我都覺得遜斃了的版本——過一段時間後我們才開始明白，公司肯定正是沖在這波樂觀的浪頭上。充滿懷舊之情的樂觀主義：我們辦公室裡的男孩看起來像重啟的摩德族[17]，留著三十年前的奇想樂團髮型，女孩則是染成像茱莉．克莉絲蒂[18]

16 哥德次文化起源於一九八〇年代初期的英國，現今存在於許多國家中，是由後龐克衍生出來的分支。

那樣的金髮，穿著短裙，化著黑色的煙熏眼妝。大家都騎偉士牌機車來上班，每個人的隔間似乎都以米高．肯恩在《風流奇男子》（*Alfie*）或《大淘金》（*The Italian Job*）裡的劇照為特色。這樣對一個時代和一種文化的懷舊之情起初對我而言毫無意義，或許正因為如此我在同事眼中顯得很酷，因為我與他們不同。中年主管一本正經地將新美國嘻哈音樂拿到我桌上，想當然地認為我肯定有知識淵博的見解；事實上，我所知的那點皮毛在這環境中似乎算非常豐富。就連那天陪同艾咪的任務之所以交給我，我相信一定是因為他們認為我酷到不覺得有什麼大不了。由於大多數事情我都反對，因此他們總是先假設：「哦，不用了，別問她，她不會喜歡的。」語調諷刺，就像當時所有的事情一樣，只是帶著一種自我防衛的高傲冷漠。

我最意想不到的資產是我的老闆柔伊。她也是從實習生做起，可是不像其他人有信託基金或富有的父母，甚至不像我本身有父母的免租金臨時住處。她偷住在喬克農場一間骯髒的空屋，超過一年沒付租金，還是每天早上九點上班——在YTV，大家都認為準時幾乎是不可思議的美德——接著「拚死命地工作」。她原先是寄養的孩子，進進出出西敏市的團體家屋，和我認識其他相同經歷的孩子一樣，因此感到十分熟悉。她同樣有對任何減價品的強烈渴望，也有疏離、噪狂這些有時也出現在戰地記者或軍人身上的特質。按理說她應該為生活擔憂，她卻毫無顧忌大膽無畏。正好與我相反。然而在辦公室的環境中，大家認為柔伊和我是可互換的。她的政治觀點和我的一樣總是遭人臆斷，雖然以她的情況來說辦公室的人多半搞錯：她是柴契爾夫人狂熱的擁護者，覺得她靠自己的力量出人頭地，其他人最好都以她為榜樣、仿效她的做法。不知什麼原因她「在我身上看到了自己」。我欽佩她的勇氣，而且並沒有在她身上看到自己的影子。畢竟，我上過大學，她沒有；她吸食古柯鹼，我沒有；她打扮得像與她相似的辣妹合唱團，不符合她實際的主管身分；她會講些無趣的黃色笑話，和最年輕、時髦、頭髮鬆軟、皮膚白皙、喜歡獨立樂團的男實習生上床；我這人拘謹，不十分贊同這些行為。不過她還是喜歡我。當她喝醉或嗑茫的時候，喜歡提醒我我們是姊妹，兩個棕膚女孩對彼此負有責任。就在耶誕節前，她派我去參加我們在薩爾茲堡舉辦的歐洲音樂大獎，我的任務之一是陪同惠妮·休斯頓做演出前的校音。我不記得她唱哪首歌。我其實從來都不喜歡她的歌，但是站在空蕩蕩的音樂廳聽她清唱，沒有背景音樂，沒有任何形式的伴奏，我發現了聲音純粹的美，其不朽的靈魂和隱含的痛苦繞過了我刻意的評價、批判的智慧或感性的感覺，或者任何人在提到自己的「高品味」時所指的東西，直接鑽入我的脊骨，引發肌肉抽搐，解開了我的束縛。在遠遠的出口標誌旁我突然哭了起來。等我回到霍利巷時，這故事已流傳開來，雖然對我沒什麼害處——恰恰相反，大家認為那表示我是個真正的信徒。

17 摩德文化於戰後一九五〇年代逐漸崛起，成為英國第一個青少年次文化，崇尚此一文化的青少年稱為摩德族。

18 Julie Christie,1940-，英國女演員，是一九六〇年代「搖擺倫敦」時期的偶像。

三

現在看來似乎很可笑、近乎可悲，或許唯有科技才可以對我們的記憶實現如此滑稽的報復，不過在當時我們有藝人要來的時候，必須製作一份他們的卷宗發給採訪者及廣告商等等，因此我們會到地下室的小圖書室抽出一套四冊、名為《搖滾明星傳》的百科全書。艾咪條目裡的大小資料我都已經知道了——出生於本迪戈、對胡桃過敏——只除了一個細節：她最愛的顏色是綠色。我手寫筆記下來，整理所有相關的請求，站在影印室嘈雜的傳真機旁慢慢把文件放進去，想到在紐約——我心目中的夢幻城市——有個人正在類似的裝置旁邊等待，在我寄送的同一時間我的文件就傳到他們那邊，這麼做感覺非常現代，戰勝了距離和時間。此外為了見她我當然需要新衣服，也許還要新髮型、新鮮的說話和走路方式、全新的生活態度。我該穿什麼呢？當時我只上肯頓市集買東西，在滿是馬汀鞋和嬉皮披肩的擁擠街區中，開心地找到一大件用柔滑的降落傘材料製成的亮綠工裝褲、一件貼身的綠色中空裝，衣服前面印著專輯《底層理論》（*The Low End Theory*）封面圖片，黑色襯著發光的綠色紅色十分亮眼，是額外的收穫；另外還有一雙太空時代的飛人喬丹鞋，也是綠色，最後還裝了一個假鼻環。懷舊與新潮、嘻哈和獨立音樂，暴女[19]及暴力女同。女人時常相信無論如何衣服總會解決問題，然而到了星期二在她預計抵達的時間之前，我就明白穿什麼衣服都幫不了我，我緊張到沒辦法工作或專注在任何事情上。我坐在巨大的灰色顯示器前，聽著數據機嗡嗡作響，期待地等待星期四，心煩意亂地將崔西的全名鍵入白色小方格中，一遍又一遍。我在工作無聊或焦慮時經常這麼做，雖然實際上從來不曾抒解任何一種狀況。到那時我已經重複做過非常多次：啟動網景瀏覽器，等待慢得永無止境的撥接上網，總是找到同樣的三小處資料：崔西的演員工會名冊、她的個人網頁、她經常出沒的聊天室，她的化名是吐實者—勒貢。演員工會名冊完全停滯，從未改變，裡頭提到她前一年在《紅男綠女》的歌舞隊中，但是沒有增加其他的表演，也沒有出現新消息。她的網頁倒是一直在更新。我有時會一天查看兩次，發現歌曲不同了，或是閃爍的彩虹心心取代了爆炸的粉紅煙火圖案。一個月前就是在這個網頁上，她提到了那間聊天室，並附上超連結的說明——有時真相很難聽進去！！！——這僅有的標記正是我需要的：門開了，我開始一星期瀏覽數次。我不認為其他追蹤這個連結的人——除了我之外沒有別人——會知道在這怪異對話中的「吐實者」就是崔西本人。但是話說回來，就我所知，反正也沒有人在看她的網頁。這之中有種令人難過、嚴酷的純粹：她選的歌曲沒有人聽，她寫的文字——通常是陳腐的格言（「道德宇宙的弧線很長，但終將彎向正義」）——除了我以外沒人讀過。只有在那間聊天室裡她似乎存在於那個世界，儘管那是個非常怪誕的世界，只充斥著附和的聲音，顯然那些人早已同意彼此的看法。就我所知，她在那裡花了大量的時

19 緣起於一九九〇年代初期的美國華盛頓州及西北岸，是一種融合了女性主義、龐克風格，以及政治的次文化。

間，尤其是在深夜，到目前為止我讀遍了她所有的發文，包括目前及存檔的，直到我能夠理解她所有的邏輯——不如說是我不再感到詫異——可以查明、了解爭論的觀點。我變得不大願意跟同事說我的瘋狂前朋友崔西的故事、她超現實的聊天室奇遇、宛如世界末日將至的困擾。我沒有原諒她，或是遺忘，但是那樣利用她不知怎地變得令我反感。

最奇怪的事情是她似乎為之著迷的那個男人，那位大師本尊，曾經是晨間電視記者，事實上就在我現在坐著的這棟大樓裡工作過。小時候，我記得時常和崔西坐在一起看他，腿上各放著一碗穀片，等待他無聊的成人節目結束，週六早上的卡通開始。上大學第一次放寒假時，我有回到芬奇利路上的連鎖書店買些教科書，在影片區閒逛時看見他本人，在那間龐大書店遙遠的一角展示他的書。他頂著一頭過早發白的頭髮，穿著一身白，坐在一張樸素的白色桌子前，面對為數不少的觀眾。兩名在那裡工作的女孩站在我旁邊，從架子後面窺視這古怪的集會。她們在嘲笑他。令我印象深刻的不是他說的內容，而是觀眾的奇怪組合。其中有些中年白人婦女，身穿飾有溫馨耶誕節圖案的羊毛套頭衫，看起來與十年前喜歡他的家庭主婦無異；然而他最大多數的觀眾是年輕黑人男性，年紀與我相仿，膝上抱著他的書，已經翻得舊舊的，帶著決心、全神貫注地傾聽複雜的陰謀論。世界是由人形蜥蜴所經營：洛克斐勒家族是蜥蜴，甘迺迪家族也是，高盛集團裡幾乎每個人都是，報業大亨威廉．赫斯特曾經是隻蜥蜴，還有隆納．雷根和拿破崙，這是全球性的蜥蜴陰謀。最後兩名女店員厭倦了竊笑著走開。我一直待到最後，深受眼前所見困擾，不知該如何看待。直到後來我開始看崔西的發文——倘若你能夠撇開荒誕的前提，訝異於他們的細節與反常的博學，並將許多不同的歷史時期和政治觀點、事實結合成一種萬有理論，即使是其中可笑的謬誤也需要一定程度的深入研究和持續關注——那麼，此時我才覺得自己比較了解那些表情認真的年輕人為何那天會聚集在書店裡，才有可能讀懂字裡行間的言外之意。歸根結柢，這不都是一種解釋權力的方法嗎？那種當然存在於世界上的權力？掌握在少數人手裡，大多數人永遠無法靠近的那種？我的老友在她人生的那個階段，肯定感覺到自己完全欠缺的那種權力？

「咦，那是什麼鬼？」

我在旋轉椅上轉身，發現柔伊靠近我的肩膀處，正在仔細看一隻蜥蜴頭上戴著王冠的閃爍圖片。我把網頁最小化。

「專輯圖片。很糟。」

「聽著，星期四早上，由妳上場，他們確認了。妳準備好了嗎？需要的一切都拿到了嗎？」

「別擔心。不會有事的。」

「哦，我知道肯定會很順利。不過如果妳需要酒膽，」柔伊說著輕點一下鼻子。「就跟我說一聲。」

事情沒有發展成那樣，但是很難拼湊出究竟發生了什麼事。我的記憶和艾咪的永遠沒有過多的重疊。我聽她說她僱用我是因為她覺得那天「我們立刻就產生某種聯繫」，或者有時候她會說是因為我給她的印象是非常能幹。我認為是因為我無意中冒犯了她，在她一生中那時候鮮少有人那麼做，我的無禮肯定在她腦海中留下了印象。兩星期後，當她發現突然需要一名新的年輕助理，我就浮現在她的腦海。總之，她從窗戶塗黑的車上走下來，與她當時的助理梅蘭妮．吳正在爭論。她的經紀人茱蒂．萊恩落後她們兩步，邊走邊對著電話大吼。我聽到艾咪說的第一句話是奚落：「妳現在嘴裡說出的每句話對我來說都一點價值也沒有。」我注意到她絲毫沒有澳洲腔，再也沒有了，不過既不完全是美國腔也不完全是英國腔，而是全球性的：結合了紐約、巴黎、莫斯科、洛杉磯，和倫敦。當然現在很多人說話都是這種腔調，不過艾咪的版本我頭一次聽到。「妳一點幫助也沒有，」她現在說，對此梅蘭妮回答：「我完全看得出來。」半晌後這個可憐的女孩發覺自己站在我面前，低頭查看我的胸前尋找名牌，等她再度抬起頭來，我能看出她很頹喪，拚命忍著不掉淚。「我們準時到了，」她盡其所能用堅定的語氣說，「事情能夠按照計畫進行吧？」

我們四人站在電梯裡，默默無語。我決定要說點話，但是在我來得及開口前，艾咪轉向我，對我的上衣噘起嘴，像個生悶氣的漂亮少年。

「很有趣的選擇，」她對茱蒂說。「在和藝人見面的時候穿另一位藝人的T恤？真夠專業。」

我低頭看著自己，漲紅了臉。

「噢！不！艾咪小姐，我是說夫人，呃艾咪女士。我不是想要——」

茱蒂發出一聲響亮的大笑，有如海豹的叫聲。我試圖說點別的，但電梯門開了，艾咪大步走出去。

為了去赴各種約，我們必須沿著走廊走，走廊兩邊都是人，有如黛安娜王妃喪禮時的林蔭路。似乎沒有人在工作。只要我們在攝影棚一停下來，所有人幾乎就立刻失去冷靜，不顧他們在公司的身分。我看著總經理告訴艾咪她的某首抒情歌是他婚禮上的第一支舞曲。我難以忍受地聽著柔伊絮絮叨叨地講述她個人對〈與我一起擺動〉的共鳴，這首歌如何幫助她成為女人、了解女人的力量，不再害怕當個女人，諸如此類的。終於我們脫身了，沿著另一條走廊進入另一部電梯到地下室去，令柔伊高興的是在電梯中艾咪同意錄一段簡短的採訪，我以二十三歲的厭世心態鼓起勇氣說，日日夜夜不斷聽到人們對她說這些話，想必覺得很無聊吧。

「事實上，綠色女神小姑娘，我很喜歡呢。」

「喔，好吧，我只是以為——」

「妳只是以為我瞧不起自己的人。」

「不是！我只是——我——」

「妳要知道，只因為妳不是我的人，不代表他們不是好人。每個人都有自己的族群。不管怎樣妳到底是屬於誰的族群？」她再次緩慢、評估似地上下打量我。「哦，對。這點我們已經知道了。」

「妳是指——音樂方面的嗎？」我問，犯了瞥向梅蘭妮．吳的錯誤，從她的表情中我領悟到這對話早在好幾分鐘前就該結束，根本不應該開始。

艾咪嘆口氣道：「當然。」

「嗯……很多啊……我想我喜歡很多比較老的，比方說比莉・哈樂黛？或者莎拉・沃恩、貝西・史密斯、妮娜・西蒙。真正的歌手。我的意思是，倒不是——我的意思是，我覺得好像——」

「呃，如果我說錯了請指正，」茱蒂說，她本身顯著的澳洲口音這數十年來都沒有受到影響。「採訪實際上不是在電梯裡進行吧？謝謝。」

我們到地下室後走出電梯。我尷尬到爆，想要走在他們所有人前頭，然而艾咪跳到茱蒂前面勾住我的手臂。我緊張得像心臟都跳到喉嚨裡了，就像老歌唱的那樣。我低下頭——她才五呎二吋——頭一次近距離地正視那張臉，不知怎地既是男也是女，一雙眼睛是冰冷的灰色，如貓般美麗，留給其餘的世界去著色。她是我所見過最蒼白的澳洲人，有時候，她沒上妝，看起來一點也不像來自溫暖的星球，她採取措施以維持這樣的狀態，時時刻刻都在防曬。她給人一種異樣的感覺，好像她是屬於一個人的族群。我幾乎不知不覺地笑了。她也回以微笑。

「妳剛才是說？」她說。

「噢！我——我想我覺得聲音好像是——有點像——」

她再嘆口氣，假裝瞥一眼不存在的手錶。

「我認為聲音像衣服，」我用堅定的口吻說，彷彿那是我思考多年的想法，而不是在那一刻才憑空冒出的念頭。「所以假如妳看到一張一九六八年的照片，妳可以從人們的穿著知道那是一九六八年的；如果妳聽到珍妮絲．賈普林（Janis Joplin）的歌聲，妳曉得那是一九六八年的，她的聲音是時代的標誌。就好像歷史或……之類的。」

艾咪令人傾倒地挑起眉毛：「我明白了。」她鬆開我的手臂。「但是我的聲音，」她以同等堅定的信念說，「我的聲音就是這個時代。如果妳覺得聽起來像電腦，那麼，我很抱歉，不過那只是因為時機正好。妳也許不喜歡，妳可能生活在過去，但是我他媽的唱的就是這個時代，現在！」

「可是我真的很喜歡啊！」

她又像個少年般奇怪地噘起嘴來。

「只是還不到加入族群的程度。或者比不上他媽的黛小姐[20]。」

茱蒂小跑步跟上我們：「對不起，打擾一下，妳知道我們要去哪個攝影棚嗎？還是我得——」

「嘿，小茱！我正在跟這個年輕人說話！」

我們抵達攝影棚。我為她們打開門。

「聽著，我能不能說我想我一開始就錯了，真的，小姐，我是說艾咪——妳發行第一張唱片的時候我十歲，我買了那張單曲。見到妳我都快瘋了。我是妳的人！」

她再次對我露出微笑：她對我說話的方式有種挑逗的味道，一如她對每個人說話的方

20 比莉．哈樂黛的暱稱。

式。她輕輕將我的下巴托在手中。

「才不相信妳呢。」她說著動作迅速地一把拔下我的假鼻環遞給我。

四

現在，艾咪出現在崔西的牆上，極其明顯。她和麥可與珍娜・傑克森、王子、瑪丹娜、詹姆斯・布朗共享空間。整個夏天，她將房間改造成某種聖殿，為她最愛的舞者布置，用許多高級亮光紙印刷的大張海報妝點，全都是捕捉他們動作到一半的模樣，因此她的牆面讀起來有如象形文字，雖然我無法破解，但仍然很明顯是某種訊息，由各種姿勢、彎曲的手肘和腿部、張開的手指、挺出的骨盆所構成。她不喜歡宣傳照，因此選擇了我們沒錢參加的演唱會上拍攝的特寫，可以看到舞者臉上汗水的那種。她辯稱這些才是「真實的」。我房間同樣是舞蹈的聖殿，不過我陷在幻想中：上圖書館拿出以前七〇年代偉大的米高梅電影及雷電華電影的偶像傳記，撕下他們老掉牙的頭部特寫，用藍丁膠貼在牆壁上。用這種方法我發現了尼可拉斯兄弟——法亞德與哈洛德：一張他們在半空中劈腿的照片成為我房間入口的標記，他們在門口上跳躍。我得知他們是自學成材，儘管跳得如神一般，卻沒有受過絲毫正規訓練。我對他們有種所有者的自豪，彷彿他們是我的兄弟，好像我們是一家人。我非常努力想引起崔西的興趣——她要嫁給我哪個兄弟？她想親哪一個？——可是她再也無法坐著看完即使是最簡短的黑白電影片段，這一切都令她覺得無趣。那並不「真實」，刪減的東西太多，虛假的塑造過多。她想要看舞臺上的舞者，大汗淋漓、真實，而不是穿戴著禮帽和燕尾服。但是優雅吸引著我，我喜歡它隱藏痛苦的方式。

有天晚上我夢到了棉花俱樂部[21]：凱伯．凱洛威在那裡，還有哈洛德及法亞德[22]，我站在樂隊指揮臺上，耳後戴著一朵百合。夢中我們都很優雅，沒有人知道痛苦，或是為母親買給我的歷史書中哀傷的書頁增色；從未被人說是醜陋或愚蠢，不曾由後門進戲院、用分開的飲水器喝水，或者只能坐在任何一輛公車後頭。我們的同胞從來沒有被拴住脖子吊在樹上，不曾被戴上鐐銬從船上扔進幽黑的水中，不，在我的夢中我們如黃金一般。沒有人比我們更美麗或優雅，我們是有福的人，無論你碰巧在哪裡發現我們，在奈洛比、巴黎、柏林、倫敦，或者今晚，在哈林區。然而當樂隊開始演奏，我的觀眾坐在小桌子旁，手裡拿著飲料，為自己感到快樂，等待我——他們的姊妹——唱歌，我張開口卻發不出聲音。我醒來後發現自己尿了床。當時我十一歲了。

母親試圖以她的方式幫忙。她說，仔細看棉花俱樂部，裡面有哈林文藝復興[23]。妳瞧：有蘭斯頓．休斯[24]和保羅．羅布森[25]。仔細觀賞《亂世佳人》：那裡頭有美國全國有色人種協進會。可是那時我對母親的政治和文學思想的興趣還不如胳臂雙腿、節奏歌曲、黑人保姆襯裙上的紅色絲綢，或者小仕女普麗西不穩的音高。我在尋找、感覺需要拿來提升自己的那種資料，並從一本竊自圖書館的舊書《舞蹈史》裡挖掘。我讀到經過好幾世紀、代代相傳下來的舞步。這與母親講述的歷史不同，是幾乎無法靠文字記錄而是憑感受的那種歷史。那時，我認為我所領會到的一切，在我感受到的同時也應該讓崔西感受到，這點似乎非常重要，即使她不再感興趣。我一路跑到她家，闖進她房間說，妳知道妳跳下來劈腿的時候（她是伊莎貝爾老師舞蹈班裡唯一能做到這點的女孩），妳知道要怎麼跳躍劈腿，妳說妳爸也做得到，妳是從妳爸爸那裡學來的，而他是從麥可．傑克森那裡學來，傑克森則是學自王子或詹姆斯．布朗，嗯，而他們全都是從尼可拉斯兄弟那兒學來的，尼可拉斯兄弟是原創，他們是第一位，所以即使妳不知道或者說妳不在乎，妳還是跳得和他們一樣，妳還是從他們那裡學到了。她正在臥室窗戶旁抽她母親的香菸。那麼做的時候她看起來比我老上許多，比較像四十五歲而不是十一歲，她甚至可以從張大的鼻孔噴出煙來。當我大聲述說特地跑來告訴她、我推測出的大發現時，感覺話在嘴裡化為灰燼。我甚至不知道自己在說什麼或者我真正的意思。為了避免煙瀰漫整個房間，她始終背對著我，而當我說完我的觀點（如果可以這麼說的話），她轉向我開口說話，口氣非常冷漠，彷彿我們是十足的陌生人，「永遠不許妳再提到我父親。」

---

21 Cotton Club，位在紐約哈林區的夜總會。

22 Cab Calloway, 1907-1994，美國著名的爵士歌手、樂團領隊、舞蹈家、演員，曾固定在棉花俱樂部表演，成為搖擺樂時代大受歡迎的歌手。哈羅德（Harold）和法亞德（Fayard），即尼古拉斯兄弟（Nicholas Brothers）舞蹈兄弟二人組，許多人認為兩人是當時最偉大的踢踏舞者。三人曾有合作。

23 Harlem Renaissance，主要發生在一九二〇年代的文化運動，並以阿蘭．勒羅伊．洛克（Alain LeRoy Locke）一九二五年的文選 *The New Negro* 命名。

24 Langston Hughes, 1901-1967，哈林文藝復興中的重要作家。

25 Paul Robeson, 1898-1976，最早推廣黑人福音音樂的歌手，也是二十世紀首位演出莎士比亞劇《奧賽羅》的黑人。

五

「這樣子行不通。」

這是在我開始為她，艾咪，工作才一個月左右時的事，她一大聲說出來，我就明白她說得沒錯，這樣子行不通，問題出在我身上。我年輕、缺乏經驗，而且似乎無法找回我們認識第一天時我對她的印象，當時我覺得她也許只是個人類女子，和其他人並無二致。然而我的直覺反應遭其他人的反應掩蓋，包括前同事、學校的老朋友，我的父母，他們的每聲抽氣或懷疑的大笑都各有影響，因此現在每天早晨我到達艾咪在騎士橋的家或切爾西的辦公室時，都必須對抗非常強烈的超現實感：我在這裡做什麼？我說話時常結巴或者忘記她告訴過我的基本事實。在電話會議上我經常抓不住談話的脈絡，因為心中從未停止說話的另一個聲音而分心：她不是真的，這一切都不是真實的，全都是妳幼稚的幻想。當一天結束，我關上她那喬治王朝時期的連棟房屋沉重的黑色大門，發現自己並不是在夢幻城市，而是在倫敦、距離皮卡迪利線只有幾步之遙，總是驚訝不已。我在其他通勤乘客的旁邊坐下，他們在看免費的城市報，我自己也時常拿一份，但是總有種到更遠處旅行的感覺：不只是從市中心回到郊區，而是從另一個世界回到他們的世界，對二十三歲的我而言，這世界似乎存在於中心的中心——就是他們全都忙著從報上讀到的那個。

「這樣子行不通是因為妳沒有放輕鬆，」艾咪告訴我，她坐在對面和我坐的這張一模一樣的灰色寬大長沙發上。「妳要為我工作就必須自在一點。但是妳並沒有。」

我闔上腿上的筆記本，低下頭，感覺幾乎如釋重負：所以我可以回歸我真實的工作——假如他們還要我的話——還有現實了。然而艾咪並沒有開除我，而是開玩笑地把靠墊扔到我頭上。「嗯，我們要怎麼做才能解決這個問題呢？」

我試著大笑承認我不知道。她把頭側向窗戶。在她臉上我看見經常出現的不滿、不耐煩的表情，這以後我會逐漸習慣，她焦躁的情緒起伏會成為我上班日的型態。不過早期這一切對我來說還很陌生，我只把它理解為厭煩，尤其是對我的厭煩與失望，因此不知如何是好。我環顧偌大房間裡一個又一個的花瓶——她在每個空間都塞滿了花——以及外頭更遠處的美景，看陽光在騎士橋灰色的石板瓦屋頂上閃閃發光，努力想說些有趣的事。我還不明白那美景是厭煩的一部分。牆壁上掛著許多深色的維多利亞時代油畫，仕紳階級在他們大宅前的畫像，但是沒有一件她這世紀的作品，也沒有一件顯然來自澳洲、或個人的物品。這照道理說是艾咪在倫敦的家，卻和她毫無關係。家具奢華舒適、品味很好，但無顯著的特點，好像任何一間高檔的歐洲飯店。唯一顯示艾咪真正住在這裡的線索是靠近窗臺的一座青銅塑像，約莫一個盤子的大小，形狀也相同，在中間你能看見某樣東西的花瓣和葉子，乍看之下像是漂浮葉上的睡蓮，但其實是整個陰道的鑄件：陰戶、陰唇、陰蒂——全套。我不敢問是誰的。

「不過妳覺得哪裡最自在呢？」她問，再度轉向我。我看見新的點子如新口紅般塗抹在她臉上。

「妳是指地方嗎？」

「在這座城市裡。某個地方。」

「我從來沒有想過。」

她站起身：「嗯，那妳想一想吧，我們到那裡去。」

我首先想到的是漢普斯特德荒野。不過艾咪的倫敦如同在機場拿到的那些小地圖，是以聖詹姆斯為中心的城市，北臨攝政公園，西邊延伸到肯辛頓——偶爾會去拉德伯克街的荒野——東邊最遠只到巴比肯。她對亨格福橋南端會有什麼景物就如同對彩虹盡頭般一無所知。

「那是個挺大的公園，」我說明。「離我長大的地方很近。」

「好吧！那麼我們去那裡吧。」

我們騎自行車穿過城鎮，繞過公車、偶爾與快遞競速，三人排成一列：她的隨扈格蘭傑排第一位，接著是艾咪，然後是我。艾咪騎自行車穿越倫敦的主意惹得茱蒂勃然大怒，而艾咪很喜歡這麼做，她說這是她在城市裡的自由。也許在二十處紅綠燈當中會有一處鄰近的駕駛往前傾身靠在方向盤上、放下車窗，注意到那雙如貓一般的藍灰色眼睛和秀麗的三角形下巴有點眼熟……不過到那時燈號改變我們就走了。反正她騎車時穿的是城市風格的偽裝：黑色運動內衣、黑色背心，和一條褲襠磨損、邋遢的黑色自行車短褲，而且可能引人矚目的似乎只有格蘭傑：身高六呎四、體重兩百五十磅的黑人，在鈦合金車架的競技公路車上搖晃，三不五時停下來從口袋裡拿出《倫敦A—Z地圖》憤怒地研究。他原本來自哈林區——「我們那裡有座標方格」——倫敦人沒辦法同樣給街道編號是他無法原諒的事，因為這緣故他摒棄了整座城市。對他而言，倫敦毫無城市規劃、充斥著糟糕的食物及惡劣的天氣，在此讓他唯一的任務——保護艾咪安全——增添了不必要的難度。到瑞士屋時他揮手示意我們上安全島，脫掉飛行夾克露出碩大的二頭肌。

「我現在要告訴妳們我完全不知道這地方是哪裡，」他邊說邊用地圖砰的一聲拍打車把。「妳們騎到某條小不拉嘰的街道中間，大概是基督堂巷、辛格貝里他媽的轉角，結果這東西叫我：翻到第五十三頁。混帳東西，我正在騎自行車吔。」

「格蘭傑，別洩氣，」艾咪用蹩腳的英國腔說。她將格蘭傑的大頭拉到她的肩膀上，憐愛地捏了一會兒。格蘭傑掙脫開來怒視著太陽：「什麼時候開始變得這麼熱？」

「嗯，夏天嘛。英格蘭夏天有時候會變熱。應該穿短褲的。」

「我不穿短褲。」

「我認為這對話沒什麼幫助。我們在安全島吔。」

「我受夠了。我們往回騎，」格蘭傑說，口氣聽起來不容更改，我很驚訝聽到有人這樣子對艾咪說話。

「我們不回去。」

「那這個最好由妳拿著，」格蘭傑說著將《倫敦A—Z地圖》扔進艾咪自行車前面的籃子。「因為我不會用。」

「我知道從這裡之後的路，」我表示，非常尷尬成為問題的根源。「其實不遠了。」

「我們需要一輛車，」格蘭傑堅持說，看都不看我一眼。我們幾乎從未對視過。有時候我覺得我們是兩個潛伏的特務，被誤派到相同的標的，因此要提防眼神接觸，以防暴露彼此的身分。

「我聽說那裡有些帥哥呦，」艾咪用富有抑揚頓挫的聲調說，這是在模仿格蘭傑，「他們躲在樹林——裡。」她一腳踩到踏板上，出發了，突然轉入車陣中。

「我不會把玩樂和工作混在一起，」格蘭傑嗤之以鼻地說，帶著尊嚴再度跨上他那輛精緻的自行車。「我是專業人士。」

我們動身繼續沿著極為陡峭的斜坡騎，氣喘吁吁地跟在艾咪的笑聲後面。

我總是能找到漢普斯特德荒野，這一生我所走的路都引導我回到漢普斯特德荒野，無論我想要與否，但是我從來不曾有意識地去尋找、發現肯伍德府，只有偶然撞見。這回也一樣：我帶領格蘭傑和艾咪順著小路騎，經過池塘，越過山丘，努力思索哪個地方最漂亮、最清靜，卻最有趣，適合非常容易厭倦的超級巨星停留，就在這時看見了小小的鑄鐵門，以及樹林後面的白色煙囪。

「自行車禁止進入。」艾咪讀了標示牌說，格蘭傑明白接下來的事，又開始抗議，但是遭到駁回。

「我們大概需要一個小時，」她邊說邊跨下自行車，將車子交給他。「也許兩個小時。我會打電話給你。你有帶那玩意兒嗎？」

格蘭傑將雙臂交叉在寬厚的胸膛前。

「有，但是我不會交給妳。我不在場的話不行。免談。想都別想。」

然而，在我跨下自行車時，我看見艾咪固執地伸出小手，接過一個包在保鮮膜裡的小東西，握在手掌心裡，原來那東西是大麻菸捲，給我抽的。細長的美式設計，裡頭完全沒有菸草。我們在肯伍德府正前面的木蘭底下安頓下來，我靠在樹幹上抽大麻菸，艾咪平躺在草地上，黑色棒球帽低低地遮住眼睛，臉朝上轉向我。

「感覺好點了嗎？」

「不過……妳不來一點嗎？」

「很顯然地，我不抽。」

她如同在舞臺上般大汗淋漓，現在正抓著背心上下搧動以製造風洞，因此我瞥見了曾經令全世界著迷的蒼白腹部。

「我的包包裡有一罐微冰的可樂？」

「我不喝那種東西，妳也不該喝。」

她用手肘撐起身體，以便更徹底地端詳我。

「妳看起來不大自在。」

她嘆口氣翻身趴在地上，面朝夏季走到舊馬廄吃司康喝茶或穿過大宅的門去欣賞藝術歷史的紛擾人群。

「我有個疑問，」我說，心知我抽大麻抽得神智恍惚而她沒有，並發現很難記住一開始自己是想問什麼。「妳和所有的助理都做過這種事嗎？」

她考慮了一下說：「沒有，不盡然是這種事。每個人不一樣。我總是會做點什麼。我不能容許一個全天候面對我的人在我身邊表現得很害羞。沒時間。我也沒有閒情逸致慢慢、小心翼翼地了解妳，或者用禮貌客氣的英式作風，每次要妳做什麼事還要說聲請跟謝謝，如果妳為我工作，妳就必須動作快。我這麼做已經好一陣子了，領悟到一開始緊張個幾小時可以省下日後大量的時間、誤解和屁話。相信我，妳算是輕鬆過關的了。我還跟梅蘭妮一起泡過澡呢。」

我試著說個延伸的愚蠢笑話，希望再聽到她大笑，可是她反而瞇起眼睛看我。

「另外一件妳應該明白的事情是，我並不是不懂妳的英式諷刺，只是不喜歡罷了。我覺得那很不成熟。我遇到英國人時百分之九十九的時間都在想：長大吧！」她的心思轉回到那次泡澡的梅蘭妮：「想知道她的乳頭會不會過長呢。偏執狂。」

「會嗎？」

「誰的會什麼？」

「她的乳頭啊。會不會太長？」

「他媽的像手指一樣長。」

我把一些可樂噴到草地上。

「妳真有趣。」

「我家代代都很有趣。天知道為什麼英國人認為自己是世界上唯一可以搞笑的人。」

「我不是那麼典型的英國人。」

「噢，寶貝，妳是最典型的英國人。」

她往口袋掏手機，開始查看簡訊。早在這情況普及之前，艾咪就靠手機生活了。她在這方面是先驅，跟在許多事情上一樣。

「格蘭傑、格蘭傑、格蘭傑、格蘭傑。他如果一個人無事可做的話就不曉得該怎麼辦才好。他像我一樣。我們有同樣的狂躁症。他提醒了我對其他人來說我有多麼累人。」她的拇指猶豫地滑過嶄新的黑莓機。「對妳我期望：冷靜、沉著、鎮定。這裡需要一些那種特質。天哪，他已經發了大概十五封簡訊給我。他只需要扶著自行車就行了啊。說他在——『男池』到底是什麼啊？」

我詳盡地向她說明。她露出懷疑的表情。

「如果是我了解的格蘭傑，他絕對不可能在淡水裡游泳，他連在邁阿密都不肯游了。他篤信氯氣。不，他會只牽著自行車。」她伸出一根手指戳了戳我的肚子。「我們這裡結束了嗎？妳需要的話我還有另一根。這種好康僅此一次喔——要好好把握。每個助理一次。其餘的時間我工作妳就工作。而我一直都在工作。」

「我現在非常放鬆了。」

「很好！不過這裡除了這個以外還有什麼別的事可做嗎？」

於是我們進入肯伍德府閒逛，有個眼尖的六歲女孩跟了我們一會兒，但她心不在焉的母親不肯聽信她絕佳的直覺。我紅著眼睛跟在新僱主後面，頭一次注意到她看畫的方式很獨特，例如她忽略所有的男人，不僅是畫家也包括作畫的對象，在林布蘭的自畫像前毫不停留，對所有的伯爵公爵視若無睹，放棄一名和我父親一樣笑眼盈盈的商船水手，只說了一句：「去剪個頭髮吧！」風景畫她也看不上眼。她喜歡狗、動物、水果、布料，尤其是花。多年下來，我學會預期我們剛在普拉多美術館看到的那束銀蓮花，或者國家美術館的牡丹會在大約一星期後，在當時我們剛好下榻的房子或飯店各處的花瓶裡重現。許多畫中的小狗也一樣，從畫布躍入她的生活。肯伍德府是科萊特的根源，那是幾個月後她在巴黎買的一隻約書亞·雷諾茲（Joshua Reynolds）畫中的西班牙獵犬，那隻狗大小便失禁，害我每天必須遛兩次狗遛了一年。但是比起這些，她最愛的還是女人的畫像：她們的臉龐、俗麗的裝飾、髮型、緊身胸衣、小巧的尖頭鞋。

「噢，我的天啊，是茱蒂！」

艾咪橫過掛著紅色織錦的房間，走到一張真人大小的肖像畫前發出大笑。我走到她後面，質疑地看著那幅討論中的范戴克作品。毫無疑問地：那是茱蒂·萊恩，一副躊躇滿志令人討厭的模樣，只不過是四百年前，穿著一件黑白雙色的蕾絲與綢緞製成、有如帳棚的難看衣服，右手半慈祥半威嚇地擱在不知名的年輕男侍者肩上的她。[26]她那獵犬似的眼睛、糟糕的劉海、無下巴的長臉，全都在那裡。我們笑得如此開心，隨之似乎起了什麼變化，某種拘謹或敬畏消失了，因此幾分鐘後當艾咪聲稱她迷上一幅名為《幼兒學院》（*The Infant Academy*）的作品時，我覺得我至少有持異議的自由。

「這有點多愁善感吧，不是嗎？而且古怪……」

「我喜歡！我就是喜歡古怪。光著身子的幼兒畫彼此的裸體像。我現在對幼兒完全無法抗拒。」她嚮往地看著一名男童，他天使般可愛的臉蛋上掛著腼腆的傻笑。「他讓我想到我的寶貝。妳真的不喜歡嗎？」

我不知道那時艾咪懷了第二個孩子卡菈。她自己八成也不曉得。在我看來這整幅畫很明顯地十分荒唐，臉頰紅潤的嬰孩尤其令人反感，可是當我注視她的臉時看出她是認真的。我記得自己心想，能對女人造成這種影響的嬰兒究竟是什麼？他們擁有改造母親的力量嗎？把母親變成連她們年輕時的自己都認不出來的那種女人？這想法嚇壞了我。我約束自己只稱讚她兒子傑比這些小天使漂亮，但是拜大麻所賜不是很有說服力而且條理不清。艾咪蹙著眉頭轉向我。

「妳不想要孩子，是嗎？或者妳以為妳不想要。」

「哦，我確定我不想要。」

她輕拍我的頭頂，彷彿我們之間差不只十二歲而是四十歲。

「妳幾歲？二十三？想法會改變的。我正是這樣。」

「不，我一直都很清楚，從小就知道了。我不是那種很有母愛的人。從來不曾想要孩子，永遠不想。我看見養小孩對我母親造成的影響。」

「對她造成了什麼影響？」

---

26 此處指的是十七世紀比利時畫家范戴克（Anthony van Dyck）的畫作：*Princess Henrietta of Lorraine*。

她如此直接地發問迫使我真正去思索答案。

「她很年輕就當了媽媽，之後又變成單親媽媽。她有些想做的事卻做不到，當時沒辦法，她陷入了困境。她必須努力爭取自己的時間。」

艾咪一手插在腰上，裝出一副老學究的模樣。

「嗯，我本身就是單親媽媽。我可以向妳保證我的寶貝沒有阻礙我做任何事情。如果妳真的想知道的話，他現在就是我他媽的靈感來源。當然啦，這是一種權衡，不過妳必須有足夠的想望。」

我想到了那位牙買加的保姆艾絲戴爾，她每天早上讓我進艾咪家，然後就消失在育嬰室裡。艾咪似乎沒想到我母親與她自己的狀況之間可能存在著實際的分歧，這是我最早學到她對人與人之間差異的看法，向來與社會地位或經濟無關，永遠是個性本質上的不同。我看著她通紅的臉頰還有我自己雙手擺放的位置——伸在前面好像在表明主張的政客——意識到我們的討論迅速、出奇地升溫，儘管我們兩人其實都不想如此，彷彿「寶寶」這個詞彙是某種催化劑。我把兩手收回到身側微微一笑。

「我就是不適合。」

我們穿過陳列室走回去尋找出口時，與一名導遊並排同行，他正在講述一個我從小就知道的故事，主人翁是一個棕膚少女，她是加勒比海奴隸與英國主人的女兒，由富裕的親戚帶到英國，在這間白色的大宅裡長大，其中一位親戚正好是首席法官。這是我母親最喜歡的軼事，只是她講得和這名導遊不一樣，她不相信這位舅公對棕膚甥孫女的憐憫有能力終止英國的奴隸制度。我拿起一張堆放在邊桌上的傳單，讀到女孩的父母是「在加勒比海地區相識」，彷彿他們是在餐前的雞尾酒時間一起在海灘度假勝地散步。我覺得好笑，轉身想拿給艾咪看，但是她已走到隔壁房間，聚精會神地聆聽導遊說話，徘徊在旅行團邊緣，宛如她是其中的一分子。她總是受到證明「愛情力量」的故事所感動，就算如此對我來說又有什麼差別？但是我克制不了自己，開始模仿我母親，諷刺地評論導遊的解說，直到導遊惱火了指引他的團員到外面去。我們也走向出口，我接手艾咪的遊覽行程，一邊帶領她穿過常春藤藤架形成的低矮通道，一邊描繪宗號船[27]，彷彿那艘大船就浮在前面的湖中。那影像非常容易想像，因為我對那艘船極為熟悉，它在我童年的噩夢中航行過無數次。宗號船在前往牙買加的途中，由於導航錯誤遠遠偏離了航道，因此飲用水不足，載滿了口渴的奴隸（「哦？」艾咪邊說邊從花叢中摘下一朵野玫瑰，幾乎沒在聽），船長恐怕奴隸無法撐過剩下的旅程，卻又不希望第一趟航行就蒙受經濟損失，於是聚集了一百三十三名男人、女人和小孩，將他們用鐐銬拴在一起扔下船：損毀的貨物稍後可以領取保險金。那位出了名地富有同情心的舅公也監管了這個案子——我按照母親說的告訴艾咪——他判決船長敗訴，但依據的原則只是船長犯了錯，因此必須承擔損失的是他，而非保險公司。那些翻騰的屍體依舊是貨物，你仍然可以為了保護其餘的貨物扔掉這些貨物，只是無

27 英國運送奴隸的船隻，在一七八一年發生因缺水而將一百三十三名奴隸推入海中致死的大屠殺事件。此一慘絕人寰的事件逐漸受到大眾關注，最後激發了十八世紀末十九世紀初的廢奴運動。

法因此獲得賠償罷了。艾咪點了點頭，將她摘下的那朵玫瑰夾在左耳和棒球帽之間，突然跪下去輕拍路過的一群小狗，牠們後面拖著一個遛狗的人。

「擊不垮你的逆境會讓你更強大」，我聽見她對一隻臘腸狗說，然後直起身子再度面向我：「如果我爸爸沒有早死？我絕對不可能在這裡。身為猶太人、同性戀、女性、黑人，還有該死的愛爾蘭人，這種痛苦正是我們他媽的祕密力量。」我想到了我母親——她對感情用事地解讀歷史缺乏耐性——頓時覺得難為情。我們離開狗群繼續往前走。晴空萬里，漢普斯特德荒野處處都是花卉植物，池塘裡金色波光粼粼，可是我無法擺脫不舒服和失調的感覺。我試圖追溯這感覺的來源，發現自己回到陳列室裡那個不知名的男侍者前面，他的耳朵上戴著一個小金環，在我們嘲笑那個酷似茱蒂的女人時懇求似地仰望著她。她沒有回頭看他，永遠不會，因為畫家畫她的方式讓這一切變得永無可能。而我難道不是也迴避了他的眼睛，就像我迴避格蘭傑的眼睛、他也迴避我的嗎？我現在可以一清二楚地看見這個小摩爾人，彷彿他就站在我前面的小徑上。

艾咪堅持這個奇特的午後要以在女池游泳作為結束。格蘭傑再次在出入口等候，生氣地翻閱企鵝出版的袖珍版馬基維利[28]，腳邊則有三輛自行車。一團花粉盤旋在水面上，似乎困在令人昏昏欲睡的濃密空氣中，不過池水極為冰冷。我穿著內褲T恤畏縮地下水，速度緩慢地爬下梯子，兩個大屁股的英國女人穿戴著結實的Speedo泳衣和泳帽在旁邊上下浮動，主動鼓勵所有正要加入她們的人（「等下水後其實相當舒服呢。」「只要繼續踢腿，踢到妳感覺兩腿存在。」「伍爾芙都在這裡游過了，妳也可以！」）我左右兩邊的女人，有些年紀是我的三倍，直接從池邊滑入水中，但是我只下到水深及腰的地方，為了拖延時間轉身假裝欣賞眼前的景象：一群白髮女士在難聞的浮萍間莊重地繞著圈子游動。一隻色調為艾咪最愛的綠色漂亮蜻蜓輕快地掠過。我看見蜻蜓停落在我手邊的池畔地上，闔上色彩斑斕的翅膀。艾咪到哪裡去了？有一瞬間我渾身無力、陷入大麻造成的妄想中：她是否在我為內衣煩惱的時候先下水了呢？莫非已經溺死了？明天我會不會發現自己接受審訊，向全世界解釋為什麼我讓一位投了鉅額保險、廣受喜愛的美國人獨自在冰冷的北倫敦池塘裡游泳？一聲報喪女妖的尖嘯穿破文明的景象：我轉頭看見艾咪赤裸著身體，從更衣室跑向我，縱身躍過我的頭頂和梯子，伸出雙臂，完美地弓著背，彷彿底下有無形的首席舞者將她舉起，最後乾淨俐落、準確地落入水中。

28 Machiavelli，義大利文藝復興時期重要的政治思想家，有「近代政治學之父」之稱，所著的《君王論》詳細闡述了君王該如何鞏固自己的權力，後人將其主張「政治無道德」的權術思想稱為「馬基維利主義」。

六

我不知道崔西的父親入獄。事發幾個月後母親才對我說：「我看他又進去了。」她不必再多講，或是叮嚀我少和崔西在一起，反正事情已經自然而然發生了。友情冷卻：女孩子之間很可能會發生的情況之一。起初我心煩意亂，以為這是永久的，但事實上只是暫時中斷；我們未來將經歷許多次的間斷，有時持續幾個月，有時更久，無獨有偶的總是以她父親再出獄，要不然就是從牙買加回來結束，每當周遭形勢對他不妙的時候，他經常不得不逃去牙買加。感覺好像他「在裡面」，或是到遠處的時候，崔西就進入待命模式，如錄影帶似地暫停下來。儘管我們在班上不再共用一張桌子（在莉莉的派對過後，我母親到學校要求將我們分開），我每天仍然可以清楚地看到她，每次她「家裡出麻煩」，我都會立即察覺到，因為那會顯露在她所做或不做的每件事情上。她盡其所能地刁難老師，不是像我們其他人那樣明顯地行為不端，也不是罵髒話或打架，而是完全地撤離，只有身體在場，其他的都不在。她既不回答問題也不發問，不參與任何活動或抄寫筆記，甚至連練習簿都不打開。我明白在這種時候，對崔西來說時間已經停止。倘若薛爾曼先生開始咆哮，她會面無表情地坐在座位上，眼睛斜著看向他頭頂上的某個點，鼻子往上翹，無論他說什麼，無論是威脅或者提高音量，都毫無作用。如我預料，她始終沒有忘記那些垃圾桶小子卡片。叫她去校長辦公室她也不怕：穿著反正從未脫下的外套站起來，走出教室，一副去哪裡或發生什麼事都無所謂的樣子。當崔西處於這種心態，我就趁機做些跟她在一起時感覺不便做的事。比方說，多花點時間和莉莉．賓翰在一起，欣賞她和善溫柔的生活態度：她仍然在玩洋娃娃、對性一無所知、喜歡畫畫以及用紙板膠水製作東西。換句話說她還是個孩子，我有時候希望自己也可以那樣。在她的遊戲中沒有人死亡、恐懼、報復，或擔心被發現是個騙子，也沒有絕對的黑白之分，因為，如同有一天我們在玩的時候她鄭重向我解釋的，她是個「色盲」，只看人的內心。她有座迷你的紙板俄羅斯芭蕾舞劇院，在柯芬園買的，對她而言完美的下午就是操控紙王子在舞臺上走來走去，讓他與紙公主相識、墜入情網，背景播放她父親發出刮擦聲的《天鵝湖》唱片。她熱愛芭蕾，雖然她自己跳得不好，因為O型腿所以無法抱有任何真正的希望；她熟知所有動作的法文，以及狄亞格烈夫[29]與帕芙洛娃[30]的悲劇人生故事。她對踢踏舞不感興趣。我給她看磨損的《暴風雪》（*Stormy Weather*）錄影帶時，她的反應出乎我的意料，她感覺受到冒犯，甚至傷害。為什麼所有演員都是黑人？她說，電影裡只有黑人不好、不公平。或許在美國可以這麼做，但是在英國不該如此，這裡人人平等，沒有必要「多囉唆」。她說，如果有人告訴我們只有黑人可以上伊莎貝爾的舞蹈班，我們不會喜歡的，那對我們不友善也不公平，對吧？我們會很難過的。或者只有黑人可以進我們學校。我們不會喜歡那樣吧，會嗎？我悶不吭

29 Sergei Diaghilev, 1872-1929，俄羅斯芭蕾舞團創辦人，在俄國革命後流亡海外。

30 Anna Pavlova, 1881-1931，十九世紀末二十世紀初的知名俄國芭蕾舞蹈家，為俄羅斯芭蕾舞團的臺柱。

聲，將《暴風雪》收進背包裡回家，走在威爾斯登石油顏色的落日和急速分流的雲朵下，腦海裡一遍又一遍回想那番古怪的批評，好奇她說的「我們」是什麼意思？

七

崔西和我關係冷淡的時候，我發現星期六很難熬，於是仰賴和布思先生的談天與建議。我帶著從圖書館拿到的新資料給他，他則就我擁有的資料加以補充，或者解釋我不懂的東西，例如布思先生不曉得其實亞斯坦的本名不是「佛雷．亞斯坦」而是「菲德利克．奧斯特里茲」，但他知道「奧斯特里茲」的意思，說明這名字肯定不是來自美國而是歐洲，八成是德國人或奧地利人，也有可能是猶太人。對我來說亞斯坦就是美國，他如果出現在國旗上我也不會感到驚訝，但是現在我得知事實上他曾在倫敦待過很長時間，在這裡和他姊姊一起跳舞成了名，倘若我早生六十年就可以到夏夫茨伯里劇院親眼看他。而且，布思先生說，他姊姊跳得比他好很多，大家都這麼說，她是明星、他是失敗者，既不會唱也不會演，頭又漸禿，只會跳舞，一點點而已，哈哈哈，他證明給他們看了，對不對？聽了布思先生的話，我自忖是否也可能成為較晚、非常晚，展現自己的人，因此總有一天——很久以後——會輪到崔西坐在夏夫茨伯里劇院前排看我跳舞，我們的立場完全顛倒，世界終於認可了我的優越。而且在晚年，布思先生邊說邊從我手中拿走圖書館的書並讀了出來，在晚年他的日常起居和他一直以來所過的生活幾乎沒什麼改變。他清晨五點起床，早餐只吃一顆水煮蛋，體重固定維持在一百三十四磅。他沉迷於《指路明燈》（*The Guiding Light*）和《世界在旋轉》（*As the World Turns*）之類的電視連續劇，要是沒法收看肥皂劇就會打電話給管家問清劇情。布思先生闔上書本微笑著說：「真是個怪人！」

當我向布思先生抱怨亞斯坦唯一的缺點——依我的看法，他不會唱歌——他強烈地反對讓我措手不及。通常我們對所有事情都意見一致，總是一起大笑，可是現在他用最小的音量在鋼琴上彈出〈妳的一切〉的音符說：「唱歌不光是大聲地唱出來，對吧？不只是誰的顫音幅度最大或者音高最高，不，唱歌跟樂句處理有關，需要小心謹慎，從歌中找到對的感覺，找到歌的靈魂，這樣一來當一個人開口唱歌，妳的內心就會產生真正的悸動；妳難道不想感受到真正的悸動，而不是只讓耳孔遭到轟炸嗎？」

他停止說話完整地彈出〈妳的一切〉，我跟著他唱，有意嘗試按照亞斯坦在《玻璃絲襪》（*Silk Stockings*）裡的唱法唱出每個樂句，有些句子縮短，有些半用唸的，儘管我覺得這樣並不自然。布思先生和我一起思考愛一個人的東、西、南、北，完全控制他們，即使他們只愛我們的一小部分作為回報，會是什麼感覺。通常我表演時總是一手擱在鋼琴上，面朝外，因為電影裡的女孩都是如此，而且這樣子我就可以盯著教堂門上的時鐘，知道最後一個孩子何時進來，由此知道何時該打住。然而這一次我想要試著和諧地唱出這需要小心處理的旋律——配合布思先生的彈奏方式，不只是「大聲地唱出來」而是創造出真實的情感——因此我在歌唱到一半時本能地向內轉，我轉身後看見布思先生在哭泣，非常小聲，但是確實哭了。我停止唱歌。「他在試著引她跳舞，」他說。「佛雷想要賽德跳舞，但是她不肯，不是嗎？她是妳所說的知識分子，來自俄國，她不想跳舞，她對他說：『跳舞的問題在於你跳啊、跳啊、跳，但是你哪裡也去不了！』然後佛雷說：『妳說得沒錯！』說得真好。太好了！現在聽著，親愛的，上課的時間到了。妳最好穿上舞鞋。」

我們綁好鞋帶準備重新排隊時，我聽見崔西對她母親說：「妳看吧？她喜歡所有奇怪的老歌。」語氣中帶著指責。我知道崔西喜愛流行音樂，但是我覺得流行音樂的旋律不是那麼動聽，此時我試著說明。崔西聳了聳肩，阻止我說下去。她的聳肩具有控制我的力量，可以結束任何話題。她轉回去對她母親說：「也喜歡老蠢貨。」

她母親的反應令我震驚：她看向我得意地一笑。那時我父親在外面的教堂墓地裡，在櫻桃樹下他平常的老位置；我能看見他一手拿著一袋菸草，另一手拿著捲菸紙，不再費心對我掩藏這些東西。但是我在任何一個世界都不可能可以刻薄地批評另一個孩子，然後我父親或母親還得意地笑，或者以任何方式支持我。我很驚訝崔西和她母親站在同一邊，相信這有點反常，而且她們似乎也明白，因為她們在某些情況下加以隱藏。我確信假如我父親在場，崔西的母親絕對不敢露出得意的笑容。

「最好離陌生的老男人遠一點，」她指著我說。可是當我抗議布思先生不是陌生人，而是我們親愛的老鋼琴伴奏，我們喜愛他的時候，崔西的母親似乎厭煩聽我說話，將雙臂交抱在大胸脯前面，直視前方。

「我媽認為他是個戀童犯。」崔西解釋。

下課後我抓著父親的手走出去，不過沒告訴他發生了什麼事。任何事情我都不想向父母求助，再也不那麼想了，如果有事我只想隱瞞，到別處尋求指引。書本開始進入我的生活中。不是些好書，還不是，依舊是那些我在沒有神聖經典時閱讀的、過去娛樂圈的傳記，彷彿那些是神聖經典，從中得到某種形式的慰藉，雖然這些書是為了快速賺錢而寫的劣作，毫無疑問地，作者下筆時幾乎是不假思索，但對我來說非常重要。我把某些頁折起來，一遍又一遍地重讀詞句，宛如維多利亞時代的淑女在讀讚美詩。他做得不對——這句非常重要。這是亞斯坦聲稱每次看見自己在銀幕上時心裡所想的話，我注意到他用了第三人稱代名詞。這是我的理解：對亞斯坦而言電影中的那個人和他並沒有特別的聯繫。我將這牢記在心，或者更確切地說，這句話呼應了我原本就有的感受，主要是把自己當陌生人看待，對自己的情況保持中立公正，這點很重要。我認為你必須這樣思考才能在這世上有所成就。沒錯，我認為那是非常精妙的看法。此外我也迷上凱瑟琳．赫本對於佛雷與金潔的著名觀點：他給她品位，她提供他性。這是普遍的原則嗎？所有的友誼、關係，都涉及這種低調神祕的條件交換、權力交易嗎？這是否延伸到民族國家，或是只發生在個人之間？我父親給了母親什麼——反過來呢？布思先生和我給了對方什麼？我給了崔西什麼？崔西又給了我什麼？

第三部

間歇

一

政府無用、不能信賴，艾咪解釋給我聽，慈善機構有自己的議程，教會關心靈魂更勝於肉體。因此假如我們想看到這世界真正改變，她繼續說，一邊調整跑步機的坡度，直到在她旁邊這臺走路的我彷彿看著她衝上吉力馬札羅山側面，嗯，那我們自己就得採取行動，沒錯，必須帶來我們想看到的改變。她說的「我們」指的是像她自己那樣的人，擁有經濟財富和全球影響力，剛好熱愛自由平等，想要伸張正義，覺得有義務利用自己的好運做些好事。這屬於道德也是經濟的範疇。如果循著背後的邏輯一路到輸送帶的盡頭，那麼過幾英里後你會得出新的想法：財富與道德本質相同，一個人擁有越多財富就越善良，或者說有行善的潛力。我用背心擦乾汗水，看一眼我們各自面前的螢幕：艾咪跑了七英里，我則是一英里半。終於她跑完了，我們下了跑步機，我遞條毛巾給她，然後一起走向剪輯室。她想要再檢視一下我們為潛在捐贈者所製作的宣傳短片初步剪輯過的版本，尚未配上音樂或聲音。我們站在導演和剪輯師後面，觀看無聲版本的艾咪為學校計畫破土，手中拿著一把大鐵鍬，在村中長老協助下鋪設基石。我們看她和六歲的女兒卡菈，以及一群穿著灰綠雙色制服的漂亮女學生，配合著我們聽不到的音樂跳舞，每跺一次腳都揚起大團的紅色塵土。我回想起幾個月前在現實中，在事情發生的當下親眼目睹這一切，心想現在以這種形式呈現看起來多麼不同，剪輯師在軟體允許的範圍內輕鬆地將影像段落移來移去，把美國艾咪與歐洲艾咪、非洲艾咪拼接在一起，將熟悉的活動按照新的順序排放。所以，你們就是這樣完成工作的，十五分鐘後艾咪滿意地宣布，她站起來，拂亂年輕導演的頭髮，走向淋浴間。我留下來幫忙完成剪輯。早在二月建築工地就擺了一臺縮時攝影機，因此現在我們可以觀看整間學校在幾分鐘內建起，猶如螞蟻的工人蜂擁在工地上，移動速度快得無法分辨彼此，超現實地證明有財力的好人決心完成事情的時候什麼都有可能。這種人能夠在幾個月內在西非鄉村建一所女子學校，只因為那是他們決定要做的事。

母親喜歡說艾咪的做事方法「天真」，可是艾咪覺得她已經試過我母親的方法，即透過政治途徑。在八〇和九〇年代，她曾為總統候選人出力，舉辦晚宴、為競選捐款、在體育場的舞臺上對觀眾慷慨陳詞。到我加入時，她已經不再做那些事了，如同她曾經鼓勵去投票的一代、也就是我這一代，對政治冷感了。如今她致力於「讓改變發生在群眾之中」，她只想「在社區層面上與社群合作」。坦白說我很敬佩她的奉獻，只是偶爾當她一些富有的好人朋友來到哈德遜河谷的住宅，吃午餐或游泳，討論這個或那個有風險的計畫，我就會很難避免產生與我母親相同的看法。在那些時候，我真的感覺母親在我身旁，當我努力傾聽這些形形色色的有錢好人——以彈奏吉他、唱歌，或設計服裝、假扮別人而出名的人士——邊喝雞尾酒邊暢談他們要在塞內加爾消滅瘧疾，或是在蘇丹引進乾淨水井等等計畫時，她就像個無形的良知或諷刺的現場評論，從數千里外對我的耳朵灌注毒藥。然而我知道艾咪本身對權力沒有空泛的興趣。她的動力來自別的：急躁。對艾咪來說，貧窮是這世界的粗心過錯，眾多錯誤之一，只要人們像她關注每件事那樣對焦在問題上就能輕易改正。她討厭開會和冗長的討論，不喜歡從過多角度考慮議題。最令她厭煩的莫過於「一方面」和「另一方面」。她相信自己決定的力量，這些決定都是她用「心」做出的。這些決定通常都很突然，而且一旦做出就絕不改弦易轍或取消，因為她相信自己掌握了好時機，相信時機本身是股神祕的力量，是命運，在全球和宇宙運作，也影響到個人。事實上在艾咪心中這三種層面互相關聯。在她看來YTV的英國總部毀於祝融是命運決定好的時間點，一九九八年六月二十日，在她造訪我們六天後，半夜裡線路不知怎地出了問題，大火席捲了整個地方，摧毀數英里長的VHS錄影帶，在此之前那些錄影帶一直妥善保存，不受倫敦地鐵的腐化影響。我們收到通知辦公室要九個月後才能夠再進駐。在這段期間所有人都要搬到國王十字區醜陋又毫無特色的辦公大樓。我的通勤時間多了二十分鐘，我想念運河、市集，和斯諾登的鳥。然而我只在國王十字區待了六天，當柔伊拿了一張寫給我的傳真到我桌上時一切就結束了，傳真上面有電話號碼要我撥打，沒有任何解釋。從電話另一頭傳來艾咪的經紀人茱蒂·萊恩的聲音。她告訴我艾咪親自要求穿綠衣的棕膚女孩到她位在切爾西的辦公室，面試一個可能的職位。我大吃一驚。我在那棟建築外面踱步了半小時才顫抖著走進去，搭電梯一路往上、穿過大廳，然而當我走進那間房，從她臉上看出她早已做出決定。艾咪既不擔心，也毫不懷疑：在她看來，這一切都不是巧合、運氣，或意外驚喜，而是「命運」。「大火」——YTV員工所取的名字——只是代表宇宙為了將艾咪和我兩人湊在一起刻意努力的結果，而這宇宙卻同時拒絕干涉許多其他事情。

二

艾咪對時間的看法與眾不同，但是她的心態非常純粹，我逐漸學會欣賞。她和她族群裡的其他人不一樣。她不需要整形外科醫生，不活在過去、捏造年代或是用任何常見的分散注意力或歪曲事實的方式。對她而言這其實是意志問題。十年來我見識到意志可以多麼強大、能夠實現什麼。她為之付出的所有努力，包括所有的身體鍛練、故意視而不見、培養出來的純真、她不知怎地能夠自然體驗到的精神頓悟，以及如青少年般墜入愛河又失戀的各種方法，在我看來這一切實際上本身似乎就是種能量，能夠延緩時間，彷彿她其實是以光速行進，留下我們其他人困在地球上比她更快衰老，而她俯視我們不明所以。

當她在本迪戈的兄弟姊妹來訪，或是當她和從中學就認識的茱蒂在一起時，這現象最為顯著。這些中年後期的人有糟糕的家庭、皺紋、失望、棘手的婚姻、身體的小毛病，可這一切與艾咪有什麼關係？這些人怎麼可能和她一起長大，或者曾經睡過同一個男孩，或是能夠在同一年以同樣的速度、同樣的跑法沿著同一條街道飛奔？這不僅是艾咪的外貌非常年輕——雖然她確實也並不老——而是有種幾乎令人難以置信的青春在她全身搏動，深入骨裡，影響她的坐姿、行動、思考、說話的方式和一切。有些人，例如她脾氣暴躁的義大利廚師馬可，對這點抱持冷嘲尖刻的態度，聲稱那只是金錢的功效，全是金錢和沒有工作、從來沒有真正工作過的副作用。可是我們同艾咪一起旅行時遇過很多非常有錢且無所事事的人，他們做的事遠不如艾咪——艾咪以她自己的方式勤奮工作——大多數人看起來卻老得像人瑞。因此合理的假設是艾咪的年輕戀人讓她常保青春，很多人都這麼認為，畢竟這基本上是她自己多年來的論點——除此之外再加上沒有孩子。但這理論在她取消南美與歐洲的巡迴演出、兒子傑誕生的那年就無法成立了；兩年後小卡菈出世，迅速了結了年屆中年的父親兼男友，接著得到了第二任父親兼丈夫，隨後甚至更快速地結束了關係，說實在的第二任父親本身跟男孩差不了多少。當然，人們認為，將這麼多的經歷塞進短短幾年裡肯定會留下痕跡吧？可是當團隊其他成員脫離旋風般的行程，徹底被榨乾、筋疲力盡，準備躺下來休息個十年，艾咪自己卻顯得幾乎不受影響，或多或少一如往常，充滿驚人的活力。卡菈出生後她立刻重返練舞室，回到健身房，恢復巡迴演出，僱用更多的保姆，還多了家庭教師；幾個月後她擺脫一切，看起來好像成熟的二十六歲。事實上，她將近四十二歲了。我才剛要邁入三十，這是艾咪決定無論如何要記住關於我的事情之一，在我生日前兩週她就一直堅持我們要舉行「淑女之夜」，只有我們兩個，關掉電話、全神貫注、覺察當下、喝雞尾酒——這些都不是我期盼或要求的，可是她不肯罷休，當然，到了那天完全沒提及我的生日，我們整天都在為挪威活動做宣傳，在那之後她和孩子一起用餐，我坐在自己房間裡試圖看點書。到十點她還在練舞室，茱蒂從門邊探頭進來打斷我——她的髮型是始終不變的羽毛剪，那是她在本迪戈年輕時期的殘跡——頭也沒抬地看著手機表示，我得提醒艾咪隔天早晨要飛往柏林。現在我們在紐約。艾咪的練舞室大得像舞廳，是從她連棟房屋地下室挖出來的，鑲了鏡子的包廂四周有一整圈的胡桃木把桿。我走進去時，她正橫劈腿坐著，一動也不動彷彿死了，頭往前傾，長長的劉海——當時是紅色的——遮住了臉。音樂在播放。我等著看她是否會轉向我。然而她跳起來開始排練例行的動作，自始至終都面向鏡中她自己的倒影。我有一段時間沒看她跳舞了，很少在她表演時坐在人群當中：她生活的那一面——那種虛假的演出——感覺非常遙遠，因為我對她更深入細微的層面過於熟悉。我為她安排墮胎、僱用遛狗人、訂花、寫母親節賀卡、抹護膚霜、注射、擠粉刺、擦拭非常偶爾的分手淚水等等。大多數時候我都不覺得自己是在為演藝人員工作。我為艾咪工作和共事多半都在車上，或是在沙發上、飛機上、辦公室裡，在各種螢幕上和成千上萬封電子郵件裡。

可是她在這裡，跳舞。隨著一首我不認得的歌曲——我也幾乎不再進錄音室了——不過舞步本身很熟悉，多年來沒有太大改變。她的舞蹈動作絕大部分總是以一種強力的步行為主：強而有力地踱步舞步標示出她所在空間的界限，宛如一隻大貓在籠子裡有條不紊地巡行。此時令我驚訝的是她舞步的挑逗力量絲毫不減。通常我們稱讚舞者時會說：看她跳起來很輕鬆。艾咪的情況並非如此。我在觀察她的同時心想，她的部分祕訣是能夠從辛苦努力中召喚出喜悅，因為她的動作都不是憑本能或是自然而然從下一步流瀉出來，每一「步」都是清晰可見、經過精心編舞，然而在她汗流浹背地執行舞蹈動作時，這艱苦的工作本身令人覺得性感，就像目睹一名女性衝過馬拉松的終點線，或者努力達到自己的性高潮般，同樣顯現出女人意志所帶來的狂喜。

「讓我跳完！」她對著自己的倒影大聲喊道。

我走到遠處的角落，順著玻璃牆滑下，坐到地板上重新打開書。我決定為自己設立一條新規則：無論如何，每天晚上閱讀半個小時。我挑選的這本書不長，不過還沒有讀很多。為艾咪工作時基本上不可能看書，其他的團隊成員認為這非常不切實際，而且我想從某種意義來說根本是不忠。即使我們長途飛行，即使我們要飛回澳洲，大家要麼在回與艾咪相關的電子郵件，要麼在翻閱一疊雜誌，這永遠可以偽裝成是工作，因為艾咪要不是已經在手中的雜誌上，就是即將出現在上頭。艾咪自己看書，有時是我推薦的好書，更常有的是茱蒂或格蘭傑放在她面前有關勵志或節食的廢話，但是艾咪看書是另一回事，畢竟她是艾咪可以為所欲為。有時候她會從我給她的書中汲取靈感，比方說某段時期或某個人物或政治觀點，這些最後會以扁平、通俗的形式出現在某支影片或歌曲當中。然而這並沒有改變茱蒂對閱讀整體的看法，對她而言閱讀是一種惡習，因為會占用我們原本可能用來為艾咪工作的寶貴時間。儘管如此，即使是茱蒂有時也還是必須看書，因為那本書將要成為艾咪的電影媒介，要不然就是為了計畫需要，在這種情況下她會利用長途飛行閱讀三分之一的內容：抬高雙腳，一臉吸了檸檬似的鬱悶表情。她從來沒有讀超過三分之一——「我有基本概念了」——每次看完她都會給出四種可能的意見之一。「很有活力」，意思是不錯；「很重要」，意思是非常好；「有爭議」，可能是好也可能是壞，你永遠不知道；或者「文縐縐的」，宣布時伴隨著嘆氣和翻白眼，意思是非常糟。倘若我想為該本書提出令人信服的意見，茱蒂會聳聳肩說：「我懂些什麼？我只是個來自本迪戈粗鄙的小姑娘罷了。」在艾咪聽得見的範圍內說出這句話，任何計畫都會胎死腹中。艾咪從不低估心臟地帶的重要性。雖然她離開了本迪戈，說話聽起來再也不像她的家鄉人，總是用假美國腔唱歌，經常說她的童年是種活受罪，但她仍然認為家鄉是有力的象徵，幾乎是種風向標。她的理論是一個明星可以駕馭紐約和洛杉磯，可以拿下巴黎、倫敦，與東京，但是唯有超級巨星才能夠掌握克利夫蘭、海德拉巴，及本迪戈。超級巨星贏得所有地方的每個人。

「妳在看什麼？」

我舉起書。她收起雙腿，從原本的姿勢換回劈腿，皺著眉看著封面。

「從來沒聽過。」

「《酒店》？基本上就是那個。」

「那部電影的書？」

「書在電影之前就出版了。因為我們要去柏林，我想可能會有幫助。茱蒂派我來這裡督促。」

艾咪對鏡中的自己扮個鬼臉。

「茱蒂可以去吃屎。她最近一直在為難我。我想她八成是更年期到了？」

「我想可能只是妳很煩人？」

「哈哈。」

她躺下來向前抬起右腿等待。我走過去跪在她前面，將她的膝蓋壓到她胸前。我的體格比她壯很多，更寬、更高、更重，因此每次像這樣幫她伸展，我都覺得必須小心翼翼，她很脆弱我可能會弄壞她，雖然她有一身我無法想像自己擁有的肌肉，而且我看過她將年輕的男舞者舉到將近她頭部的高度。

「天啊，挪威人很無趣，對不對？」她小聲抱怨，接著突然想到了一個主意，彷彿我們過去三星期的談話根本不曾發生過：「我們何不出去呢？比方說，現在。茱蒂不會知道的。我們從後門出去。喝幾杯雞尾酒？我心情正好。我們不需要理由。」

我對她微微一笑。我心想生活在這個事實瞬息萬變，而事實改變或消失完全取決於你心情的世界會是什麼感受。

「有什麼好玩的嗎？」

「沒。我們走吧。」

她沖個澡，換上便服：黑色牛仔褲、黑色背心、黑色棒球帽，棒球帽壓得很低使她的耳朵從頭髮間露出來，讓她的表情出乎意料地傻氣。我說她喜歡出去跳舞大家都不相信，我們確實不常那麼做，尤其在後來幾年，不過的確發生過，而且從來沒有引起太大的騷動，大概是因為我們都很晚去，而且是去同性戀的場所，等到那些男孩發現她的時候，他們通常都很亢奮、快樂，滿心都是豪爽的好意：他們想要保護她。多年前她還不屬於任何人的時候就已經是他們的了，現在照顧她是種展現她其實仍屬於他們的方式。沒有人請她簽名，或者要她擺姿勢照相，也沒有人打電話給報社，我們純粹跳舞。我唯一的工作是證明我跟不上她，這無須假裝；我真的沒辦法。等我的小腿灼痛，渾身大汗淋漓彷彿站在水管下面的時候，艾咪仍然在跳舞，我只得坐下來等她。我就那樣在繩子圈起的區域坐著，突然感到肩膀上啪的一聲重擊，臉頰上沾了濕漉漉的東西。我抬起頭：艾咪站在我身邊，咧嘴笑著俯視我，汗水從她臉上滴到我的臉。

「站起來，士兵。我們要走人了。」

時間是凌晨一點，不算太晚，但是我想回家。然而當我們接近格林威治村時，她降下隔板吩咐艾羅爾繼續開過住處，前往第七大道和葛洛夫街；艾羅爾試著反對，艾咪吐了下舌頭升起隔板。我們在一間看起來髒兮兮的小鋼琴酒吧外面停下來。我已經能夠聽見一個男人以刺耳的百老匯顫音在唱音樂劇《歌舞線上》（*Chorus Line*）的曲子。艾羅爾搖下車窗瞪眼看著敞開的門口。他不想隨她去。他懇求地看著我，希望我們團結一致，好像兩人在同艘船上——明天早上在茱蒂眼中我們兩人都得為此負責——可是一旦艾咪決心要做什麼事，我也拿她沒轍。她打開車門把我拉下去。我們兩人都喝醉了：艾咪興奮過頭、危險地再度活力充沛，而我則筋疲力盡、多愁善感起來。我們坐在昏暗的角落，整間酒吧都是昏暗的角落，和艾咪年紀相仿的酒保送來兩杯伏特加馬丁尼，能為她服務他激動得不知所措，不清楚他如何在昏倒前完成將飲料擺在我們面前的實際任務。我從他顫抖的雙手中接過玻璃杯，忍受艾咪對我講述石牆暴動[31]的歷史，石牆這石牆那地說個不停，好像我從來沒到過紐約對此一無所知。鋼琴旁有一群參加告別單身派對的白人女人唱著《獅子王》裡的歌曲，她們的聲音尖銳可怕，而且一直忘詞。我知道這樣很幼稚，但是我對我生日的事

31　一九六九年發生於紐約石牆酒吧（Stonewall）的暴力示威活動，為美國史上同性戀群體首次公開反抗政府迫害的事件。

情非常憤怒，唯有怒氣能夠讓我保持清醒；我無法大聲說出自己的委屈，因此理直氣壯地藉助發怒。我猛喝馬丁尼，不予置評地聆聽艾咪從石牆講到她早年在七〇年代後期，在字母城當臨時舞者，她所有的朋友都是「一些瘋狂的黑人男孩、男同志、著名女歌手；現在全都死了，」這些故事我聽過好多遍，幾乎能夠自己重述一遍了，對於找不到方法阻止她說下去感到絕望。這時她用只有在酩酊大醉時才會出現的腔調宣布她要「去廁所」。我知道她使用公廁的經驗有限，但還來不及站起來，她就已經走到我前面二十碼遠的地方了。在我試圖穿過那群酒醉的單身女子時，鋼琴伴奏突然滿懷希望地抬頭看我，一把抓住我的手腕：「嘿，妹妹，妳唱歌嗎？」與此同時艾咪蹦蹦跳跳地走下地下室的階梯消失了蹤影。

「這邊這首怎樣？」他點頭指向他的樂譜，用疲憊的手摸過烏亮的光頭。「我再也聽不下去這些女孩唱歌了。妳知道這首歌嗎？音樂劇《星夢淚痕》（*Gypsy*）裡面的？」

他優雅的手指放到琴鍵上，我唱開頭幾小節，那是著名的開場，內容是唯有死者待在家，但是像媽媽之類的人，噢，他們不同，他們不會光坐著忍受，他們有夢想和勇氣，不會待到腐爛，他們永遠會掙扎著站起來——出去！

我一手擱在鋼琴上，轉身面向鋼琴閉上眼睛，我還記得心裡想著開頭要小聲唱，至少我有意打算這麼做，一開始小聲唱並且維持小聲，壓低音量唱歌，以免引人注意，或者不要引起過多的注目，這一方面是出於過往的羞怯，不過也是考慮到艾咪，她不是天生的歌手，儘管這是我們之間無法言說的事實。她其實不是天生的歌手，和坐在我前面吧臺椅上灌著邁泰雞尾酒的那些單身女子不相上下。但我是天生的歌手，不是嗎？不管怎樣，我的確是？現在我發現我無法繼續小聲唱，雖然兩眼仍舊閉著，但我的音量提高，不斷地提高，越唱越大聲，覺得自己完全無法控制，我釋放出的東西如今升起來、飛走，逃離了我的掌控。我雙手舉在空中，腳後跟跺著地板。我感覺自己抓住了酒吧裡所有人。我甚至感情用事地幻想自己是一長串掀起旋風的兄弟姊妹、創作音樂者、歌手、音樂家、舞者之一，因為我不也擁有經常被劃分於我同胞的天賦嗎？我可以將時間化為樂句，變成節拍與音符，放慢、加速，控制著我人生的時間，最後，終於，在這舞臺上，倘若不在別處。我想到妮娜．西蒙將一個一個音符分開，非常地有力、精準，按照她的偶像巴哈教導她的去做，我想起她以「黑人古典音樂」著稱，她討厭爵士這個詞彙，認為那是白人給黑人的字眼，徹底地排斥。我想到了她的聲音，她那能夠將音符延伸到超出容忍限度的唱法，強迫聽眾退讓、承認她的時間尺度以及她對歌曲的想像，她對聽眾毫無憐憫之心，堅持不懈地追求她的自由！然而過度投入在這些有關妮娜的思緒中，我沒注意到歌曲即將結束，以為還有一節，當結尾到來時，我唱著結尾的和弦，延續了好一會兒才意識到噢，好了，好了，停下來吧，結束了。倘若有喧鬧的掌聲我也再聽不見，一切似乎已經停止。我只感覺到鋼琴伴奏拍打我的背，迅速地輕拍兩下，而我背上還沾著在前一家夜店乾掉的汗，又黏又冷。我睜開眼。沒錯，酒吧裡的喧囂已經結束，或者不曾嘈雜過，一切看起來和之前一樣，鋼琴伴奏已經在和下一位表演者談話，那群單身女子愉快地喝酒聊天彷彿什麼事都沒發生。時間是凌晨兩點半。艾咪不在座位上，不在酒吧裡。我在狹窄擁擠的空間裡跌跌撞撞地來回走了兩次，踢開糟糕廁所裡的每間隔間，手機貼在耳邊，不停地撥打電話，聽取她的電話答錄機。我掙扎著再度穿過酒吧，上樓到街上。我發出驚慌的尖叫。外面下雨，我吹直的頭髮現在又開始捲起來，速度嚇人，打在我頭上的每一滴雨珠都加速頭髮捲曲。我把手伸進頭髮裡，摸到一團羔羊毛，潮濕而有彈性，豐厚而富有生氣。一聲汽車喇叭響起。我抬頭看見艾羅爾停在我們剛才離開他的地方。後車窗搖下，艾咪探出身來，緩緩地鼓掌。

「噢，棒極了。」

我趕忙走向她一面道歉。她打開車門。「上車吧。」

我坐到她旁邊，仍在道歉。她稍微往前移對艾羅爾說話。

「開到市中心再回來。」

艾羅爾摘下眼鏡捏了捏鼻梁。

「快三點了，」我說，但是隔板升起，我們出發了。大約行駛了十個街區，艾咪都一言不發，我也沉默不語。等到穿過聯合廣場時，她轉向我：「妳快樂嗎？」

「什麼？」

「回答問題。」

「我不明白妳為什麼要問我這個。」

她舔了舔拇指，擦掉一些我沒發現從我臉上流下的睫毛膏。

「我們在一起多久了？五年？」

「快七年了。」

「好吧。所以到現在妳應該知道我不希望為我工作的人，」她緩慢地解釋，彷彿在對白癡說話，「跟我工作不快樂。我看不出那有什麼意義。」

「可是我沒有不快樂啊！」

「那麼妳怎樣？」

「很快樂！」

她脫下頭上的便帽套在我頭上。

「在這一生中，」她往後靠在皮革上說，「妳得知道自己想要什麼。妳必須把想要的東西想像出來，然後拿到手。可是這個我們談過很多次。非常多次了。」

我點頭微笑，醉到無法再多做回應。我把臉塞在胡桃木與窗戶之間，從這裡我用新鮮的視角觀察這座城市，從上而下。我先看到閣樓的屋頂花園，接著看見在這時候仍有少數人在外面遊蕩，濺著水花踩過水坑遍布的人行道，我不斷從這個角度發現奇怪、偏執的隊列。一名收集瓶罐的中國老婦人戴著舊式的斗笠，拉著她的擔子——數百個，也許上千個罐子收集在一大張塑膠布裡——就在我知道住著中國億萬富翁的大樓窗戶底下，一個艾咪的朋友，她曾經和他討論過要開連鎖飯店。

「在這座城市妳真的需要知道自己想要什麼，」艾咪在說，「但我想妳並不知道，還不知道。好吧，妳很聰明，這點我們很清楚。妳認為我說的對妳不適用，不過事實就是這樣。大腦和心臟、眼睛相連，這一切都是可以想像的。想要、想像、拿到手。不要道歉。我從不為自己想要的東西道歉！可是我了解妳，知道妳為浪費生命在道歉！好像妳有倖存者的內疚感之類的！可是我們已經不在本迪戈了！妳已經離開本迪戈了，好嗎？就好像鮑德溫離開哈林區、狄倫離開……管他的故鄉究竟在哪裡。有時候妳得出來——離開他媽的本迪戈！感謝耶穌，我們兩人都離開了。早就脫離了。本迪戈已經被拋在後面了。妳明白我的意思，對吧？」

我連連點頭，雖然我根本不懂她在說什麼，真的，只除了和艾咪在一起時我經常強烈感覺到的一件事，那就是她認為自己的故事放諸四海皆準，喝醉的時候更是如此，在這些時刻我們所有人都來自本迪戈，父親都在我們小時候過世，我們全都想像出自己的好運，並且將好運拉向自己。艾咪和其他所有人的界線變得模糊不清、難以確切辨認出來。

我覺得想吐。我像隻狗似的把頭探出窗外，懸在紐約的夜色裡。

「聽著，妳不會永遠做這個工作，」過一會兒我聽見她說，我們正進入時代廣場，行駛在一個八十呎高的索馬利亞模特兒底下，她頂著兩呎的爆炸頭，身穿非常普通的GAP卡其服裝，在大樓側邊高興地跳著舞。「這他媽的是非常明顯的事。所以問題變成：在這之後妳打算做什麼？妳打算怎麼度過妳的人生？」

我知道正確答案應該是「經營自己的」這個或那個，或是難以歸類、富有創意的工作，例如「寫書」或「開個瑜伽避靜所」，因為艾咪認為一個人要做這類事情只需走進，比方說，出版社的辦公室宣布他們的意圖就行了。這是她自身的經驗。她怎麼會知道時間浪潮只是一波接一波地向人襲來？她怎麼會了解人生是這過程中短暫，且往往是局部的，生存呢？我的視線緊盯著跳舞的索馬利亞模特兒。

「我很好！我很快樂！」

「嗯，我認為妳想太多了，」她輕敲自己的頭說。「也許妳需要多點性生活……妳知道的，妳好像從來沒跟人上床過。我是說：這是我的錯嗎？我幫妳介紹對象了啊，不是嗎？一直以來。妳從來沒有告訴我情況如何。」

燈光湧進車內，是來自某個東西的巨型數位廣告，不過在車內感覺柔和自然，宛如破曉。艾咪揉了揉眼睛。

「嗯，我有專案計畫給妳做，」她說，「如果妳想要的話。我們都知道妳的能力不僅於此。同時，如果妳想跳槽，現在正是時機。我對這個非洲計畫是認真的，不，妳不要對我翻白眼；我們需要解決細節問題，這點我當然知道，我又不是笨蛋，不過計畫會實現的。茱蒂一直在跟妳母親討論。我知道妳也不想聽這個，但是她確實在做這件事，而且妳母親也不像妳似乎認為的那樣滿口胡言。茱蒂覺得那地區……嗯，我現在喝醉了，記不得在哪裡，小小的國家……在西邊？不過她認為那對我們來說可能是個很有趣的發展方向，很有潛力，茱蒂說的。而且原來妳那位尊敬的議員母親很了解那裡，茱蒂說的。重點是，我需要全體總動員，我要的是想待在這裡的人，」她指著自己的心說，「不是還在懷疑自己為什麼在這裡的人。」

「我想去那裡，」我說，注視著她指的點，雖然受到伏特加的影響，她的小小乳房變成雙重，然後交叉、合併。

「我現在調頭？」艾羅爾抱著希望透過麥克風問。

艾咪嘆氣。「你現在調頭吧。嗯，」她再度轉向我說，「從倫敦那時起，這幾個月來妳一直表現得很反常，有很多負能量。那種負能量真的需要禁止，否則一直在迴路中傳遞，影響到每一個人。」

此時她比了一連串的手勢，暗示某個前所未知的物理定律。

「在倫敦發生了什麼事嗎？」

三

等回答完她的問題後，我們繞了一圈回到聯合廣場，我抬頭看見滴嗒作響的巨大看板上數字快速前進，中間但丁風格的紅洞冒出滾滾的煙，讓我有種窒息感。在倫敦那幾個月發生了很多讓我喘不過氣的事：由於很少使用，我終於放棄了我的公寓；站在擁擠的競選活動現場等了一整晚，看著打藍領帶的男人登上舞臺，將勝利讓與穿紅禮服的我母親。我看到一張懷舊九〇年代嘻哈音樂之夜的傳單，在爵士咖啡館，我急切地想去，卻想不出一個可以帶去的朋友。過去幾年我實在太常旅行，不在這些平常去的場所出沒，也沒有用私人電子郵件保持聯繫，一方面是因為沒空，另一方面是因為艾咪不贊成我們在網上「社交」，擔心有人信口胡說洩漏消息。不經意間我任由友誼逐漸枯萎。因此我獨自一個人去，喝得醉醺醺，最後和一名門衛上床，一個大塊頭的美國人，來自費城，他自稱打過職業籃球。和他同行的大多數人一樣——例如格蘭傑——由於身高和膚色而受到僱用，因為人們認為這兩項因素的結合隱含著威脅。跟他一起抽兩分鐘的菸揭露了一顆和宇宙關係友好的溫柔心靈，與他的角色非常不相稱。我身上帶了一小袋古柯鹼，是艾咪的廚師給我的，趁門衛休息時我們到洗手間隔間去，利用馬桶後面光亮的壁架吸食了一堆，那壁架似乎是專為這目的而設計。他告訴我他討厭自己的工作、那種侵犯行為，害怕傷害到任何人。他下班後我們一起離開，在計程車上他按摩我的腳，我們咯咯笑個不停。回到我的公寓時，我裡頭所有的東西都已打包成箱，準備搬進艾咪在馬里波恩（Marylebone）的巨大儲藏設施，他抓住我抱著雄心壯志裝在臥室門上卻從未使用過的室內單槓，嘗試拉了下，結果那蠢東西從牆上給扯下來，連同一部分灰泥。然而在床上，我幾乎感覺不到他在我體內，也許是因為古柯鹼而萎縮了。他似乎並不介意，在我上面愉快地睡著了宛如一隻大熊，然後在清晨五點左右，以同樣愉快的心情祝我好運後自己走出去。我早上醒來時流著鼻血，非常清楚地感覺到我的青春，或者說至少這版本的青春已然結束。六星期後的星期日早晨，茱蒂和艾咪在米蘭發瘋似地傳簡訊給我，問我九二至九八年艾咪的部分舞臺服裝存檔的事，而我瞞著她們兩人坐在皇家慈善醫院的免預約門診，等待性病及愛滋病的檢驗結果，聽著幾個遠不如我幸運的人被帶到旁邊的房間悲傷流淚。但我沒有告訴艾咪這些事，只是提起崔西，所有人當中偏偏是崔西。我們之間所有的歷史，在時間與伏特加中昏沉地來回滑動的年表，所有的憤慨都誇大，歡樂不是縮小就是摧毀，我說得越久就看得越清楚、明白，彷彿沉沒的真相從伏特加井裡升上來見我，事實上那是在倫敦唯一發生的事：我見了崔西。在這麼多年不見後。其餘一切都不重要，彷彿從我最後一次見到她到此刻的這段期間什麼事也沒發生。

「等等，等等——」艾咪說，醉得無法掩飾對別人獨白的不耐——「這是妳最老的女性朋友，對吧？沒錯，這點我知道。我見過她嗎？」

「從來沒有。」

「她是個舞者？」

「對。」

「這種人最棒了！身體會告訴他們該怎麼做！」

我一直坐在座位邊緣，但現在我洩了氣，把頭往後靠在角落以黑玻璃、胡桃木及皮革製成的冰冷枕頭上。

「欸，妳沒辦法交老朋友，」艾咪宣布，語氣讓人可能會以為這句話是她原創的。「沒有親愛的老茱蒂我該怎麼辦？我們從十五歲就認識了！她上了我帶去參加學校舞會的那傢伙！可是她會罵我說的是屁話，沒錯，她的確會罵我。沒有別人會那麼做……」

我習慣了艾咪把所有我的故事都變成她自己的，通常我只是聽從，然而在那一刻，酒精讓我大膽地相信我們兩人的生命事實上有同等的重要性，同樣值得討論，同樣值得花費時間。

「那是在我和我母親共進午餐之後，」我緩緩地解釋，「我和那個丹尼爾出去的那天晚上？在倫敦？那次約會真是一團糟。」

艾咪皺眉：「丹尼爾．克拉莫？是我介紹他給妳的，那個搞金融的傢伙？瞧，妳什麼都沒告訴我！」

「唉，那真是糟透了，我們去看表演，而她就在那該死的表演裡。」

「妳和她說了話。」

「沒有！我八年沒和她說過話了。我才剛告訴過妳。妳有在聽我說話嗎？」

艾咪將兩根手指壓在太陽穴上。

「時間軸很混亂嘛，」她低聲說。「再加上我頭痛。聽著……天啊，我不曉得……或許妳應該打電話給她！聽起來好像妳想那麼做。現在就打給她吧，去他的，我來跟她談談。」

「不要！」

她搶走我手中的手機，大聲笑著瀏覽我的聯絡人，我試圖伸手去拿時，她將手機舉到窗外。

「還給我！」

「哦，拜託，她會很高興的。」

我設法爬到她身上奪回手機，夾在我的大腿間。

「妳不了解。她對我做了很糟的事。當時我們二十二歲。非常糟糕的事。」

艾咪挑起她著名的幾何眉毛，將隔板升上來，剛剛艾羅爾想知道要開往住所的哪個入口，前門或後門時，才把隔板放下。

「嗯，這下我真的感興趣了……」

我們轉入華盛頓廣場公園。廣場四周的紅色連棟房屋宏偉地聳立，正面亮著溫暖的光，但公園裡一片漆黑而且濕淋淋，幾乎空無一人，只除了最右邊角落裡有半打遊民，坐在西洋棋桌上，身上裹著垃圾袋，上頭打了洞好讓手腳穿出。我把臉靠向車窗，閉上雙眼，感受點點雨滴，按照記憶說出故事，包括虛構與現實；突然一陣尖突、痛苦的情感迸發，彷彿我在碎玻璃上奔跑，然而我睜開眼睛時又聽到艾咪的大笑聲。

「這他媽的一點都不好笑！」

「等等，妳現在是認真的嗎？」

她努力將上唇拉回嘴巴裡咬住。

「妳不覺得這有可能，」她問，「也許是妳太小題大作了？」

「什麼？」

「坦白說假如那是真的，在那個情況下我唯一同情的人是妳爸。可憐的傢伙！超級孤單，想要爽——」

「別說了！」

「他又不是連續殺人魔傑佛瑞．達默。」

「那不正常！那樣做很變態！」

「正常？妳難道不知道這世界上每個可以使用電腦的男人，包括總統，此時此刻要不是正在看陰道，就是剛剛才停止看陰道——」

「那不一樣——」

「完全一樣好嘛。只不過你爸連電腦都沒有。妳認為如果喬治．布希查閱『亞洲青少年的陰部』，那又怎樣？他就是該死的連續殺人犯嗎？」

「嗯……」

「說得很有道理，但例子舉得不好。」

我忍不住輕聲笑了。

「抱歉。也許我太笨了。我不懂。妳究竟為什麼生氣？因為她告訴了妳？妳剛剛才說妳認為那是胡說八道。」

在我以自己扭曲的邏輯糾結多年之後，聽見問題被弭平、變成艾咪偏好的直線，我大為吃驚。這樣的清晰令我不安。

「她老是撒謊。她認為我父親是完美的，因此她想要為我毀掉他、讓我討厭他，就像她討厭她自己的一樣。我再也無法正視他的眼睛，一直到他過世。」

艾咪嘆口氣。「這是我聽過最愚蠢最該死的事情了。妳平白無故地害自己傷心難過。」她伸出手來碰觸我的肩膀，但是我把背轉向她，擦拭眼中異常的淚水。

「蠢斃了。」

「不。我們每個人都做過蠢事。不過妳應該打電話給妳朋友。」

她用夾克做了一個小枕頭，把頭靠在窗戶上，等我們穿過第六大道時她已經睡著了。她是小睡女王，以她的生活方式不得不如此。

四

那年稍早在倫敦——地方選舉的前幾天——我和母親一起吃午餐。那天天氣陰沉、潮濕，人們悶悶不樂地過橋，濛濛細雨不斷地灑落，即使是最宏偉的歷史遺跡，甚至國會大廈，在我眼中也顯得醜陋、陰鬱而且無趣。這一切都讓我希望我們已經在紐約，我想要那些高大、陽光照射的玻璃，在紐約、邁阿密之後，接著會在南美洲停留五站，最後是歐洲巡迴演出，二十個城市，然後以回到倫敦作結。如此一來，一整年就過去了，我喜歡這樣子。其他人要熬過四季，必須拖著沉重的腳步度過每一年，在艾咪的世界裡我們不那樣過日子，即使想要也沒辦法：我們在一地待的時間永遠不夠長。倘若不喜歡冬天我們就飛向夏天，厭倦了城市就到海灘，反之亦然。我有點誇大，但不是太誇張。我的二十歲後半在不受時間影響的奇怪狀態中度過，現在想想不是每個人都能適應那樣的生活，我肯定是不知以什麼方式事先準備好了。後來我懷疑我們是否主要就是因此中選：往往很少與外界聯繫，沒有伴侶或孩子，只有極少的家人。我們的生活方式當然讓我們一直保持如此。在艾咪的四名女性助理之中只有一個有小孩，而且是直到她四十多歲、辭職很久以後才生下的。登上那架里爾噴射機，你必須了無牽絆，否則會行不通。我現在只有一條繩索，就是我母親，她和艾咪一樣正值巔峰時期，不過不像艾咪，我母親不大需要我。她自己正展翅高飛，再過幾天將當上布倫特西區（Brent West）的國會議員。在我向左轉，走向 Oxo

塔，將國會大廈留在背後時，我和往常一樣感覺自己在她身邊十分渺小，與她達成的成就相比，我自己的職業顯得微不足道，儘管她竭盡心力地引導我。她在我眼中似乎比以往更令人欽佩，我則是一路緊抓住屏障直到跨越過去。

外面太濕無法坐在露臺上。我在餐廳裡面找了幾分鐘才瞧見母親，她終究還是在外面，坐在一把傘下避雨，和米莉安在一起，雖然我們通電話時並未提及米莉安。我不討厭米莉安。事實上我對她沒有絲毫感覺，也很難對她有任何感覺：她非常嬌小、安靜、嚴肅，所有乏味的五官集中在小臉中央，天生的頭髮捲繞成髒辮，尾端優雅地變成灰白。她戴著一副金邊圓框的小眼鏡，從來不摘下，使她的眼睛顯得更小。無論什麼場合，她總是穿著合適的棕色羊毛衫和樸素的黑長褲。一個人體相框，她唯一的用途就是襯托我母親。母親唯一確實說過有關米莉安的事情是：「米莉安讓我很快樂。」米莉安從來不說她自己的事，只談我母親。我必須上谷歌搜尋米莉安才發現她是非裔古巴人，住過路易斯罕，曾經在國際援助組織工作，不過目前在瑪麗王后大學教書，是地位非常低的兼職工作，她一直在寫一本「有關離散[32]」的書，比我認識她的時間還久，而我認識她大概四年了。在當地學校的某場活動中她被低調地介紹給我母親的選民，塞在我母親的旁邊、拍照，有如一隻羞怯的睡鼠站在母獅旁，而《威爾斯登與布倫特時報》記者獲得的臺詞和我聽到的一模一樣：「米莉安讓我很快樂。」似乎沒有人特別感興趣，就連牙買加老人和非洲福音派信徒都不例外。我感覺她的選民並不認為我母親和米莉安是一對情侶，只是兩個親切的威爾斯登女士，她們拯救了老電影院、努力爭取擴建運動中心，在當地各間圖書館設立黑人歷史月。在競選活動中她們是成效卓著的搭檔：倘若你覺得我母親盛氣凌人，那可以從米莉安的謙遜順從中獲得安慰，而覺得米莉安無趣的人會喜愛我母親在所到之處激起的興奮。此時看著米莉安在我母親發言時樂於接受地迅速點頭，我知道我也很高興有米莉安在場：她是個很有用的緩衝。我走過去將一手按在母親肩上。她沒有抬頭看或是停止說話，不過她注意到我的碰觸，按著我的手並接受我在她臉頰上的親吻。我拉出一把椅子坐下。

「媽，妳最近好嗎？」

「壓力很大！」

「妳母親壓力非常大，」米莉安證實，開始輕聲列出我母親所有的壓力來源：必須裝的信封、待寄的傳單、最新民調勢均力敵、對手卑鄙的策略，以及國會中唯一的另一名黑人女性搞所謂的兩面手法；對方擔任國會議員二十年，我母親毫無明智的理由將她視為死對頭。我在適當的地方點點頭，翻了翻菜單，設法向經過的侍者點些酒，完全沒有打斷米莉安滔滔不絕的談話。她提出數字和百分比，仔細反芻我母親在這個那個重要時刻對某某人說過的各種「絕妙佳句」，而某某人如何拙劣地回應我母親說過的任何絕妙佳句。

「不過妳會贏的。」我說，意識到我的語調尷尬地介在陳述和疑問之間，但為時已晚。

母親一臉嚴肅，攤開餐巾放在大腿上，宛如女王被問及無禮的話題：她的人民是否仍然愛戴她。

---

32 Diaspora 一般翻為離散、流散或大移居，指某一族群因政治或其他因素被迫離鄉背井散居各地。

「如果公平正義存在的話，」她說。

我們的食物來了，母親為我點的。米莉安開始將她的貯存起來，她讓我想到預期快要冬眠的小哺乳動物，但母親任刀叉留在原處，伸手到旁邊的空椅子上拿起一份《標準晚報》，已經翻到一大張艾咪在舞臺上的照片，與幾個赤貧的非洲孩童——圖庫照片，我看不出究竟來自哪裡——並列。我沒看過這篇報導，而且報紙拿得太遠，我看不到內文，但我猜到來源：最近的新聞稿，宣布艾咪將投入「全球減貧計畫」。我母親用一根手指輕敲艾咪的腹部。

「她是認真的嗎？」她問。

我考慮了一下這個問題。「她對這件事非常熱中。」

母親皺了皺眉，拿起餐具。

「『減貧』。嗯，好吧，但具體的政策是什麼？」

「媽，她又不是政客，她沒有什麼政策。她有個基金會。」

「嗯，她到底想做什麼？」

我為母親倒了些酒，讓她暫停下來和我碰一下杯子。

「我想她真的想蓋學校。一間女子學校。」

「因為如果她是認真的，」母親就我的回答說，「妳應該建議她和我們談談，以某種方式與政府合作……顯然她有財力和大眾的關注，這些都很好，但是不了解其中的機制，那麼再多的好意都會付諸流水。她需要會見有關部門。」

聽到母親已經稱自己為「政府」，我笑了。

接下來我說的話惹惱了她，她轉身對米莉安說出她的答覆。

「哦，拜託——我真的希望妳不要表現得一副我在求妳幫多大的忙似的。我對和那個女人見面完全沒有興趣，一丁點也沒有。從來沒有。我只是在提出建議。我以為妳會欣然接受。」

「我是很樂意接受，媽，謝謝妳。我只是——」

「我的意思是，說真的，妳會以為這女人會想要和我們談！畢竟我們給了她英國護照。好吧，算了。只不過，從這篇看來——」她再度舉起報紙，「——她似乎真心想做，但也可能不是那樣，也許她只是想讓自己難堪，我不知道。『白種女人拯救非洲』。她打的是這個主意嗎？非常過時的想法。嗯，反正那是妳的世界，不是我的，謝天謝地。不過她真的應該至少和米莉安談談，事實上米莉安有很多有用的門路，農村和教育方面的都有，她太謙虛了所以沒有告訴妳。她在樂施會工作了十年，看在上帝的份上。親愛的，貧困不僅僅是個標題，是基層活生生的現實，而教育是關鍵。」

「媽，我知道貧窮是什麼。」

母親露出哀傷的微笑，咬下一叉子的食物。

「不，親愛的，妳不懂。」

我一直努力，用盡所有的意志力不看手機，但此時手機又嗡嗡響起，從我坐下後已經響了十來次，現在我拿出手機，試圖快速處理積壓待辦的工作，一手拿著電話吃飯。米莉安向我母親提起一件無聊的行政事務，她發覺自己捲入我們的爭論之中時經常如此，然而討論到一半我母親明顯地感到厭煩了。

「妳對手機上癮了。妳知道吧？」

我沒停止輸入，但是盡可能保持表情平靜。

「媽，這是工作。現在大家都是這樣工作的。」

「妳的意思是：像奴隸一樣？」

她將麵包撕成兩半，小塊的給米莉安。我以前看過她這麼做，那是她節食的方法。

「不，才不像奴隸。媽，我過得很好！」

她滿嘴食物地思考這句話，然後搖搖頭。

「不，妳錯了，妳根本沒有生活。她才有生活，她有男人、小孩，和事業，她擁有生活。我們在報紙上讀到這一切。而妳是在服侍她的生活。她是個吸吮的大怪物，吸走妳的青春，占據妳所有的——」

為了阻止她說下去，我把椅子往後一推到廁所去，在鏡子前待超過需要的時間，發送更多的電子郵件，但是等我回去時，談話並未中斷地繼續下去，彷彿時間一點也沒有流逝。母親仍在抱怨，只不過是對著米莉安：「——妳所有的時間。她扭曲了一切。就是因為她我才沒有孫子。」

「媽，我的生育狀況真的無關——」

「妳們太接近了，所以妳看不出來。她讓妳懷疑每一個人。」

儘管我否認，她的話確實一針見血。難道我不是多疑，總是心存戒備，準備找出艾咪和我私下稱之為「客戶」的任何跡象？客戶：我們認為想利用我來接近她的人。早些年，如果我的感情關係——儘管有時間和地理的種種障礙——能夠穩定地維持幾個月，有時我會建立起一點自信和勇氣，將對象介紹給艾咪，而這通常是個餿主意。他一去廁所或出去抽菸，我就會立刻問艾咪這個問題：是客戶嗎？答案會出現：噢，親愛的，我很抱歉，肯定是客戶。

「看看妳對待老朋友的方式。崔西。妳們兩個幾乎像姊妹一樣，一起長大，現在妳甚至不和她說話了！」

「媽，妳向來討厭崔西。」

「那不是重點。人都是來自某個地方、有根，妳卻讓這個女人把妳的根從地下拔出來。妳居無定所、一無所有，總是飛來飛去。妳可以這樣子生活多久？我覺得她根本不希望妳幸福，因為那麼一來妳可能會離開她。到時她何去何從？」

我哈哈大笑，但發出的聲音連我都覺得難聽。

「她不會有事的！她是艾咪吔！我只是一號助理，妳知道的，還有另外三個！」

「我懂了，所以她的生命中可以有很多人，妳卻只能有她。」

「不，妳不明白。」我從手機上抬起頭來。「我今天晚上其實要跟人約會？是艾咪介紹給我的人。」

「嗯，那很好啊，」米莉安說。她一生最愛的就是看見衝突解決，任何衝突，因此我母親對她來說是一大資源：她去到哪裡都會製造衝突，米莉安就不得不解決。

母親精神一振：「他是誰？」

「妳一定不認識啦。他來自紐約。」

「我不能知道他的名字嗎？那是國家機密嗎？」

「丹尼爾・克拉莫。他的名字叫丹尼爾・克拉莫。」

「啊，」我母親說，莫測高深地對米莉安一笑，兩人交換了極為惱人的共謀表情。

「又一個猶太好男人。」

侍者來清理餐盤時，鐵灰色的天空出現了陽光。彩虹穿過酒杯跨到沾濕的銀器上，越過透明壓克力椅子，從米莉安的定情戒擴散到擺在我們三人之間的亞麻布餐巾。我拒絕了甜點，說得走了，但是當我動手取下椅背上的雨衣時，母親朝米莉安點個頭，米莉安遞給我一個活頁文件夾，看起來很正式，有分章節還有照片、聯絡人名單、建築方面的建議、該地區的教育簡史、可能的「媒體影響」分析、與政府合作的計畫等等：一份「可行性研究」。太陽從灰暗中鑽出，我腦中的迷霧消散，恍然大悟整個午餐其實都是為了這個目的，我只是將資料傳遞給艾咪的管道；母親也是客戶。

我謝謝她給的文件，坐著端詳腿上闔著的文件夾封面。

「還有妳覺得怎麼樣，」米莉安問，眼鏡後的眼睛焦慮地眨了眨，「關於妳父親的事？星期二是周年忌，不是嗎？」

和母親共進午餐時被問及私人問題非常稀奇，更別說是記得一個對我而言很重要的日子，因此起初我不確定那是對我說的話。母親也一臉震驚。我們兩人都很難受地回想起上一次見面實際是在喪禮上，整整一年前。那個詭異的下午：當棺材進入火焰中，我坐在父親的孩子旁邊——他們如今已是三十多歲、四十出頭的成年人——重演了我唯一一次見到他們的情景：女兒哭泣，兒子向後靠在椅子上雙手抱胸，對死亡本身持懷疑的態度。而哭不出來的我再次發現他們兩人遠比我更能讓人相信是父親的孩子。然而在我家，我們從不想承認這不相像的事實，總是迴避我們所認為的陌生人老套、淫穢的好奇心——「可是她長大不會困惑嗎？」「她在你們的文化間要如何選擇？」——有時我甚至覺得我整個童年的目的就是為了向那些曖昧的人證明我既不困惑也沒有選擇困難。「人生本來就令人困惑！」母親專橫地斷然拒絕。可是大家不是都深切期望孩子與父母酷似嗎？我想對我父母而言我很陌生，是不屬於他們兩人的調換兒，儘管到頭來，當然所有的小孩都是如此——我們不是我們的父母，他們也不是我們——父親的孩子經過多年才有點遲地明白這個道理，也許到了火焰吞噬松木的這一刻才完全了解，然而我生來就知道，一直都曉得，這個真理印在我整張臉上。但這全是我私人的插曲：後來在喪後招待會上，我才意識到這段時間發生了比我失去父親更重大的事；是的，無論我走到火葬場的哪個角落都聽見周圍的嗡嗡聲，艾咪、艾咪、艾咪，比我父親的名字更響亮更頻繁，因為大家試圖搞清楚她是否真的出席了，稍後等他們判定她肯定已經來過又走了的時候，你又會聽見悲切的回聲，艾咪、艾咪、艾咪……我甚至聽見我姊問我哥是否見到了她。她自始至終都在場，遠在天邊近在眼前。一名出奇矮小、不顯眼的女人，沒有化妝，皮膚蒼白得近乎透明，穿著古板的粗花呢套裝，兩腿青筋畢露，留著天生的棕色直髮。

「我想我會去獻花，」我說，含糊地指向河對岸的北倫敦。「謝謝關心。」

「放假一天！」母親回過頭說，加入更早之前的談話行列。「在他喪禮那天。就一天而已！」

「媽，一天已經是奢求了啊。」

母親裝出母親受到傷害時的表情。

「妳以前和妳爸那麼親近。我知道我一向鼓勵妳那麼做，真不知道發生了什麼事。」

有一瞬間我想要跟她說，卻只看著一艘遊船在泰晤士河上翻騰。幾個人稀稀落落地坐在一排排空座位上，眺望灰色的河水。我繼續看我的電子郵件。

「那些可憐的男孩，」我聽見母親說，從手機上抬起頭來，發現她點頭指向亨格福橋，那艘船正經過橋下。頓時我知道在她腦中的景象也在我自己的腦海中浮現：兩個年輕人從欄杆上被扔進水裡。一人倖存一人死亡。我打了個哆嗦，把胸前的開襟羊毛衫拉得更緊一些。

「其中還有一個女孩，」母親又說，將第四包糖倒入滿是泡沫的卡布奇諾咖啡裡。

「我想她甚至不滿十六歲。他們幾乎全是孩子。真是個悲劇。他們肯定還在監牢裡。」

「他們當然還在牢裡，他們殺了一個人吔。」我從細瓷瓶中抽出一根麵包棒，掰成四塊。「他還是死了。也是個悲劇。」

「我了解，」母親沒好氣地說。「妳還記得的話，我為了案子幾乎每天都在旁聽席上。」

我記得。我那時剛搬出公寓不久，母親習慣每天晚上從高等法院回家後打電話來，說些法庭上的事，雖然我並沒有要求聽。每個故事都有其荒謬可悲之處，但它們又莫名地雷同：遭母親或父親或雙親遺棄的孩子，由祖父母撫養，或者根本無人養育；整個童年都在照料生病的親戚，住在搖搖欲墜、有如監獄的住宅區。整個泰晤士河南岸，青少年被逐出學校，或趕出家門，或者皆不得其門而入；濫用毒品、性虐待、搶劫、露宿街頭，人生可能陷入苦難的上千種方法幾乎在生命誕生前就開始了。我記得其中一人是大學中輟生。另一人有個五歲大的女兒，前一天才因車禍喪生。他們都早已是輕罪犯。母親對他們極感興趣，她依稀有個主意，想為當時她的博士學位寫些關於這案例的報告。但她始終沒有付諸行動。

「我惹妳生氣了嗎？」她問，按住我的手。

「兩個無辜的男孩走過一座該死的橋！」

我說的時候不自覺地握拳捶了一下桌子，這是母親的老習慣。她擔心地看著我，扶正翻倒的鹽罐。

「可是親愛的，有誰在爭論這點？」

「我們不可能都是無辜的。」我從眼角餘光看見侍者，他剛才出來打算結帳，又機智地退回去。「總得有人有罪。」

「同意，」米莉安小聲說，焦躁地擰著手中的餐巾。「我想沒有人不同意吧，有嗎？」

「他們根本沒有機會，」母親輕聲但堅定地說，只不過後來當我火氣平息、再度過橋時，才明白這句子是往兩個不同的方向發展。

第四部

過渡期

一

我見過最棒的舞者是坎科冉面具舞者（kankurang），雖然當下我並不知道那是什麼人或是什麼東西：一個拚命搖擺的橘色形體，有一人高但是沒有人臉，覆蓋著許多窸窣作響、層層疊疊的橘色葉子，宛如紐約燦爛秋天裡的一棵樹自己連根拔起，如今在街上跳起舞來。一大幫男孩在紅色塵土中尾隨著它，還有一群婦女手中拿著棕櫚葉，我想是他們的母親。婦女們唱著歌重重地踏步，用棕櫚葉拍打空氣，邊走邊跳舞。我擠在計程車上，一輛破爛的黃色賓士，中間有道綠條紋。拉明坐我旁邊的後座上，隔壁是某個人的祖父，另外還有一名正在餵啼哭嬰兒的婦人、兩個身穿制服的少女、一位學校的可蘭經老師。拉明鎮定地面對這片混亂，始終意識到自己實習老師的身分，兩手如神父般交疊放在大腿上，看起來一如往常，像隻正在休息的大貓。他有著扁平的長鼻子和寬大的鼻孔，及陰鬱、微微泛黃的眼睛。汽車音響播放著源自母親家鄉島上的雷鬼音樂，音量開得大到離譜。然而朝我們而來的東西卻是隨著雷鬼音樂永遠不及的節奏跳舞。節拍非常地快又複雜，你必須仔細思考或者看見舞者身體表達出的韻律，才能理解自己所聽到的，否則可能誤以為那是一聲隆隆的低音音符，或是頭頂上的雷聲。

是誰在打鼓？我望出窗外，瞧見三個男人把樂器夾在膝蓋間，如螃蟹般走路，當他們快步跑到我們車子前面，整個行進中的跳舞隊伍的向前衝力驟然停頓，在馬路中間生了根，迫使我們停下來。這使得檢查哨有些變化，那些慍怒的娃娃臉士兵把機關槍鬆鬆地拿在臀部旁。我們停下來給士兵檢查時——一天通常有十來次——大家會陷入沉默。可是此時計程車內爆發出一陣談話、口哨，和笑聲，女學生把手伸出窗外，強行撬開壞掉的把手，打開乘客側的門，除了餵母乳的婦人外所有人都一窩蜂地衝出去。

「那是什麼？發生了什麼事？」

我問拉明，他應當是我的嚮導，但是他似乎幾乎不記得我的存在，更別說記得我們應該要去搭渡船，過河進城，然後去機場接艾咪。那些現在都不重要了，唯有此刻，唯有舞蹈。原來拉明是個舞者。甚至在艾咪認識他之前，早在她發現他的舞者特質之前，那天我就在他身上發現了這點。我在他每一次扭動臀部、每一次點頭當中看見了。但是我再也看不見那個橘色幽靈，一大群人擠在我和它之間，因此我只聽得到聲音：那肯定是它的腳用力踏地的聲音，以及金屬相互碰撞的粗獷鏗鏘聲和一聲超脫塵世的刺耳尖叫，而女人以歌聲回應尖叫，她們也在跳舞。我也不由自主地跳起舞來，緊貼著許多擺動的身體。我不斷提出我的問題——「那是什麼？發生了什麼事？」——然而「官方語言」英文是人們只在我面前才穿上的厚重正式外套，即使在那時也明顯表現出厭倦與麻煩，此時更是將英文扔到地上，所有人都在上頭跳舞，我想到了——在最初這星期中並非頭一次——等艾咪終於來到後必須做的調整，因為她會發現，如同我已經發現了，「可行性研究」和你在道路及渡船上，在村莊與城市裡，在民眾與六種語言內，在食物、臉龐、海洋、月亮與星星中所看到的生活之間有很大的鴻溝。

眾人爬上汽車以便看得更清楚。我尋找拉明發現他也爬到前面的引擎蓋上。群眾大笑、尖叫、奔跑著散開，我起初以為肯定是爆竹炸開了。一群婦女向左邊逃跑，這時我明白了原因：坎科冉面具舞者揮舞著兩把長如手臂的彎刀。「來吧！」拉明大喊，向我伸出手來，我拉著他的手爬上他那裡，在他跳舞時緊抓住他的白襯衫，努力保持平衡。我低頭看著底下的狂亂，心想：這是我一生一直在尋找的快樂。

就在我上方有個老婦人端莊地坐在我們的車頂上，吃著一袋花生，看起來像羅德板球場上關注一日板球賽的牙買加太太。她看見我並揮了揮手：「早啊，妳今天早上好嗎？」我在村裡四處走動時同樣客氣有禮、不假思索的招呼一直跟著我，無論我穿什麼，不管我和誰在一起，現在我了解那是對我的外國人身分致意，在我所到之處每個人顯然都是如此。她溫和地笑看彎刀旋轉，看那些男孩不斷互激對方接近那棵跳舞的樹，配合樹狂亂的舞動，同時要避開盤旋的刀，用自己瘦長的身體模仿痙攣似的跺腳、扭動、蹲伏、高踢腿。從那身影散發到地平線上所有角落的富有節奏的亢奮，穿透那群女人、通過拉明和我，穿過我能看見的每一個人，而我們腳下的車子在搖晃震動。她指著坎科冉面具舞者。

「那是個舞者。」她解釋道。

舞者來找男孩，將他們帶到灌木叢，在那裡行割禮，引導男孩了解他們的文化，告訴他們規則與限制，以及他們即將生活的那個世界的神聖傳統、能幫忙治療各種疾病的植物名稱和使用方法。他充當年輕與成熟之間的門檻、驅除惡靈，保障他族人之間與族人內部的秩序、公平和持續性。他是個嚮導，引領年輕人通過童年到青春期這段困難的過渡時期，同時他本身也只不過是個年輕人，不知姓名，由長老極為祕密地挑選出來，以猴麵包樹的葉子覆蓋，再用植物染料染色——這一切都是我在紐約時從手機上得知的。那時候我的確問過嚮導有關坎科冉面具舞者的事，包括這一切的含意以及這個傳統如何融入或偏離當地伊斯蘭教的習俗，可是音樂太吵了，他聽不見我的聲音，抑或是不想聽。稍後，當坎科冉面具舞者移到別處之後，我們全都再度擠上計程車，連同兩個年輕的跳舞男孩，他們躺在我們的腿上，因為努力跳舞渾身都是濕黏的汗水，這時我再試著問了一次。我能看出我的問題惹惱了所有人，而且這時亢奮已經消退。拉明每次和我打交道時那種令人沮喪的拘謹態度又回來了。「這是曼丁哥族（Mandinka）的傳統，」說完他轉向司機和其餘的乘客用我不懂的語言大笑、爭論，討論我猜想不到的事。我們繼續開車。我好奇起女孩子的情況。誰會來找女孩？倘若不是坎科冉面具舞者，那麼會是誰？她們的母親嗎？還是祖母？朋友？

二

崔西的過渡期到來時沒有人引導她跨過門檻、給她建議甚或知會這是她要跨越的門檻。然而她的身體發育得比其他人快，她不得不臨時拼湊，為自己做準備。她的第一個主意是打扮得狂野。她母親遭到責備，大家通常都是責怪母親，但是我確信她母親幾乎沒看過也不知道她的半數裝束。崔西上學時她還在睡覺，崔西回來時她不在家。她終於找到了工作，我想是在清掃某棟辦公大樓，然而母親和其他媽媽們不贊同她就業，幾乎和她們非難她失業一樣。之前她是「不良影響」，現在則是「從不在家」。莫名其妙地無論她在或不在都不好，而且她們談起崔西時的語氣開始帶著悲劇色彩，因為只有悲劇英雄的面前別無選擇，沒有可替代的途徑，唯有無可避免的命運不是嗎？根據我母親的說法，不久崔西將會懷孕，很快就會輟學，「貧困的循環」將會完成，最後很有可能會以坐牢告終。入獄是她家的傳統，當然，也是我家的傳統，但是不知怎地我與不同的星宿相連：這些事都不會發生在我頭上。母親確信這一切必然發生令我擔憂。倘若她說得沒錯，那意味著她對別人人生的控制遠遠超出我迄今為止的想像。可是假如有人可以違抗命運——表現得像我母親那樣——那麼崔西也當然能夠成功？

然而種種跡象都很不妙。如今崔西在課堂上被要求脫掉外套時，她不再拒絕，反而以十分享受的態度表演這個動作，緩緩地拉開拉鍊，盡可能以最具衝擊力的方式將胸部呈現在我們其他人眼前，尺寸不合的上衣僅勉強包住以炫耀她的豐滿，而我們其他人仍只有乳頭和骨頭。每個人都「知道」花五十便士就能「摸崔西的乳房」。我不知道這是不是真的，但所有女生都聯合起來迴避她，無論黑人、白人，還是棕色人種。我們是好女孩，不讓別人碰那根本不存在的乳房，我們不再是三年級時的野丫頭。現在我們有「男朋友」，由其他女孩為我們挑選，寫在紙條上傳遞，或者打折磨人的冗長電話（「想知道誰喜歡妳，並且告訴所有人他喜歡妳嗎？」）一旦男朋友正式分配好，我們就在微弱的冬陽下和他們一起嚴肅地站在操場上，手牽著手，通常高出他們一個頭，直到不可避免的分手時刻到來（這個時機也是由我們的朋友來決定），接著一輪傳紙條和打電話又重新開始。妳必須屬於積極的女生小圈圈才能參與這個過程，而崔西只剩我一個女生朋友——只在她選擇對我友善的時候。她開始在男生的足球籠裡度過休息時間，有時咒罵他們，甚至把球撿起來中止比賽，不過多半時候充當他們的同謀，在他們戲弄我們的時候和他們一起大笑，從不特別喜歡哪個男孩，然而在全校學生的想像中，所有人都能無所顧忌地觸摸她。如果她透過鐵欄杆看見我和莉莉一起玩，或是和其他黑膚、棕膚的女孩玩交互跳繩，她會故意招搖地轉身和她的男生朋友圈說話，與他們竊竊私語、大笑，好像她也對我們是否穿了胸罩或者月經是否開始了有意見。有一次我和新「男朋友」保羅．巴隆，那個警察之子，手牽手，以非常端莊的姿態走過足球籠，她停下正在做的事，抓住籠子的鐵欄杆對我微笑。並非友善的笑容，而是帶著深刻嘲諷的微笑，彷彿在說：哦，這就是妳現在假裝的模樣嗎？

三

等我們擺脫坎科冉面具舞者、通過中間所有的檢查哨，計程車也成功地穿過市集城鎮坑坑窪窪的壅塞街道抵達渡船碼頭後，這時已經太遲，我們沒時間了。我們跑下舷梯卻發現自己和其他至少一百個人一起受困，看著生鏽、笨重的船頭退回水中。整條河川將這塊指狀的土地分成兩半，機場在另一側。我抬頭看渡船上三層樓高的混亂貨物：母親和嬰兒、學童、農夫和工人、動物、汽車、卡車、一袋袋的穀物、劣質的旅遊紀念品、油桶、行李箱、家具。孩童向我們揮手。似乎沒有人確定這是不是最後一班渡船。我們等待著，時間一點點流逝，天空變成粉紅色。我想到艾咪在機場，不得不和教育部長閒聊，又想到盛怒的茱蒂聳肩夾著電話，一遍又一遍地打給我卻毫無進展……只是這些思緒並沒有產生預期的效果。我相當平靜地等待，聽天由命地站在其他人旁邊，這些人似乎也同樣沒有露出絲毫不耐煩的跡象，或者至少沒有表現出任何我認得的急躁模樣。我沒有網路，一籌莫展。多年來我第一次完全斷了聯繫。這帶給我一種出乎意料但並不令人討厭的靜止感受，彷彿置身於時間之外：讓我莫名想起了孩提時代。我靠在計程車的引擎蓋上等待。其他人坐在自己的行李上，或攀爬到油桶蓋上。一個老人靠在半邊的巨大床架上。兩個小女孩跨坐在一籠雞上。不時有聯結車在舷梯上緩慢前進，將柴油黑煙噴進我們所有人的喉嚨裡，邊鳴喇叭警告路徑上可能坐著或睡覺的人，一旦發現無處可去也無事可做之後，很快便加入我們這似乎沒有開始也沒有結束的等待中：我們時時眺望河面尋找渡船，並且會一直如此。日落時我們的司機放棄了，將計程車調頭，緩緩後退穿過人群，然後駛離。為了避開決心賣我手錶的婦人，我也走到水邊坐下。拉明很關心我，他向來關切我，認為像我這種人應該到候船室，那要花我口袋裡揉成一團的兩張又髒又皺的鈔票，因此他自然不會跟我去，雖然他仍堅持我必須去那裡，是的，候船室無疑是適合我這種人去的地方。

「可是我們為什麼不能就在原地等呢？」

他對我露出苦悶的微笑，他唯一的一種笑容。

「我沒有問題……但是妳呢？」

外面氣溫還有四十度：一想到待在室內就噁心。因此我叫他和我一起坐，雙腳懸在水面上，用後腳跟踢著緊黏在突堤碼頭支柱上成堆的死牡蠣。村裡所有其他年輕人手機上都有舞曲，正好可以在這種時候聽，不過拉明是個嚴肅的年輕人，更喜歡英國廣播公司國際頻道，因此我們各戴一只耳機，聆聽有關迦納大學學費支出的報導。在我們下面的河岸上有幾個背部寬闊、打著赤膊的男孩，肩上扛著意志堅決的旅客，穿過波浪滔滔的淺灘到一些色彩鮮豔、看起來十分危險的窄船上。我指著背上綁著嬰兒的胖女人，一個男孩正要把他們扛到肩上。她的大腿擠壓著他汗涔涔的頭。

「我們為什麼不能那麼做？二十分鐘內就可以過河了！」

「我沒有問題，」拉明低聲說，彷彿我們每句談話都讓他覺得有點丟臉，絕對不能被人聽到。「可是妳不行。妳應該到候船室去，恐怕會等很久。」

我看著如今大腿濕透的河灘男孩將乘客放到她的座位上。他搬運貨物看起來都沒有拉明僅是和我說話那麼痛苦。

天色逐漸暗下，拉明走進人群中問問題，完全判若兩人，不再是和我在一起時那個少言寡語、低聲說話的拉明，肯定是真正的拉明：認真、受人尊敬，風趣健談，似乎認識每一個人，無論我們走到哪裡都會受到漂亮的年輕人情同手足般的熱烈歡迎。他稱呼他們為「同齡朋友」，這指的可能是和他一起在村裡長大，或者在學校裡上同一班，要不然就是在師範學院和他同學年的人。這個國家很小：到處都是同齡朋友。市場上賣我們腰果的女孩是他的同齡朋友；機場的安全警衛也是。有時同齡朋友正好是在檢查哨攔下我們的年輕警察或陸軍軍校學生，那感覺總像是撞上好運，緊張氣氛消失，他們的手放開槍，傾身從乘客側的車窗探進來，高興地追憶起往事。同齡朋友給你較好的價格，較快核發你的票，揮手讓你通過。現在這裡又有一位，是渡船辦公室裡一個胸部豐滿的女孩，她穿著我在許多當地女孩身上看到的驚人服裝組合，我很期待指給艾咪看，因為早到整整一星期的旅客比較了解當地。緊身低腰、飾有釘珠的牛仔褲，最暴露的背心——露出蕾絲胸罩的霓虹色花邊——猩紅色的頭巾適度地包住臉龐，再以閃亮的粉紅別針固定。我看著拉明和這個女孩用他會說的幾種當地語言之一交談了很久，猜想我們尋求的簡單答案「還有另一班渡船嗎？什麼時候會來？」怎麼會變成他們兩人似乎正在進行的複雜辯論。我聽見河灣對岸傳來的嗚笛聲，看見水上有個巨大模糊的影子朝我們移動。我跑向拉明抓住他的手肘。

「是那艘嗎？拉明，是那艘嗎？」

女孩停止喋喋不休，轉過來注視著我。她看得出來我不是同齡朋友。她檢視我為了在她國家穿著而特地買的乏味、實用的衣服：橄欖綠的工裝褲、起皺的長袖亞麻襯衫、前男友的破舊匡威帆布鞋，和一條黑色圍巾，我覺得戴著很蠢、很難為情，因此悄悄從頭上拿下來，現在圍在脖子上。

「那是貨櫃船，」她帶著毫不掩飾的同情說。「你們錯過了最後一班渡船。」

儘管經過激烈的交涉，我們仍付了拉明認為過高的窄船船費，當身材高大的男孩把我放到座位上後，十二個不知從哪裡冒出來的青年加入我們，坐在船骨架上所有可坐之處，將我們的私人水上計程車變成公共交通船。但是到達河對岸後，我的網路又出現了，我們得知艾咪決定住在沙灘飯店，明天再出發前往村落。大個子男孩很高興我們再付他一次錢，從而資助一些當地孩子搭另一趟船，順著我們來時路開回去。上岸後，我們好不容易坐上一輛破舊的小巴士回村子。想到在一天內搭兩趟船、兩次計程車拉明就覺得難以忍受，儘管第二趟是我付的，即使他聽得皺眉的報價在百老匯買不到一瓶水。他坐在車頂，和另一個擠不進來的男孩一起，與我同行的乘客聊天、睡覺、祈禱、吃東西、餵嬰兒、在我看來似乎完全荒廢的十字路口大聲叫司機讓他們下車，但我仍然能聽見拉明在我頭上的車頂敲打出節奏，整整兩個小時那是我唯一聽得懂的語言。十點過後我們才抵達村子。我暫住在當地一戶人家，從來沒有在這種時間待在大院外頭，也從沒發現包圍著我們的是一片漆黑，此時拉明充滿自信地走在這片黑暗中，彷彿四周有探照燈照亮。我匆匆跟在他後面，穿過許多我看不見的狹窄、布滿垃圾的沙徑，經過把每間煤渣水泥磚砌成的單層大院與隔壁區分開來的波浪鐵皮，直到走到艾爾凱洛[33]的大院：雖然不比其他院落宏偉高大，但是前面有一大片開闊的荒地，至少有一百個孩子在那裡，穿著學校制服——我們來這裡最終要取而代之的那所學校——聚在一棵芒果樹的樹蔭下。他們等了六個小時要為一位名叫艾咪的女士跳舞：現在解釋這位女士為何今天不會來的任務落到拉明身上。可是等拉明講完之後，村長似乎又要他重新解釋一遍。我等著兩個男人討論此事，他們的手熱烈地比劃著，孩子越來越厭煩躁動，直到婦女將此時不演奏的鼓擱置一旁，終於叫孩子站起來，三三兩兩跑回家。我舉起手機，將人造光線投射在艾爾凱洛身上。我想他並非艾咪心目中偉大的非洲酋長：個子矮小、臉色蒼白、長滿皺紋、沒有牙齒，穿著磨破的曼聯T恤、運動長褲，以及用鐵人膠帶黏起來的耐吉室內塑膠拖鞋。反過來說，艾爾凱洛要是聽到他在紐約成為我們所有人心目中的大人物時又會多麼驚訝！一切從米莉安發的電子郵件開始，主標題是：禮儀，裡頭依據米莉安的觀點，概述了所有村落訪客在抵達時必須呈給艾爾凱洛以示尊敬的東西。茱蒂捲動手機畫面，發出海豹尖叫般的笑聲，將她的手機擺在我面前：「這是在開玩笑嗎？」

我看了一下清單：

老花眼鏡
撲熱息痛

阿斯匹靈
電池
沐浴乳
牙膏
消毒藥膏

「我想應該不是……米莉安從不開玩笑。」

茱蒂愉快地對著螢幕微笑。「嗯，我想我們可以處理。」

很少東西能夠取悅茱蒂，不過那張清單確實逗得她很開心，甚至令艾咪著迷，接下來幾週，每當有錢的好人到哈德遜河谷的住處或華盛頓廣場拜訪我們時，艾咪都會假裝一本正經地重複一遍這張清單，然後問在場每個人是否能夠想像，所有人都承認他們簡直難以想像，似乎對無法想像感到感動和安慰，視這為艾爾凱洛和他們自己純潔的象徵。

「可是這轉換的難度實在太高了，」有天晚上一個矽谷來的年輕人評論說，他俯身靠近餐桌中央的蠟燭裝飾品，臉龐下方似乎因為他自己的洞察力而發出光彩——「我是指，在兩種現實之間的轉換，有如穿越母體一般。」餐桌上的每個人都點頭同意，後來我發現艾咪在朗誦艾爾凱洛這如今出了名的清單時，天衣無縫地加入這句晚宴臺詞，彷彿那是她

---

33 Al Kalo：甘比亞傳統的村長。

自己想的。

「他在說什麼？」我低聲問拉明。我等得不耐煩了，放下手機。

拉明一手輕輕按在村長的肩上，但是老人繼續對著黑暗發表沒完沒了的激動演說。

「艾爾凱洛在說，」拉明小聲說，「在這裡事情非常難辦。」

翌日早晨我和拉明去學校，在校長辦公室為手機充電，透過村裡唯一的電源插座，使用幾年前一家義大利慈善機構出資的太陽能發電機。中午左右網路神祕地再度出現。我瀏覽完五十封訊息，確定在必須回渡船頭接艾咪之前還要單獨在這裡再待兩天：她正在城裡的飯店「休息」。起先我為這意外的獨處感到興奮，想出各種各樣的計畫讓自己都很驚訝。我告訴拉明我想去著名的造反奴隸營地，在兩小時車程外，最後還想去親眼看看船隻載著人類貨物離開的海岸，這些船駛往我母親家鄉的島嶼，再到美洲與不列顛，載運糖和棉花，然後再回來，這條三角航線數不盡的後果之一是孕育了我的存在。但是兩星期前，在母親和米莉安面前，我輕蔑地說這些全是「離散旅遊」。如今我告訴拉明要自個兒搭小巴到曾經扣留我祖先的古奴隸堡壘。拉明微笑看似同意，實際上插手干預我的所有計畫、插足我嘗試的所有互動，無論是在私人或經濟方面，包括我和難以理解的村子、我與長老及我和孩子之間的交流，以他焦慮的笑容和最愛的低聲解釋應付任何問題或要求：「在這裡事情很難辦。」我不許走進灌木叢、自己摘腰果、幫忙煮飯或者洗自己的衣物。我漸漸明白他有點把我當成小孩子看，必須小心翼翼地對待，將現實一點一點地呈現在我面前。

然後我發現村裡所有人都是這樣看待我。祖母們靠強有力的臀部蹲著用公共碗吃飯，以手指抓起米飯和小塊的海鱧或茄子，卻給我塑膠椅和刀叉，因為他們準確地臆斷我太無力沒辦法擺出那種姿勢。當我傾倒一整公升的水進茅坑沖掉驚擾我的蟑螂，與我同住的十幾個年輕女孩中，沒有一個告訴我她那天為了那一公升的水究竟走了多遠。當我自己偷偷溜去市場為母親買條紅紫相間的纏腰布，拉明露出焦慮的笑容，避免讓我知道我剛才花在一塊布上的錢占了他教師年薪的多少比例。

到第一週快結束時，我才搞清楚在我的早餐端上來後不久，她們便開始準備晚餐了。所有婦女和女孩都在院子的一角，蹲在塵土中削皮、切塊、搗碎、撒鹽，每次我想要接近那個角落，她們便對我大笑、打發我回去悠閒度日，坐在昏暗房間內的塑膠椅上看我帶來的美國報紙——如今變得皺巴巴而且無關緊要得可笑——因此我始終沒發現，在沒有烤箱和電的情況下，她們究竟如何做出我並不想要的烤薯條，或者她們為自己烹調的那一大碗更開胃的米飯。準備食物不適合我，洗衣、提水、拔洋蔥，或甚至餵羊和雞也都不適合我。以最嚴格的意義來說，我一無是處。就連把嬰兒交給我都是帶著諷刺意味，大家看見我抱嬰兒就會大笑。是的，他們一直非常小心地保護我不受現實傷害。他們以前見過像我這類的人。他們知道我們能夠承受的現實極少。

要去接艾咪的前一晚，我很早就被喚拜聲和歇斯底里的公雞叫聲吵醒，發現還不是熱得無可救藥，於是我在黑暗中穿好衣服，離開院落去找拉明，獨自一個人，沒有同住的那一小群婦人小孩跟著，儘管拉明再三強調我絕對不可以這麼做。我想告訴他我今天打算去古奴隸堡壘，無論他喜不喜歡我都要去。到破曉時分，我發現自己身後跟了許多赤腳、好奇的小孩──「早安，你們早上好嗎？」──宛如好多個影子，我四處停下來對數十位經過的婦女提起拉明的名字，她們已經動身要去公共農場工作。她們點頭為我指路，穿過矮樹叢，順著這條和那條小徑，繞過鮮綠色的混凝土清真寺，寺的兩邊遭十二呎高的橘色白蟻丘啃食了一半，再經過那些滿是塵土的前院，在這時刻悶悶不樂、衣衫不整的十幾歲少女已經在掃地，她們倚著掃帚看我走過。目光所及的每一處都是在工作的女人：照顧孩子、挖掘、搬運、餵食、清掃、拖曳、刷洗、建造、修理。直到我終於找到拉明的院落才看到一個男人，他的院落在村子外圍的農田前面。即使按照當地的標準，這裡也非常陰暗潮濕：沒有前門，只有一張床單，沒有大張的木製長沙發，只有一張塑膠椅，沒有鋪地板，只有泥土地，還有一錫桶的水，他鐵定才剛用這水洗淨自己，因為他正跪在水桶旁，渾身濕透地穿著一條足球短褲。在他後面的煤渣水泥磚牆上我能辨認出粗略繪製的曼聯足球俱樂部標誌，用紅色油漆塗抹上去的。他坦露的上身苗條、僅由肌肉構成，皮膚因為年輕而散發光彩──完美無瑕。我在他旁邊顯得非常蒼白，近乎無色！這讓我想到崔西，小時候有好多次，她把手臂擺在我的旁邊，再次檢查她的膚色是否仍然比我白一點──如她自豪堅稱的那樣──以防從她上次檢查之後的夏天或冬天改變了這種狀況。我不敢告訴她我在大熱天躺在陽臺上，目的正是她似乎害怕的特質：更深、更黑的膚色，讓我所有的雀斑都連結、合併在一起，使我擁有和母親一樣的深褐色。然而拉明和村子裡大多數人一樣，與我跟我母親相比還要黑上好多倍，此時看著他，我發現他的美與周遭環境以及其他許多東西之間的對比超乎現實。他轉過來看見我站在他旁邊。他滿臉受傷的表情，我打破了某種默契。他禮貌地告辭，站在一塊破布簾的另一側，理論上布簾是要將陰暗的空間隔成兩區，我仍然可以看見他，穿上乾淨、印著商標字母的凱文克萊白襯衫，以及白色斜紋棉褲和白色涼鞋，所有的物品如何保持潔白我無法想像，因為我每天都要蒙上一層紅色的塵土。他的父親叔伯大多穿連帽外袍，為數眾多的年輕親戚和兄弟姊妹則穿著隨處可見的破舊足球衣和破爛的牛仔褲、打赤腳，可是幾乎我每次見到拉明，他都穿著一身白，並戴著一只鑲有蘇聯鑽的銀色大腕錶，指針永遠卡在十點零四分。星期日，整村的人聚會時，他穿棕褐色的立領套裝，緊靠著我坐，如聯合國代表似地對我耳語，只翻譯他選擇翻譯的討論內容。村裡所有年輕男老師都如此打扮，穿傳統的立領服裝或時尚的斜紋棉褲及襯衫，戴大手錶、背黑色薄背包，手中總是拿著掀蓋手機和大螢幕的安卓手機，即使手機根本不能用。這態度和我記憶中以前的街坊鄰居一樣，是種表達方式，在這村子裡表示裝扮成某種角色：我是個認真、現代的年輕人。我是我國家的未來。在他們旁邊我總覺得荒謬。與他們的個人宿命感相比，我似乎只是偶然來到這世上，根本沒思考過自己代表什麼，穿著皺巴巴的橄欖綠工裝褲、骯髒的匡威帆布鞋，拖著破舊不堪的背包到處走。

拉明又跪下來，安靜地重新開始今天的第一次禮拜——我也打斷了他的禮拜。聆聽他低聲說著阿拉伯語，我好奇他的禮拜究竟採取何種形式。我等待著，環顧四周艾咪希望「減少」的貧困。這是我唯一能看到的，而腦中想得到的只有孩童會問的那種問題。這是什麼？發生了什麼事？同樣的心態讓我在抵達的第一天就到校長辦公室，汗流浹背地坐在他熔化的錫皮屋頂下，瘋狂地試圖上網，雖然過去六個月在紐約，我當然隨時可以用谷歌搜尋我想知道的事，速度不但快得多而且輕鬆無比。在這裡卻是費時費力的過程。網頁載入到一半就當機，太陽能起起落落，有時會完全中斷。我花了一個多小時。當我在尋找的兩筆金額終於出現在相鄰的視窗時，我只坐在那裡瞪著數字看了許久。結果兩相比較艾咪略勝一籌。就那樣，一整個國家的國內生產毛額可以放入單一個人中，就好像一個俄羅斯娃娃可以裝進另一個。

四

小學的最後一個六月，崔西的父親出獄了，我們頭一次見面。他站在公共草坪上仰頭看著我們，面帶微笑。他溫文爾雅、時髦、充滿活力喜悅，並且帶點古典、優雅，十足像柏貞格本人。他以芭蕾第五位置的姿勢站立，兩腿分開，身穿背後印著中國龍的電光藍飛行夾克和緊身白色牛仔褲，留著濃密、瀟灑的八字鬍，老式的爆炸頭，沒有漸層或刻線，也沒有高頂。崔西高興極了，她把身體探出陽臺，彷彿想要將她父親拉到身邊，大聲叫他過來，上來這裡，爸爸，上來，但是他對我們眨個眼說：「我有更好的主意，我們去大路吧。」我們跑下去，一人牽一隻手。

我最先注意到的是他有副舞者的身軀，動作像舞者一樣富有節奏，強而有力卻又輕盈，因此我們三人不只是沿著大路走，而是招搖地齊步前進。所有人都盯著我們看，我們在陽光下昂首闊步，好幾個人停下手邊的工作，從街對面、從理髮店上方簡陋的窗戶、從酒館門口向我們歡呼，為路易喝采。我們走近投注站時，一位加勒比海的老紳士，儘管天氣炎熱卻戴著鴨舌帽、穿著厚羊毛背心，走到我們前面擋住去路問：「她們是你女兒嗎？」路易舉起我們的手宛如我們是兩名職業拳擊手。「不是，」他說著鬆開我的手，「只有這個是。」崔西為這一切榮耀神采飛揚。「我聽他們說你只坐了十三個月的牢，」老人輕聲笑著說。「幸運的路易，你運氣真好。」他用手肘輕推路易勻稱的腰部，那裡繫著一條細的金腰帶，有如超級英雄。然而路易卻受到了侮辱，他從老人身邊往後退一步，深深地屈膝滑開，然後大聲吸吮牙齒。他糾正了紀錄：連七個月都不到。

老人拿出塞在腋窩的報紙，展開來給路易看某一頁，路易研究一會兒後彎身拿給我們看。他叫我們閉上眼睛，伸出手指隨興放在報紙的任何地方，等睜開眼時我們手指下各有一匹馬，我仍然記得我那匹叫理論測試，因為五分鐘後路易從賭注登記人的門口跑回來，把我從地上抱起來拋到空中：五英鎊的賭注贏了一百五十英鎊。路易改帶我們到沃爾沃斯超市，告訴我們兩人可以任選自己想要的東西。我把崔西留在針對小孩的影片區——平淡乏味的喜劇片、動作片、太空史詩片——自己繼續走，俯身在大鐵絲籃上，那是留給沒錢或別無選擇的人的「折價商品區」。那裡面總是有很多音樂片，沒人想要，連老太太都不要，我開心地在籃裡翻撿時，聽見沒離開現代區的崔西問路易：「我們可以買幾部？」答案是四，不過我們得快一點，他肚子餓了。我驚慌但極為幸福地一把抓了四部音樂片：

《阿里巴巴進城》（*Ali Baba Goes to Town*）

《百老匯旋律一九三六》（*Broadway Melody of 1936*）

《搖擺時代》

《萬里情天》（*It's Always Fair Weather*）

我記得崔西只買了一部《回到未來》（*Back to the Future*），比我所有的加起來還要貴。她將那部片緊壓在胸前，只在交給收銀員時放手了一會兒，隨後又立即奪回來，好像咬住食物的動物。

到餐廳後我們坐在靠窗最好的座位。路易示範給我們看大麥克漢堡的有趣吃法：將大麥克一層層拆開，在每一層漢堡的上下都放滿薯條，再全部組合在一起。

「那你會來和我們一起住嗎？」

「嗯。還不知道。她怎麼說？」

崔西將小豬鼻子翹向天空：「我才不在乎她說什麼呢。」

她的兩隻小手緊握成拳。

「不要對妳媽不敬。妳媽有她自己的問題。」

他回去櫃檯買奶昔，回來時一副疲累的樣子，沒有正式導入主題便開始跟我們說起牢內的情況。當你在裡面會發現那裡和街坊鄰舍不同，不，一點也不一樣，截然不同，因為你在裡面時人人都知道最好和自己的同類在一起，那裡就是那樣子「同類相聚」，幾乎沒有混合，不像在公寓裡，並非看守或什麼人叫你這麼做，而是事情本來就這樣，族群團結在一起，甚至依照膚色深淺來分；他拉起袖子指著手臂說明，因此所有像我這麼黑的人，嗯，我們在這邊，永遠緊黏在一起——他在富美家的桌面上畫一條線——像妳們兩人這種棕色的大概在這裡，巴基斯坦佬在別的地方，印度人又在另一處。白人也分開來：愛爾蘭人、蘇格蘭人、英格蘭人。在英格蘭人裡面有些是英國國家黨，有些人全都好。重點是每個人都和自己人在一起，這很自然，會讓你思考。

我們坐著出聲地喝著奶昔，一面思考。

他繼續說，你學會各種各樣的事情，你開始醒悟黑人真正的神是誰！不是這個長髮碧眼叫耶穌的，並不是！我問妳們：為什麼我在進去那裡之前甚至從來沒有聽說過他或他的名字？查一查吧。妳們會學到很多在學校學不到的東西，因為這些人什麼都不告訴妳們，不談非洲的國王、埃及的女王、穆罕默德；他們隱瞞一切，隱藏我們全部的歷史，好讓我們覺得自己什麼都不是，覺得自己是在金字塔的底層，這就是整個計畫，但事實是我們建造了他媽的金字塔！噢，他們非常邪惡，不過總有一天，總有一天，如果天意如此，這白人至上的時代將會結束。路易將崔西抱到他的大腿上輕輕搖晃，彷彿她是幼童，然後把她當成木偶似地從底下操縱她的雙臂，讓她看起來好像隨著監視攝影機之間的揚聲器所播放的音樂跳舞。妳還在跳舞嗎？這是個漫不經心的問題，我看得出來他對答案並不特別感興趣，而崔西總是抓住機會，再小也不放過，因此現在她開心飛快地詳盡告訴父親她那一年和前一年獲得的所有舞蹈獎牌，以及伊莎貝爾老師對她足尖練習的評語、各種人對她才華的評論，還有她即將參加表演藝術學校試鏡的事，關於這話題我已經聽到快受不了了。我母親不許我上表演藝術學校，即使我獲得崔西押注的那種全額獎學金也不行。自從我聽說崔西獲准參加試鏡後，一想到我必須上普通學校而崔西可以成天跳舞，我和母親就為了此事爭吵不休！

聽著，以我來說，路易突然厭倦了女兒的談話說，以我來說我不需要上舞蹈學校，事實上以前舞池是我的天下！這小妞全部遺傳自她爸爸。相信我：我能跳所有的舞步！去問妳媽！我過去甚至還曾靠跳舞賺錢呢！妳們竟然一臉懷疑的樣子！

為了證明這點、消除我們的懷疑，他滑下凳子把單腿往上踢，頭猛然一甩，移動雙肩線條，轉身，驟然停下，最後停在腳尖上。一群坐在我們對面雅座的女孩吹口哨喝采，看著他我覺得我現在了解崔西將她父親與麥可．傑克森放在同一個現實中的意思。我並不認為她說謊，或者說至少我覺得在謊言中深藏著事實。他們受到同樣遺傳的影響。倘若路易的舞蹈碰巧沒有麥可的那麼出名，嗯，對崔西而言，那只是某種技術細節，是時空的偶然，如今邊回想他的舞邊寫下來，我想她一點也沒錯。

之後我們決定拿著大奶昔沿大路走回去，再次停下來和路易的幾個朋友說話，或者他們也許只是對他知道得夠多、懼怕他的人，其中包括一個年輕的愛爾蘭建築工人，靠著單手懸吊在三輪車劇院外的鷹架上，臉龐因為太常在太陽下工作而曬紅。他向下伸手和路易握手。「嘿，這可不是西印度群島的花花公子嘛！」他正在重建三輪車劇院的屋頂，而路易對此大表震驚，他頭一次聽到幾個月前發生的可怕火災。他問男孩重建要花多少錢、他和莫蘭的其他雇工時薪多少、他們用哪種水泥、批發商是誰。我看向崔西，她因為瞥見可能的另一個路易而滿心驕傲：可敬的年輕承包商，精通數字，和員工關係融洽，帶著女兒參觀他的工作地點，緊緊地牽著她的手。我真希望她每天都能像這樣。

我沒想到我們小小的外出會有什麼後果，然而我甚至還沒回到威爾斯登巷就有人告訴我母親我和誰去了哪裡。我一走進門她就抓住我，一巴掌打掉我手中的奶昔，奶昔撞到對面牆上，非常的粉紅、濃稠，出乎意外地引人矚目，於是我們住在那地方的剩餘時間都得和淡淡的草莓色汙漬共存。她開始大吼大叫。我以為自己在做什麼？我以為自己和誰在一起？我忽略她所有的修辭問句，再問她一次為什麼我不能像崔西一樣參加試鏡。母親說：「只有傻瓜才會放棄接受教育，」我說，「好吧，那麼也許我是傻瓜。」我將那一堆錄影帶拿在背後，試圖繞過她進入房間，可是她擋住我的去路，於是我直言不諱地告訴她，我不是她也不想成為她，我不在乎她的書、她的衣著、想法，或任何東西，我想跳舞過自己的人生。此時父親從他躲藏的地方走出來。我比手勢指向他，試著申明如果由父親決定，他就會允許我去參加試鏡，因為父親相信我，如同崔西的父親相信她。母親嘆了一口氣，「他當然會讓妳去，」她說，「他又不擔心，他知道妳絕對考不上。」

「別亂說了。」父親低聲抱怨，卻不敢看我。我內心一陣刺痛，明白母親說的必定是真的。

「這世上最重要的是，」她解釋，「那些寫下來的東西。但這個怎麼樣——」她指著我的身體，「——在這文化裡，對這些人來說，永遠不重要，所以妳所做的只是依照他們的規則玩他們的遊戲。如果妳玩那種遊戲，我向妳保證，妳最終會變成自己的影子：生一堆小孩，永遠離不開這幾條街，成為另一個還不如不存在的姊妹。」

「不存在的是妳。」我說。

我緊抓住這句話，有如孩子抓住到手的第一樣物品。這話對母親的效果遠超出我的預期。她的嘴角鬆垮下來，所有的泰然自若與美麗都消失無蹤。她開始哭泣。我們站在我房間門口，母親低垂著頭。父親走開了，只有我們兩人。過了半晌她才能夠再開口說話。她用狂怒的語氣低聲叫我別再進一步。然而她一說完就發現自己的錯誤：承認了我的人生終於到了可以離開她一步、很多很多步的時候，我即將十二歲，已經和她一樣高了，我可以直接舞出她的生命，她的權威變遷無可避免，就在我們站在那裡的時候發生了。我一言不發地繞過她，走進房間，砰的一聲關上門。

五

《阿里巴巴進城》是部怪電影，是馬克·吐溫《亞瑟王宮廷中的美國人》（*A Connecticut Yankee in King Arthur's Court*）的變體，劇中艾迪·坎特（Eddie Cantor）飾演艾爾·巴布森，一個發現自己在好萊塢《天方夜譚》類型的電影中當臨演的平凡笨蛋。他在拍攝現場睡著了，夢見自己回到九世紀的阿拉伯；其中一幕給我留下非常深刻的印象，我想拿給崔西看，可是她變得捉摸不定：她不打電話來，而我打去她的公寓時，她母親在說她出去之前電話線總是停頓片刻。我曉得她有正當理由，她正忙著準備表演藝術學校的試鏡，布思先生好心地答應協助她，平日下午她大多在教堂大廳排練。但是我還沒準備好放她進入她的新生活。我曾埋伏多次：教堂的門開著，陽光透過彩繪玻璃照進來，布思先生彈鋼琴為她伴奏。假如她發現我在偷看，她會揮一揮手——那種忙碌女人成熟、心不在焉的招呼——可是一次也不曾走出來和我說話。基於某種令人費解的青春期前的邏輯，我認定問題出在我的身體。我潛伏在門口，依舊是個瘦高、平胸的孩子，而在光線中跳舞的崔西已然是個小女人。她怎麼會對我還有興趣的東西感興趣呢？「不，我不知道。再說一次叫什麼名字？」

「我剛才跟妳說過了。《阿里巴巴進城》。」

有一次她排練結束時我大著膽子走進教堂。她坐在塑膠椅上脫踢踏舞鞋，布思先生還在他的角落，隨意彈奏那首〈情不自禁愛上屬於我的男人〉（Can't Help Loving That Man of Mine），時而加快時而減緩，一下彈得像爵士樂、一下如散拍音樂。

「我很忙。」

「妳可以現在來。」

「我現在很忙。」

布思先生將樂譜收進袋子裡漫步過來。崔西翹起鼻子，嗅出讚美之情。

「哦，那真是好極了。」他說。

「真的很好嗎？」

「棒極了。妳跳得很完美。」

他笑著輕拍她的肩膀，她臉上掠過一抹快樂的紅暈。無論我做了什麼，每天都會從父親那兒得到這樣的稱讚，但是對崔西來說肯定是非常難得，因為聽見這句讚美後似乎改變了一切，包括在那一刻她對我的感覺。布思先生緩緩走出教堂時，她露出笑容將舞蹈背包甩上肩膀說：「我們走吧。」

那一幕在電影中很早就出現了。一群男人坐在沙地上，看起來似乎意志消沉、漠不關心。蘇丹告訴艾爾，這些是非洲的音樂家，沒有人能夠理解他們，因為他們說的語言無人能懂。但是艾爾想和他們說話，他試了各種語言：英文、法文、西班牙文、義大利，甚至意第緒語。全都不行。突然他靈機一動，唱出凱伯．凱洛威的呼喊，嗨—滴—嗨—滴—

嗨！那些非洲人認出這首歌跳了起來，大聲喊出回應：呵—滴—呵—滴—呵！男主角坎特興奮得當場開始把自己塗黑，用一塊燒焦的軟木塗抹臉龐，只剩下一對骨溜打轉的眼睛和伸縮自如的嘴巴。

「這是什麼？我不想看這個！」

「不是這段。等一下，崔西，拜託，等等。」

我拿走她的遙控器，請她坐回沙發上。此時艾爾在對非洲人唱歌，這段歌曲似乎搖擺了時間本身，飛馳到遙遠的未來，到達這些非洲人不再是目前模樣的時代，在一千年後的未來他們將會在名為哈林區的地方，譜出全世界想要隨之舞動的節奏。聽見這個消息，高興的音樂家站了起來，在城鎮廣場架高的舞臺上開始唱歌跳舞。蘇丹的妻子和她的顧問從陽臺俯視，街上的阿拉伯人抬起頭來看。這些阿拉伯人是好萊塢的阿拉伯人，白人，穿著阿拉丁的服裝。非洲人則是美國黑人裝扮的，穿戴著纏腰布和羽毛，以及異國風格的頭飾，他們演奏原始的樂器，滑稽地模仿他們未來在棉花俱樂部的化身：長號是用真正的骨頭製成，單簧管則是以中空枝條那類的東西做的。坎特忠於他名字的起源[34]，擔任樂隊指揮，脖子上掛著哨子，他吹哨子結束獨奏或是引導表演者下臺。曲子來到副歌時，他告訴他們搖擺樂將會長存此地，無可避免，因此他們必須選擇舞伴、跳舞。接著坎特吹哨，美妙的事情發生了：有個女孩登場了。我讓崔西盡可能靠近螢幕坐，不希望有任何懷疑。我向她望去，看見她的嘴唇驚訝地張開，如同我第一次看到時那樣，知道她明白我所看到的。哦，鼻子不一樣，那女孩的鼻子正常扁平，另外她的眼神沒有一絲崔西獨特的殘忍；

但是心形的臉蛋、可愛圓胖的臉頰、小巧的身體卻修長的四肢，這些全像崔西。兩人的身體特徵如此酷似，她跳起舞來卻不像崔西。她移動時雙臂如手推車般擺動，兩腿來回飛舞，她是個職業舞蹈家，不是執著於技巧的人。而且她很有趣：踮著腳尖走路，或是擺出荒唐滑稽的姿勢定格一秒鐘，例如金雞獨立、雙臂舉在空中，好像昂貴汽車的引擎蓋裝飾。她的穿著和其他人一樣——草裙、羽毛——然而什麼都不能貶低她。

結尾女孩重回舞臺上加入所有打扮成非洲人的美國人，以及坎特自己，他們所有人一動不動地站成一排，向前傾身與地板呈四十五度角。這是來自未來的動作：一年後我們全都在操場上嘗試，因為剛看過麥可·傑克森在音樂影片中做出一模一樣的動作。影片首次播出後好幾個星期，崔西和我及許多其他孩子都在操場上竭盡全力模仿那個動作，可是根本不可能，沒人辦得到，我們全都面朝下地摔倒在地。當時我不知道這動作如何辦到，現在我曉得了：在影片中，麥可是利用金屬絲，幾年後當他想要在舞臺現場表演時達到同樣的效果，他穿了一雙「反重力」鞋，鞋跟上有道凹槽可與舞臺上的木樁相嵌合，他是這項設計的共同發明人，專利是以他的名字命名。

《阿里巴巴》裡的非洲人是將他們的鞋子釘在地板上。

---

34 坎特原文為Cantor，意思是合唱指揮。

六

在艾咪下榻的飯店我們坐進一長串的運動休旅車中。第一趟旅程是全員出動：她的孩子及他們的保姆艾絲戴爾跟著我們，當然還有茱蒂，再加上其他三個私人助理、一個負責公關的女孩、格蘭傑、一名我這輩子從未見過的法國建築師、一位來自國際發展部的追星女人、《滾石》雜誌派來的一名記者和攝影師，以及我們的專案經理，一個叫弗南多．卡拉比喬諾的男人。我看著身穿白色亞麻制服的門僮滿身大汗地將提袋扛進行李箱、協助每個人坐到座位上，好奇他們來自哪個村落。我原本預期要和艾咪一起搭她的車，向她匯報我這星期的偵察情況，無論有用與否，然而艾咪一見到拉明就睜大眼睛，在打過招呼後對他的第一句話是「你應該和我同車」。我被指引到第二輛車，和卡拉比喬諾一起。他和我得共度這段時間，因此接到吩咐要「解決細節問題」。

回村子的這段路程非常不可思議，所有我因為上次旅程而預期的困難現在都不存在了，如同在夢中，做夢者頭腦清醒，能夠操縱周遭的一切。不再有檢查哨，也沒有讓我們停滯不前的坑坑窪窪道路，而且沒有讓人無精打采、窒息的炎熱，取而代之的是空調完美控制在二十一度的環境和手中一瓶冰涼的水。我們的車隊，包括兩輛載滿政府官員的吉普車和一列警察車隊，在街上迅速前進，街道似乎有時經過人為清空，有時又不自然地聚集著人群，兩旁排滿揮舞旗幟的小孩，有如舞臺布景。我們走的是一條奇怪、偏長的路線，在已電氣化的觀光地帶穿梭，接著通過一連串我不知其存在的郊區飛地，那裡有些巨大、未完成的房屋，遭到鋼筋摧殘，掙扎著從堡壘牆後拔地而起。在這種不真實的狀態影響下，我到處看見不同版本的我母親的臉，在街上奔跑的少女身上，在市場賣魚的老婦身上，還有一次是在懸在小巴士側面的年輕男子身上。到達渡口時，除了我們和我們的車，渡船上空無一人。我想知道拉明對這一切有何看法。

我和卡拉比喬諾不大熟，之前我們唯一一次交談時我出了醜。那是在六個月前，前往多哥的飛機上，當時多哥還在決選名單上，後來艾咪在一次採訪中暗示這國家的政府「沒有為人民做任何事」，得罪了這個小國。「怎麼樣，」我邊問邊傾身靠向他，望出舷窗外，我必須承認我是有意的，「非洲這裡？」

「我從沒來過。」他沒有轉身、語氣冷淡地說。

「可是你幾乎算住在這裡，我看過你的履歷。」

「不。塞內加爾、賴比瑞亞、象牙海岸、蘇丹、衣索比亞是有，但是多哥，從來沒有。」

「喔，好吧，你明白我的意思。」

他面紅耳赤地轉向我問道：「如果我們飛往歐洲，妳想知道法國如何，我描繪德國會有用嗎？」

現在我試圖彌補、和他閒聊，但是他忙著處理一大疊文件，我瞄到上頭有我看不懂的圖表，一些國際貨幣基金組織的統計數據。我有點同情他，無法擺脫我們和我們的無知，遠離他平常的圈子。我曉得他四十六歲，擁有博士學位，是位訓練有素的經濟學家，具有國際發展的背景，和米莉安一樣曾在樂施會工作多年：一開始就是她把他推薦給我們。九〇年代他大部分時間在東非和西非負責援助計畫，都是在一些沒有電視的偏遠村莊裡，導致了一個至少對我來說還滿有趣的結果，那就是他其實不十分清楚艾咪是誰，只對她的名字有模糊的印象，記得是他年輕時的特殊人物。現在他不得不將所有時間花在她身上，因此得和瑪麗－貝絲那樣的人在一起：瑪麗－貝絲是艾咪沒大腦的二號助理，工作只有將艾咪口述的電子郵件寄給其他人，然後大聲唸出回覆；或者嚴肅的蘿拉，三號助理，掌管艾咪的肌肉疼痛、盥洗用品和營養，剛好相信登陸月球是場表演。他不得不聽茱蒂每天早晨唸出星座運勢，據此計畫她的一天。在艾咪的瘋狂世界裡，我應該是最像他盟友的人，然而我們每次試圖交談不知怎地總是出錯，他理解世界的方式對我來說陌生無比，感覺彷彿他居住在平行的現實中，儘管我毫不懷疑那真實存在，但套用他最喜歡的說法，我無法「與其溝通」。艾咪在圖表前面同樣無能為力，但是她喜歡他，因為他是巴西人而且長得帥，有一頭濃密、鬈曲的黑髮，戴著好看的金邊眼鏡，讓他看起來像電影裡扮演經濟學家的演員。從一開始就顯而易見的是，他們會遇到麻煩。艾咪與人溝通想法的方法是仰賴人家對艾咪本人以及她的「傳奇」有共識，而她稱呼的「弗恩」對這些毫無概念。他善於解決細節問題：建築規劃、政府交涉、土地契約，及各種不同的實際考量。可是當需要和艾咪直接談論計畫本身的時候——那對她而言基本上是個人情感上的任務——他就力有未逮了。

「但是她對我說：『我們把它變成一種發光的理念吧』是什麼意思？」

他將眼鏡往英挺的鼻子上推，檢視一疊筆記，我猜想那是在他們一起飛行八小時的航程中，他鉅細靡遺盡責抄錄艾咪口中說出的每句廢話的結果。他舉起那張紙，彷彿只要盯著看夠久，那張紙就會慢慢變成有意義的東西。

「也許是我誤解了？學校要怎樣才能『發光』？」

「不，不是，那是指她的專輯：《發光》。一九九七年的吧？她認為那是她最『積極』的專輯，歌詞是如此，嗯，有點像這樣：嘿，女孩，去實現妳們的夢想吧，等等等等，妳們很堅強，等等等等，永遠別放棄。那一類的？所以她基本上是在說：我希望這是所能夠讓女孩有自主能力的學校。」

他一臉困惑。

「可是為什麼不直接這麼說？」

我輕輕拍一下他的肩膀：「弗南多，不要擔心，會慢慢好轉的。」

「我該聽那張專輯嗎？」

「老實說，我認為不會有什麼幫助。」

在前方的隔壁車上，我能看見艾咪從乘客座位探出身子，手臂擱在車門上，愉快地忙著接受街上每次揮手、口哨或高興的尖叫聲，我非常確定，那反應不是因為看到艾咪本人，而是見到這列緩緩駛過鄉村地區的閃亮運動休旅車車隊，在這裡兩百人中沒有一個人擁有汽車。在村裡時，出於好奇，我經常霸占年輕老師的手機，戴上耳機，聆聽他們時常輪流播放的三十首左右的歌曲，有些是隨通話時間免費下載的，有些特別喜愛的，他們會花寶貴的點數去下載。嘻哈、節奏藍調、索卡、雷鬼、雷格、塵垢、迴響貝斯、快活音樂，手機鈴聲中可以聽見離散到海外的所有輝煌音樂的片段，幾乎沒有白人藝人，而且從來沒有艾咪。此時我看著她對許多士兵微笑眨眼，那些士兵擺脫了平常的活動，漫無目的地站在路旁，槍枝擺在身側，看著我們通過。無論到哪裡只要有音樂、只要有孩童跳舞，艾咪都會拍手吸引他們的注意，雖然繼續坐著但盡其所能地模仿他們的動作。這路邊洶湧的混亂讓我既感動又不安，有如展開的西洋鏡充滿了形形色色的人間戲劇——婦女餵養孩子、抱著他們、和他們說話、親吻他們、揍他們；男人聊天、打架、吃飯、工作、禮拜；女孩竊竊私語、大笑、皺眉、坐著、睡覺——這一切都讓艾咪開心，她的身子遠遠探出窗外，我以為她可能會直接掉進她深愛的母體裡。不過在難以控制的人群中她向來最開心。在保險公司阻止她之前，她經常跳入人群玩人體衝浪，而且在機場或飯店大廳突然一大群人蜂擁而上，她也不曾像我一樣受到驚嚇。在這段期間我透過暗色車窗唯一能看到的景象似乎並不令她驚訝或恐慌，當我們一起站在舷梯上，看著車子緩緩駛上空蕩得詭異的渡船，她的小孩高興地跑上鑄鐵臺階到上層甲板的這幾分鐘內，我提到了這點，她轉身向我厲聲說：「天哪，如果在這裡看到每個該死的貧困跡象就嚇到，那這趟旅程將會非常漫長。妳是在非洲啊！」

就好像當我問為什麼外面那麼亮後對方回答：「現在是白天啊！」

七

我們只知她的姓名，是在演職人員名單上找到的：珍妮．勒貢。我們不知道她出身何處、是生是死，也不知道她是否演出了其他電影，我們僅有《阿里巴巴》裡的這四分鐘——呃，擁有的人是我。倘若崔西想看就得來我家，於是她開始偶爾會來，宛如希臘神話中俯身在水池上顧影自憐的納西瑟斯。我曉得除了那不可能的傾斜之外，不消多久她就能學會整套動作，而我不打算把錄影帶給她帶回家；不至於笨到那麼做，我很清楚自己握有抵押品。我開始到處發現勒貢的身影，在我看過許多次的電影中擔任小角色。有次是飾演安．米勒（Ann Miller）的女僕，努力對付一隻小哈巴狗，還飾演過不幸的黑白混血兒，死在凱伯．凱洛威的懷裡，還有一次又扮演女僕，協助蓓蒂．赫頓（Betty Hutton）穿衣。這些發現間隔時間很長，有時相隔數個月，成為打電話給崔西的理由，即使是她母親接聽電話，崔西也會毫不猶豫、不找藉口地立刻過來。她坐得距離電視螢幕只有幾吋遠，準備隨時指出這個或那個動作或者表情、掠過珍妮臉上的情感、某個腳步的變化，用我覺得自己欠缺的敏銳洞察力去詮釋她看到的一切，在這時刻我認為那是崔西獨有的特質。這洞察的天賦似乎只在我家客廳、在我的電視機前面才有發揮、表達的途徑，沒有老師發覺過，也沒有考試曾經成功地注意到甚或記載下來，也許，這些回憶是唯一真實的見證與記錄。

有件事情她沒注意到，我也並不想告訴她：我父母分手了。我知道也只是因為母親如此告訴我。他們仍然住在同一間公寓，睡在同一間房裡。他們還能去哪裡？真正的離婚是給那些有律師、有新住所的人。另外還有個問題關係到我母親的能力。我們三人都知道離婚時父親要離開，但是毫無疑問地我父親不能離開。他不在，我跌倒時誰會用繃帶包紮我的膝蓋，或者記得我何時該吃藥，或平靜地梳掉我頭髮上的蝨卵？我夜驚的時候誰會到我身邊？隔天早上誰會清洗我發臭、泛黃的床單？我的意思不是母親不愛我，只不過她並非全心放在家務上的人：她腦子裡淨是自己的人生。所有母親的基本技能——時間管理——超出她的能力範圍。她是以頁數估量時間。對她而言，半小時意味著閱讀十頁，或十四頁，取決於字體大小。當你用這種方式思考時間就沒空做其他事了，沒有時間去公園或買冰淇淋，沒時間哄小孩睡覺、聽孩子哭訴噩夢。不行，父親絕對不能離開。

有天早上我在刷牙時，母親走進浴室，坐在酪梨色的浴缸邊上，委婉地概述新的安排。起初我幾乎聽不懂她在說什麼，她似乎花了很長的時間才講到她真正想說的重點，先提到兒童心理學理論，以及「在非洲有些地方」小孩不是由父母而是「由村落」撫養，還有一些其他我不了解或不在乎的事情，但最後她把我拉到身邊，緊緊地抱住我說：「妳爸和我，我們要像兄妹一樣生活。」我還記得當時想著這是我聽過最有悖常理的事：我將是唯一的孩子，而我的父母卻成為彼此的手足。父親最初的反應肯定與我相似，因為在那之後好幾天公寓裡衝突不斷，爆發全面戰爭，我睡覺時必須用兩個枕頭壓住耳朵。最後他明白了她不是在開玩笑、不會改變心意後，他陷入沮喪。他開始整個週末坐在沙發上看電視，母親則一直待在廚房裡，坐在高腳凳上，忙著完成修讀學位的作業。我獨自去上舞蹈課，和他們其中一位一起吃午後茶點，不再和兩人一起吃。

在母親宣布消息後不久，父親做了個奇怪的決定：他回去遞送郵件。他花了十年才當上投遞局經理，但他在悲傷之餘讀了歐威爾的《上來透口氣》（*Coming Up for Air*），開始相信做他所謂的「誠實勞動」、將剩餘時間自由拿去「接受他從未受過的教育」，好過做一份耗盡他所有時間、毫無生氣的辦公室工作。母親通常很欣賞這種不切實際、節操高尚的行為，而他宣布的時機在我看來並非偶然。可是假如他的計畫是要贏回她的芳心，那麼顯然不起作用：他再度凌晨三點起床，下午一點回家，經常賣弄地讀些從母親書架上偷來的社會學教科書，儘管母親客氣地探問他早上的工作狀況，偶爾問及他閱讀的書，仍沒有重新愛上他。過一陣子後他們再也不交談。公寓的氣氛改變了。過去在我父母長達十年的爭吵中，我總是必須等待難得的空檔，試著插入其間。現在如果我願意，我可以滔滔不絕地和他們其中一位說話，但是為時已晚。在快轉式的城市童年中，他們不再是我生命中最重要的人。不，我真的再也不在乎父母對我的看法。現在唯有朋友的意見算數，而且更甚以往，我猜想她察覺到這點，因此越來越常選擇有所保留。

八

後來有人說我對艾咪而言是個壞朋友，一直以來都是，我只是在等待適當的時機來傷害她，甚至毀掉她。或許她相信這套說法。但是好朋友才會將朋友從夢中喚醒。起先我認為不一定非我不可，村莊本身就會喚醒她，因為在那地方似乎不可能繼續做夢，或者認為自己有可能是例外。但我錯了。在村莊北郊通往塞內加爾的道路旁，矗立了一棟兩層樓的粉紅磚造大屋，在方圓幾英里內獨一無二，雖然已經廢棄，但是除了門窗外大致已完工。拉明告訴我，這房子是用一名本地青年匯回來的錢建造的，對方在阿姆斯特丹開計程車，發展得很好，直到他運氣轉變，突然中止了匯款。如今這空置了一年的房子將作為我們的「營運基地」重獲新生。等我們到達時太陽已經西沉，觀光部長高興地向我們展示每個房間天花板上亮著的裸露燈泡，並且告訴我們：「每次你們來訪，這地方只會越來越好。」自從二十年前的政變以來，村莊一直等著電燈到來，然而艾咪在幾天內就成功說服了有關部門在這僅有骨架的房子裡裝設一臺發電機，並且有插座供我們所有的手機充電，一組工人安裝上透明壓克力窗戶、耐用的密集板門，每人一張床，甚至還有一座火爐。孩子們興奮極了，好像露營一樣，而對艾咪來說，她排定在這裡度過的兩個晚上成為一場民族的冒險。我聽見她告訴《滾石》的記者待在「現實世界、人群之中」有多麼重要，隔天早上，除了正式的拍攝活動，如破土、女學生跳舞等，他們還拍了許多艾咪在這個現實世界的影像：用公共碗吃飯，運用她騎室內健身車鍛鍊出的肌肉輕鬆地蹲在婦女旁邊，或是賣弄敏捷的身手和一群少年爬上腰果樹。午餐過後，她穿上橄欖綠工裝褲，我們一起跟著國際發展部的女士參觀村落，對方的任務是指出「特別匱乏的區域」。我們看見爬滿鉤蟲的茅坑，一間建造到一半被遺忘的診所，許多瓦楞屋頂覆蓋的不通風房間，裡頭十個小孩睡一張床。之後我們去參觀公共菜園，見證「自給農業的極限」，只是我們進入田地時，太陽正好投下迷人的長影，馬鈴薯作物長得蓊鬱翠綠，樹上纏滿了藤蔓，蒼翠繁茂的一切創造出非凡美麗的印象。婦女們，無論年輕或年老，都穿著色彩鮮豔的纏腰布，正在拔地上的雜草，邊工作邊閒聊，隔著一排排的豌豆或椒類植物大喊，笑著彼此說的笑話，看起來有種烏托邦的風貌。發現我們走近，她們直起身子擦去臉上的汗水，如果戴了頭巾就用頭巾，倘若沒有就用手。

「你們好。今天過得怎樣？」

「噢，我知道這裡是怎麼回事，」艾咪對一名老婦人說，這名婦人竟大膽得伸出手臂摟住艾咪的小蠻腰。「妳們這些女孩在這裡可以好好說話。因為看不到男人。沒錯，我可以想像這是什麼情況。」

國際發展部的女士笑得太厲害。我想到自己多麼難以想像這裡的情況。即使是我所帶來最簡單的想法在這裡連試圖運用似乎都行不通。例如，此時我並不是和我的延伸族群、和我的黑人婦女同伴一起站在田地裡。這裡沒有這種分類，只有塞雷、沃洛夫、曼丁哥、色拉呼利、富拉，及朱拉等族的婦女，有人曾勉強告訴我，我像最後一族的人，不過只有基本臉部結構相似：同樣的長鼻子、同樣的顴骨。從我目前站的地方我能聽見喚拜聲，從綠色清真寺的方形混凝土宣禮塔傳來，升到樹林和村莊上方，村裡婦女無論遮蔽與否彼此都是姊妹、堂表親，和朋友，是彼此的母親和女兒，或者早上遮起下午不遮，只因為有些同齡的男、女朋友來訪，其中有人會主動幫忙編辮子。這裡以驚人的熱情熱烈慶祝耶誕節，認為所有信仰《聖經》的人都是「兄弟姊妹」，而我代表完全無宗教信仰的人，並不是任何人的敵人，不，只是應該好好同情、保護的人——和我同住一間房的其中一個女孩如此向我解釋——就好像對待母親因生下她而死的小牛那樣。

現在我看到一群女孩在井邊排隊，將大塑膠桶裝滿水，然後把桶子扛到頭上開始走回村落的漫長路程。其中有幾個我認出是來自過去這星期我所待的大院：我的東道主哈娃的雙胞胎姪女，以及她的三個姊妹。我微笑著朝她們所有人揮揮手。她們點頭向我致意。

「沒錯，我們時常為這裡的婦女和女孩要做多少事情感到震驚，」國際發展部的女士順著我的視線壓低聲音說。「妳知道，她們要做家務，但同時也要做所有田裡的工作，而且妳會發現經營學校和市場的大多是女人。的確是女力當家。」

她彎下腰去摸茄子的莖，艾咪趁機轉向我，扮鬥雞眼、吐出舌頭。國際發展部的女士站直身子，掃視一眼那排越來越長的女孩隊伍。

「她們之中當然有很多人應該上學，不幸的是她們的母親需要她們在這裡。然後想想我們剛才看到的那些年輕男孩，懶洋洋地躺在腰果樹間的吊床上……」

「教育是解決我們的女孩和婦女發展問題的唯一辦法，」拉明突然說話，神態有點受傷和厭倦，我想是忍受了非常多次國際發展部代表的演說。「教育、教育、教育。」

艾咪朝他露出燦爛的微笑。

「那正是我們來這裡的目的，」她說。

在那天所有的活動中，艾咪和拉明幾乎寸步不離，誤以為他喜歡低聲說話是兩人之間特有的親密，過一陣子後她也開始對他耳語，像個女學生似地調情。我心想，在無所不在的記者前面這麼做實在太危險了，但是我們沒有一刻能獨處，因此我無法堅定地告訴她。相反地，我看到每當可憐的卡拉比喬諾別無選擇，只能把她從拉明身邊拉回去處理當天所有必要的單調工作時，她竭力克制自己的不耐煩：簽署文件；會見部長；討論學校的學費、永續發展、課程，及老師的薪水。有五、六次他讓艾咪和我們其他人停在原地，所有人都站在太陽下受苦，聆聽又一位政府官員發表另一場演說，有關夥伴關係和互相尊重，尤其是缺席的終身總統想要傳達給艾咪的敬意，而這只是得體回應艾咪「顯然對我們敬愛的總統所抱持的」尊敬。每場演講幾乎都和先前的一模一樣，彷彿在城裡有份原典版，所有部長都得到指示要引用其中的內文。當我們緩慢地走近學校以免超過攝影師——攝影師在我們前面快速地往後退——此時一位部長再次握住卡拉比喬諾的手，卡拉比喬諾在艾咪的視線外悄悄地試圖勸阻他，然而部長不聽勸阻，堅持站在校門口，擋住入口開始演講，這時艾咪突然轉過身來。

「聽著，弗恩，我並不想當個混蛋，但是我真的很努力參與這一刻好嗎？現在你讓我非常為難。天氣很熱，大家都熱得半死，而且我確實注意到我們這次時間不多，所以我想可以暫停演講了。我想我們都知道自己的立場，都覺得深受歡迎也感受到互相尊重。現在我是來這裡參與的，今天別再有演說了，好嗎？」

卡拉比喬諾低頭看著板夾，有點受挫的樣子，有一瞬間我以為他會發脾氣。部長泰然自若地站在他旁邊，不明白艾咪說了什麼，只是等著要他重新開始的提示。

「該參觀學校了。」卡拉比喬諾說，頭也不抬地繞過部長推開大門。

保姆艾絲戴爾和孩子在那裡迎接我們，他們在偌大多沙的運動場上奔跑，運動場空空蕩蕩，只有兩座彎曲、無網的足球門，他們和所有走近的小孩擊掌，很高興能在如此多同類中亂跑。那時傑八歲、卡菈六歲，一直都是在家接受私人教師輔導。當我們短暫停留並參觀六間炎熱、粉刷得活潑明亮的大教室時，他們不斷提出許多孩子氣的問題，這些問題和我自己的沒什麼兩樣，只是他們的未經編輯和考慮，保姆一直試圖制止他們、要他們安靜，但徒勞無功。我真希望自己能夠加入他們。為什麼校長有兩個妻子？為什麼有些女孩戴頭巾有些沒有？為什麼所有的書都又破又髒？如果她們在家都不說英語，為什麼要用英語上課？為什麼老師在黑板上拼錯字？如果新學校是專門給女生上的，那麼男生呢？

九

在我自己的過渡期臨近時，星期六我多半陪著母親去參加各種類型的抗議遊行，反對南非，反對政府、核彈、種族歧視、預算削減，反對放寬對銀行的管制，或者支持教師工會、大倫敦議會或愛爾蘭共和軍。考慮到我們敵人的性格，我很難理解這一切的目的——我大多數日子都在電視上看到她：拎著死板的手提包，留著呆板的髮型，毫無變化、無法改變，無論母親和她的密友前一個星期六早上設法召集多少人參加遊行，穿過特拉法加廣場，直接抵達她閃亮的黑色前門，她永遠面無表情。我記得一年前為了保留大倫敦議會而舉辦的遊行，走了感覺好像好幾天，跟在我母親後面半英里處，她走在最前面，聚精會神地在跟瑞德·肯恩交談，我將一面橫布條舉在頭頂上，但是布條漸漸變得過於沉重，於是我把布條扛在肩上，宛如受難的耶穌，費力地拖著布條走下白廳大道，直到最後我們搭公車回家，癱倒在客廳，打開電視後得知大倫敦議會在當天稍早已被廢除。然而母親還是告誡我「沒有時間跳舞」，或者換種說法，「現在不是跳舞的時候」，彷彿歷史時刻本身禁止跳舞。我負有「責任」，這些責任與我的「聰慧」息息相關，最近學校一位年輕的代課老師肯定了我的「聰慧」，他原本想要求我們班將「我們在家的讀物」帶來。這種時候提醒了我們這些學生，老師基本上都很天真——其他還有很多類似的時刻。春天他們給我們種子去「栽種在我們的花園裡」，或者要求我們在暑假過後寫一篇「假期去了何處」的文章。這種事傷不了我：我到過度假勝地布萊頓很多次，還有一次參加乘船飲酒遊到法國，而且很熱中於照料窗臺花盆。但是那個身上發臭的吉普賽女孩呢？她的嘴巴四周有流膿的潰瘍、眼圈每週一次黑青；或是那對雙胞胎？他們年紀太大、皮膚太黑沒人領養，輾轉住在本地各個寄養家庭；還有那個患濕疹的男孩？某個夏夜崔西和我隔著女王公園的鐵柵欄看見他獨自在長椅上熟睡。代課老師是其中最天真的。我記得這位看到不少小孩帶來《無線電》雜誌或《電視時報》時的驚訝表情。

我帶了舞蹈家的傳記，厚厚一本，封面是柔焦的七〇年代肖像、巨星晚年的照片——穿著絲綢晨褸戴著領巾，披著粉紅的鴕鳥羽毛披肩——光看頁數老師就斷定應該要「討論」我的未來。在學校上課之前，母親一早就來和老師見面，老師告訴她，她有時候嘲笑我閱讀的那些書證明了我很聰明，像這樣「有天賦」的孩子可以參加一種測驗，若是通過了就能夠進入提供獎學金的好學校——不、不、不——不用收費，不必擔心，我指的是「文法學校」，那是完全不同的，一點也不需要花錢，不用、不用，請別擔心。我瞥向母親，她的表情沒有洩露任何反應。老師忽略我們的沉默解釋道，那是因為閱讀年齡的緣故，妳要知道她的閱讀年齡真的相當高。老師打量我母親——她穿著無胸罩背心和牛仔褲，戴著肯特布[35]頭巾，還有一對形狀像非洲的大耳環——然後詢問父親是否能加入我們的討論。她父親在工作，母親說。喔，老師說著轉向我，親愛的，妳父親做什麼工作，他是家裡愛讀書的人嗎？還是……？她父親是郵差，母親說，母親才是愛讀書的人。嗯，通常，老師查閱筆記紅著臉說，通常我們不建議參加私立學校的入學考試，我的意思是，雖然有些可以申請獎學金，但是沒必要害這些孩子失望……不過我們最近請來的這位年輕的布拉威小姐認為也許，嗯，她認為以妳女兒的情況，可能可以……

我們沉默地走回家，沒什麼可討論的。我們已經參觀過我在秋天將要就讀的龐大、喧鬧的綜合中學，我接受的條件是在縱橫交錯的磨損走廊、活動教室，及臨時廁所的某處有間「練舞室」。除了崔西，我認識的所有人都要去念那裡，這令人安慰：人多比較保險。然而母親出乎我的意料之外。踏進住宅區的庭院後，她在樓梯間底部停下腳步，叫我去參加那個測驗，要我努力用功通過測驗。週末不許跳舞，不許有任何分心的事物，她說，我獲得了她從未有過的機會，她在我這個年紀時，她自己的老師建議她努力熟練一分鐘打四十個字，和所有其他黑人女孩一樣。

我感覺自己好像在某列火車上，正開往像我這類人在青春期通常會去的地方，只不過現在情況突然有些不同。我收到通知要在意想不到的車站下車，沿著這條路線再往前進。我想起了父親，幾乎還沒離開車站就被推下火車。又想到崔西，如此堅決地跳車，正是因為她寧可走路也不願意聽人家吩咐她該在哪站下車，或者她可以坐多遠。嗯，這決定難道不是很高尚、很有奮鬥精神嗎？至少勇於違抗？接著我又想到在母親膝上聽過的所有駭人的歷史案例，那些才華橫溢的女人的故事——母親講述的全都是女人的故事——這些女人

35 kente-cloth，迦納的傳統織品。

倘若能夠隨心所欲地去做，也許能跑得比飛馳的火車還要快，可是她們生錯時代、生錯地點，所有的站都被封閉，她們甚至永遠不許進入車站。而我出生在現代英國，難道不是比她們自由得多？更別提我的膚色淺多了，鼻子也挺直得多，更不可能被誤認為是黑暗的本質吧？有什麼能阻止我繼續前進？然而在七月某個悶熱的日子，超出正常的上課時間外，這時間待在學校很反常，我卻坐在學校禮堂裡，打開試卷，讀著母親希望我「用雙手緊抓住」的機會；一陣乖戾的暴怒攫住了我，我不想搭上他們的火車，因此隨便在各處寫幾個字，忽略理科和數學的那幾頁，明目張膽地落第。

十

幾星期後，崔西進入了表演藝術學校。她母親別無選擇，只得按我母親的門鈴，走進我們公寓告訴我們一切。她將崔西像面盾牌似地擋在身前，拖著腳步走進門廳，不肯坐下或喝茶。她以前從來不曾跨過那道門檻。「評審說他們從沒看過像她這樣獨創的」——崔西的母親突然打住，生氣地看著女兒，崔西提點她那個生字——「獨創的編舞，沒有像這樣的。她的舞就是那麼創新。從來沒有過！我總是告訴她，她得比隔壁的女孩加倍優秀才會有成就，」她說著將崔西摟進碩大的胸部裡，「現在她辦到了。」她給了我們試鏡的錄影帶，我母親非常客氣地收下。有天晚上我在她臥室的一堆書下面找到了錄影帶獨自看完。曲子是〈搖擺長存〉，每個動作、每次眨眼、點頭，都是珍妮・勒貢的。

那年秋天，進入新學校的第一學期，我發現少了朋友的我是什麼模樣：一具輪廓模糊的軀體。在不同群體間流轉，既不受歡迎也不遭輕視，總是容忍、急於避免衝突的那種女孩。我自認為毫不起眼。有一陣子，有兩個高我一屆的女孩認為我為自己的深膚色、長鼻子、雀斑而自豪，因此霸凌我，偷我的錢、在公車上騷擾我，然而霸凌需要某種反抗，即使只是眼淚都行，而我什麼反應都不給，她們很快就厭倦了不再煩我。在那所學校的大多數日子我都不記得了，即使在那裡生活的時候，固執的我始終只把那裡當成重獲自由之前每天不得不生存的地方。比起我自己的現實，我更投入在想像崔西的學校生活。比方說，我記得在她到那間學校後不久曾說，佛雷．亞斯坦過世時，她的學校舉辦了追思會，要求一些學生跳舞表達哀悼。崔西身穿燕尾服頭戴白禮帽，打扮成柏貞格，博得滿場喝采。我知道我從未看過她那場表演，但即使到現在我仍覺得擁有這段記憶。

十三、十四、十五歲，這段困難的過渡期——那些年我真的很少見到她。她的新生活占據了她的一切。我父親終於搬出去或者我的月經來時她都不在。我不曉得她何時失去童貞，或者是否有誰讓她第一次心碎。每次在街上看見她，在我看來似乎都過得很好。總是有個看起來很成熟的年輕大帥哥摟著她，男人通常個子很高，頭髮有時髦的漸層刻線，在我記憶中這種時候的她與其說是走路，不如說是蹦蹦跳跳——稚氣未脫、頭髮緊緊挽成舞者的圓髻、穿著霓虹緊身褲及中空裝——但是同時紅著眼睛、顯然神智恍惚。富有魅力、強烈、驚人的性感，無論何時都充滿夏日的能量，即使在凜冽的二月也不例外。像這樣遇見她，看到她真實的模樣，也就是說，與我自己對她嫉妒的看法不同，總是一種存在衝擊，宛如在現實生活中看到故事書裡的人物，我會竭盡全力讓彼此的相遇儘量簡短，有時趁她還未走到我前面就先過馬路，或是跳上公車，或者宣稱急著趕往某處。即使稍後從母親和其他鄰居那裡聽說她遇到困難、越來越常惹上麻煩，我仍然無法想像怎麼可能，就我看來她的生活非常完美。也許這樣缺乏想像力是嫉妒的一種副作用。在我心中，她已不再需要掙扎，她是名舞者了：她找到了自己的族群。

與此同時我完全未察覺自己陷入青春期，依舊在教室後面哼著蓋希文的歌曲，而周遭的朋友圈開始形成、鞏固，由膚色、階級、財富、郵遞區號、國籍、音樂、藥物、政治觀點、運動、志向、語言、性傾向，等等來界定。在這巨型大風吹遊戲中，有一天我轉過身來發現自己沒有位子可坐。不知所措的我成為哥德族，那是無處可去的人最後的歸屬。哥德族已經是少數了，我又加入最古怪的分會，只有五個孩子的小團體：一個來自羅馬尼亞、腳有點畸形，另一個是日本人。黑人哥德族很少見，但並非史無前例：我見過幾個在肯頓閒蕩，現在盡我所能地模仿他們，把臉抹得像鬼一樣慘白，嘴唇塗得血紅，頭髮一半編成髒辮，部分噴成紫色。我買了一雙馬汀鞋，用修正液畫上無政府主義的符號。我十四歲：世界充滿痛苦。我愛上我的日本朋友，他愛上我們圈子裡那個脆弱的金髮女孩，她的雙臂上滿是傷疤，看起來像隻被遺棄在雨中、受傷的貓，她無法愛任何人。

將近兩年的時間，我們所有時間都混在一起。我討厭哥德族的音樂，他們也不許跳舞，只能原地上下跳動，不然就是醉醺醺地相對搖擺，但是我喜歡惹母親厭惡的政治冷感，以及我的殘酷新面貌帶出父親強烈的母性一面：他現在無時無刻都在擔心我，當我如哥德族風格體重減輕時試圖養肥我。我每星期絕大多數時間都蹺課：到學校的那班公車也到肯頓路。我們坐在曳船道上邊喝蘋果酒邊抽菸，馬汀鞋懸在運河上，談論我們認識的每個人的虛假，形式自由的談話可以耗費一整天。我強烈譴責我母親、老鄰居、童年的一切，尤其是崔西。我的新朋友被迫傾聽我們兩人共同歷史的所有細節，全都以怨恨的心情重述一遍，回溯到我們第一次見面、走過教堂墓地的那天。度過如此的下午之後，我會再搭上公車，經過我未能進入的文法學校，在父親新的單身公寓外頭的公車站下車，正好就在公寓外面，在那裡我可以快樂地回到從前，吃他慰藉人心的食物，沉溺在過去的祕密樂趣中。茱蒂・嘉蘭在《火樹銀花》（*Meet Me in St Louis*）片中假裝是祖魯人，跳著步態舞（cakewalk）。

十一

我們第二次來訪是在四個月後的雨季。由於班機延遲，我們在黑暗中抵達，到了粉紅屋時我無法承受那地方的古怪、悲傷與空虛，彷彿走進別人破滅的雄心之中。雨猛烈地落在計程車頂上，我問弗南多是否介意我回去哈娃的大院。

「對我來說非常好。我有很多工作要做。」

「你沒問題吧？我的意思是，你自己一個人不會有事吧？」

他大笑：「我獨自待過很多更糟的地方。」

我們在標示村子入口、剝落的大型廣告牌那裡分開。我渾身濕透地走了二十碼，推開哈娃家大院的鋁門，門以一個裝了半滿沙子的油罐壓著，但是一如往常並未上鎖。裡頭我幾乎認不出來了。四個月前，院子裡紅土耙得平平整整，祖母、堂親、姪子、姪女、姊妹、和許多嬰兒，大家隨處坐著直到深夜，現在院子裡空無一人，只有一灘翻攪的泥坑，我立刻陷進去掉了一隻鞋。我伸手去撿鞋子時聽見了笑聲，抬起頭來發現有人從混凝土露臺看著我。是哈娃和她的幾個女朋友，正將晚餐用的錫盤拿回存放的地方。

「哎呀，」哈娃叫道，大笑地看著我渾身濕漉漉，兩手抱著一個不願任其在爛泥中翻滾的大手提箱。「看看雨帶來了什麼！」

我沒料到會再到哈娃家住，沒有事先提醒她，但是她或大院裡的其他人對我的到來似乎並不驚訝，雖然第一次來時我不是特別成功或備受喜愛的客人，這次卻像家人般受到歡迎。我和幾位祖母握手，哈娃和我擁抱在一起，述說我們多麼想念彼此。我說明這趟旅行只有弗南多和我，艾咪在紐約錄音，我們來這裡是為了進一步詳細觀察舊學校做了哪些事，新學校有什麼可以改進之處。我受邀與哈娃和她的訪客一起聚在小客廳，裡頭白色太陽能照明的光線昏暗，每個女孩的手機螢幕反而更強烈明亮。幾個女孩、哈娃、我，我們相視微笑。她們禮貌地詢問我父母親的身體健康，再次對我沒有兄弟姊妹感到驚訝，接著問起艾咪和她小孩的健康情況，然後問候卡拉比喬諾和茱蒂，但是最熱心探問的莫過於格蘭傑。她們真正感興趣的是格蘭傑的健康，因為第一次造訪時格蘭傑大受歡迎，遠遠勝過艾咪或我們其他任何人。我們是奇珍異物，他是深受喜愛。格蘭傑知道所有哈娃熱愛、艾咪鄙視、我從未聽過的庸俗節奏藍調歌曲，他穿的運動鞋是她最欣賞的款式，在學校媽媽們圍成慶祝鼓圈時，他毫不遲疑地走入圈中，拂一拂肩膀，身體爆震，跳段折手舞、表演月球漫步，而我縮在座位上忙著拍照。「那個格蘭傑呀！」現在哈娃邊說邊高興地搖著頭，想起了格蘭傑與我乏味的現實相比令人興奮的回憶。「跳舞真是瘋狂！所有的男孩子都在說：『這些是新動作嗎？』還記得吧，妳的艾咪告訴我們說：『不，這些是舊的！』妳還記得嗎？可是他這次沒和妳一起來？好可惜喔。哦，格蘭傑真是個有趣的傢伙！」房間裡的年輕女子全都笑了起來，然後搖著頭嘆氣，接著又是一陣沉默，我恍然大悟自己打斷了她們聚會、說八卦的好時機，在尷尬沉默了一分鐘之後，現在用沃洛夫語繼續。不想到一片漆黑的臥室，我往後靠坐在沙發上，任談話從我耳邊飄過，衣服在身上晾乾。哈娃在我旁邊開講，持續說了兩小時的故事，據我所知，內容從滑稽到憂傷到合理的不悅，但是從未擴展到憤怒的程度。我的依據是笑聲與嘆息，還有她在說某些趣聞軼事中途給人短暫一瞥的手機照片，此外若是我特別發問的話她會用英文粗略地說明。我猜想她遇到了戀愛問題——有個班竹市的年輕警察，她很難得見到——他們有個已經預做準備的大計畫，等雨季結束後要到海灘舉辦家族聚會，將邀請那個警察參加。她給我看去年這活動的照片：一張拍攝了至少百人的全景照。我看見她在前排，留意到她沒戴頭巾，倒是戴了柔軟光滑的織髮，中分、垂到肩上。

「頭髮不一樣。」我說，哈娃大笑，伸手拿開頭巾，露出她自己四英寸長的頭髮，扭成小小的髒辮。

「可是長好慢喔！」

我花了一段時間才明白哈娃在村裡是相對稀有的中產階級女孩。她的父母都是大學教師，兩人我都未曾見過，她父親目前在米蘭工作，當交通督導員，她母親住在城裡，仍在大學裡任職。她父親走了村人所說的「後門」，與哈娃的哥哥一起，穿過撒哈拉沙漠到利比亞，最後冒險橫渡到蘭佩杜沙島。兩年後，他娶了一名義大利人，叫哈娃的另一個兄弟過去，不過那已經是六年前的事了，即使哈娃仍在等待父親召喚，自尊心也不容許她告訴我。她父親寄回家的錢為大院帶來一些村裡罕見的奢侈品：一部牽引機、一大片私人土地、一個馬桶，儘管沒有和任何東西相連；一臺電視，雖然無法使用。大院裡住著哈娃已故祖父的四位妻子，及他結婚後以千變萬化的組合所生的眾多孩子、孫子，和曾孫。要找到所有這些孩子的父母根本不可能：只有祖母們經常在家，她們與哈娃輪流抱著小嬰兒和學步幼童，哈娃儘管年紀輕，我卻時常覺得她似乎是一家之主，或至少是全家的核心。她是那種能夠吸引所有人的人，百分之百的可愛，有張黑到發亮的完美圓臉、如迪士尼般鮮明的五官、非常漂亮的長睫毛，豐滿前突的上嘴唇有點像鴨子十分可愛。任何尋求輕鬆、愚蠢，或者純粹想被開玩笑地戲弄一、兩小時的人都知道要來找哈娃，她對每個人同樣感興趣，想聽所有的消息，無論這些消息多麼平常或老套（「你剛才到市場？噢，那跟我說！那裡有誰？賣魚的也在那裡嗎？」）她在任何地方任何小村落裡都會是顆皇冠上的明珠。她和我不同，對村莊生活一點也不鄙視：她喜愛微小瑣事、閒言閒語、反覆的生活，以及家庭的親密。她喜歡別人的事就是她的事，反之亦然。哈娃一個鄰居遇到了比她自己的更為棘手的戀愛問題，她愛上一個父母不准她嫁的男孩，每天都來找我們，握著哈娃的手邊說邊掉淚，時常談到凌晨一點才走，可是我注意到她總是笑著離開。我努力回想自己是否曾為朋友提供過類似的服務。我想多知道有關這個戀愛問題的事，但是哈娃厭煩翻譯，在她沒耐心的版本中兩小時的談話輕易歸結成幾句（「嗯，她說他很好看很體貼，他們永遠結不了婚。我好難過！我告訴妳我今晚睡不著覺了！不過拜託：妳還沒學會一點點沃洛夫語嗎？」）有時候，哈娃的客人來了之後發現我坐在黑暗的角落，便會一臉警惕地往回走，因為哈娃是各處公認的輕鬆使者，只要她出現就能減輕悲痛，而大家很快就明白這位英國來的客人只帶來沉重與悲傷。所有我覺得必須拿著筆問的病態問題都是關於減貧，或是學校的物資缺乏，或哈娃本身生活顯而易見的艱困，現在再加上雨季的磨難、蚊子、瘧疾未加治療的威脅，這種種問題令客人反感，並且嚴重考驗哈娃的耐心。她對政治話題不感興趣，除非是涉及陰謀，與當地息息相關、直接關係到她認識的人，另外她也不喜歡過於激烈地談論宗教或文化的話題。她和所有人一樣做禮拜、到清真寺，但是就我所見她對宗教並不是很感興趣。她是那種這輩子只想要一件事的人：活得快樂的女孩。我記得非常清楚我學生時代也有這類型的人，我總是搞不懂像這樣的女孩，到現在依舊搞不懂，而我覺得我同樣令哈娃費解。我每天晚上躺在她旁邊地板上相鄰的床墊上，她瀏覽訊息和照片有時直到凌晨，看著那些逗樂她的照片大笑或嘆息，我感激她的三星手機發出的藍色光暈打破黑暗，緩解了交談的需要。似乎沒有任何事會惹她生氣或嚴重地沮喪。或許是我每天都看到許多正好會誘發我這些情緒的事情，發覺自己內心充滿了想激起她同樣情緒的乖戾欲望。有天晚上我們並排躺著，她又在回想格蘭傑多麼令人愉快、又酷又有趣，我問她對總統保證將親自斬首所有他在國內發現的同性戀者有什麼看法，她吸吮一下牙齒繼續瀏覽手機：「那個人老是胡說八道。反正我們這裡沒有那種人。」她沒有將我的問題與格蘭傑想在一起，但是當晚我睡覺時內心羞愧難當，自己竟然願意如此隨便地毀掉格蘭傑再回到這裡的可能性，為了什麼？原則嗎？我知道格蘭傑多麼喜歡來這裡，甚至勝過巴黎，更遠勝倫敦，儘管每次來訪對他來說無疑都代表著生存的威脅，他還是這麼喜歡。我們經常談起這件事，這話題打破了錄音期間的無聊——我們一起坐在隔間，隔著玻璃對艾咪微笑，從來沒聽她唱——這是我和格蘭傑聊過最充實的談話，彷彿村莊揭開了我們心中彼此從不知道的關係。倒不是我們意見一致或是建立了相同的連結：我看到匱乏、不公、貧困的地方，格蘭傑看見了純樸、缺乏物質主義、集體的優點，與他成長的美國截然相反。我看到一夫多妻、貶抑女性、無母的孩子（活像我母親在家鄉島嶼的孩提時代，只是更為誇大，是神聖不可侵犯的傳統），他記得的是與消沉的單親母親同住在六樓、無電梯的狹小單房公寓裡，孤單、食物券、缺乏意義，以及就在前門外頭街道上的威脅，他眼裡含著真誠的淚水對我說，倘若他不是由一個女人而是十五個女人撫養長大他可能會更幸福些。

有一回正巧只有哈娃和我在院子裡，她在幫我編頭髮，我又試著談些棘手的問題，利用此刻的親密詢問我所聽到的傳聞，有個失蹤的村婦顯然是遭警察抓走，她年輕的兒子參與了最近一次未遂的政變。沒人知道她在哪裡或出了什麼事。「去年有個女孩來這裡，她的名字叫琳賽，」哈娃說，彷彿我什麼也沒講。「是在艾咪和你們所有人來之前，她來自和平工作團，是個美國人，她超有趣的！我們一起玩二十一點還有美國版的二十一點。妳玩牌嗎？我告訴妳，她真的好有趣哦！」她嘆了口氣大笑，將我的頭髮拉緊。我放棄了。哈娃自己偏愛的話題是節奏藍調明星克里斯小子，但是關於克里斯小子我幾乎無話可說，手機裡只有一首他的歌（「那首歌非常、非常、非常老了，」她告訴我），而她對那個男人的一切，包括他的一舉一動，都瞭如指掌。有天早晨，在她去學校之前，我瞧見她在院子裡戴著耳機跳舞。她身穿按照規定端莊但極度貼身的實習教師服裝：白襯衫、萊卡黑長裙、黃頭巾、黃涼鞋、黃手錶，和緊身的細條紋馬甲，她確保馬甲後面拉得特別緊，以凸顯纖細的腰部和壯觀的胸脯。她正在欣賞自己雙腳敏捷的步伐，此時抬起頭來看到我大笑說：「妳別告訴我的學生！」

那次造訪，卡拉比喬諾和我每天都到學校，參觀哈娃和拉明的教室、做筆記。卡拉比喬諾關注學校各方面的運作，而我的職權範圍比較狹窄：我先到拉明的教室再到哈娃班上，按照艾咪的指示尋找「最優秀、最聰明的」學生。拉明的班是數學班，所以很容易：我只需要記下知道正確答案的女孩的名字。於是我每次都等待拉明在黑板上確認孩子的答案是正確的。說老實話，任何比基本加減難的東西都超出我的能力範圍，我看見拉明的十歲學生乘法運算的速度比我快、得出我連猜都猜不著的長除法答案。我緊握住筆，感覺手在冒汗。宛如時間旅行般，我回到十年前自己的數學課上，和以前同樣有熟悉的羞恥感，而且竟然仍保有兒時自欺的習慣，在拉明經過時用手遮住我的運算過程，等答案出現在黑板上時，總是設法半說服自己，我一直非常接近答案，只不過是犯了這個或那個小錯、教室內酷熱得可怕、面對數字時我毫無理性地焦慮……

離開拉明前往哈娃的普通班時我鬆了口氣。在那裡我決定尋找崔西，也就是說，找尋最聰明、反應最迅速、最任性、最為煩人、棘手的女孩，她們的眼睛如雷射光般直接穿透政府發布的英文句子，那些呆板、毫無內容或意義的句子由哈娃用粉筆辛苦地抄寫到黑板上，然後同樣辛苦地翻譯回沃洛夫語再加以解釋。我原以為一個班裡只能找到幾個崔西，但是很快就明白了在那些炎熱的教室裡崔西一族比什麼都多。這些女孩中有些身上制服破舊到幾乎和破布差不多，有些腳上有瘡口或眼睛滲出膿液，每天早上我看著學費以硬幣形式交到老師手中，很多人還沒有硬幣可給。然而這麼多個崔西，她們並沒有放棄。她們不滿足於將詞句唸回給哈娃聽，而不過幾年前哈娃自己肯定也坐在這些座位上，唸著同樣的詞句，像現在一樣緊抱著教科書不放。看到這麼多燃料卻只有極少的火種，當然容易絕望。但是每當談話掙脫無意義的英文枷鎖，獲准重新回到當地的語言時，我又會看到明顯的聰明火花，有如火舌從意圖悶熄火花的烤架竄出，表現出和世界各地教室裡天生聰明的人同樣的行徑：回嘴、詼諧、爭論。不幸的是哈娃得負責壓制這一切出於自然的探究及好奇心，將全班拉回手中政府發放的教科書上，用一截斷掉的粉筆在黑板上寫 The pot is on the fire（鍋子在爐上）或 The spoon is in the bowl（湯匙在碗裡），叫她們重複一遍，然後記下來，一模一樣地照抄，包括哈娃自己經常犯的錯誤。在觀察這痛苦的過程幾天後，我發現她每次測驗她們這些寫好的句子，都事先將答案寫在她們面前，或者剛剛才複習過。在某個特別炎熱的下午，我覺得必須親自解決這個問題。我請哈娃坐在我坐的那張破凳子上，自己站在全班前面，要求她們在簿子上寫：The pot is on the fire。她們抬頭看著空蕩蕩的黑板，期待地看著哈娃等待翻譯。我不讓她說話。接下來的兩分鐘很漫長，孩子們茫然地盯著用舊包裝紙重新包覆多次、破爛不堪的練習簿。我在教室裡走一圈，收集簿子拿給哈娃看。我內心有點享受這麼做的樂趣。四十個學生中有三個女孩用英文正確地寫出句子，其餘的寫對一、兩個字，幾乎所有的男孩都沒寫出半個字母，只有讓人聯想到英文母音和子音的含糊標記，是字母的影子而非字母本身。哈娃看著每本簿子點點頭，沒有顯露任何情緒，等我給她看完後站起來繼續上課。

午餐鈴響時，我跑過院子去找卡拉比喬諾，他坐在芒果樹下，正在便條簿上做筆記，我興奮匆忙地將早上的事件及我認為這麼做的含意全盤告訴他，想像一下儘管我在別處都不說中文，聽不到中文，父母也不會說中文，但我的老師用，比方說，中文教課的話，我的進步會多麼緩慢……

卡拉比喬諾放下筆，目不轉睛地注視我。

「我明白了。那麼妳認為妳剛才達到了什麼成果？」

起先，我以為他沒聽懂我的意思，因此從頭再說一遍我的情況，可是他打斷我，在沙地上重重跺了一腳。

「妳所做的只是羞辱一位老師。而且是在她班上的學生前面。」

他的聲音平靜，臉卻漲得通紅。他摘下眼鏡怒目瞪著我，看起來英俊非凡，為他的立場增添一定的分量，似乎正確的人總是更為出眾。

「可是——那是——我的意思是，我並不是說這是能力問題，而是『結構性問題』，你自己常常這麼說，我只是想說或許我們可以上英文課，當然沒問題，但是我們在他們自己的國家用他們自己的語言來上課吧，這樣一來他們就可以，我的意思是，你知道的，他們可以把英文測驗帶回家，當成家庭作業或什麼的。」

弗南多尖刻地大笑用葡萄牙語咒罵。

「家庭作業！妳去過他們家嗎？妳看過他們架上的書嗎？或者書架？書桌？」他站起來開始高聲地說：「妳以為這些孩子回家後會做什麼事？讀書嗎？妳以為他們有時間讀書嗎？」

他並沒有向我走來，但我發覺自己在往後退，直到碰到芒果樹的樹幹。

「妳在這裡做什麼？妳有這方面的工作經驗嗎？這是成年人的工作！妳表現得像個青少年。但是妳不再是青少年了，對吧？妳是不是該長大了？」

我哭了起來。某處鈴聲響了。我聽見弗南多嘆口氣，聽起來像帶著同情，有那麼一瞬間，我瘋狂地希望他會伸出胳臂摟住我。我把頭埋在手中，聽見數百個孩子衝出教室，又笑又叫地跑過院子，奔向下一堂課的教室，或者跑出校門去幫忙農場上的母親，接著聽到卡拉比喬諾踢了一下椅腳，椅子倒地，他穿過院子走回教室。

十二

我的過渡期尾聲在仲冬時分來臨，這是身為哥德族最完美的時節：你與周遭的悲慘相契合，如同瞎貓碰上死耗子。我在前往父親家的路上，公車門因為前面的積雪過高而打不開，我不得不用黑色皮手套強行打開它，走到雪堆裡，靠著黑色鋼頭馬汀鞋、層層的黑色針織緊身襯衣與黑色牛仔褲，以及幾乎沒洗而悶熱的鳥窩爆炸頭抵禦嚴寒。我變成完全適應環境的動物。我按了父親的門鈴：一個年輕女孩來應門。她年約二十，頭髮編成非常基本的扭搏辮，有張淚滴形的甜美臉蛋和茄子皮般光滑無瑕的肌膚。她看起來很害怕，緊張地笑了笑，轉過身去呼喊我父親的名字，口音濃重到根本聽不出是在叫他。她消失後由我父親接替，從那以後在我剩餘的拜訪時間中，她都沒有走出他的臥室。我們走過破敗的公共走廊，經過捲曲的壁紙、生鏽的信箱、骯髒的地毯時，他輕聲向我解釋，彷彿是名傳教士有點靦靦地透露他真正的仁慈程度：他是在國王十字車站發現這個女孩的。「她光著腳！無處可去，完全沒地方可以去。妳要知道，她來自塞內加爾，名字叫莫希。妳應該先打電話說妳要來。」

我和往常一樣吃了晚餐，看了一部老電影《青青草原》（*The Green Pastures*），直到該走的時候，我們兩人都沒再提起莫希的事。我看見他回頭看一眼臥室門，不過莫希沒有再出現，過一會兒我便離開了。我沒有告訴母親或學校裡的任何人。我覺得唯一能了解的人是崔西，而我已經好幾個月沒見到她了。

我注意到其他人有這種青春期的天賦：會「失去控制」、「偏離正軌」，在悲傷或創傷時設法將卡在內心的東西釋放出來——我卻沒辦法在自己心裡找到這些。相反地，我有如選定新訓練計畫的運動員般，局促不安地決定要偏離正軌。可是沒有人把我當回事，尤其是我母親，她認為我是個本性誠實可信的青少年。當本地的其他母親在街上攔住她——她們經常如此——詢問對付她們難以管教的兒女的建議時，她會同情地傾聽但絲毫不擔心她自己的，有時候她以按著我的肩結束談話，說些類似這樣的句子：「嗯，我們運氣很好，沒有這類問題，目前還沒有。」這句陳述在她腦中根深蒂固，因此我企圖偏離的任何嘗試她統統看不見：她依戀著影子似的我，跟隨著影子走。她難道不對嗎？我並沒有真的像我的新朋友那樣，沒有特別自我毀滅或魯莽行事。我囤積（不必要的）保險套，害怕針頭，普遍說來太怕流血不會考慮割傷自己，總是在真正喪失行動能力之前停止喝酒，食慾非常正常，每次上夜店總會在午夜十二點十五分左右從同伴身邊偷偷溜走，或者密謀甩開他們，以便跟母親會合，她的規定是每星期五晚上十二點半準時到肯頓大戲院後門外面來接我。我會坐上她的車，對這安排大發牢騷，同時暗自感激有這樣的安排。我們解救崔西的那晚就是像這樣的肯頓大戲院之夜。通常我那群朋友都去那裡看獨立音樂的夜場表演，我勉強還能忍受，但是這次不知什麼原因我們去看了硬蕊龐克的演出，速彈的吉他讓巨大揚聲器的聲音失真，狂暴的噪音，到某個時刻我發現自己無法撐到午夜——儘管我正為了這種管理方式與母親抗爭。到十一點半左右，我說要去洗手間，接著踉踉蹌蹌穿過曾是歌舞雜耍表演場地的老戲院，在二樓空包廂找到一個位置，拿出黑色風衣口袋裡隨身攜帶的一小瓶廉價伏特加，開始喝得酩酊大醉。我跪在拆掉椅子的破爛天鵝絨上俯看搖滾舞池，有種可悲的滿足感，因為想到此時此刻我很可能是唯一知道卓別林曾在此演出的人，還有葛麗絲．費爾茲（Gracie Fields），更別提所有早已被遺忘的小狗表演、家庭表演、女踢踏舞者、雜技演員、扮成黑人的滑稽藝人。我往下看著這些穿黑衣的叛逆郊區白人小孩彼此撞來撞去，想像在他們位置上的是G. H. 艾略特，「巧克力色黑人」，從頭到腳穿著一身白，唱著銀色月光。我聽見背後簾幕唰的一聲：一個男孩子走進包廂。他是個白人，身材非常瘦削，年齡不比我大，顯然嗑了什麼藥正在茫，臉上長滿留下深深痘痕的痤瘡，一大撮染黑的頭髮垂落在坑坑疤疤的前額上。可是他的眼眸是美麗的藍色。而且我們同屬仿冒族群：身穿同樣的哥德風格服裝，黑色牛仔褲、黑色棉布、黑色針織緊身襯衣、黑色皮革。我想我們彼此甚至沒說半句話。他只是走上前，我面對他，已經跪在地上，伸手去摸他的褲子拉鍊。我們盡可能脫去極少的衣服，往後躺在如菸灰缸的地毯上，腹股溝處相貼了一分鐘左右，身體其他部位仍然分開，各自包裹在層層的黑色中。這是我生命中唯一一次沒有陰影的性行為，沒有關於性的看法或性幻想的影子，那種看法或幻想只能經由時間累積。在那個包廂裡一切都還在探索、實驗，和技巧的階段，目的是弄清楚什麼部位在哪裡。我從沒看過任何色情作品。這在當時仍有可能。

哥德族人接吻似乎不對勁，因此我們如小吸血鬼般輕咬彼此的頸部。事後他坐起來用我意想不到的文雅聲調說：「可是我們沒有採用任何防護措施。」這也是他的第一次嗎？我跟他說無所謂，語氣或許也讓他同樣吃驚，接著向他要一根菸，他給我的是一小撮菸草、一張瑞茲拉捲菸紙，和一塊正方形紙板。我們說好一起到樓下吧臺喝杯蛇吻蘋果啤酒，但是下樓時我在蜂擁上來的人群中跟丟了他；我突然渴望空氣和空間，於是轉向出口，走到外面子夜時分的肯頓。所有人都醉醺醺地衝來撞去、跌出酒吧，穿著破牛仔褲和格紋衣服或是一身黑，有些人圍成圓圈席地而坐，唱歌、彈吉他，有個男人叫另一些人沿這條路再往下走去見另一個男人，他有第一個男人本來應該要有的毒品。我頓時猛然清醒過來，感到寂寞，希望母親能夠出現。我加入地上圍成一圈的陌生人中，他們看起來是我族類，然後捲起那支香菸。

從我坐的位置可以沿著小巷看見爵士咖啡館，並驚訝於咖啡館門口聚集著一群截然不同的人，他們不是要出來而是要進去，而且一點也沒喝醉，因為這些是喜愛跳舞的人，他們不需要喝醉才能說服自己的身體動起來。他們的衣服沒有破損或撕裂，也沒有用修正液胡亂塗寫，一切都閃亮無比，女人光芒四射燦爛奪目，沒人坐在地上，相反地這群顧客盡一切努力與地面分開：男人的運動鞋裡面灌了兩吋的氣，女人的鞋跟比那再高出一倍。我好奇他們在排什麼隊。也許頭髮上戴朵花的棕膚女孩將會為他們演唱。我考慮走到那裡去親眼瞧瞧，就在這時我察覺到在莫寧頓新月地鐵站的入口外有陣騷動，好像是一男一女之間出了問題，他們互相叫囂，然後男人讓女人靠到牆壁上，對她大吼，一手放在她的喉嚨附近。和我坐在一起的男孩子都沒有行動，似乎也不怎麼關心，他們繼續彈吉他或是捲大麻菸。採取行動的是兩個女孩，一個外表強悍的光頭女孩還有一個也許是她的女朋友，我和她們兩人一起站起來，不像她們那樣大喊，但是迅速跟在後頭。然而當我們走近時，情況卻變得混亂起來，不大清楚「受害者」是受到傷害還是獲得幫助，我們看見她兩腿發軟，男人在某種意義上是在將她扶起來，我們全都稍微放慢走近的速度。光頭女孩收斂挑釁的態度，轉為關切，同一時間我發現那個女人並非女人而是女孩，是我認識的人：崔西。我跑到她身邊。她認出我卻說不出話來，只是伸出手苦笑。她在流鼻血，兩個鼻孔都有血。我聞到一股難聞的氣味，低下頭去看見她的前襟到處都是嘔吐物，地上也有一灘。男人放開她往後退。我插手扶住她、叫她的名字——崔西、崔西、崔西——但她的眼睛往上翻，我感覺她全身的重量在我的臂彎裡。這裡是肯頓，每個經過的酒鬼和毒蟲都有套理論：劣質的快樂丸、脫水、酒精中毒，很可能是嗑了速球[36]。你必須讓她站著，或讓她躺下，或是給她點水喝，或者退後給她呼吸一些空氣，正當我開始恐慌的時候，從馬路對面傳來一個更響亮的聲音，威嚴十足地穿透這紛紛的議論，大喊崔西和我的名字。我母親按照之前的約定，開著她那輛2CV小車，在凌晨十二點半停在大戲院前面。我向她招手，她猛然再往前開一些，停在我們旁邊。面對這麼一位看來凶狠、能幹的大人，其他所有人都解散了，母親甚至沒有停下來問一些我認為必要的問題。她分開我們兩人，將崔西放到後座，用幾本嚴肅的書墊高她的頭，那些書她時時帶在身邊，連深更半夜也不例外，然後

36 speedball，將海洛因與古柯鹼或嗎啡混合的一種毒品。

直接載我們到聖瑪麗醫院。我非常想告訴崔西我的包廂冒險，我總算有一次真的莽撞行事了。我們開到埃奇威爾路時，她恢復精神坐了起來，可是當我母親試著輕聲解釋發生了什麼事以及我們要去的地方時，崔西卻指控我們兩人綁架她、想要控制她，從她小時候起我們就一直試圖控制她，總認為我們知道什麼對她最好，什麼對大家最好，我們甚至企圖把她從她的親生父母親身邊偷走！她的怒火與我母親的冷漠平靜呈正比例上升，等我們開進急診室停車場時，她在座位上向前傾身，憤怒地朝我們的頸後吐口水。母親沒有被激怒也沒有轉移注意力。她叫我扶我朋友左邊，她攙右邊，我們半拖半強迫崔西進入候診室，到了那裡後，令我們驚訝的是她變得極為順從，對護士低聲說「速球」，然後抓一把面紙壓住鼻孔等輪到她看診。我母親陪她一起進去。大約十五分鐘後她出來了，我指的是我母親，她說崔西要在這裡過夜，她必須洗胃，而且她——指崔西——在神智不清時，對緊張的夜班印度醫生說了一堆露骨的性字眼。她才十五歲而已。「那女孩出了嚴重的問題！」母親低聲說，她噘唇嘖了一聲，俯身在桌子上代替家長簽些文件。

在這情況下，我自己的輕微酒醉不值得煩惱。母親瞧見我外套裡的伏特加酒瓶，不經討論就把酒瓶拿走，扔進醫院存放醫療廢棄物的垃圾桶裡。走出醫院途中，一間殘障廁所的門碰巧在那一刻突然大開，我在廁所牆上的長鏡中看到自己的倒影——單調的黑色哥德風格服裝，塗了粉的可笑的臉。當然這些我都看過，但不是在醫院毫無修飾的燈光下：如今這不再是張少女的臉，而是一個女人在回望我。這效果與我以前在自己黑牆房間裡昏暗的紫色燈泡下看到的截然不同，於是我跨過了門檻：放棄哥德式的生活。

第五部

夜與日

一

他們面對面坐著，感覺很親密，假如你能忘記有數百萬人在觀看的話。稍早他們一起逛他獨特的家，看他的珍藏、俗豔的藝術品、可怕的鍍金家具，天南地北地閒聊，一度他還為她唱歌，表演幾個他的招牌動作。但是我們只想知道一件事，最後她似乎準備發問了，就連我那在公寓裡到處磨蹭、聲稱不感興趣的母親也停下來，在電視機前挨著我坐下，等著看會發生什麼事。我伸手去拿遙控器調高音量。好吧，麥可，她說，我們來談談大家最常討論關於你的事，我想，那就是你的膚色非常明顯地與你年輕時不同，因此我想造成了許多猜測和爭議，大家想知道你做了什麼或正在做什麼……？

他低下頭開始辯解。我母親一個字都不信，接下來幾分鐘我完全聽不到他們兩人說的話，只聽到母親在和電視爭論。所以我是節奏的奴隸，他說著微微一笑，雖然他看起來很困惑，急於改變話題，歐普拉任由他，談話繼續進行。母親走出客廳。過一會兒後我自己也覺得無聊關掉了電視。

我十八歲。那年以後母親和我再也不曾住在一個屋簷下，我們已經不確定以新的化身彼此要如何相處：兩個成年女人暫時占據同一個空間。我們還是母女嗎？朋友？姊妹？寓友？我們的作息時間不同，彼此不常見面，而我擔心留得太久會惹人厭煩，就像拖得太長的表演那樣。大多數日子我都去圖書館努力溫習功課，她每天早上到問題青少年中心當志工，晚上則在黑人與亞洲婦女避難所工作。我並不是說她沒有真心誠意對待這份工作，她也很擅長做這件事，只是如果你恰好要競選地方議員，投入這兩項工作會讓履歷看起來令人印象深刻也是實情。我從沒見她這麼忙碌過。她似乎同時在整個街坊到處奔走，參與每一件事，大家都認為離婚適合她，她看起來比以前更年輕：我有時會擔心，在不久將來的某個時刻我們會在同一個年齡交會。我現在每次到她的選區街上，總會有人走上前來感謝我，「謝謝妳母親為我們所做的一切」，或是請我問她是否知道如何為新來的索馬利亞兒童成立放學後俱樂部，或是本地有什麼場地適合開自行車訓練班。她尚未選上任何職位，還沒，可是在我們這一帶人們已為她加冕。

她競選的一項重要政見是計畫將住宅區內的舊腳踏車棚改造成「社區聚會所」，因此與路易和他的組員起了衝突，他們利用車棚從事他們自己的活動。後來母親告訴我他派兩個小伙子到公寓恫嚇她，不過她「認識他們的母親」，一點也不怕，他們吵不贏就離開了。我相信。我協助她將那地方漆成鮮黃色，陪她逛本地的商店，找尋人家不要的可堆疊椅。入場費是一英鎊，包含一些基本的茶點，基爾本書店在角落的擱板桌上販售相關的文學作品。場地在四月開張。每星期五的六點鐘有演講者出場，母親邀請來形形色色古怪的當地人士：口述詩人、政治活動家、毒品諮商師，還有一位未經認可的學者，他自費出版了一些描寫遭到封鎖的歷史陰謀書籍；一名自以為是的奈及利亞商人向我們講授「黑人的抱負」；一個寡言的蓋亞那護士狂熱地宣傳乳木果脂。另外也邀請了許多位愛爾蘭演講者，以示對迅速衰退的原始本地居民的尊重，然而母親對其他族群的難處可能感覺魯鈍，毫不猶豫地為這群看起來賊頭賊腦的幫派分子說出崇高的開場介紹（「無論我們在哪裡為自由而戰，要打的仗都是一樣的！」）這些人在後牆釘上愛爾蘭三色旗，並在演講末了傳遞為愛爾蘭共和軍集資的募捐桶。在我看來歷史晦澀難解、與我們情況相去甚遠的主題，如以色列的十二支派、昆塔．金特[37]的故事、與古埃及相關的話題等等最受歡迎，在這種時候我經常被派去教會求執事再多借幾把椅子。但是當演講者關心起我們日常生活更乏味的層面，像是本地犯罪、毒品、少女懷孕、學業失敗等，他們就只能仰賴幾位牙買加老婦，她們不管什麼主題都來，其實是為了茶點餅乾。我沒辦法逃避任何一場，全部都得聽，包括那個抱了一呎高筆記走進聚會所的神經病，他用橡皮筋將筆記捆在一起，按照只有他自己才懂的秩序整理。他熱情洋溢地對我們講述演化論中的種族主義謬論，批評演化論竟敢說神聖的非洲人與卑下世俗的猴子有關係，事實上他這位神聖的非洲人是源自純潔的光明，也就是說，來自天使本身，而天使的存在已經由金字塔以某種方法——我忘了究竟是什麼——得到證明。有時候母親會上去演說：那些夜晚聚會所內擠滿了人，她的主題是各種形式的自尊，要記住我們是美麗、聰明、能幹的，是國王和女王，擁有歷史、文化和我們自己，然而她越是努力讓聚會所內充滿這種光明，我越清楚地意識到那必定終究還是籠罩著我們的巨大陰影的形狀和比例。

有天她建議我上場演講。也許年輕人比較容易和年輕人溝通。我想她真的很困惑，她自己的演講儘管大受歡迎，卻無法阻止少女懷孕，或者男孩抽大麻、退學或搶劫。她給了我若干可能的主題，都是我一無所知的事，我照實說了以後她對我大發脾氣：「妳的問題是妳從來就不懂得奮鬥！」我們陷入長時間的爭吵。她攻擊我選擇研究的「軟性」主題，我申請的「次等」大學，以及在她看來我從家族另一邊遺傳到的「缺乏抱負」。我走了出去，抽著菸、邁著沉重的腳步在大路來回走了一會兒，然後屈服於不可避免的選擇，前往父親的住處。莫希早已離開，從那以後就沒有別人，他又恢復獨居生活，我覺得他似乎深受打擊，從來沒見過他如此難過。他的工作時間依舊是從每天早上黎明前就開始，對他而言卻成為一個新難題：他不知如何打發下午時間。他天生是個居家男人，失去家庭後他完全不知所措，我好奇他的其他孩子，那兩個白人孩子，是否來探望過他。我沒有問，不好意思問。我擔心的不再是父母對我的管轄，而是他們可能會將自己內心的恐懼、憂傷和懊悔公開。我已經在父親身上看到夠多了，他成了他以前喜歡跟我說的那種人，就是他在送信路線上遇到、總是覺得同情的那種老男人，穿著室內拖鞋看午後的電視節目，一直看到夜間的節目開始，幾乎不與人交往，無所事事。有一次我去的時候藍伯特出現了，他們倆在一陣短暫的興高采烈之後，陷入遭女人拋棄的中年男子式陰鬱、偏執的情緒中，更糟糕的是藍伯特忘記帶任何大麻形式的慰藉過來。電視不斷播放，他們默默坐在電視機前一個下午，宛如兩個溺水的人緊抓著同一塊浮木，而我在他們的四周收拾整理。

有時候我想，向父親抱怨母親的事或許可以成為我們兩人間的一種娛樂，彼此分享，

---

37 Kunta Kinte，描寫黑奴時代的著名電視劇《根》中的主角。

但進展始終不順利，因為我嚴重低估他仍深愛、欣賞她的程度。我告訴他關於聚會所和我被迫在那裡演講的事情，他說：「啊，那聽起來是個非常有趣的計畫呢。對整個社區都有好處。」他看起來十分嚮往。即使到現在，倘若他能夠搬運椅子穿過馬路、調整麥克風、叫觀眾安靜下來，為母親登臺預作準備，他該會多麼地開心啊！

二

一疊宣傳演講「舞蹈的歷史」海報不是用影印的，而是一張一張手繪而成，放在住宅區內各處，一如所有的公告很快就遭人胡亂塗寫些富有創意、猥褻的圖畫；一張塗鴉引發反應，接著這反應又觸發了別的反應。我正在崔西家住宅區的走道上用圖釘釘海報時，感覺到一雙手搭在我肩上，短促用力地捏了一下，我轉過身來她就在那裡。她看了看海報但是沒有提起。她伸手摘下我的新眼鏡，戴到自己臉上，對著豎立在布告欄旁的那塊變形鏡片中的倒影大笑。她遞給我一根菸，我不小心弄掉時她再度大笑，之後又嘲笑我穿的破舊草編鞋，那是從我母親的衣櫃偷來的。我覺得自己好像是她在抽屜裡找到的一本舊日記：讓她想起自己人生中較天真愚蠢的時光。我們一起走過院子，坐在住宅區後頭的路邊草地上，面對聖克里斯多福教堂。她點頭示意教堂的門說：「不過，那不算真正的跳舞。我現在的水準完全不同了。」我毫不懷疑。我問她複習得如何，得知她那種學校沒有考試，所有的測驗都在十五歲時結束了。我還銬著枷鎖，她卻已經自由了！現在一切都取決於「畢業演出」，「大多數重要經紀人都會前來」，她也勉強邀請我參加（「我可以試著幫妳問問看」），在這場合中最優秀舞者會被選中，獲得表現機會，開始參加西區劇院秋季演出或地區巡迴劇團的試鏡。她對此洋洋得意。我想大致說來她變得更愛自吹自擂，尤其是談到她父親的話題時。她聲稱他正在為她蓋一棟很大的房子，位在京斯頓，不久她會搬到那裡跟他一起住，那裡和紐約近在咫尺，她在紐約將有機會去百老匯表演，那裡非常賞識舞者，和這裡不一樣。沒錯，她要在紐約工作，但是住在牙買加，和路易一起曬太陽，終於擺脫了我記得她稱為「這個陰冷多雨的該死國家」，彷彿她當初住在這裡只是個意外。

但是幾天後我在完全不同的環境中見到了路易，在肯迪什鎮。我坐在公車的上層，瞧見他在街上摟著一個大腹便便的女人，是我們習慣稱為「同鄉」的那種女孩，戴著金字塔形狀的大大金耳環，佩戴一大堆鍊子，頭髮抹油、固定出尖刺的髮型及垂在額頭上的幾綹捲髮。他們在一起有說有笑，不時親吻。她推著嬰兒車，裡頭坐著一個兩歲左右的幼兒，手裡牽著一個七、八歲大的孩子。我的第一個念頭不是「這些孩子是誰？」而是：「路易在肯迪什鎮幹嘛？他為什麼走在肯迪什鎮大街上，一副他住在這裡的樣子？」我真的無法想到半徑一英里外的事。一直等到他們離開我的視線範圍，我才想起所有崔西因為他不在而撒謊或虛張聲勢的場合，她從很小的時候就不再為這件事情哭泣，從沒猜想過他一直以來可能就在附近。他從來沒有出席學校音樂會、生日派對、表演或運動會，或甚至只是在家吃晚餐，因為據說他在南基爾本照料老是生病的母親，或是和麥可．傑克森一起跳舞，或者遠在幾千英里外的牙買加，建造崔西夢想中的家。但是在路邊草坪上的單方面談話讓我確信我們再也不能說些貼心話了。我回到家後將看到的告訴母親，她正忙著努力煮晚餐，這向來是一天中壓力最大的時刻，她開始對我發火，脾氣來的速度和激動的程度都非比尋常。我不明白，我曉得她討厭路易，那麼為什麼要替他辯解？她將鍋子使勁地摔來摔去，慷慨激烈地談起牙買加，不是今天的而是一八〇〇年代、一七〇〇年代，以及更早的牙買加，將今日的肯迪什鎮視為無關緊要推到一旁；她告訴我負責繁殖的黑人女人與年輕黑人男子的故事，談到孩子從母親的懷裡被奪走，幾世紀以來不斷地重演再現，她的血脈中有許多失蹤的男人，包括她自己的父親，所有的男人都是幽靈，從來沒有人近距離或清楚地看到過。她激昂地長篇大論，我往後退，直到抵在溫暖的烤箱門上。我不知道如何處理這些令人悲痛的事。一百五十年！你知道對一個家族來說一百五十年有多長嗎？她彈一下手指，我想到了隨著舞蹈節拍數清點孩子人數的伊莎貝爾老師。那麼長，她說。

一星期後，就在我預定要演講的前一晚，有人在舊腳踏車棚放了一把火，將車棚燒成了黑碳盒子。我們跟著消防隊員巡視了一遍，那裡有股難聞的氣味，是堆放在牆邊的塑膠椅散發出來的，如今椅子全都熔化、融合在一起。我鬆了口氣，感覺那好像是上帝之舉，雖然所有跡象都指向離家更近的地方。很快地路易的那群小伙子就收回他們的地盤。火災後第二天，母親和我一起出門走走，幾個好心人走過街來表達同情，或是試圖和她討論這個話題，但她緊抿著嘴唇瞪著眼睛，彷彿他們說了什麼粗俗或針對個人的話。我想蠻力激怒了她，因為那不在她鍾愛的語言範圍內，她對此真的無話可說。儘管她的作風具有革命性，但我認為母親在真正的革命中發揮不了多大作用，一旦談話和會議結束、實際的暴力開始後就毫無用處了。從某種意義上來說，她不大相信暴力，因為在她看來暴力愚蠢透頂不可能確實存在。我知道——只聽藍伯特說過——她自己的童年充滿了暴力，情感和肢體上的都有，但她很少提及，只稱為「胡鬧」，或者有時候說是「那些荒唐可笑的人」，因為當她提升到精神生活的層次，其他非精神生活的一切對她而言都不復存在。路易無論是社會現象、政治徵兆，或歷史案例，或者純粹是同樣在她本身熟知的赤貧農村長大的人，都是她認得而且我相信非常了解的人，那個路易母親可以應付。然而當消防隊員帶她到車棚最遠的角落看起火點，而縱火者是她熟識的人，儘管她曾試著與其講道理，對方卻選擇用暴力摧毀她悉心創造的東西，她臉上浮現了徹底放棄的表情，讓我永難忘懷。路易甚至不需要親自出手，也不必隱瞞是他下的令。正好相反，他希望人家知道：那是力量的展現。起初我以為這把火摧毀了她心中某種重要的東西，不過幾星期後她重整旗鼓，說服教區牧師准許她將社區聚會移到教堂後面的房間。結果這次事件甚至對她的競選活動有某種程度的幫助：這事件具體、如實地證明了她經常談到的「城市虛無主義」，她的競選活動有一部分正是以這概念為基礎。不久之後她當上了地方議員，她人生的第二幕就此在政治舞臺上展開，我相信她認為那才是她人生真正的舞臺。

三

建築在十月雨季結束時完工。為了慶祝，計畫在新的院子裡舉辦活動，那裡清出了半個足球場大的空地。我們沒有參與計畫，由村落活動委員會負責，艾咪直到當天早晨才抵達。我在當地待了兩星期，越來越擔心後勤補給、音響系統、人群的規模，以及包括大人小孩、艾爾凱洛、拉明、哈娃，和她所有的朋友，人人都相信的堅定看法：總統本人將會出席。這傳聞的來源很難確定。每個人都是從別人那裡聽來，根本無法得到進一步的消息，只有眨眼和微笑，反正他們假設我們「美國人」是總統這趟來訪的幕後推手。「妳問我他是否要來？」哈娃大笑著說，「可是妳自己難道不知道嗎？」傳聞和活動的規模迅速互相助長：最初是三所當地托兒所會參加遊行，接著是五所，然後變十五所；起初是總統會來，接著是塞內加爾、多哥、貝南的領袖也會到場，因此媽媽擊鼓圈中加入六位演奏長頸非洲豎琴的歌舞藝人和一支警察行進樂隊。我們開始聽說其他幾個村莊的團體將會搭大客車過來，還有一位著名的塞內加爾ＤＪ將在正式活動之後播放音樂。在這些嘈雜的計畫下還有別的東西在流傳，是夾雜著懷疑與憤恨的低沉抱怨聲，起初我聽不見，但是弗南多立刻就認出來了。因為沒有人確切知道艾咪的人匯了多少錢到薩拉昆達的銀行，因此沒有人能夠確定拉明個人收到了多少錢，也沒有人能夠確切說出那筆錢中他放了多少在之後送達艾爾凱洛家的信封裡、他又留了多少在那屋子裡給我們的會計小姐法圖，最後剩下的才進入村落委員會的金庫。沒有人指控任何人，並沒有直接明說，只是所有的談話無論從哪裡開始，似乎最後都圍繞著這個問題，盤繞在諺語似的結構中，例如：「從薩拉昆達到這兒好遠哪」或「這雙手，再這雙，然後又另一雙。真多手啊！這麼多手碰過的東西由誰來保持清潔？」弗恩——我現在也這麼稱呼他——對普遍的無能感到厭惡：他從來沒有和像紐約這群白癡一樣愚蠢的人共事過，他們只會製造問題，對常規或當地的實際情況毫無概念。他也變成諺語製造機：「洪水時水淹得到處都是，因此你不必思考。但是在乾旱時，如果想要水你必須小心翼翼地引導水流到每一吋途徑。」但是他自稱為「注重細節」的過度擔憂不再惹我心煩：我每天犯的錯誤太多，到現在已經明白他比我更懂。我無法再忽視我們之間真正的差異，這差別不只在於他的高學歷、博士學位，甚或工作經歷，更和注意力的品質有關。他傾聽、留心，態度更為開放；我每天不情願地在村子裡走來走去，純粹為了運動以及逃避在哈娃大院裡的幽閉恐懼，無論何時瞧見弗恩，他總是和各種年齡、條件的男女熱切地討論，蹲在吃東西的人身邊，在驢拉的板車旁慢跑，在市場小攤旁和老人一起坐著喝阿達雅茶，總是仔細聆聽、學習、詢問更多細節，在人家告知前不做任何假設。我將這一切與自己的生活方式相較：我盡可能待在自己潮濕的房間裡，可以的話不跟任何人說話，藉由頭燈的光閱讀有關這地區的書籍，事實上像青少年般感到一種殺氣騰騰的憤怒，對象是國際貨幣基金組織與世界銀行、購買奴隸的荷蘭人、販售他們的本地酋長，以及其他許多遙遠的、我無法對其造成實際損害的精神抽象概念。

我每天最愛的時段變成傍晚，我會走到弗恩的住處，和他一起在粉紅屋裡吃頓簡單的晚餐，做飯的是供餐給學校的那群女士。一個錫碗裡裝滿了米飯，有時候裡頭只埋了一顆綠番茄或茄子，有時候有大量的新鮮蔬菜，上面還放了一條瘦巴巴但很美味的魚，弗恩總是客氣地讓我先撕。「我們現在是親戚了，」我們第一次兩手放在同一個碗裡吃的時候，他對我說。「他們似乎認定我們是一家人。」自從我們上次來訪後發電機就故障了，但因為只有我們使用，弗恩認為這「非當務之急」——而我出於同一個理由認為這必須優先處理——拒絕浪費一天的時間到城裡去尋找替代品。因此現在，太陽一下山，我們就將小頭燈用帶子綁在頭上，確保戴的角度不會照得對方看不見，然後聊到深夜。他是個好同伴，心思非常細膩複雜、富有同情心。和哈娃一樣，他不會沮喪，可是他做到這點並不是將目光移開，而是仔細看清楚，注意任何特定問題的每個邏輯步驟，讓問題本身占據所有可用的腦袋空間。在盛會前幾個晚上，我們坐著思考格蘭傑、茱蒂和其他人即將到來，以及我們在這裡有點平靜的生活將要結束時，他開口告訴我一個學校裡的新問題：六個孩子缺課了兩星期。他們彼此沒有親屬關係，而校長告訴他，他們缺席都是從弗恩和我重返村子的那天開始。

「從我們到達以後？」

「沒錯！我想：可是這很奇怪，為什麼會這樣？我先四處打聽。每個人都說：『哦，我們不知道。可能沒什麼吧。有時候孩子得在家工作啊。』我回去找校長拿到缺席的學生名單，穿過村子逐一去他們的院落。這並不容易，因為沒有地址，得憑直覺。不過我找到了每一個人。『哦，她生病了』，或者『哦，他去找城裡的表親了。』我覺得沒有人跟我說實話。今天我看著這張名單想：這些名字好熟悉。我回去看我的資料，找到了這張微型貸款清單，妳記得嗎？格蘭傑獨力完成的這張清單。他是個很好的人，他看了一本介紹微型貸款的書……總之，我看了這張清單後發現正是那六個家庭！這些母親就是格蘭傑為她們的市場攤位資助了三十美元的婦人。一模一樣。於是我想：這三十美元的資金和這些缺課的孩子有什麼關聯？現在很明顯了：他們的母親無法依照格蘭傑和她們談妥的時間表償還借款，她們以為這筆錢會從孩子的學費中一毛一毛地扣掉，小孩會因此丟臉！她們看見我們『這些美國人』回到村裡，心想：最好讓孩子待在家裡！這麼做很聰明、很合理。」

「可憐的格蘭傑。他會很失望的，他本是一片好意。」

「不，不，不……這很容易解決。只是對我來說這是個持續跟進，或者說沒有後續動作的有趣例子。我認為融資這個主意很好，或者不算壞主意，但我們也許得改變償還的時間表。」

透過炸毀的窗戶我看見一輛共乘計程車在月光下沿著完好的道路轟隆作響地緩慢前進。即使這麼晚了還有孩子掛在車上，另外有三個年輕人趴在車頂上，用自身的重量壓住一張床墊。我感到一陣荒謬、毫無意義，這種感覺經常在清晨時分攫住我，當我完全清醒地躺在熟睡的哈娃身旁、公雞在牆的另一側抓狂的時候。

「我可不知道……這裡三十美元，那裡三十美元……」

「什麼？」弗恩爽朗地說，他時常沒有注意到人家的語調，我抬起頭來看見他的表情一派樂觀，對這小小的新問題興致盎然，頓時惱火起來。我想要擊垮他。

「不，我的意思是，你看，你走進城市，到附近其他每個村落，你看見這些和平工作團的孩子、傳教士、非政府組織，所有這些好心的白人忙著擔憂幾棵樹，好像沒有人看見森林似的！」

「現在是妳在說諺語了。」

我站起來開始急切地在角落那堆用品中翻找，找尋可攜式瓦斯爐和茶壺。

「你們在你們的家、你們的國家不會接受這些……微型的解決方案，為什麼我們在這裡就應該接受？」

「我們？」弗恩提出疑問，隨後笑了起來。「等等，等等。」他走到我正在努力應付瓦斯罐的地方，彎下腰來幫我把瓦斯罐接到爐盤上，正在氣頭上的我怎麼弄都弄不好。我們兩人的臉變得非常貼近。「『這些好心的白人』。妳太在意種族了，有人告訴過妳嗎？不過等一下：對妳來說我是白人？」這問題讓我太過驚訝，我大笑了起來。弗恩往後退：「嗯，我覺得這很有意思。妳要明白，在巴西我們不認為自己是白人，至少我家人不這麼想。可是妳在笑，這表示沒錯，妳認為我是？」

「哦，弗恩……」在這裡我們除了彼此之外還有誰呢？我的頭燈照亮了他臉上親切的關懷，我將頭燈移開，他的臉畢竟比我的白皙不了多少。「我認為我怎麼想並不重要，不是嗎？」

「哦，不，非常重要，」他說著回到自己的椅子上，儘管我們頭頂上的電燈泡不亮，但我想我看見他臉紅了。我集中精神尋找一對小巧精緻、有綠色汙漬的摩洛哥玻璃杯。他說過他到各地旅行都帶著這對杯子，這是我少數幾次聽到弗恩坦承他向個人的娛樂和慰藉妥協。

「但是我並沒有生氣，沒有，我覺得這一切很有意思，」他說著往後靠在椅子上伸長雙腿，有如在書房裡的教授。「包括我們在這裡做些什麼、產生了什麼影響，將會留下什麼，等等。當然這些全都需要考慮。一步一步來。這間屋子就是很好的例子。」他把手伸向左邊拍了拍牆上暴露在外的線路。「也許他們付清了給屋主的錢，或者也許他不知道我們在裡面。誰知道？可是現在我們在裡面，全村的人都看見我們在裡頭，因此他們現在知道這屋子其實不屬於任何人，或者屬於政府一時興起決定給予的任何對象。所以等我們離開、等新學校運作正常，我們不再那麼常來，或甚至再也不來的時候會發生什麼事？也許有幾個家庭會搬進來，說不定會變成聚落的活動場所。有可能。我的猜測是這屋子會被一磚一磚地拆掉。」他摘下眼鏡，用T恤下襬揉擦。「沒錯，先是有人會拿走電線，再來是床單布，然後是磁磚，最終每塊石頭的用途都會改變。這是我的猜想……也許我錯了，只得等著瞧。我不像這些人那麼具有獨創性。沒人比窮人更具獨創性，無論妳在哪裡發現他們。人窮的時候每個階段都得深思熟慮。有錢正好相反。有了財富就會欠缺考慮。」

「我看不出來像這樣貧窮有什麼獨創性。我看不出來明明連一個都養不起卻生了十個孩子有什麼獨創性。」

弗恩重新戴上眼鏡，對我哀傷地笑了笑。

「孩子可以是種財富，」他說。

我們沉默了片刻。儘管我很不願意，但想到了一輛閃亮的紅色遙控汽車，是我從紐約買來送給大院裡我特別喜歡的一個小男孩的，可是隨之而來的卻是意外的電池問題，出乎我的預料，他們有時候有錢買電池，但大多時候沒錢，因此車子注定要被束之高閣。我注意到哈娃將遙控車收在客廳的架子上，那裡擺滿了具有裝飾性但根本毫無用處的物品，全是無知的訪客帶來的，與幾臺壞掉的收音機、一本來自威斯康辛州圖書館的聖經、裝在破相框裡的總統照片放在一起。

「我是這樣看待我的工作的，」弗恩語氣堅定地說，水壺開始響。「很顯然，我不屬於她的世界。但我到這裡是為了，萬一她厭倦了——」

「當她厭倦了——」

「我的工作是確保無論發生什麼事，不管她什麼時候離開，總有些有用的東西留在這裡，留給在地的民眾。」

「我不知道你怎麼做得到。」

「做得到什麼？」

「在看得到大海的時候和水滴打交道。」

「又是一句諺語！妳說妳討厭諺語，可是看看妳染上了當地的習慣！」

「我們是要喝茶還是幹嘛？」

「其實，這麼做比較容易，」他邊說邊將深色液體倒進我的玻璃杯。「我敬重能夠想到海洋的人。我的思維不再是那樣了。我像妳這麼年輕的時候或許想過，但現在不這麼想了。」

我再也分辨不出我們是在談論整個世界、非洲整體，特別是這個村落，或只是在談艾咪，儘管我們很想、說著各種諺語，兩人似乎都無法把她徹底想清楚。

大多數日子裡，我五點就被雞啼和喚拜聲吵醒，因此養成了睡回籠覺到十點或更晚的習慣，到學校及時趕上第二或第三堂課。不過艾咪抵達的那天早晨，我感到一股新的決心，想趁我還能享受屬於自己的一天時好好見證一整天。我令自己還有哈娃、拉明，與弗恩驚訝，八點就出現在清真寺外，我知道除了我，他們每天都在那裡會合，再一起走去學校。早晨的美麗是另一個驚喜：讓我想起我在美國最初的經驗。紐約是我第一次接觸到光的可能性，從窗簾的縫隙擅自闖入，將行人、人行道和建築物變成金色圖像，或黑色陰影，視他們所站的位置與太陽的相對關係而定。然而清真寺前的光——當我只是因為比同住的大多數婦女兒童晚三個小時起床就宛如當地英雄般受到歡迎時——照射在我所站位置，這又是另一回事，不僅充滿活力、將你籠罩在熱氣中，而且稠密，滿是花粉、昆蟲、鳥類，由於沒有高於一層樓的東西遮斷光的路徑，因此光線同時送出所有的禮物，平等地降福於萬物，一齊迸發出光明。

「你叫那些鳥什麼名字？」我問拉明。「那種喙是血紅色的白色小鳥？長得很漂亮。」

拉明仰起頭來皺了皺眉。

「那些？只是小鳥而已，沒什麼特別的。妳覺得很漂亮嗎？我們塞內加爾的鳥比那個漂亮多了。」

哈娃大笑：「拉明，你說話開始像奈及利亞人了！你喜歡那條河？我們拉哥斯的河漂亮多了。」

拉明的臉皺起來，露出難以抗拒的害羞笑容。「——我說我們有類似的鳥只不過更大隻、更令人印象深刻，我只是在陳述事實而已。」哈娃將雙手插在纖細的腰上，輕挑地側眼看拉明：我看出他多麼高興。我早該看出來了。他當然愛著她。誰會不愛呢？我喜歡這個想法，覺得證明了自己是正確的。我迫不及待想告訴艾咪她找錯對象了。

「嗯，現在你聽起來像個美國人，」哈娃宣布。她眺望她的村子。「感謝神，我想每個地方都有一分自己的美麗。這裡和我知道的任何地方一樣美麗。」但是過一會兒，她漂亮的臉上浮現一種陌生的情緒，我朝她似乎盯著的地方望去，看見一個年輕人站在聯合國的新鮮井水工程旁，正在清洗下臂，並以同樣沉思的神情瞄向我們。很顯然這兩人表現出一種互相挑釁的態度。等我們走近，我認出他屬於我之前到處見到的一類人，在渡船上或走在公路旁，在城裡常見但在村子裡很罕見。他留著濃密的鬍鬚，頭上鬆鬆地繫著一條白色纏頭巾，背上背了一個酒椰葉纖維的包包，長褲的剪裁很奇怪，只到腳踝上面幾英寸處。哈娃跑在我們前面去向他打招呼，我問拉明他是誰。

「那是她的堂兄弟穆沙，」拉明說，恢復他平常的耳語聲，此時帶著尖酸的反對口吻。

「我們在這裡見到他真是不幸。妳千萬不要理他。他以前是伴遊，現在是馬夏拉[38]，是家

38 Mashala：當地對伊斯蘭傳教士的貶抑稱號。

裡的麻煩人物，妳千萬不要理他。」可是當我們走近哈娃和她的堂兄弟，拉明向他打招呼時態度恭敬，甚至有點侷促不安，我注意到哈娃似乎也畏懼他——彷彿他是長輩而不是只比男孩大不了多少——並且想起她的頭巾滑落到頸部，立刻將頭巾重新拉起來，直到覆蓋住所有的頭髮。哈娃禮貌地用英文把我介紹給穆沙。我們互相點頭致意。他似乎努力穩固臉上某種和善沉著的表情，宛如是從較開明的國家來訪的國王。「哈娃，妳最近好嗎？」他咕噥著說，對這問題總有很多話可說的她卻竭盡所能緊張倉惶地敘述：她很好，她的祖母們都很好，各個姪子姪女也很好，美國人在這裡，嗯，因為明天下午學校要開張，將會有盛大的慶祝活動，DJ哈里會播放音樂——他還記得那次在海灘上隨著哈里的音樂跳舞嗎？噢，天哪，那真是太好玩了！——然後上游、塞內加爾、各地都會有人來，因為女孩子有間新學校，這很棒，因為教育非常重要，尤其是對女孩子來說。最後一段是為我說的，我微笑著表示贊同。穆沙點點頭，我覺得在這整個過程中他有點焦慮，現在哈娃終於住嘴了，他稍微轉過來，更向著我而不是向著他的堂姊妹，用英文說：「很遺憾地我不會到場。音樂和舞蹈是撒坦[39]。就像這裡做的很多事情一樣是阿杜[40]，是習俗，不是宗教。在這個國家我們跳舞度過一生。所有事情都是跳舞的藉口。不管怎樣，我今天要出發前往塞內加爾。」他低頭看著腳上穿的簡樸皮涼鞋，彷彿是要檢查鞋子是否準備好迎接前方的旅程。「我要去那裡達瓦[41]，去邀請、傳喚。」

聽到這裡拉明大笑起來，含著濃濃的嘲諷意味，哈娃的堂兄弟用沃洛夫語，或者也許是曼丁哥語，嚴厲地回應拉明，拉明回覆穆沙，穆沙再回話，我站在那裡沒有翻譯，皺著臉露出尷尬、白癡的笑容。

「穆沙，我們在家會想念你的！」哈娃突然用英文真心誠意地大喊，抱住她堂兄弟皮包骨似的左手臂，彷彿她只敢抱他那裡，他再次點了好多下頭，但是沒有回答。我以為他在這裡會離開我們，因為他和拉明的交談在我看來似乎是事後有人該走開的那種，但是我們大家卻一起走向學校。穆沙把兩手背在後面開始說話，低沉、平靜、和顏悅色地滔滔不絕，在我聽來像是說教，哈娃恭敬地聆聽，拉明不斷地打岔，而且越來越激昂、聲音越來越大，作風完全不像我認識的他。和我在一起時，他會等我說完每一句話，沉默許久才回答，我認為那種沉默像是談話的墳場，所有我可能帶給他的尷尬或不快全都送去那裡掩埋。這個憤怒、咄咄逼人的拉明對我來說非常的陌生，讓我覺得他好像不會想讓我看到爭鬥中的他。我稍微加快腳步，等走到他們前面幾碼遠後，才回頭探看情況如何，看見他們也停下來了。穆沙抓住拉明的手腕，指著他壞掉的大錶，非常嚴肅地說著什麼；拉明猛然抽回手臂，似乎在生氣，穆沙微微一笑，彷彿這一切都很愉快，或者至少是必要的，儘管他們顯然有爭執，他還是握了握拉明的手，接受哈娃再次擁抱他的手臂，在路對面朝我點頭致意，然後轉身走回他來時的路。

39 Shaytan 意指魔鬼。
40 Aadoo 意指傳統。
41 Da'wah 意指宣教。

「穆沙、穆沙、穆沙……」哈娃邊說邊搖著頭走向我。「現在對穆沙來說一切都是那夫斯[42]，一切都是誘惑，我們是誘惑。這真是奇怪，我們同年齡，總是在一起玩，他就像我的兄弟一樣。我們喜歡他在家裡，他也愛我們，但是他不可能留下來。現在我們對他來說太過時了。他想要現代化。他想住在城市裡：只有他、一個妻子、兩個寶寶，還有神。不管怎麼說他是對的：年輕人和家人過著荒唐的生活，很難非常純潔。我喜歡過荒唐的生活，噢，我不由自主，也許等我年紀大一些，」她說著低頭打量自己的身體，如同她的堂兄弟盯著自己的涼鞋般，眼神帶著好奇，彷彿那是屬於別人的東西：「也許等我年紀大一些，我會聰明點。我們等著瞧。」

想到現在的哈娃和將來可能成為的哈娃，她似乎覺得有點好笑，但是拉明激動起來。

「那個愚蠢的小子告訴每個人『不要這樣禮拜，要那樣禮拜，兩手要交叉放在身體前面，不要擺在兩邊！』在他自己家中他叫人希拉基巴——指責他自己的祖母！可是『舊穆斯林』、『新穆斯林』是什麼意思？我們都是同一種人啊！他告訴她：不行，妳不該舉行盛大的命名儀式，簡樸的就好，不要有音樂、不要跳舞，可是穆沙的祖母來自塞內加爾，和我一樣，在嬰兒誕生時，我們就是要跳舞！」

「上個月，」哈娃開口說，我準備聆聽長篇大論：「我堂姊法圖生了第一個孩子馬馬杜，那天妳真該看看這個地方，我們找了五名樂師，到處都在跳舞，食物超豐盛，噢！說實話，我沒辦法樣樣都吃，吃那麼多食物、跳那麼多舞，讓我很痛苦，我堂姊法圖看她的兄弟跳得像——」

「穆沙現在結婚了，」拉明插嘴說。「他是怎麼結的？幾乎沒有人在場，也沒有食物，妳祖母都哭了，哭了好幾天！」

「這是真的……我們的祖母都喜歡煮飯。」

「不要戴墜飾，不要去找——我們稱呼他們為馬拉伯特[43]——事實上我沒有去找過他們，」他說著不知為何給我看他的右手，把手翻過來。「我可能在某些方面和我的父親、祖父不同，但是我有告訴我的長輩該怎麼做嗎？而穆沙卻告訴他自己的祖母她不能去？」拉明對著我說，雖然我不曉得馬拉伯特是什麼，也不知道為什麼要去找他們，但是我假裝憤慨。

「她們一直都有去——」哈娃吐露，「我們的祖母。祖母給了我這個。」她抬起手腕，我欣賞一條美麗的銀手鐲，上面掛著一個小墜飾。

「請告訴我哪裡寫著尊敬長輩是罪過？」拉明逼問。「妳沒辦法證明給我看。現在他想要帶他剛出生的兒子去『現代』醫院，而不是去叢林地。那是他的選擇。但是為什麼那個男孩兒不能有個慶生儀式？我向妳保證，穆沙這麼做會再度傷他祖母的心。我會讓一個不懂阿拉伯話的聚居區男孩告訴我這樣那樣做嗎？阿杜、撒坦，這是他唯一知道的阿拉伯話。他上的是天主教教會學校！我會背誦每條聖訓，每一條聖訓。不行，絕對不行。」

---

42 Nafs意指人性私慾。
43 Marabouts意為伊斯蘭教隱士。

這是我聽過拉明所發表最長、最堅定、最激昂的演說，就連他自己似乎也很驚訝，停了一下下，從後面口袋掏出一塊擦汗用的手帕，用折疊起來的白手帕擦了擦前額上的汗水。

「我認為人總是有差異——」哈娃開口說，只是拉明再度打斷她：「然後他對我說——」拉明指著他壞掉的手錶，「——『與永恆相比，這一生不算什麼，你活著的這一生只不過是午夜前的半秒鐘。我不是為了這半秒鐘、而是為了將來而活。』但是他以為他在禮拜時將雙手交抱在胸前，就比我優秀嗎？才不呢。我對他說：『我看得懂阿拉伯文，穆沙，那你呢？』相信我，穆沙是個亂七八糟的男人。」

「拉明……」哈娃說，「我認為你有點不公平，穆沙只是想要吉哈德[44]，並沒有什麼錯——」

我肯定是露出震驚的表情：哈娃指著我的鼻子突然大笑起來。

「看看她！天啊！她以為我堂兄弟想要去射殺人，哦不，這真是太好笑了，馬夏拉連支牙刷都沒有，更別說是槍了，哈哈哈！」

拉明不覺得好笑，他指著自己的胸膛，恢復耳語的聲音說：「不再聽雷鬼音樂，不再在聚居區鬼混，不再抽大麻。她指的是這個。穆沙以前留著雷鬼頭，妳知道那是什麼嗎？好吧，長長的髒辮垂到這裡呢！可是現在他在進行精神上的吉哈德，在內心裡。她指的是這個。」

「我真希望我可以那麼純潔！」哈娃宣稱，用甜美的聲音嘆息。「啊，啊……純潔真好——大概吧！」

「嗯，那當然是很好，」拉明蹙著眉頭說。「我們每天都盡可能用自己的方式進行吉哈德。但是你不需要把長褲剪短、侮辱自己的祖母。穆沙穿得像個印度人。我們這裡不需要這個外來的伊瑪目[45]，我們有自己的！」

我們已經來到了學校大門口。哈娃調整一下因走路而移位的長裙，直到裙子重新整齊地位在臀部上。

「為什麼他的長褲是那樣子？」

「哦，妳是指比較短？」哈娃一臉無趣地說，她的這種天賦總讓我覺得自己問了最明顯不過的問題。「這樣他的腳才不會在地獄裡燃燒啊！」

那天晚上，在異常清澈的天空下，我幫忙弗恩和一組當地志工擺放了三百張椅子，並在椅子上搭起白色天幕，將旗子升到旗桿上，在牆上漆了「歡迎，艾咪」。艾咪和茱蒂、格蘭傑，及負責公關的女孩全都下榻在班竹市的飯店，因為旅途勞累，或是因為想到了粉紅屋，誰知道呢。我們周圍的人都在談論總統。我們一遍又一遍地忍受同樣的笑話：我們知道多少，或是聲稱不知道，或我們兩人誰知道的比較多。沒有人提到艾咪。在這些狂亂、相互矛盾的傳聞中我分不清他們究竟是盼望還是擔心總統來訪。我們一邊將折疊椅的

44 Jihad 意為省察自我的罪孽，但也有聖戰的意思。
45 Imam 意為伊斯蘭教中禮拜的導師或領袖。

錫製椅腳插入沙地，弗恩一邊解釋道，這跟妳聽到暴風雨即將來襲時是同樣的心態，即使擔心，妳還是會好奇想看。

四

一大清早我和父親在國王十字車站，拖到最後一刻才要去參觀大學。我們剛才錯過了火車，不是因為遲到，而是票價是我提醒過父親的兩倍，我們爭執著下一步該怎麼做——一個人現在先去，另一個人晚點再去，或者兩個人都不去，或兩個人都改天下午過了尖峰票價時段再去——就在我們爭吵時火車從月臺開走了。我們還在布告板前惱火地惡言相向時，瞧見崔西從地鐵搭電扶梯上來；讓人眼睛為之一亮！她穿著潔白無瑕的牛仔褲、小高跟踝靴，和剪裁非常貼身的黑色皮夾克，拉鍊直拉到下巴，看起來像某種護身防彈衣。父親的心情轉變。他有如航管人員在飛機上發信號似地高舉雙臂。我看著崔西以古怪莊重的步態走向我們，父親完全沒留意到她的拘謹，像從前那樣擁抱她，沒注意到她緊挨著他的身體僵硬、兩條手臂生硬地靜止不動。他往後退問候她的父母、探問她的暑假過得如何。崔西說了一連串不帶感情的回答，在我聽來其中毫無真實的資訊。我看到他的臉色變得黯然，確切說來，不是因為她所說的內容，而是因為她說話的方式，她的全新風格似乎和他自以為認識的那個狂野、風趣、勇敢的女孩毫不相干，而是屬於另一個截然不同的女孩，來自不同的街坊社區、不同的世界。「他們在那裡給妳上了什麼？」他問：「演講技巧課嗎？」「是啊，」崔西一本正經地說，把鼻子翹起來，很顯然想要在這裡結束話題，可是我父親向來不是很懂得暗示，不肯就此罷休。他繼續逗弄她，崔西為了抵禦他的揶揄替自己辯護，便開始列舉她在暑期歌唱課、擊劍課、交際舞和戲劇課中發展出的許多技能，它們在這一帶並無必要，但若要在如今她稱為「西區舞臺」的地方表演則非常重要。我想知道她如何支付這麼多課程，不過並沒有開口問。她沒完沒了地對我閒扯時，父親站在一旁盯著她看，過一會兒突然打岔。「可是小崔，妳不是認真的吧？別再說那些了，這裡只有我們啊！沒必要和我們說得天花亂墜的。我們認識妳，從妳長這麼高的時候就認識妳了，在我們面前妳不需要講這些場面話！」崔西變得激動起來，語速越來越快，用那種古怪、陌生的語調，或許她認為那會給我父親留下深刻的印象，而不是惹他反感，不過她控制得不大好，每隔一句話就不自然地改變話題，一下回到我們共同的過往，一下曲折前進到她神祕的現況，直到我父親完全失控，在國王十字車站中央，在所有尖峰時刻的通勤乘客前面，對她咯咯笑個不停。他並沒有惡意，只是一時糊塗，我看得出來這傷害了她。不過值得稱讚的是，崔西沒有大發她出了名的脾氣，當下沒有。才十八歲，她就已經熟練地掌握了年長女人醞釀怒氣、保留日後再用的技巧。她很有禮貌地告辭，說她得去上課了。

七月時，伊莎貝爾老師打電話給母親問崔西和我是否可以在她的夏末表演中擔任志工。我覺得很榮幸：還小的時候，以前的學生在我們眼中猶如神祇一般，腿長、獨立，彼此咯咯笑著，一面低聲用青少年的流行語交談，一面收我們的門票、進行摸彩、供應點心、頒發獎品。然而國王十字車站那個令人不快的早晨仍記憶猶新。我曉得伊莎貝爾老師對我們倆友誼的看法還停留在從前，而我不忍打破她的印象。我透過母親答應了，等著聽崔西的答覆。隔天伊莎貝爾老師再次打來：崔西同意了。不過我們兩人都沒有打電話給對方，也沒有試著聯繫。我一直到音樂會當天早上才見到她，當時我決定要成熟一點，去她家找她。我按了兩次門鈴。經過長得有點奇怪的停頓之後，路易來應門。我非常驚訝：我們兩個似乎都嚇了一跳。他擦了下八字鬍子上的汗，粗聲粗氣問我要幹嘛，我還來不及回答，就聽見崔西用一種我幾乎認不得的古怪嗓音大喊她父親讓我進去。路易點點頭讓我過去，自己卻從另一邊徑直走出門外，沿著走廊下去。我看著他匆匆走下樓梯，穿過草坪離開。我轉身回到公寓，只是崔西不在門廳，也不在客廳和廚房：我感覺她是在我到達每個房間的前一刻才離開的。最後我在浴室找到她。我會說她剛才在哭，但無法確定。我向她打招呼。這時她迅速低頭看自己一眼，也就是我正在看的地方，然後將她的中空裝拉正直到再次完全遮住胸罩。

我們出了門，走下樓梯。我說不出話來，而崔西從來不曾張口結舌，就算在極端的情況下也不例外，此時她用爽朗、滑稽的風格閒聊，講她在試鏡時面臨的那些「瘦巴巴的婊子」、她得學習的新動作、需要將聲音傳到腳燈之外的難題。她滔滔不絕地飛快說著，以確保沒有我可能發問的空隙或停頓，用這種方式她讓我們倆安全地出了住宅區，走到教堂門前，在那裡我們遇見伊莎貝爾老師。她交給我們相配的鑰匙，示範如何鎖錢箱、該存放到何處，在表演前後如何關閉和打開教堂，以及其他實際的小事。我們在這空間裡走動時，伊莎貝爾老師問了很多崔西的新生活，她在校內已經獲得的小角色，以及她希望有朝一日在校外能拿到的重要角色。這些問題美好而天真，我看得出來崔西想要成為伊莎貝爾老師心目中的女孩，那種生活井然有序、直截了當，眼前只有明亮清晰的目標、沒有任何障礙的女孩。她扮演起這個女孩角色，走在我們少女時期熟悉的空間裡緬懷往事，記得縮短她發的母音，兩手背在背後，有如在博物館閒逛的觀光客，瀏覽討厭的歷史展示品，對所見一切毫無私人情感的那種觀光客。我們走到教堂後面時，一群孩子正在那裡排隊拿果汁和餅乾，他們全都帶著無比欽佩的神情仰望崔西。她把頭髮盤成舞者的圓髻，肩上隨意背著一只菠蘿舞蹈教室的背包，走路時腳掌朝外，她是我們兩人都曾有過的夢想：十年前，當我們自己還是小女孩在這裡排隊拿果汁的時候。沒有人注意到我，就連小孩也看得出我不再跳舞了，崔西似乎很高興被這些小仰慕者團團圍繞。在他們眼中她美麗而成熟，令人羨慕地才華橫溢、自由自在。看到她這樣子，很容易說服自己多慮了。

我穿過教堂，回到從前，直走到布思先生旁邊。他依舊坐在破舊的鋼琴椅上，老了一些，但是對我而言一點也沒變，他正彈著一首不合季節的歌曲：〈讓自己過個小小的歡樂耶誕〉（Have Yourself a Merry Little Christmas）。這時天衣無縫的情況發生了，非常不真實，所以人們才討厭音樂劇，或者當我說我喜歡音樂劇時總有人這樣告訴我：我們開始一起創作音樂，沒有經過討論或排練。他熟悉樂譜，我知道歌詞。我唱的是有關忠實朋友的歌。崔西轉向我微微一笑，那是個憂傷卻飽含情感的笑容，或許只是帶著對過去情誼的回憶。我在她身上看見她七歲、八歲、九歲，還有少女、小女人的模樣。這各種版本的崔西跨越不同年代的教堂大廳問我一個問題：妳打算怎麼做？對此我們兩人早已知道答案：什麼都不做。

五

慶祝儀式看起來不像是學校開張，倒像是宣告舊政權結束。一隊身穿深藍色制服的年輕士兵站在中央，拿著銅管樂器，汗流浹背。外面沒有遮蔭，他們又已經就位一個鐘頭了。我坐在距離他們一百碼外的天幕下，與整個上游地區的重要和成功人士、當地和國際媒體記者、格蘭傑、茱蒂在一起，但是沒有總統，也沒有艾咪，她還沒到。等一切準備就緒、到位，弗恩才要去帶她過來：這過程十分漫長。既非重要人物也不是成功人士的拉明與哈娃被放逐到偏遠位置，遠離我們，因為座位的階級是毋庸置疑的。每十五分鐘左右茱蒂或格蘭傑，有時候是我，會建議真的應該給那些可憐的樂隊士兵一點水，然而我們沒有人這麼做，也沒有其他人採取行動。這時托兒所列隊進來，每個學校穿著各自獨特的制服、背心裙、襯衫和短褲，色彩的組合十分引人矚目——橘和灰，或紫與黃——帶領他們的是一小群一小群的女士，也就是他們的老師，她們竭盡所能地展現魅力。昆庫樟圭塔亞托兒所的老師穿著緊身的紅色T恤和口袋鑲有水鑽的黑色牛仔褲，頭髮精心編成複雜的辮子。圖傑倫托兒所的老師身上裹著紅橘圖案的纏腰布，頭上戴著相配的頭巾，腳上穿著一模一樣的白色厚底涼鞋。每個隊伍採取的風格都與其他隊伍不同，但是就像女團「至上女聲」（The Supremes）那樣，在自己隊伍內維持完美的一致性。她們從正門進來，大搖大擺地走過庭院，後面跟著一群孩子，面無表情，彷彿沒聽見我們大家歡呼，等走到指定地點後，其中兩位女士會不苟言笑地展開一面寫上校名的自製橫布條然後拿著，在等待時間延續下去時，不斷左右變換身體重心。我想我不曾在一地見過這麼多美得驚人的女人。我也盛裝打扮了一番，哈娃堅決地告訴我，我平常的卡其褲和皺巴巴的亞麻布絕對不行，因此我向主人借了一條黃白相間的纏腰布和上衣，可是纏腰布對我來說太窄，背後無法密合，我只得用一條寬大的紅圍巾隨意披在肩上以掩飾敞開的縫隙，儘管當天氣溫至少有攝氏三十八度。

終於，在我們坐下將近兩小時後，所有該在場的人都到場了，艾咪在一群推擠的支持者簇擁下，由弗恩帶領到她在中央的座位。相機的鎂光燈泡齊閃，而她轉身問我的第一件事情是：「拉明在哪裡？」我沒有機會回答她：號角聲響，主活動即將展開，我往後坐在椅子上，懷疑過去兩星期中我確信自己了解的一切是否可能其實都是誤解。現在一隊孩子穿著各式服裝走進廣場，全都大約七、八歲，打扮成非洲各國領袖。他們穿著肯特布、達西奇套衫、尼赫魯式立領、狩獵裝，各有自己的隨行人員，由其他裝扮成安全警衛的孩子組成：穿深色西裝、戴墨鏡，對著假的對講機說話。許多位小領袖身邊有小妻子，拎著晃來晃去的小手提包，不過賴比瑞亞女總統獨自一個人走，南非領袖帶了三位妻子，她們手挽著手走在他後面。環顧群眾，你會認為他們這輩子沒見過比這更有趣的事，艾咪也覺得這很滑稽，邊擦拭眼淚邊伸手擁抱塞內加爾的總統，或輕捏象牙海岸總統的臉頰。這群領袖列隊經過汗流浹背、拚命的士兵，然後到我們的座位前面，他們在這裡揮手、擺姿勢拍照，但是不微笑也不說話。接著樂隊停止吹響歡迎的號角，開始用銅管樂器演奏非常響亮的國歌。我們的椅子震動。我轉頭看見兩部龐大的車輛隆隆駛進院子的沙地：第一輛是運動休旅車，就像四個月前我們搭乘旅行的那輛，第二輛是真正的警用吉普車，裝配著非常厚重的裝甲看起來有如坦克。大概有一百個來自村落的兒童和青少年跑在這些車輛旁邊、後面，有時跑到前面，總是危險地貼近車輪，歡呼吶喊。在第一輛車上，透過天窗站起來的是八歲版本的總統，身穿白色寬袖長袍，頭戴白色無檐小圓帽，拿著手杖。他們非常努力讓一切看來逼真：他和總統一樣黝黑，同樣有張扁平的青蛙臉。他旁邊站著一個八歲的迷人小女孩，膚色和我差不多，戴著假髮、穿著性感緊身的紅色禮服，將大富翁裡的假鈔一把一把扔進人群中。緊挨在車子兩側的是更多的小安全警衛，他們戴著小墨鏡拿著小槍，指向旁邊的孩子，有些小孩高興地張開雙臂，將小胸膛坦露在同齡孩子瞄準的槍下。兩個成年人版本的警衛，穿著相同的服裝，但沒有拿槍，或者至少就我所見是沒有，跟在車子旁邊跑，用最新的攝影機拍攝這一切。在殿後的警用吉普車裡，拿著玩具槍的小警察與拿著真正卡拉什尼科夫衝鋒槍的真警察共享空間。大小警察都把槍高舉在空中，對著興高彩烈的孩子，他們跟在後面跑，試圖爬上吉普車後面，想要到權力的所在。和我坐在一起的成年人似乎左右為難，每當攝影機轉過來拍攝他們時就微笑歡呼，看到車輛隨時有可能撞上奔跑的孩童又害怕得大叫。「繼續往前走，」我聽見一名真警察對著一個男孩大聲說，男孩堅持跟在他的右邊乞求糖果。「否則我們就會輾過你身上前進！」

終於，車輛停妥，迷你總統下車走向講臺，發表了簡短的演說，由於揚聲器的反饋噪音，我一個字都沒聽見。其他人也聽不見，不過他說完時，全場還是鼓掌、哄堂大笑。我想假如總統親自到場，效果也不會有太大的不同。權力的展現就是權力的展現。接著艾咪起身說幾句話，親吻一下那位小男士，拿走他的手杖在空中揮舞，引起一片熱烈歡呼。學校宣布開張。

我們並沒有從這個正式儀式轉移到另一場派對，因為正式儀式一解散派對就立即上場了。所有未獲邀參加儀式的人現在都擁入運動場上，具有殖民地風格整齊排列的椅子分散開來，每個人隨自己需要就座。迷人的女老師們引領各班到陰涼處，從格子花紋的大購物袋中拿出密封在大鍋裡的熱騰騰午餐擺好，這種購物袋在基爾本市集也有賣，是節儉和遠行的國際象徵。在場地最北邊的角落預計會出現的音響系統啟動了，所有可以擺脫大人或者一開始就沒有大人在場的孩子都在那裡跳舞。在我聽來像是牙買加音樂，源於一九七〇年後期的舞廳雷鬼，由於在周遭突然的轉變中我似乎失去所有人的蹤影，於是我漫步過去看人家跳舞。他們的舞蹈有兩種模式，主導的舞蹈是諷刺地模仿母親：膝蓋彎曲、駝背、臀部突出，他們盯著自己的雙腳，富有節奏地跺著地面。但是偶爾——尤其是瞄到我在看他們的時候——動作會跳到其他時空，對我而言比較熟悉的舞步，透過嘻哈音樂和雷格樂，跨越亞特蘭大和京斯頓，我看見扭舞、機械舞、滑步、磨蹭。有個得意笑著的英俊小男生，還不到十歲，知道一些特別猥褻的動作，他一陣一陣地突然做出這些動作，惹得周圍的女生不時憤慨、尖叫、跑到樹後躲藏，然後又偷溜回來看他做更多下流的動作。他盯上我，不停地指著我，在音樂聲中叫喊著什麼，我聽不大清楚：「跳舞？太遺憾了！跳舞？跳舞！太遺憾了！」我走近一步，微笑著搖頭說不，不過他知道我在考慮。「哎呀，妳在這裡啊，」哈娃從我背後說，她挽著我的手，帶我回去參加我們的聚會。

拉明、格蘭傑、茱蒂、我們的老師，和一些孩子聚集在樹下，全都在吸吮一小袋用保鮮膜包裝的角錐形柳橙冰或冰水。我從販賣的小女孩手中拿了一袋水，哈娃示範給我看如何用牙齒撕開一角再吸出液體。我喝完後看著手中扭曲的小包裝，好像消了氣的保險套，意識到除了地上外無處可放，這些角錐形飲料肯定是我看到的麻花狀塑膠的來源，這些塑膠包裝堆積在每條街上、樹枝間、垃圾場、每叢灌木裡宛如花朵一般。我將包裝放進口袋拖延不可避免的下場，走過去在格蘭傑和茱蒂之間坐下，他們正在爭論。

「我可沒那麼說，」茱蒂氣呼呼地小聲說。「我說的是：『我從沒看過那樣的事。』」她停頓一下大聲吸了一口冰棒。「我他媽的確實沒有！」

「是，嗯，或許他們從來沒看過我們做的那些瘋狂事。比方說聖派翠克節。我的意思是，聖派翠克節究竟是什麼鬼？」

「格蘭傑，我是澳洲人，而且基本上是佛教徒。你不能把聖派翠克節的責任怪在我的頭上。」

「我想要表達的是：我們愛我們的總統——」

「哈！那是你自己一廂情願的想法！」

「——為什麼這些人不應該尊敬愛戴他們自己該死的領袖呢？這關妳什麼事？妳不能不了解背景地走進這裡就評斷——」

「沒有人愛他，」一名目光敏銳的年輕女子說，她坐在格蘭傑對面，纏腰布拉到腰部，一個小嬰兒靠在她的右乳房上，此時她換了個姿勢，將孩子抱到左邊。她的長相漂亮、聰慧，至少比我年輕十歲，眼神卻透著閱歷豐富；我在漫長、尷尬的下午與某些大學時代老友閒聊時，也開始在她們眼中看到相同的神情，她們帶著無趣的寶寶和更乏味的丈夫，某層少女的幻想已經消失。

「這麼多年輕的女人，」她壓低聲音說，伸出托在寶寶頭下的手，輕蔑地揮向人群。「可是男人在哪裡？男孩子，有，但是年輕男人呢？沒有。在這裡沒有人愛戴他或喜歡他在這裡所做的事。有能耐的人全都走了。後門、後門、後門、後門。」她說著指向幾個在我們附近跳舞、即將進入青春期的男孩，她挑出他們彷彿她擁有讓他們消失的能力。她像我母親一樣吸吮一下牙齒。「相信我，可以的話我也會走！」

我相信格蘭傑和我一樣，想當然地認為這女人不會說英文，或者至少聽不懂他和茱蒂的變體英文，現在他對她說的每句話點頭不已，幾乎在她說出口之前就動作了。其他在附近聽得見的人——拉明、哈娃、學校裡一些年輕老師，還有一些我不認識的人——全都竊竊私語、吹著口哨，但是沒有加以補充。這個漂亮的年輕女孩在座位上坐直身子，自認為突然被授予了群體的力量。

「假如他們愛戴他，」她說，這時不再悄聲說，而我注意到她也不曾用過他正式的名字。「他們難道不會到這裡，和我們在一起，而不是把自己的生命拋在水裡？」她低下頭重新調整一下乳頭，我好奇以她的情況來說，「他們」是否不是抽象概念，而是有名字、有聲音，與她懷中飢餓的嬰兒有關係。

「後門真是瘋狂，」哈娃低聲說。

「每個國家都有自己的難處，」格蘭傑說——我聽見與哈娃當天早上告訴我的話顛倒的回聲——「美國有很嚴重的難題。對我們黑人來說。這就是為什麼來這裡和你們在一起對我們的靈魂有好處。」他慎重、緩慢地說著，邊觸摸他的靈魂，原來靈魂是在他兩塊胸肌之間的正中心。他看起來一副快要哭的樣子。我本能地轉移目光，想要給他一點隱私，然而哈娃直盯著他的臉抓住他的手說：「聽看看格蘭傑對我們的真實感受——」他也緊握她的手，「——不只是用他的大腦，而是用他的心！」這是針對我不大隱晦的指責。那位富有攻擊性的年輕女士點點頭，我們等著她再多說一些，只有她能為這段插曲帶來最終的意義，可是她的寶寶已經吃完奶，她的話也說完了。她拉起黃色纏腰布，站起來幫他拍嗝。

「我們的艾咪姊妹到這裡和我們在一起真是太棒了，」哈娃的其中一個朋友說，她是個活潑的年輕女子，名叫艾絲特，我留意到她不喜歡任何一絲的沉默。「她的名字全世界都知道！但是她現在是我們的一分子。我們得給她取個村落名。」

「沒錯。」我說。我注視著方才說話的那位身穿黃色纏腰布的女人。現在她正朝跳舞的地方走去，背脊挺得筆直。我想跟著她，和她多聊一些。

「她現在在這裡嗎？我們的艾咪姊妹？」

「什麼？哦，不在……我想她得去接受採訪或什麼的。」

「噢，真是太不可思議了。她認識傑斯，也認識蕾哈娜和碧昂絲吔。」

「對。」

「那她認識麥可．傑克森嗎？」

「認識。」

「妳想她也是光明會成員嗎？還是她只是認識光明會成員？」

我仍然能夠辨認出那個裹黃布的女人，在眾人之中她非常獨特，直到她走到樹和洗手間後面，我再也找不著了。

「我不……老實說，艾絲特，我認為那些事情都不是真的。」

「喔，好吧，」艾絲特平靜地說，彷彿她剛才說她喜歡巧克力，我說我不喜歡。「我們這裡的人相信那是真的，因為確實有很多力量。我們聽過很多這樣的事情。」

「那是真的，」哈娃肯定地說，「不過在網際網路上，相信我，你不能什麼都信！比方說，我堂弟給我看美國一個白人男人的照片，他有四個男人那麼龐大，超肥的！我說：『你怎麼那麼傻啊，那不是真的照片啦，拜託！那是不可能的，沒有人會像那樣子。』這些孩子真蠢。他們相信眼睛看到的一切。」

等到我們走回大院時，外頭一片漆黑，星光燦爛。我挽著拉明和哈娃的手，試著逗弄他們一下。

「沒有、沒有、沒有，雖然我叫她小老婆，」拉明斷然否認，「她叫我老公大人，但實際上我們只是同齡朋友。」

「打情罵俏、打情罵俏、打情罵俏，」哈娃用調情的口吻說：「就那樣子而已！」

「就那樣子？」我問，用腳踢開門。

「的確就那樣子而已。」拉明說。

大院裡許多年幼的孩子還醒著，高興地奔向哈娃，她也欣喜地接納他們。我和四位祖母一一握手，這動作每次都得做，宛如是第一次見面般，每位婦人都靠過來試著告訴我重要的事，或者更確切地說，的確告訴了我一些重要的事，只是我剛好聽不懂，當言語溝通失敗——這經常發生——她們就輕輕拉我的纏腰布，帶我走向門廊另一頭。

「哎呀！」哈娃抱著姪子走過來說，「那可不是我哥嘛！」

事實上他是哈娃的同父異母兄弟，在我看來與哈娃長得不大像，不像她那麼漂亮，也沒有半點她的才能。他的長相和藹、嚴肅，和她一樣是圓臉，不過有雙下巴，戴著一副時髦的眼鏡，穿著打扮完全中性，因此在他告訴我之前我就看出他肯定在美國待過一段時間。他站在露臺上，喝著一大杯立頓茶，手肘靠在混凝土牆的邊緣。我繞過柱子和他握手。他熱情地握住我的手，但是頭向後退縮，露出有點得意的笑容，彷彿把這手勢歸為諷刺，讓我想到了某個人——我母親。

「所以妳住在這個大院裡，我明白了，」他邊說邊點頭示意周圍溫順勤勉的人、在哈娃臂彎裡尖叫的姪子，她現在放他到院子裡了。「不過妳的鄉村生活過得怎麼樣？我想，妳必須先適應環境才能好好體會。」

我沒回答，反問他在哪裡學到一口完美的英文。他客氣地笑笑，但是眼鏡後面的目光一瞬變得冷硬。

「這裡。這是個說英語的國家。」

哈娃不知該如何應付這尷尬的場面，用手摀著嘴咯咯傻笑。

「我在這裡過得非常愉快，」我紅著臉說。「哈娃非常親切。」

「妳喜歡這裡的食物嗎？」

「非常可口。」

「這裡的食物很簡單。」他輕拍自己圓滾滾的肚子，將空碗交給一個經過的女孩。「可是有時候簡單比複雜的更美味。」

「是的，一點都沒錯。」

「所以總而言之，一切都很好？」

「一切都很好。」

「就像我說的，適應這種鄉村生活需要一段時間。即使是我，我在這裡出生，也花了些時間。」

這時有人遞給我一碗食物，雖然我已經吃過了，但是我覺得在哈娃哥哥面前所做的一切都被當成是種測試，因此接下了碗。

「但是妳不能這樣子吃呀，」我想要把碗靠在牆上時，他大驚小怪地說，「我們坐下來吧。」

拉明與哈娃繼續靠著牆壁，我們坐到兩張有點搖晃的自製凳子上。不再在院子裡每個人的眼皮底下，哈娃的哥哥放鬆下來。他告訴我他上過城裡的好學校，在他父親任教的大學附近，然後從那所學校申請進入堪薩斯州私立的貴格會大學，該大學每年提供十個獎學金名額給非洲學生，他是其中之一。有數千人申請，他被錄取了，他們喜歡他的論文，不過年代久遠，他現在幾乎不記得內容是什麼。他在波士頓完成經濟學研究所的學業，之後住過明尼亞波利斯、羅徹斯特、波德，這些地方我都和艾咪造訪過，於我是毫無意義，然而現在我發覺自己想聽聽這些地方的事，或許因為我覺得在村子裡度日如年，在這裡時間流逝得極度緩慢，因此現在即使是哈娃哥哥的棕褐色長褲及紅色高爾夫球衫似乎都可以激發我心中流亡者的懷舊之樂。我問了他許多非常具體的問題，有關他在不算是我家鄉的地方待過的日子，而拉明和哈娃站在旁邊，在我們談話的畫面之外發楞。

「可是你為什麼非得離開不可呢？」我問他，口氣比我想的還要哀怨。他用精明的目光看著我。

「完全沒有人強迫我。我本來也可以留下。我回來是要為我的國家效力。我想要回來。我在財政部工作。」

「喔，替政府做事。」

「沒錯。但是對他來說我們的財政部就像個人的存錢筒……妳是個聰明年輕的女人。我相信妳八成聽過這傳聞。」他從口袋拿出一片口香糖，花很長時間剝除銀箔紙。「妳明白吧，當我說『為我的國家效力』時，我指的是所有的人民，而不是一個人。妳也知道，目前我們束手無策。可是他們不會一直如此。我愛我的國家。當情勢轉變時，至少我會在這裡親眼見證。」

「巴布，現在你只在這裡待一天！」哈娃抗議，伸出雙手摟住她哥哥的脖子。「我想跟你說說在這院子裡上演的戲碼，別管城裡了！」

「妹妹，我不懷疑這裡的情況複雜多了，等一下，我想為我們關心的客人講完這一點。妳知道，我的最後一站是紐約。據我所知妳來自紐約對嗎？」

我回說對。這樣比較方便。

「那妳必定知道那裡的情況，在美國階級怎麼運作。坦白說，我覺得那太過分。等我到達紐約時真的已經受夠了。當然我們這裡也有階級制度，但是沒有輕蔑。」

「輕蔑？」

「嗯，我們來看看吧……這是妳住的院落？這是和妳在一起的我們家族。呃，實際上是我們家族非常、非常小的一部分，不過用來舉例足夠了。也許在妳看來他們生活得非常簡單，他們是鄉下人。但是我們憑藉我祖母的血統，原本是佛羅，也就是貴族。有些妳會遇到的人，例如校長，他是奈亞馬羅，意思是他家的人都是工匠——形形色色的工匠，鐵匠、皮革工人等等……或者，拉明，你家是賈力，對吧？」

拉明臉上掠過一種極為焦慮的表情。他微乎其微地點個頭，然後仰頭看向別處，注視著那輪威脅著要擠進芒果樹狹縫中的碩大滿月。

「音樂家、說書人、歌舞藝人，」哈娃的哥哥說，一邊模仿彈奏樂器的樣子。「另一方面有些人是降苟。我們村裡有很多人是降苟的子孫。」

「我不知道那是什麼。」

「奴隸的後代。」他微笑著上下打量我。「不過我想說的是，這裡的人仍然可以說：『當然降苟和我不同，可是我並不輕視他。』在神的眼皮底下，我們互有不同，又同時保有基本的平等。然而在紐約，我看見下層階級的人受到我從未想像過的對待。徹頭徹尾的輕蔑。他們端上食物，但人們甚至連正眼都不瞧他們一眼。信不信由妳，我本身有時候也受過這樣的對待。」

「貧窮有很多不同的形式。」哈娃突然小聲地天外飛來一筆。她正在將地上的魚骨頭撿拾成堆。

「富有也是。」我說，哈娃的哥哥淡淡一笑，承認了這一點。

六

表演後的隔天早上門鈴響起，一大清早的比郵差還早。是伊莎貝爾老師，她心煩意亂。錢箱不見了，裡頭有將近三百英鎊，而且沒有闖入的跡象。有人在夜裡跑進去。母親穿著晨衣坐在沙發邊緣，對著晨光揉眼睛。我在門口偷聽，她們從一開始就認定我是清白的，討論的是要如何處理崔西。過一會兒後，她們找我進去詢問，我說出事實：我們在十一點半關了門，把所有的椅子疊起來，之後崔西和我就各走各的。我以為她把鑰匙從門上投遞進去，不過當然她有可能放進口袋。我說話時母親和伊莎貝爾都轉身面向我，不大有興趣地聽著，面無表情，我一說完她們立刻轉身回去繼續討論。我越聽越心驚。儘管我理智上了解崔西肯定或多或少牽涉其中，但她們如此確定崔西有罪我無辜，在我看來有種令人厭惡的自滿。我聽著她們的理論。伊莎貝爾老師相信路易鐵定偷了鑰匙。母親確定他拿到了鑰匙。那時，她們兩人都沒有考慮報警似乎並不奇怪。「有那樣子的家人……」伊莎貝爾老師說著接過面紙擦拭一下眼睛。「等她來中心的時候，」母親向她保證，「我會跟她談談。」這是我頭一次聽說崔西到青年中心去，母親在那裡當志工，此時她抬起頭來看到我，大吃一驚。半晌後她才恢復鎮定，不過沒有直視我的眼睛，平穩地解釋說「在那次嗑藥事件後」她自然便安排崔西接受一些免費的諮詢，她沒告訴我是因為「保密義務」。她甚至沒有告訴崔西的母親。如今我明白這絲毫沒有特別不合理之處，但是在當時我看到的是母親的陰謀、操縱無所不在，她處處想要控制我和我朋友的人生。於是我小題大作地逃回自己房間。

在那之後一切發生得非常迅速。伊莎貝爾老師天真地跑去找崔西的母親談，大概被趕出公寓，回到我們家時看起來心緒不定，臉色比以往更紅。母親再次請她坐下，走去泡茶，半晌後我們聽見敞開的前門撞擊門框發出砰然聲響：崔西的母親在餘怒未消的驅使下過了馬路、上樓，進入我們家客廳，在那裡待了相當長的時間，提出對布思先生的可怕反控。她的聲音大到我隔著天花板都能聽見。我跑下樓，正巧撞上她，她堵住了門口，目空一切，對我充滿了鄙視。「妳和妳該死的母親，」她說。「總是以為自己高我們一等，總認為妳是他媽的了不起的金童，但事實證明金童根本不是妳，不是嗎？金童是我的崔西，你們大家都只是他媽的嫉妒，我死也不會讓你們這些該死的傢伙妨礙她，她的前方還有大好人生，你們無法用謊言阻擋她，你們誰也辦不到。」

以前從來沒有大人對我這樣說話，一副真的瞧不起我的樣子。按照她的說法，我想要毀掉崔西的人生，我母親也是，還有伊莎貝爾老師和布思先生、住宅區裡各種各樣的其他人，以及舞蹈班所有嫉妒的母親。我哭著飛奔上樓，她高聲大喊：「妳他媽的盡量哭吧，親愛的！」我在樓上聽見前門砰的一聲關上，接著好幾個小時一切悄然無聲。就在晚餐前，母親來到我房間，問了一連串敏感的問題——我們之間唯一一次直言不諱地談及性的話題——我盡我所能清楚地表明，就我所知布思先生從來不曾對我或崔西，或者其他任何人動過手。

但是毫無用處：在那週結束之前，他被迫放棄在伊莎貝爾老師的舞蹈班彈奏鋼琴。我不知道在那之後他發生了什麼事，是否仍繼續住在附近，還是搬走了、過世了，抑或只是被流言弄得心灰意冷。我想起了母親的直覺——「那女孩出了嚴重的問題！」——現在我覺得她和往常一樣正確，假如我們在對的時機用較謹慎的方式詢問崔西恰當的問題，或許就能得到真相。然而我們的時機不對，又將她和她母親逼入絕境，她們的反應果不出所料，如一把野火燒毀擋在途中的一切，在這個例子中就是可憐的布思先生。於是我們得到了像真相的東西，很像，但不完全是。

第六部

日與夜

一

那年秋天，在獲得許可後，我進入第二志願的大學研讀大眾傳播媒介，那裡距離一片灰濛濛的英吉利海峽半英里，是我記憶中童年度假的風景，海岸是許多褐色石頭的黯淡礫石灘，偶爾有一、兩顆淺藍色的大卵石、一片片白色貝殼、一節節珊瑚，以及一些明亮的碎片：很容易會誤認為是珍貴的東西，結果只是玻璃或破碎的陶器。我帶著偏狹的城市人心態，和一盆植物、幾雙運動鞋，相信街上每個人看見像我這樣的人都會大吃一驚。然而像我這樣的人並不少見。來自倫敦及曼徹斯特、利物浦與布里斯托，我們都穿著寬大的牛仔褲和飛行夾克，綁著小扭搏辮或剃光頭或抹了達克斯造型髮油紮得很緊的圓髻，戴著引以自豪的一大堆便帽。最初幾星期我們相互吸引，防禦般成群結夥沿著海濱走，準備好接受侮辱，但是當地人對我們從來不像我們對自己那樣興趣濃厚。含鹽分的空氣使我們的嘴唇乾裂，而且無處可以整理頭髮，但「你上這裡的大學？」是真誠客氣的詢問，不是抨擊我們在那裡的權利。另外還有其他意想不到的好處。在這裡我有「生活補助金」補貼食物和房租，而且週末很省錢，因為無處可去也無事可做。閒暇時間我們都在彼此房間裡一起度過，小心翼翼地探問對方的過去，對家譜只能追溯到一、兩代，剩下就朦朧不明的人來說十分恰當。但有個例外，那是個迦納男孩：他出身醫生律師世家，每天都為發現自己不在牛津大學苦惱不已。然而對我們其他人來說，我們距離當機工的父親、做清潔工的母親，以及當看護的祖母、駕駛公車的祖父只差一代、偶爾兩代，仍然覺得自己做到了不可思議的事，我們是「家族中第一個上大學的」，這點本身就足夠了。即使這間大學幾乎和我們一樣嫩，這感覺也是項優點。這裡沒有偉大的學術歷史，我們不必向任何人脫帽致敬。我們的科目相對新穎，例如媒體研究、性別研究；寢室也很新，教師很年輕。這是我們創造的地方。我想到崔西很早就逃進舞者的圈子裡，那時我多麼嫉妒，但是現在恰好相反，我有點同情她，覺得她的世界似乎很幼稚，只是一種玩弄身體的方式，而我卻可以走進講堂去聽一場名為「思考黑人的身體：辯證法」的講座，或者在新朋友的寢室裡開心地跳舞，直到深夜，不是隨著舊的流行曲調，而是隨著新音樂，如黑幫英雄（Gang Starr）或納斯（Nas）起舞。現在我跳舞的時候不必遵守任何古老的姿勢或風格規範：我隨自己高興舞動，宛如節奏本身迫使我動。可憐的崔西：一大早就醒來、不安地站上磅秤、腳背疼痛、將年輕的身體獻給別人評斷！與她相比我非常地自由。在這裡我們熬夜到很晚，隨心所欲地吃東西、抽大麻。我們聽著黃金年代的嘻哈音樂，絲毫未察覺自己正經歷一段黃金年代。那些比我懂得多的人教導我歌詞，我對待這些非正式課程和在講堂中聽到的一樣認真。那是時代的精神：我們把高深的理論應用在洗髮精廣告上，將哲學套用在NWA[46]的影片上。在我們的小圈子裡重點是要「有自覺」，在用電熱梳勉強把頭髮拉直多年後，我現在任由頭髮捲曲，開始在脖子上戴一幅小的非洲地圖，較大的國家是以黑紅、綠金的

46 Niggaz Wit Attitudes：無正式中文譯名，直譯為有態度的黑人，是美國傳奇的嘻哈團體。

皮革拼接而成。我寫了一些關於「湯姆叔叔」[47]現象的長篇激情文章。

第一學期快結束時，母親來這裡住了三晚，我以為她會對這一切感動非常。只是我忘了自己和其他人不大一樣，我其實不是「家族中第一個上大學的」。在這場障礙賽中，母親領先我一步，而且我忘了對其他人來說足夠的，對她而言卻永遠不足。在她逗留的最後一天早上，我們一起沿著海灘散步，她開口說了一句話，讓我領悟到自己不知怎地逃離她了，遠遠超出了她原本的打算，然而她仍然繼續說，將自己剛完成的學位和我正展開的學業相比較，說我的大學是「詐欺旅館」，根本不是大學，只不過是個學生貸款陷阱，專門給那些父母本身未受教育、不懂事的孩子上的。我聽了一肚子火，我們吵得不可收拾。我叫她以後不用再來了，而她真的沒再來過。

我原本以為會覺得傷心寂寞，彷彿自己切斷了連接我與世界的唯一紐帶，結果這種感覺從未到來。我交了有生以來第一個男朋友，心思完全放在他身上，覺得失去其他任何東西我都可以承受。他是個頭腦清醒的青年，名叫拉吉姆，以那位饒舌歌手的名字為自己重新命名，他的臉和我的一樣是長型臉，卻是較深的蜜褐色，一雙凶狠、烏黑的眼睛凹陷，鼻子高挺，意想不到的齙牙略顯陰柔，宛如休伊．牛頓[48]本人。他留著及肩的細長髒辮，全天候都穿匡威全明星帆布鞋，戴著小圓框的藍儂眼鏡。我認為他是世界上最俊美的男人。他也這麼認為。他認為自己是「百分之五者」[49]，也就是說他本身是神，就像非洲所有的男子都是神一樣，他頭一次向我解釋這個概念時，我最初的想法是把自己想成在世的神一定非常棒、非常輕鬆自在！然而並非如此，事實證明那是沉重的責任：擔負真相並不容易，因為有那麼多人生活在無知之中，確切說來是百分之八十五的人。可是比無知更糟的是惡毒，那些百分之十者知道拉吉姆所聲稱明白的一切，卻設法積極掩飾並顛覆真理，最好讓百分之八十五的人繼續無知以占據優勢。（這群邪惡的騙子當中，拉吉姆囊括了所有的教會、伊斯蘭國度[50]本身、媒體，及「當權派」。）他的牆壁上有張很酷的經典黑豹黨[51]海報，裡面那隻大貓看起來像是準備撲向你。他經常談到美國大城市的暴力生活，以及我們的同胞在紐約和芝加哥、巴爾的摩及洛杉磯等地遭受的苦難，那些地方我從未去過、難以想像。有時候我感覺這種聚居區的生活——雖然遠在三千英里外——對他來說卻比我們實際生活的這處寧靜、宜人的海景更為真實。

47 指對白人曲意逢迎或逆來順受的黑人。

48 Huey P. Newton, 1942-1989，非裔美國的政治活躍分子及革命家，黑豹黨的創始人之一。

49 百分之五國（Five Percent Nation）又稱神與地之國，為一九六〇年代克拉倫斯 13X（Clarence 13X）從伊斯蘭國度獨立出來、於紐約哈林區創立的組織，其成員自稱為阿拉的百分之五者。他們認為全世界有百分之十的人知道存在的真理；這些精英分子選擇讓全球百分之八十五的人陷於無知以便他們控制；而剩餘的百分之五者明白真相並決心啟發那百分之八十五的人。

50 伊斯蘭國度為非裔美國人的政治與新宗教運動，其目標為改善非裔美國人的心靈與社會經濟狀況。百分之五國將當今世界社會劃分為三類的概念即從伊斯蘭國度的教義而來。

51 黑豹黨是社會主義的革命政治組織，由休伊．牛頓和巴比．希爾於一九六六年在加州奧克蘭創立。其宗旨為促進美國黑人的民權，主張黑人應該有更積極正當防衛的權利，必要時不排除使用武力自衛。

有時身為貧窮正義之師的壓力會讓他承受不住。他會拉下房間裡的捲簾，清醒而亢奮，不去聽講，求我不要留下他獨自一人，花好幾個鐘頭研讀至高字母表與至高數學[52]，在我看來那些都只是一本又一本滿是難以理解的字母與數字組合的筆記簿。有時他又似乎非常適合全球啟蒙的任務，沉靜而有見識，如印度宗教導師古魯般盤腿坐在地板上，為我們的小圈子倒扶桑花茶，「教育眾人」，頭輕輕地隨著立體聲音響所播放與他同名者的音樂晃動。我以前從沒見過像這樣的男孩。我認識的男孩都沒有熱情；也不盡然，而是他們承擔不起：對他們而言假裝不在乎才重要。他們一生都在和彼此——和整個世界——競爭，正是為了證明他們之中誰比較不在意，誰他媽的更不在乎。這是種防止損失的防禦方式，他們認為反正損失無可避免。拉吉姆不同：他所有的熱情都顯露在表面上，他無法隱藏，也不試圖隱藏，那正是我愛他的地方。起初我沒注意到要他大笑有多困難。笑似乎不適合人形的神，更別提神的女友了，我或許應該看出其中隱含的警告。然而我一心一意地跟隨他，進入最奇怪的領域。生命靈數！他非常沉迷於生命靈數，教我如何將自己的名字轉換成數字，再根據至高數學用獨特的方法運算這些數字，直到這些數字表示：「努力戰勝內心的分裂」。我並不完全聽得懂他在說什麼，因為談這些話時我們經常嗑藥嗑得神智恍惚，但是我非常了解他宣稱能夠看見的我的內心分裂，我最容易理解的莫過於我的出生是半對半錯，是的，只要我不去想我真正的父親以及我對他的愛，我就能夠非常輕易地竊聽自己內心的這種感情。

這樣的想法與拉吉姆實際的學校作業無關也毫無重要性：他攻讀的是商學和餐飲管理

的學位。只是這些想法占據了我們相處的大半時間，漸漸地我開始覺得自己經常籠罩在糾正的烏雲下。我所做的一切都是錯的。他對我應該研究的媒體，例如扮成黑人的滑稽藝人與跳舞的黑人保姆、職業舞蹈家及歌舞隊女郎等極為反感，看不出這有什麼價值，即使我的目的是批評，他仍然覺得整個主題非常空洞，是「猶太好萊塢」的產物，他將他們全部歸在那狡詐的百分之十當中。如果我想要和他討論我正在寫的東西，尤其是在朋友面前，他就會特別加以貶低或奚落。有一次我茫得犯了個錯，想要當眾解釋我發現踢踏舞起源的美妙之處——愛爾蘭船員與非洲奴隸用腳在船隻的木頭甲板上打拍子、交換舞步，創造出一種混合的舞蹈——同樣嗑茫了的拉吉姆處於刻毒傷人的精神狀態，他站起來轉動眼睛，噘起嘴唇交握雙手，像個扮成黑人的滑稽藝人說：哦主人，我在這艘奴隸船上好快樂，我高興得想要跳起舞來。他輕蔑地瞪我一眼後又再坐下來。我們的朋友都盯著地板。那種屈辱強烈至極：在往後幾個月光是想起這件事，我的臉頰就會再度發燙。但那時候我並不責怪他的這種舉動，或覺得自己對他的愛有所減少：我的本能總是認為錯在自己身上。那時在他和我自己看來，我最大的缺點是我的女性特質，是錯誤的那種。在拉吉姆的綱要中，女人原本應該是「大地」，當男人的基礎，男人本身是純粹的概念，負責「教育眾人」，依他的看法，我遠離我應當處的位置，遠離事物的根源。我不栽種植物或烹煮食物，從不談論孩子或家務事，更糟的是我在應該支持拉吉姆的時間和場合與他競爭。我無法理解浪

52 這兩本是神與地之國的重要教義手冊。

漫：浪漫需要一種我無法編造也不喜歡別人擁有的個人神祕。我沒辦法假裝我的腿上不長毛，或者我的身體不會排泄各種各樣汙穢的物質，或是我的雙腳不是像鬆餅一樣扁平。我不會調情，也看不出調情的意義。我不介意為陌生人盛裝打扮——出席大學派對或者如果我們到倫敦的夜店時——但是在我們房裡，在我們親密時，我無法當個女孩，也無法當任何人的寶貝，我只能當個女性人類，而我所理解的性行為是發生在朋友和地位平等的人之間的那種，中間含括了談話，如同在書擋之間夾著一架子的書。拉吉姆找出這些深層缺點的根源來自我父親的血統，如毒藥般在我體內流動，但這也是我自己造成的，我的思維太過忙碌。他稱之為城市思維，是永遠不懂平靜的那種，因為沒有自然的東西可以沉思，只有混凝土和影像，以及影像中的影像——我們那時所說的「擬像」。城市腐化了我，讓我像個男人。我難道不知道城市是由百分之十者建造的嗎？他們是蓄意壓迫的工具？對非洲靈魂而言是反常的棲息地？他為這理論提出的證據有時候很複雜——被封鎖的政府陰謀、潦草的建築平面圖、我信以為真的總統和民間領袖的晦澀語錄——有些時候則簡單而確鑿：我知道這些樹木的名稱嗎？花的名字？不知道？可是一個非洲人怎麼可以這樣過活？而他認識所有的花草樹木，儘管這是因為他是英格蘭農村的小孩——他並不喜歡到處聲張這件事——先是在約克郡成長，然後搬到多塞特郡，都是住在偏遠的村莊，而且在他所住的街上和學校裡，他永遠是同類中唯一的一個，我覺得這個事實比他所有的激進主義和神祕主義都要來得奇異。我喜歡他知道那些郡的名稱以及郡和郡之間如何相連，還有河川的名字及這些河川在哪裡、如何流入大海，他可以分辨桑椹與黑莓、矮樹林和小灌木林。我這輩子從來不曾漫無目的地散步過，而現在我會這麼做，陪他散步，沿著荒涼的海邊，走下廢棄的碼頭，有時候深入小鎮，走過鋪鵝卵石的小巷，橫過公園綠地，迂迴穿過墓園，然後沿著幹道行走，走得非常遠，最後來到田野，在田野中躺下。在這些悠長的散步中，他沒有忘記他的成見，用他先入為主的看法來說明我們所見的一切，往往讓我感到驚奇。面向大海那排新月形的喬治王朝時期宏偉房舍，正面白得如糖，他解釋說這些也是用糖買來的，是我們祖先島上的農園主人建蓋的，我們兩人都不曾到過那座島。還有那塊小小的教堂墓地，我們晚上有時會聚在那裡抽菸喝酒、躺在草地上，那是莎拉·福布斯·博內塔[53]結婚的地方，他重述這故事時飽含激情，你會以為是他自己娶了那女人。我和他一起躺在墓地低矮的草叢裡仔細聆聽。一個西非的七歲小女孩，出生高貴卻捲入部落間的戰爭，遭達荷美王國的突襲隊綁架。她目睹家人慘遭殺害，後來「獲救」——說到這個字時拉吉姆用手指比出引號——解救她的是名英國海軍上校，他說服達荷美國王將她當成禮物送給維多利亞女王。「黑人國王送給白人女王的禮物」。上校以自己的船名給她取名為博內塔，等到抵達英國時他發現她是個非常聰明的小女孩，反應異常迅速機敏，與任何白人女孩同樣聰穎，女王見到她時也看出了這些特質，因此決定認莎拉為教女撫養她長大，並

---

53 Sarah Forbes Bonetta, 1843-1880。原本是約魯巴諸小王國中埃格巴多部落的公主，在部落戰爭中淪為奴隸，後來脫離奴役，成為維多利亞女王的教女，並且與富有的拉各斯慈善家詹姆斯·平森·拉布洛·戴維斯（James Pinson Labulo Davies）上尉成婚。

在多年後莎拉成年時，將她嫁給了富有的約魯巴商人。就在這間教堂，拉吉姆說，婚禮就在這間教堂舉行。我在草地上用手肘撐起身體，朝教堂望去，那樸素的城垛和堅固的紅門顯得非常不起眼。「在婚禮的隊伍中有八位黑人伴娘，」他邊說邊用微微發亮的大麻菸頭描繪出他們從大門走到教堂門的路程。「想像一下！八個黑人八個白人，非洲男人與白人女孩走在一起，白人男人則和非洲女孩一起。」即使在黑暗中我也能看到一切。十二匹灰馬拉著的四輪馬車，鑲有象牙色蕾絲的華麗禮服，為了一睹這盛大婚禮而聚集的大批群眾，從教堂蜂擁而出，湧上草坪，再一路到停柩門，站在低矮的石牆上、掛在樹上，只為了看她一眼。

我想起當時拉吉姆如何收集資料：在公共圖書館、大學檔案室裡，執拗地閱讀舊報紙、查看微縮膠片、留意注腳。現在想，他在網際網路時代肯定非常快樂，要不然就是著迷到徹底瘋狂的地步。現在我自己馬上就能找到那上校的名字，同樣按一下滑鼠就能得知他對這個送給女王的女孩有什麼想法。自從抵達這個國家以後，她在學習英語方面有長足的進步，展現出眾的音樂天分和不凡的才智。她的一頭短髮烏黑而鬈曲，強烈表明她的非洲出身；但她的容貌姣好討人喜歡，對周遭所有人的態度和為人都非常溫和、富有愛心。我現在知道她的約魯巴名字是艾娜，意思是「難產」，是給出生時臍帶繞頸的孩子取的名字。我可以看見一張艾娜的照片，身穿維多利亞時代的高領緊身胸衣，表情僵化，身體完全靜止不動。我記得拉吉姆有句口頭禪，他總是將齙牙往後拉回到下排牙齒上，驕傲地大聲宣布：「我們有自己的國王！我們有自己的王后！」我會為了安寧跟著點頭，其實我的內心總是有點反抗。為什麼他認為讓我知道貝多芬將一首奏鳴曲獻給一位黑白混血的小提琴家，或者莎士比亞筆下的黑人女士真的是黑人，或是維多利亞女王屈尊撫養一名「與任何白人女孩同樣聰穎」的非洲小孩，是那麼重要呢？我不想要依賴有非洲影子的每件歐洲事實，彷彿沒有歐洲事實的鷹架非洲的一切就可能在我手中化成灰燼。看見那個長相甜美的女孩穿得像維多利亞自己的小孩，在正式的照片中僵硬不動，頸子上纏著新的紐帶，我一點都不高興。我永遠想要活力——行動。

某個索然無趣的星期日，拉吉姆從嘴裡吐出煙，開始談起要去看一場「真正的電影」。那是部法國電影，當天在大學電影社播映，整個早上我們不斷撕開這部電影的傳單，用平滑的紙板做成許多小菸斗來吸大麻，不過仍然可以辨認出一個戴藍頭巾的棕膚女孩的臉，拉吉姆現在聲稱她的五官有點像我，或者我的有點像她。她以右眼剩下的部分直視我。我們拖著身子穿過校園到媒體室，坐在不舒服的折疊椅上。電影開始了。我的腦袋昏昏沉沉，很難理解正在看的東西，彷彿是由許多小碎片組成，好像彩繪玻璃窗那樣，我不知道哪些片段重要，也不曉得拉吉姆認為我應該關注哪幾幕，雖然可能媒體室內所有人都有相同的感受，也許每個觀眾看到不同的東西正是影片的效果之一。我說不出拉吉姆看到了什麼。我看見了族群。許多不同的族群，來自世界各個角落，在各自群體的內部規則下運作，然後以一種複雜的模式剪輯在一起，在當下看起來似乎自有一番奇特的邏輯。我看見穿著傳統服裝的日本女孩，排成隊形跳舞，穿著墊高的木屐比劃出奇怪的嘻哈動作。維德角國（Cape Verdeans）人以不受時間影響的十足耐性等待著一艘可能來也可能不會來的船。我看見一座被火山灰塗黑的小鎮上，金髮的白人小孩走在原本空無一人的冰島路上。我聽到一個不見其人的女人旁白講解這些影像，她將非洲時間與歐洲時間及亞洲所經歷的時間相對照。她說在百年前人類遭遇了空間問題，但是二十世紀的問題是不同的時間觀同時存在。我看向拉吉姆：他在黑暗中做筆記，茫到不可救藥，承受不了影像，只能聽著女人的聲音筆記，隨著電影的播放越寫越快，直到他在便條簿上記下一半的劇本。

對我來說，這部電影沒有開始也沒有結束，這感覺並不令人討厭，只是不可思議，彷彿時間本身擴展開來，為這一批又一批無窮無盡的族群騰出空間。電影沒完沒了地繼續，拒絕結束，有些片段我承認我睡著了，只有在下巴碰到胸口時才猛然驚醒，那時我會抬起頭來，發現自己面對著怪誕的畫面：供奉貓的寺廟、吉米·史都華追著金·露華跑上螺旋梯，由於我沒注意到先前的劇情也看不到之後的發展，使得這些畫面更為怪異。在其中一個夾在醒來與睡著之間的清醒空隙中，我再次聽到同一個不見其人的聲音談到女人的本質堅不可摧，以及男人與此的關係。她說，盡可能拖延時間、阻止女人明瞭她們自己的堅韌是男人的任務。每次我驚醒時都能感覺到拉吉姆對我的不耐煩，還有他強烈想要糾正我的欲望，我開始害怕片尾的演職人員名單，我可以想像在名單之後，等我們走出電影院，回到他房間，遠離目擊者的危險時刻，緊接著的爭論會有多麼激烈、漫長。我希望這電影永遠不要結束。

幾天後我用非常怯懦的方式甩了拉吉姆，寫了一封信從他的門縫塞進去。信中我責怪自己，說我希望我們仍然能夠當朋友，而他寄給我一封回信，用憤怒的紅墨水控訴我是屬於百分之十的那些，從現在起他會提防我。他說到做到。在我剩餘的大學生活中，他只要一看見我過來就會轉身走開，如果在鎮上瞧見我就會走到街對面，我一進講堂他就離開。

兩年後，在畢業典禮上，一名白人婦女匆匆穿過禮堂，抓住我母親的袖子說：「我想是妳沒錯，妳鼓舞了我們的年輕人，妳真的激勵了他們，我真高興見到妳！這是我兒子。」我母親轉過身去，臉上擺出我那時已經相當熟悉的表情——雍容優越又夾雜著驕傲，如今她上電視、被要求「為無聲的人發言」時經常擺出同樣的表情。她伸出手與這位白人婦女的兒子打招呼，起初他不願從他母親背後走出來，等露面後又盯著地上，細長的髒辮遮住了他的臉，不過我立刻認出是他，因為他的匡威全明星帆布鞋從畢業袍底下露了出來。

二

第五次拜訪時我獨自一人，直接大步穿過機場，走入外面的熱氣中，感覺自己有值得稱讚的勝任能力。在我左右兩旁是一群群迷惘、警惕的人：前往海灘的觀光客、穿著特大號T恤的福音派信徒，以及所有嚴肅年輕的德國人類學家。沒有業務代表領我前往我的車，我也沒有在等「同行的其他人」，我準備好了給停車場上殘疾人士的硬幣，已經塞在牛仔褲後面的計程車費，還有我會說的半打句子。納卡姆！貫姆．貢？貫瑪．瑞克！[54]卡其褲和起皺的白色亞麻衫早就不見了，改穿黑色牛仔褲、黑色絲質襯衫，耳朵上戴著搖晃的金色大耳環。我相信自己已掌握了當地時間。現在我知道到渡口需要多久時間以及渡船當天的時刻表，因此當計程車停靠在舷梯旁時已經有數百人替我等待完畢，我只需要下車直接走上甲板。渡船搖搖擺擺地駛離岸邊。在頂層甲板上，船隻的晃動把我猛然往前推，穿過兩層人群來到柵欄前，我很高興到達這裡，彷彿剛被推入戀人的懷抱。我俯瞰底下所有的生物和活動：推擠的人、咯咯叫的雞、在泡沫中跳躍的海豚、在我們的尾流中搖晃的窄船、沿著河岸線奔跑、餓得半死的狗；我到處看見現在我已知道是塔布力基[55]的人，他們略短的長褲在腳踝處飄動，因為褲子較長的話就會弄髒，而骯髒的人禱告得不到回應，最後雙腳將會在地獄裡燃燒。但是除了衣著外，真正讓他們與眾不同的是那股沉靜。在所有的熙來攘往之中，他們看起來像陷入停頓，不是在讀祈禱書就是安靜坐著，眼圈塗了化妝墨的眼睛常閉，用指甲花染色的鬍子裡隱約浮現幸福的笑容，和我們其他人比起來顯得非常平靜。或許他們正夢想著純潔現代的伊曼[56]：核心小家庭在小巧的公寓裡禮拜阿拉，不用巫術讚頌神，不經由當地中介者直接與神接觸，在消毒過的醫院裡進行割禮，嬰兒誕生不跳慶祝舞蹈，女性不會想拿亮粉紅色的頭巾搭配嫩綠色萊卡迷你裙。我好奇此時在這艘渡船上，當不受拘束的日常信仰在他們的周遭展開，要維持這種夢想有多難。

我在一張長椅上坐下。左邊坐著一位像這樣靈修的年輕人，他閉著眼，將一張折疊起來的禮拜毯緊抓在胸前。另一邊是個迷人的女孩，她有兩副眉毛，一副奇怪地畫在原本的眉毛上面，手裡輕輕搖晃一小袋腰果。我仔細回顧區分我第一次搭渡船和這次旅行之間的這幾個月。光明女子學院——為了方便起見，並且省得大家羞於說出校名，因此在艾咪背後，我們改用縮寫IAG——撐過了第一年，倘若用專欄長度來計算成功的話算是茁壯成長。對我們其他人而言，這是週期性的磨難，每次再度造訪或是遇到危機，讓焦頭爛額的校長透過問題重重的視訊設備進入我們在倫敦或紐約的會議室時，就會加劇。但說也奇怪其他時候都感覺很遙遠。我經常有理由回想起格蘭傑，在第一次回國的那天晚上，我們在希斯洛機場排隊等過海關的時候，他摟著我的肩膀說：「現在這些在我看來都很不真實！

---

54 Nakam! Jamun Gam? Jama Rek! 為沃洛夫語，意思是哈囉！你好嗎？我很好。
55 Tablighi 意思是伊斯蘭傳教士。
56 Iman 意為信仰或信念。

有些東西已經改變了。在見過我所看到的一切之後不可能一樣了！」然而幾天後他恢復得跟以前一模一樣，我們所有人都如此：我們放任水龍頭開著，啜飲幾口就扔掉塑膠瓶，用相當於一個實習老師的年薪買一條牛仔褲。假如倫敦是虛幻的，倘若紐約是不真實的，這兩座城市都是影響力強大的舞臺表演：我們一回到城市裡，它們不僅看起來似乎是真的，而且是唯一可能的真實，我們從這些地點做出有關村莊的決定，在決定的當下總好像合乎一定的道理，唯有到後來，等我們其中一個人回到這裡，渡過這條河，任何決定潛在的荒謬才會變得明顯可見。例如，四個月前在紐約，教導孩子和老師演化論似乎很重要，他們很多人甚至沒聽過達爾文這名字。但是在村子裡，這似乎遠非當務之急：我們在雨季中抵達村子時，發現三分之一的孩童因為罹患瘧疾而缺席，教室一半的天花板塌陷，搭建廁所的合約沒有履行，太陽能板供電的電路生鏽腐朽。正如弗恩所料，我們最大的問題並不是對教學辦法的錯誤觀念，而是艾咪的關注搖擺不定。她新近熱中的事物是科技。她開始花大量時間與矽谷聰明的年輕人交際，喜歡把自己視為他們族群的一分子，「大致說來就是書呆子」。她對他們利用科技改變——拯救——世界的願景反應非常熱烈。第一次對這新興趣感到興奮時她並沒有捨棄IAG或減貧計畫，只是將新關注的事物補綴在舊的上面，有時會帶來令人擔憂的後果（「我們要給這些該死的女孩每人一臺筆電：筆電將成為她們的練習簿、圖書館、老師，她們的一切！」）弗恩不得不將她的指示竄改回近似現實的模樣。他待在「當地」不只幾星期而是好幾季，部分是出於對村子的喜愛，以及對自己在那裡任務的投入，但我知道同時也是為了避免與艾咪更加密切地合作，寧可隔著四千英里的距離。他看見了別人看不到的東西。他注意到男孩子越來越憤恨不平，他們被留在舊學校裡任其惡化，雖然艾咪偶爾會投注一點小錢，但那間學校現在差不多是座鬼鎮，學童無所事事地坐著等待老師，而老師長期拿不到薪資，已經不來上班了。政府似乎整個退出了村莊：許多其他以前運作良好或是運作還算良好的服務現在都衰敗得非常嚴重。診所沒有重新開業，村外道路上的大坑洞任其擴大變得坑坑窪窪。一位義大利環境科學家的報告中說地下水井中的殺蟲劑量達到危險程度，但是無論弗恩試著提醒相關部門多少次，科學家的報告都無人理睬。也許這種事情無論如何都會發生，可是很難不去懷疑村子是因為與艾咪的關係而遭到懲罰，或是因為預期艾咪的錢會流入缺口而刻意忽視。

有個問題在任何一份報告裡都找不到記錄，弗恩和我兩人卻都強烈地意識到了——儘管我們是從另一端感受到的。我們兩人再也不費事與艾咪討論。（當我們合力透過電話會議試圖干涉，她唯一的反應是「可是如果我愛他呢？」）因此我們略過她繼續工作，像負責同一個案子的兩名私家偵探般交換訊息。我大概是在倫敦第一個注意到的人。我不斷撞見來回傳遞的甜言蜜語，在她的桌上型電腦和手機上，總是在我進入房間的那一刻闔上或關閉。之後她不再羞怯了。他通過她強迫他去接受的愛滋病檢驗時，她高興得告訴了我。我習慣了看到拉明不見身體的頭部在角落對我微笑，我推測是從巴拉唯一一家網路咖啡店和我們即時互動。早上早餐時間他在那裡和孩子們一起，等他們的家庭教師來的時候向他們揮手告別。晚餐時他也出現，好像餐桌上的另一名客人。他開始參加各種會議，除了荒唐、「啟發想像力」的那種（「阿明，你覺得這件束腹怎麼樣？」）之外，也參加和會計師、業務經理、公關人員一起開的嚴肅會議。從弗恩那端來看，這情況不是那麼令人噁心的浪漫，而是更為具體的問題：拉明的院落有了新的前門，接著是廁所，然後是室內隔牆，再來是新的瓦片屋頂。這些並不是沒人注意到。最近的麻煩是一臺平面電視引起的。「艾爾凱洛在星期二召開會議討論這件事，」我打電話通知弗恩噴射機要起飛時他告訴我。「拉明去達卡探親。大多數年輕人都來了。每個人都很不高興。最後花了很長的時間討論拉明什麼時候、用什麼方法加入了光明會……」

我正在發訊息給弗恩告訴他我最新的位置時，突然聽見引擎室另一邊傳來騷動，抬起頭來看見人群分開，朝樓梯移動，避開一個瘦骨嶙峋、胡亂擺動的男人，他現在走進我的視野，一面叫喊一面揮舞瘦得皮包骨的雙臂，似乎身陷某種劇烈的疼痛。我轉向左邊的男人：他的表情依然平靜，雙眼閉著。我右邊的小姐挑起兩副眉毛說：「我的天啊，醉鬼。」兩名軍人出現了，立刻壓在他身上，他們各抓住他一隻亂揮的胳臂，試圖強迫他坐在離我們不遠的長椅上，可是每次他細瘦的屁股一碰到座位他就跳起來，彷彿木頭著了火似的，因此計畫變更，現在他們拽著他走向引擎室入口，就在我正對面，想要硬逼他穿過那道小門，走下黑暗的臺階到人家再也看不見他的地方。這時我已知道他是癲癇發作，我可以看見他嘴角聚集的白沫。起初我以為他們不明白這是什麼情況，在他們拉扯掉他的T恤時，我不斷喊著「癲癇發作！他癲癇發作了！」直到四道眉毛解釋：「姊妹，他們知道啦。」他們曉得但是動作一點也不輕柔。他們是只接受過蠻橫命令的那種軍人。那人身體越抽搐、口吐越多白沫就越激怒他們，在門口掙扎片刻後，他猛然抽搐了一下，四肢像不願走動的學步幼童一樣僵硬固定，他們將他踢下樓梯，伸手關上背後的門。我們聽見掙扎、可怕的尖叫聲，及接二連三的低沉拳擊聲。最後悄然無聲。「你們對那個可憐的男人做了什麼？」一四道眉毛在我旁邊大聲問，可是門再度打開時，她垂下眼睛繼續搖晃她的腰果，我也沒有說出任何我以為自己會說的話。群眾分開，軍人不受干擾地走下樓梯。我們是弱者，他們是強者，任何原本應該在弱者與強者之間調解的力量都不存在，不在這艘渡船上，不在這個國家裡。只有在軍人離開視線範圍後，坐在我旁邊的塔布力基才和附近另外兩個男人進入引擎室，找到那名癲癇患者，將他帶到陽光下。塔布力基將他溫柔地橫放在自己的大腿上：看起來宛如聖母慟子像。他的兩隻眼睛流血、裂開，不過人還活著而且恢復平靜。大家為他騰出一部分的長椅，在渡河剩餘的時間裡他都躺在那兒，赤裸著上身，輕聲呻吟，直到我們停靠碼頭後，他站起來和其他通勤乘客一樣，爬下樓梯，融入前往巴拉的人群中。

我非常高興見到哈娃，真心地高興！我踢開門時是午餐時間，而且正值腰果季節：所有人安排成五、六個圍成一圈，蹲在一個個大碗旁，碗內裝滿被火燒黑的堅果，現在得剝去堅果燒焦的外殼，再放入一連串紫染得過於豔麗的桶子裡。就連非常年幼的孩子都能勝任這項工作，因此全體總動員，即使像弗恩那種無用之輩也不例外；哈娃正在嘲笑他相對小堆的果殼。

「瞧瞧妳！妳看起來簡直像碧昂絲小姐本人呢！嗯，我的小姐，我希望妳的指甲不要太花俏，因為現在妳得過來示範給這個可憐的弗恩老兄看要怎麼做。連穆罕默德的那堆都大一點，他才三歲吔！」我把唯一的背包丟在門口——我也學會怎麼打包行李了——走過去環抱哈娃結實、細瘦的背部。「還沒有寶寶嗎？」她在我耳邊低聲說，我也低聲回她同樣的話，我們摟抱得更緊一些，對著彼此的頸子大笑。我非常訝異哈娃和我竟然跨越了大陸和文化，在這方面建立起情感，但事實就是如此。因為如同在倫敦和紐約一樣，艾咪的世界——因此也是我的世界——突然出現了很多嬰兒，包括她自己的和她朋友的，大家應付他們、談論他們，似乎除了生育什麼都不存在，而且不僅是在私人領域，還有所有的報紙、電視、收音機裡播放的零星歌曲，在我看來似乎普遍都執著於生育能力這個主題，尤其是像我這樣的女人的生育能力。哈娃在村子裡也承受了這樣的壓力，隨著時間流逝，大家逐漸明白了班竹市的警察只是幌子，哈娃是個新新女孩，也許沒受過割禮，當然未婚，沒有小孩，也沒有立即要生小孩的計畫。「還沒有寶寶嗎？」成為我們對兩人共同處境的簡略表達方式和口頭禪，每當我們互換這句話時就好像這是世界上最好笑的事似的，我們咯咯發笑、呻吟，只有當我回到自己的世界，我才會偶爾想起我三十二歲了，哈娃比我年輕十歲。

弗恩從腰果災難中站起身，將兩手的灰抹在長褲上。「她回來了！」

午餐立刻端過來給我們。我們在院子一隅用餐，餐盤放在膝上，兩人都餓到忽略了別人都沒有停下剝腰果殼來吃午餐。

「妳看起來氣色很好，」弗恩滿面笑容地對我說。「很開心。」

大院後面的鐵皮門敞開，哈娃家的土地一覽無遺。幾英畝略帶紫色的腰果樹、淡黃色的灌木叢，和一座座焦黑的灰燼小丘，那是哈娃與她祖母每月一次焚燒一大堆的家庭垃圾及塑膠所留下的痕跡。這景致莫名地既繁茂又貧瘠，我覺得這樣的混合很美。我明白弗恩說得沒錯：我在這個地方很開心。到三十二又四分之一的年紀，我終於有了空檔年。

「可是什麼是『空檔年』？」

「哦，那是在年輕時花一年的時間到某個遙遠的國家，學習那裡的生活方式，和當地的……社群交流。我們根本負擔不起。」

「妳的家庭？」

「嗯，對啊，不過——我特別想到的是我和我的同伴崔西。我們以前總是看著其他人去過空檔年，等他們回來時再狠批他們一頓。」

想到這段回憶我暗自發笑。

「『狠批』？那是什麼？」

「哦，我們以前都叫他們『窮觀光客』……你知道吧，那些學生度過一年空檔回來時總帶著愚蠢的民族風長褲，和價格過高的非洲『純手工』雕像，這些雕像其實是在肯亞某間工廠製造的……我們以前覺得他們好白癡。」

但說不定弗恩本身就曾經是這些樂觀的年輕嬉皮旅人之一。他嘆口氣拿起地上吃完的空碗，將碗從好奇的山羊口中解救出來。

「妳們真是憤世嫉俗的年輕人啊……妳和妳的同伴崔西。」

剝腰果殼的工作將持續到晚上。為了避免幫忙，我提議散步到井邊，牽強地藉口說是要汲早上洗澡用的水，令我驚訝的是，平常盡心盡責的弗恩居然說他要去。在路上他說起了一件事，說他去拜訪哈娃的堂兄弟穆沙，想查看新生嬰兒的健康狀況。他走到穆沙自己在村子邊緣搭建的一間非常簡單的小居所時，發現只有穆沙一個人。他的老婆孩子去探望她母親了。

「他邀請我進去，我想他有點寂寞。我注意到他有一臺舊的附VHS錄放影機的小電視。我很驚訝，他向來非常節儉，和所有的馬夏拉一樣，但是他說是一位即將回美國的和平工作團女士留給他的。他非常熱切地告訴我，他從來不曾用那臺電視看奈萊塢[57]的電影，或任何電視小說劇，或是那一類的影片，再也不看了。他只看『純潔的電影』。我想看一部嗎？我說當然好。我們坐下來，不一會兒我發現那是阿富汗的訓練影片，男孩們穿著一身黑，拿著卡拉什尼科夫衝鋒槍做後空翻……我對他說：『穆沙？你了解這部影片在說什麼嗎？』因為阿拉伯語的旁白一直喋喋不休，妳可以想像吧？我看得出來他一個字都聽不懂。他神情非常恍惚地對我說：『我喜歡他們跳躍的方式！』我想對他而言那就像是部迷人的舞蹈影片。激進的伊斯蘭教舞蹈影片！他告訴我：『他們動的方式讓我希望自己的內心更加純潔。』可憐的穆沙。不管怎樣，我想妳會覺得這很有趣，因為我知道妳對舞蹈很感興趣。」當我沒有笑時，他又補充道。

三

我收到的第一封電子郵件來自我母親。她是從倫敦大學學院地下室的電腦教室寄出，剛在那裡參加完一場公共辯論，我則是在我自己的大學圖書館電腦上收到的，內容是一首蘭斯頓．休斯（Langston Hughes）的詩：當天稍晚我打電話給她時，她逼我全部背誦出來以證明信送達了。夜幕溫柔地降臨，如我一般黝黑——我們是第一批收到電子郵件地址的畢業班，向來對新事物充滿好奇的母親買了一臺破舊的康柏電腦，連接上一臺老態龍鍾的數據機。我們一起進入如今在人與人之間展開的新空間，這連結沒有確切的開始或結束、總是潛在地開放，母親是我認識第一批了解這一點並充分加以利用的人之一。九〇年代中期傳送的大多數電子郵件往往很長、像信件一樣：起頭和結束都用傳統的問候語——我們以前在紙上慣用的那些——並且熱中於描寫周遭的景物，彷彿新的媒介將每個人都變成作家（「我在窗邊打這封郵件，眺望灰藍的大海，三隻海鷗正潛入水中。」）我母親從來不曾那樣子寫電子郵件，她一下就掌握了竅門：我剛從大學畢業幾星期，仍在那片灰藍色大海旁邊時，她開始一天寄給我數封短短兩、三行的訊息，多半沒有標點符號，總感覺像是飛快寫下的。這些郵件的主題都一樣：我打算什麼時候回來？她指的不是舊的

57 Nollywood，奈及利亞電影產業，類似於美國的好萊塢和印度的寶萊塢。

住宅區，她在一年前已經搬離那裡了，現在她住在漢普斯特一間位在一樓的漂亮公寓，和一個男人同居，自從母親習慣性地附帶說明（「我正在跟他一起寫論文，他是個著名積極分子，妳八成聽過他？」、「他真是個很棒、很棒的人，我們關係非常密切，當然他是個著名積極分子」），父親和我便開始稱那男人為「著名積極分子」。著名積極分子是個英俊的托巴哥人，有印第安血統，留了一點普魯士風格的鬍子，頭頂上的濃密黑髮以引人矚目的方式梳理，好強調僅有的一綹灰。母親是在兩年前一場反核會議上認識他的，她和他一起參加遊行、撰寫有關他的論文——後來跟他一起寫——之後進展到和他一起喝酒、吃飯、睡覺，現在搬去跟他同居。他們倆經常一起被拍到，站在特拉法加廣場的獅子像之間，發表一場又一場的演說，有如沙特和西蒙．波娃，只是好看多了。現在，每當著名積極分子被要求為無聲的人發言時，無論是在示威遊行或是在會議上，母親通常都在他身旁，扮演她的新角色「地方顧問和基層積極分子」。他們在一起一年了。在這段期間，母親變得有點名氣，是廣播節目的製作總監可能會打電話來，請其針對當天發生的左傾辯論發表意見的人選之一。或許不是名單上的第一人選，不過倘若學生會會長、《新左翼評論》的編輯、反種族主義聯盟的發言人恰巧都在忙，就可以指望母親和著名積極分子，因為他們幾乎總是能出席。

我確實試過為她高興。我知道那是她一直想要的。可是自己無事可做時很難為別人高興，此外我對父親感到愧疚，更為自己感到難過。一想到要搬回去和母親同住，過去三年來我所達到的微小成功似乎也一筆勾銷。但是我沒辦法再依靠學生貸款過活。我鬱悶地收拾房間，草草翻閱如今毫無意義的論文，一邊眺望大海，感覺自己從夢中醒來，大學對我來說就是一場夢，離現實太遠，或者說至少離我的現實太過遙遠。我租來的學士帽才剛還，那些境況似乎和我差不多的年輕人已紛紛宣布馬上要動身前往倫敦，有時會到我住的街區，或者其他類似的地區，討論時一副英勇的口吻，彷彿這些是有待征服的蠻荒邊疆。他們帶著手頭的存款離開，準備買公寓甚至房子；他們接受無薪的實習，或是申請面試官碰巧是他們父親大學老友的工作。我沒有計畫、沒有存款，也沒有人死後會留下遺產給我：親戚全都比我們更窮。無論是抱負或實際上，我們難道不是中產階級嗎？或許對母親來說這個夢想就是事實，光是做夢她就覺得已經實現。而現在我清醒了，看得非常清楚：有些事實是無法改變、不可避免的，例如無論我怎麼看，目前活期存款帳戶裡的八十九英鎊就是我在這世上僅有的錢。我做了幾頓焗豆吐司，寄出二十多封求職信，等候。

獨自在其他人都已經離去的小鎮，我有太多時間憂思。我開始從尖酸的新角度去審視母親。她是個女性主義者，卻一直受到男人支持，先是我父親，現在則是著名積極分子，儘管她不斷對我高談闊論「勞動的崇高」，但就我所知，她其實從來沒有做過有酬僱用的工作。她「為民眾」工作，是沒有薪酬的。我擔心著名積極分子的情況或多或少也是如此，他似乎寫了很多小冊子卻沒有書籍著作，也沒有正式的大學職位。將她所有的雞蛋放在這樣一個男人的籃子裡，放棄了我們的公寓——我們所知的唯一保障——搬去漢普斯特和他同居，那正是她經常苛刻批評的那種布爾喬亞幻想，讓我覺得她不但背信棄義而且極為魯莽。我每天晚上到海邊去，用一座將兩便士硬幣當成十便士的不可靠電話亭，和她惡言相向地談過許多次。但是脾氣不好的只有我，母親沉浸在愛中非常幸福，對我充滿深厚的情感，雖然這只讓她更難發現實際的細節。比方說，每次我企圖探究著名積極分子的確切財務狀況都只得到含糊其辭的答案或轉換話題。她總是樂於討論的只有他的三房公寓，她想要我搬進去的那間公寓是在一九六九年用他過世叔叔的遺產、花了兩萬英鎊購買的，現在價值「遠超過一百萬」。儘管她傾向於馬克思主義，這個事實顯然帶給她極大的快樂和幸福感。

「可是媽⋯他不打算賣掉，不是嗎？所以這根本無關緊要啊。只要你們這對情侶住在裡面，那間公寓就一文不值。」

「聽著，妳何不搭火車過來吃個晚餐呢？等妳見到他一定會喜歡他的，每個人都喜歡這個男人。你們會有很多話題可以聊。他認識麥爾坎．X[58]呢！他是個著名積極分子⋯⋯」

然而就像許多以改變世界為己任的人一樣，他本人證實是個心胸狹隘無比的人。我們第一次見面談話的焦點不是討論政治或哲學，而是沒完沒了地抱怨他隔壁的鄰居，他是加勒比海同胞，和我們的東道主不同，非常富有，出版過多本著作，並獲得一所美國大學的終身職位，他擁有這整棟建築，目前正在他的花園盡頭建造「某種該死的綠廊」，將會稍微遮蔽著名積極分子的漢普斯特德荒野景觀。晚餐後，當六月的太陽終於下山，我們拿了一瓶牙買加的雷跟姪子（Wray & Nephew）蘭姆酒，表現出團結一致的樣子，走進花園怒目瞪著那興建到一半的東西。母親和著名積極分子坐在小鑄鐵桌旁，緩緩地捲著、抽著捲得很糟的大麻菸。我喝了過多的蘭姆酒。到某個時刻我們都陷入沉思，凝視著池塘以及池塘再過去的漢普斯特德荒野，當維多利亞時代的燈柱亮起來，整個畫面變得空空蕩蕩，只剩鴨子和愛冒險的男人。燈光將草坪變成煉獄般的橘紅色。

「想想看像我們兩個這樣的島嶼小孩，兩個赤腳孩子從一無所有最後竟然到了這裡……」母親低聲說，他們握住彼此的手，前額貼在一起，看著他們我雖然覺得很可笑，但我豈不是猶有過之？一個成年女人怨恨另一個成年女人，而她畢竟為了我和她自己，沒錯，以及為她的同胞做了那麼多事？而且她說得對，一切都是從無到有。我是不是因為沒有嫁妝才為自己感到難過？當我從正在捲的大麻菸上抬起頭來時，母親似乎看透了我的心思。她說，難道妳沒有察覺自己幸運得不得了嗎？能夠活在此時此刻？像我們這樣的人，我們沒辦法懷舊。我們過去沒有家。懷舊是種奢侈。對我們的人來說，時機正是現在！

我點燃大麻菸，再幫自己倒一小杯蘭姆酒，低頭聽著鴨子呱呱叫和母親喋喋不休地說話，直到夜深了，她的情人把手輕輕放在她臉頰上，我明白是該去搭最後一班火車的時候了。

七月底我搬回倫敦，不是去母親那裡，而是到父親家。我主動提議要睡客廳，他不同意，他說如果我睡那裡，每天早上他出門送信都會吵醒我，我很快就接受了這個邏輯，讓他蜷縮在沙發上。作為回報，我覺得自己真的最好找份工作：父親真的由衷相信勞動的崇

58 Malcolm X, 1925-1965，非裔美籍伊斯蘭教教士與非裔美國人民權運動者；擁護者多認同他以嚴厲用詞指責美國白人對待黑人的方式，反對者則認為他鼓吹種族主義與暴力。

高，為此他押上自己的人生，讓我對自己的無所事事感到羞愧。有時聽見他悄悄溜出門後無法再入睡，我會在床上坐起來想想父親和他的同胞，以及更早的許多世代，所做的這些工作。未受過教育的勞動，通常不需要技術或技巧的體力勞動，有的正大光明，有的不正派，而這一切多少都導致了我目前懶散的狀態。在我還很小，八、九歲的時候，父親給我看他父親的出生證明，上面寫著他祖父母的職業——破布蒸煮工及破布裁剪工——我應當要明白，這證明了無論他們願意與否，他的族群總是由他們的勞動所定義。他堅信勞動的重要性，就像母親相信真正重要的定義是文化和膚色。我們的同胞，我們的同胞。我想起幾星期前，在著名積極分子家那個美好的六月夜晚，我們非常輕易地使用這個說法，邊坐著喝蘭姆酒，邊欣賞一窩窩的肥鴨，牠們頭朝內、鳥喙埋在自己身體的羽毛裡，棲息在池塘岸邊。我們的同胞！我們的同胞！此時躺在父親發臭的床上，反覆思考這個說法——因為沒有更好的事可做——讓我回想起那些鳥重疊的呱呱聲和嘈雜聲，從埋在自身羽毛中的鳥喙發出，一遍又一遍地重覆著令人費解的相同訊息：「我是隻鴨子！」「我是隻鴨子！」

四

在缺席幾個月後，我走出共乘計程車，瞧見弗恩站在路旁，顯然是在等我，時間抓得正好，彷彿有公車站和時刻表似的。見到他我很高興。但是他看起來沒有心情打招呼或寒暄，跟上我的步調後立刻開始低聲匯報，還沒到哈娃家門口，我甚至也開始為目前籠罩村子的謠言煩惱起來：據傳艾咪正在辦理簽證，拉明不久將會永久移居紐約。「嗯，是這樣嗎？」我告訴他實情：我不曉得，也不想知道。我在倫敦度過一段筋疲力盡的日子，握著艾咪的手熬過在個人生活與工作方面都很艱難的冬天，因此對她這種私人戲碼格外反感。她在英國陰沉的一、二月錄製的專輯原本差不多該在這時候發行，卻放棄了，原因是她與年輕製作人發生了一段短暫、醜陋的婚外情，之後他就把歌帶走了。早幾年前像這樣的分手對艾咪而言僅是小挫折，只值得在床上待半天，看幾集早已被遺忘的舊澳洲肥皂劇——《飛行醫生》（*The Flying Doctors*）、《蘇利文一家》（*The Sullivans*）——她在極度脆弱時總是這麼做。可是我發現她變了，護身盔甲已不復以往：甩人、被甩——這些行為現在對她的影響遠比以前深，她真正受了傷，除了茱蒂不見任何人將近一個月，幾乎足不出戶，好幾次叫我睡在她房間，就在她床邊的地板上，因為她不想獨自一人。在這段深居簡出的時期，我想當然地認為，無論好壞，沒有人比我更親近她。聽了弗恩說的話，我第一個感覺是自己遭到了背叛，更仔細思考後發現這想法不大正確：那不是欺騙而是一種身心分離。在停滯不前的時刻我是她的安慰與陪伴，然而在她心中的另一個隔間裡，她忙著和拉明一起計畫未來，而茱蒂是她的共謀。我沒有生艾咪的氣，卻發現自己被弗恩搞得灰心喪氣：他想要把我扯進去，而我一點也不想涉入，覺得這很麻煩，我的旅行已經全部計畫好了。弗恩說得越多，我越明白腦中策劃好的旅程逐漸離我遠去：參觀昆塔金特島，在海灘上待幾個下午，在城裡的豪華飯店住兩晚。艾咪幾乎沒有給我年假，我必須機智地在可以的地方偷偷度個假。

「好吧，不過那乾脆帶拉明一起去吧？他會願意和妳談。跟我在一起他嘴巴很緊。」

「一起去住旅館？弗恩——不要。這真是餿主意。」

「那就一起去旅行吧。反正妳自己一個人沒辦法到那裡，妳永遠找不到的。」

我讓步了。我告訴拉明時他很高興，我猜想不是因為要去那座島，而是因為有機會逃離教室，花一個下午和他開計程車的朋友羅陸交涉往返的價格。羅陸的爆炸頭剪成摩希根髮型，微染成橘色，他戴一條寬皮帶，銀質的大皮帶扣上寫著**性感男孩**。他們似乎一路上都在協商，兩小時的路程中充滿了前座的笑聲和辯論、羅陸震耳欲聾的雷鬼音樂，還有許多通電話。我坐在後座，懂的沃洛夫語只比以前多一點點。我看著灌木叢飛逝，瞧見奇怪的銀灰色猴子和更偏僻的定居點，你甚至無法稱之為村落，只有兩、三間小屋聚在一起，然後就空無一物地再過十英里路。我特別記得兩個赤腳的小女孩，手牽手走在路旁，看起來像一對好朋友。她們朝我揮揮手，我也揮手回應。她們四周沒有人、什麼都沒有，她們在世界的邊緣，或者說在我熟悉的世界邊緣，看著她們我意識到自己很難、幾乎不可能想像她們在這裡怎麼看待時間。當然我還記得自己在她們這年紀時，和崔西手牽手，自認是「八〇年代的小孩」，比父母更有見識、更現代。我們把自己想成特殊時刻的產物，因為除了古老的音樂劇，我們還喜歡《魔鬼剋星》（*Ghostbusters*）、《朱門恩怨》（*Dallas*），和長笛棒棒糖。我們在時間裡有一席之地。世上有誰不是這麼想的？可是當我向那兩個女孩揮手時，我注意到自己無法擺脫一個念頭，認為她們是少女時期或是稚氣友誼的永恆象徵。我曉得那是不可能的，對她們卻只有這樣的想法。

這條路最後到河邊結束。我們下車走到一座三十呎高的混凝土雕像前，那是個面對河川站立的棍子人，他的頭是一整顆地球，兩條棍子手臂奮力地想從奴隸的鎖鏈掙脫出來。一尊孤零零的十九世紀大炮、原始交易所的紅磚殘骸、「奴隸博物館興建於一九九二年」的小標示、一間冷清的咖啡店，就是牙齒稀疏、拚命說明的導遊所稱「遊客中心」的全部。在我們後面是個破敗棚屋的聚落，比我們住的村子要窮上好幾級，頑強地面對舊交易所，彷彿希望交易所能夠重新開張。一群孩子坐著旁觀我們到來，但是我向他們招手時導遊責備我：「他們不許再靠近。他們會要錢、打擾遊客。政府選擇我們當官方導遊，就是避免他們來煩你們。」橫過河大約一英里處，我可以看見島嶼本身：一座小小的岩石露頭，上面有些別具一格的營房遺跡。我只想要安靜一分鐘，沉思自己所在的地方，以及倘若有的話，這具有什麼意義。在呈三角形的咖啡店、奴隸雕像，及觀看的孩子之間，我到處可以看見聽見一群群的觀光客——一家嚴肅的英國黑人、幾個熱中的非裔美國青少年、兩個已經淚流不止的荷蘭白人婦女——他們全都在做相同的事，同樣在忍耐身穿破爛藍T

恤的政府官方導遊背誦講稿，或者拿著咖啡店硬塞到他們手裡的菜單，或是和急於帶他們到對岸去看祖先牢房的船夫討價還價。我發現自己很幸運有拉明陪伴，趁他忙於他最愛的活動——認真、低聲地同時和好幾方人馬磋商金額——我自由地漫步走向大炮，跨坐在上頭眺望水面。我試著讓自己進入沉思的心境。想像船隻在水中，人類資產走上跳板，少數幾個勇敢地抓住機會跳進水裡，即使注定失敗也要嘗試游回岸邊。但是每個影像都有如卡通般空泛，感覺和博物館側面的壁畫一樣遠離現實，那幅畫上畫著一家子赤身裸體、高大健壯的曼丁哥族人頸部套著鎖鍊，遭一名邪惡的荷蘭人逐出灌木叢，彷彿他們是被獵人捕獲的獵物，而不是如穀物般遭酋長賣掉。母親時常告訴我，條條道路通回故里，然而如今我到了這裡，這塊非洲大陸上眾所周知的角落，卻不覺得這裡有何特殊，倒是個一般通則的例子。在這裡弱肉強食：地方、種族、部落、皇室、國家、全球、經濟等種種強大的勢力掠奪各種各樣的弱者，肆無忌憚，連最弱小的小女孩也不放過。但各地的強者都是如此。這世界滿是鮮血。每個族群都有他們浸透鮮血的遺產：這裡是我的。我等待著人們希望在這種地方能體驗到的宣洩，無法讓自己相信我族人的痛苦只聚集在這個地方；痛楚很顯然到處都是，這裡只不過正好是他們設置紀念碑的地方。我放棄了，走去尋找拉明。他倚靠在雕像上，拿著新手機，是支看起來很時髦的黑莓機，臉上掛著昏昏欲睡的表情和大大的傻笑，一看到我走過來，他連再見都沒說就掛斷電話。

「你跟誰講電話？」

「如果妳準備好了，」拉明低聲說，邊將那大玩意兒塞進後面口袋，「這人現在會載我們渡河。」

我們與英國黑人一家共乘一艘窄船。他們試著和導遊攀談，詢問從小島到本土有多遠，有誰可能可以游過這湍急的水流，更別提那些套著鎖鍊的人。導遊聆聽他們談話，他的眼白被過多的破裂血管所掩蓋，看起來非常疲倦，似乎對假設不十分感興趣。他反覆說著同樣的標準聲明：「一個人如果能游到岸就能獲得自由。」到了島上，我們拖著腳繞過廢墟，排隊準備進入「最後手段」，一個十乘四的地下小房間，「關押像昆塔那樣最桀驁不馴的人」。想像一下！每個人不斷如此互相說著，我的確試著想像自己被帶到這裡，又本能地知道我不是叛逆型的人，不大可能是昆塔那夥人的一分子。很少人是。我確實可以想像我母親在這裡，還有崔西，以及艾咪——她自行其是屬於另一種人。可是我無法想像我自己。我不知如何是好，伸出手去抓住牆上的鐵環，那些「最桀驁不馴的人」脖子上的鎖鍊曾經銬在這上面。「讓妳想哭，是吧？」英國家庭的母親說，我覺得確實如此，就在我把目光從她身上移開準備掉淚，我在上面的小窗發現政府的導遊趴在那裡，僅有三顆牙的嘴巴幾乎擋住了所有自然光線。

「妳現在會感到痛苦，」他隔著鐵柵欄說明，「妳會需要獨處一下子。等妳感受完痛苦後，我會在外頭和妳碰頭。」

在回程的船上，我問拉明他和艾咪經常談些什麼。他坐在船的橫桿上，挺直背部，抬起下巴。

「她認為我舞跳得很好。」

「真的嗎？」

「我教過她很多她不知道的動作。透過電腦。我示範我們本地的舞步給她看。她說她會用在她的表演上。」

「我明白了。她談過你要去美國的事嗎？或是英國？」

「一切掌握在神的手中。」他說著不安地瞄其他乘客一眼。

「對。還有外交部。」

羅陸一直在計程車裡耐心等待，等我們接近時便把車開到河岸邊，打開車門，顯然打算直接把我從河邊送上車，不吃午餐，再搭兩小時的車。

「可是拉明，我得吃東西！」

我留意到在我們參觀小島期間，拉明一直抓著咖啡店護貝過的菜單，現在他將菜單拿給我看，有如在法庭戲中得勝的關鍵證據。

「吃這午餐太花錢了！回到家哈娃會幫我們準備午餐。」

「午餐錢由我來付。大概一人三英鎊。拉明，我向你保證這對我來說不算什麼。」

拉明和羅陸接著爭執起來，我很高興看到拉明似乎輸了。羅陸像個得意洋洋的牛仔兩手按在皮帶扣上，關上車門把車開回山丘上。

「太貴了。」拉明再說一次，大大地嘆口氣，不過我跟隨羅陸，拉明跟在我後面。

我們坐在一張野餐桌旁享用錫箔紙包魚配米飯。我聽著隔壁幾桌的交談，奇怪、參差的談話內容無法判定究竟是什麼：是觀光客對歷史創傷的沉重省思，還是海灘度假的人喝雞尾酒時的輕鬆閒聊。一位高個子、皮膚曬傷的白人婦女，起碼七十好幾，獨自坐在後面的一張桌子旁，周圍堆滿疊好的印花布、鼓、雕像、印著絕對不再的T恤，和其他當地的商品。沒有人走近她的攤子，或是看起來有可能買的樣子，過一會兒後她站起來，開始從一桌走到另一桌，歡迎客人、詢問他們住在哪裡、從哪裡來。我希望在她走到這一桌前我們能夠吃完，可是拉明吃得非常慢，她逮到了我們，當她聽說我不是從任何一間旅館來的，也不是援助隊員或傳教士，她產生了特別的興趣，在我們旁邊坐了下來，太過靠近羅陸，羅陸俯身吃魚不願意看她。

「妳說是哪個村莊？」她問，雖然我剛才沒說，現在拉明在我有機會含糊回答前告訴了她。她終於明白了。

「哦，不過妳跟那間學校有關啊！原來如此。嗯，我曉得大家說了那個女人不少壞話，但是我真的很喜歡她，坦白說，我很欽佩她。其實我原本也是美國人，」她說，我好奇她怎麼會認為有人會不確定這一點。「一般來說，我通常不喜歡美國人，不過她是那種有手段的人，妳懂我的意思吧。我真的覺得她好奇心很重而且非常熱誠，她引來那麼多的關注對這國家來說是件好事。哦，她是澳洲人？好吧，不管怎樣她是個和我志趣相投的女人！一個冒險家！雖然我來這裡當然是為了愛，不是為了慈善。以我的情況來說，慈善是後來才開始做的。」

她觸摸自己的心口處，身上那件五彩細肩帶連身裙的領口深得驚人，胸部半露出來。她的乳房又長又紅而且乾皺。我下定決心絕對不問她來這裡是為了誰的愛，也不問她這行為最終導致了什麼善事，然而察覺到我的抗拒，她決定以老婦人的特權無論如何還是告訴了我。

「我就像這些人一樣，只是來這裡度假。我並沒有打算墜入愛河！和一個年紀小我一半的男孩。」她對我眨個眼。「那是二十年前的事了！但那絕不僅僅只是一段假日戀情，妳瞧：我們兩人合力建造了這一切。」她自豪地環顧這個偉大的愛情紀念碑：一間鐵皮屋咖啡店，有四張桌子、菜單上有三道菜。「我不是個有錢的女人，其實只是個普通的瑜伽老師，但是這些柏克萊的人，妳只需要跟他們說：『你們看，這就是目前的情況，這些人迫切需要幫助』，然後我可以告訴妳，妳會很驚訝，這些人真的就會不遺餘力地去做，他們真的會那麼做。幾乎每個人都想出一分力。當妳解釋一塊美金在這裡可以做什麼事？當妳說明那一塊美金可以發揮多大的作用？哦，大家都無法相信！令人遺憾的是，我親生的孩子，第一次婚姻所生的？他們不是那麼支持。沒錯，有時候支持妳的反而是陌生人。不過我時常對這裡的人說『請不要相信聽到的每件事！不是所有的美國人都是討厭鬼，一點都不是。』柏克萊的人和沃斯堡的人差異很大，妳明白我的意思吧。我出生在德州的基督教家庭，年輕的時候，美國對我來說是個相當難受的地方，因為我放蕩不羈，就是無法找到自己的歸屬。我猜現在稍微比較適合我了。」

「可是妳住在這裡，和妳丈夫在一起？」拉明問。

她微微一笑。這問題似乎不大吸引她。

「夏天而已。冬天我住在柏克萊。」

「那他跟妳一起去嗎？」拉明問。我感覺他正在不露聲色地進行調查。

「不，沒有。他待在這裡。他在這兒一年到頭都有很多事情要忙。他是這裡的大人物，我想妳可以說我是那裡的大人物！所以對我們來說，這樣子非常理想。」

我想到了艾咪的新媽媽朋友們，儘管擁有名氣和財富，似乎都失去了那層少女的幻想，眼中的光芒也已熄滅，然後我直視這婦人有點狂熱的藍色大眼，看見了完全的空洞。一個人在被剝奪了那麼多層以後仍然能夠扮演好她的角色似乎不大可能。

五

畢業後，我以父親的公寓為據點，申請了各種我所能想到的低階媒體工作，每晚將我的乞求信放在廚房流理臺上請父親隔天早上投遞，然而過了一個月毫無進展。我曉得父親與這些信的關係複雜——我的好消息對他來說是壞消息，意味著我要搬出去——有時我會多疑地幻想他根本沒有寄出那些信，只是丟進我們這條街盡頭的垃圾箱。我想到母親總是說他缺乏雄心，對這項指控我則憤怒地為他辯白，但現在不得不承認我能夠理解她的意思。最令他高興的莫過於藍伯特舅舅星期天偶爾來訪，我們三人全都到父親樓下鄰居爬滿常春藤的屋頂平臺上，安坐在帆布折椅上抽大麻、吃自製魚餃，這是藍伯特遲到兩、三小時的藉口，一邊收聽英國廣播公司國際頻道，一邊看著銀禧線的列車每隔八到十分鐘從地球內部爬升上來。

「啊，這才是人生嘛，親愛的，你們不認為嗎？不再有：做這個、不要做那個。就只有我們朋友在一起，大家平起平坐。呃，藍伯特？當你跟自己的孩子成為朋友的時候？這才是人生，不是嗎？」

是嗎？我不記得他曾經大力行使如今他宣稱要拋掉的親權，他從來不曾說過：「做這個、不要做那個。」他只給過我愛與自由。這麼做導致了什麼？我將早早和藍伯特一起邁入嗑到茫的退休生活嗎？由於不知道還能做什麼，因此我回去做一份糟糕的工作，那是我在大學第一年暑假曾做過的工作，在肯薩高地的披薩店。那家披薩店的經營者是個可笑的伊朗人，叫巴赫拉姆，長得又高又瘦，儘管他的周遭環境如此，他仍自認為地位高人一等。不論天氣如何，他總喜歡穿件時髦的駝色長大衣，經常像義大利大亨似地將大衣披在肩上，把自己那骯髒不堪的地方稱為「餐廳」，整個店鋪只有一間小家庭的浴室那麼大，在公車總站和鐵路之間的灌木叢林地占據一小塊角落。從來沒有人進來吃，都是叫外送或是外帶回家。我以前時常站在櫃檯看著老鼠飛奔過油地氈。店內有張桌子，理論上顧客可以自由在那裡用餐，實際上一天到晚都是巴赫拉姆在占用：他家裡麻煩一堆，有老婆和三個難搞、未婚的女兒，我們懷疑他寧可和我們在一起也不願和家人在一起，或者說比起和她們爭吵他更喜歡對我們大吼。工作時他的日子過得挺輕鬆，不是批評店內左上角電視所播放的內容，就是從那個座位辱罵我們，他的員工。他對每件事情都滿腔怒火。那種浮誇、滑稽的憤怒表現在不斷以粗俗言語嘲弄周遭的每個人當中，他嘲笑人家的種族、性別、政治、宗教，導致幾乎每天都有顧客、員工，或朋友流失，在我看來與其說是冒犯別人，不如說是痛切地自食其果。反正那是唯一提供的娛樂。但是我十九歲第一次走進那裡的時候，並沒有遭到辱罵，而是受到他熱烈地歡迎，我後來才明白他說的是波斯話，但當時我真的覺得自己理解他在說什麼。我真是年輕、可愛，而且顯然很聰明，我真的在念大學嗎？我母親鐵定非常自豪！他站起來抓住我的下巴，將我的臉轉過來又轉過去，露出笑容。但是當我用英文回答時，他皺起眉頭用挑剔的眼光仔細審視罩住我頭髮的紅色大頭巾——我以為製造食物的地方頭巾會受到歡迎——過一會兒後，我們確認了儘管我的鼻子像波斯人，但我不是波斯人，一點都不是，而且也不是埃及人、摩洛哥人，或任何一種阿拉伯人，之後我犯了錯，說出母親家鄉島嶼的名稱，所有的友善隨即消失：他指示我到櫃檯去，我的工作是接聽電話、將訂單拿給廚房、安排送貨。我最重要的任務是注意他鍾愛的項目：顧客黑名單。他不厭其煩地將這名單寫在一捲長條紙上，貼在櫃檯後面的牆上，有時還附上拍立得照片。「大多數是妳的同胞。」在我上班的第二天，他若無其事地指給我看。

「他們不是賴帳，就是打架，或販毒。哦，別給我擺出那種表情！妳生氣了嗎？妳自己知道！那是事實！」我沒本錢生氣。我決定要撐過暑假那三個月，足夠我存些錢，這樣我一畢業就可以開始租房子。但是網球賽開打了，讓一切計畫變得不可能。一名索馬利亞的送貨男孩和我熱切地關注賽況，巴赫拉姆平常也注意網球賽——他認為體育最能證明他的社會學理論——今年他卻對網球賽氣憤不已，也氣我們喜歡看網球賽，每次逮到我們看比賽，他就會更加氣惱，因為布萊恩．謝爾頓第一輪未遭淘汰，他的秩序觀念遭到嚴重地擾亂。

「你們為什麼注意他？啊？啊？因為他是你們的同胞嗎？」

他用一根手指戳著索馬利亞送貨男孩安瓦爾細瘦的胸膛，安瓦爾的心靈光明燦爛，並且顯然非常懂得追求快樂——儘管在他的生活中似乎沒有什麼正當理由能養成他這種個性——此時他的反應是拍手笑得合不攏嘴。

「對啊，老兄！我們支持布萊恩！」

「你是個白癡，這點我們都知道，」巴赫拉姆說，然後轉向櫃檯後面的我：「但是妳很聰明啊，這讓妳顯得更白癡。」我沒有回話，他逕直走到我面前，兩個拳頭砰地砸在櫃檯上：「謝爾頓這傢伙，他是不會贏的。他贏不了。」

「他會贏！他會贏！」安瓦爾大喊。

巴赫拉姆拿起遙控器調低電視音量，讓他的聲音可以一路傳到後面，連正在刷洗披薩烤箱側面的剛果婦人都能聽見。

「網球不是黑人的運動。你們得了解：每種人都有他們各自的運動。」

「那你們的運動是什麼？」我問，真心感到好奇，巴赫拉姆在座位上挺直身體，顯得非常高大且自豪：「馬球。」廚房爆發一陣大笑。

「幹你們這群狗崽子！」他歇斯底里發作。

巧的是，我原本並沒有注意謝爾頓，事實上在安瓦爾指出來之前我根本沒聽過他，但現在我密切注意他，和安瓦爾一起成為他的頭號球迷。我買了小支的美國國旗在他比賽的日子使用，並且確保在這種時候派出其他的送貨員只留下安瓦爾。我們一起為謝爾頓加油，每當他成功得分就繞著店內跳舞，隨著他打贏一場又一場比賽，我們開始覺得好像是我們的跳舞和歡呼在推動他向前晉級，沒有我們他就完蛋了。有時巴赫拉姆表現得一副他也相信這點似的，彷彿我們是在執行某種古老的非洲巫毒教儀式。沒錯，我們以某種方式對巴赫拉姆和謝爾頓同樣施了魔咒。隨著錦標賽一天一天過去，謝爾頓依然拒絕被淘汰，我看到巴赫拉姆許多其他緊迫的煩惱，包括生意、難搞的老婆、為女兒尋找追求者的壓力，全都悄悄溜走，直到他唯一關心的是確保我們不為布萊恩．謝爾頓加油，謝爾頓無法打進溫布頓決賽。

有天早晨，錦標賽進行到一半時，我無聊地站在櫃檯，看見安瓦爾騎著腳踏車，在人行道上飛快地騎過來，接著隨意地剎車、跳下車衝到櫃檯前，他的拳頭放在嘴裡，臉上掛著幾乎抑制不住的笑容。他將一份《每日鏡報》啪一聲放在我面前，指著體育版的專欄說：「阿拉伯人！」我們難以置信。他名叫卡林姆．阿拉米，來自摩洛哥，種子排序甚至低於謝爾頓。他們的比賽將在兩點開始。巴赫拉姆一點到店裡。店內瀰漫著一種焦慮的期待感，原本應該五點才到的送貨員提早來了，剛果清潔工以前所未有的神速開始在廚房後頭幹活，希望能夠在比賽開始前趕到店鋪前面，也就是電視機前。那場比賽打了五回合。謝爾頓一開始很強，第一盤巴赫拉姆好幾次不得不站到椅子上大叫。第一盤最後謝爾頓以六比三取勝，巴赫拉姆從椅子上跳下來直接走出那棟建築。我們面面相覷：這算勝利嗎？五分鐘後他從車上拿來一包高盧香菸，歪歪扭扭地走回來，開始低著頭一根接一根地抽。到第二盤卡林姆的情況看起來有所好轉，巴赫拉姆坐得直挺挺的，然後站起來，開始在狹小的店內繞著圈子來回踱步，發表他自己的評論，牽涉到反手拍、吊高球、兩次發球失誤，以及優生學。等打到搶七時，他的演講變得益發流暢，手中的香菸揮舞，對自己的英文更加有自信。他告訴我們，那個黑人，他是本能，他在移動身體，他很強，他是音樂，是的，當然，還有他是節奏，這點大家都知道，另外他是速度，這或許很出色沒錯，可是我告訴你們網球是腦袋的運動——頭腦！黑人可能體力好、肌肉好，可以用力擊球，但是卡林姆他像我：他預先想好一、兩步。他的頭腦幾乎和阿拉伯人的頭腦一樣。阿拉伯人的頭腦是複雜的機器，非常精細。我們發明了數學。我們發明了天文學。敏銳的民族。領先兩步。你們的布萊恩他現在輸了。

不過他沒輸，而是以七比五拿下那一盤，安瓦爾搶走剛果清潔工手裡的掃帚——我不知道清潔工的名字，沒有人想過要問她的名字——叫她跟他一起跳舞，配合著他到哪裡都攜帶的電晶體收音機上播放的快活音樂。下一盤謝爾頓崩潰，以一比六輸掉。巴赫拉姆欣喜若狂。他對安瓦爾說，無論到世界上哪個地方，你們的人都是在最底層！有時候上面是白人、猶太人、阿拉伯人、中國人、日本人，看情況。但是你們的人他們總是輸。到第四盤開始，我們已經不再假裝是披薩店。電話響起沒人接聽，烤箱空無一物，所有人都擠在前面的狹小空間。我和安瓦爾坐在櫃檯，腿緊張地踢著廉價的密集板鑲板，踢得板子嘎嘎作響。我們看著這兩名選手——事實上幾乎是不分軒輊——纏鬥到延長、折磨人的搶七，最後謝爾頓以六比七輸了。安瓦爾放聲痛哭。

「但是安瓦爾，小朋友：他還有一盤啊，」親切的波士尼亞廚師解釋，安瓦爾感激得就像坐在電椅上的囚犯、透過有機玻璃瞧見典獄長順著走廊跑來似的。最後一盤打得很快：六比二。謝爾頓贏了這場比賽。安瓦爾把收音機音量調到最大，我跳起了各種舞步：迴旋、重踏、曳步，甚至跳了搖擺舞排舞。巴赫拉姆指控我們全都跟母親發生性關係後氣沖沖地跑出去。大約一個鐘頭後他回來了。這是傍晚的尖峰時間，正是母親們決定她們應付不了煮晚餐，成天吸大麻的人突然發現自己從早餐後就沒有進食的時候。我不斷遭到電話侵擾，像平常一樣努力解析各種不同的爛英文，無論是在講電話或是跟我們自己的送貨員之間溝通，突然間巴赫拉姆走到我跟前，將一份晚報放到我面前。他指著一張謝爾頓的照片，謝爾頓的手臂高舉正準備發個強而有力的球，球在他前面的空中，停在擊中的瞬間。我用一手摀住話筒。

「幹嘛？我在工作。」

「看仔細點。不是黑人。是棕色人種。和妳一樣。」

「我在工作。」

「說不定他是一半一半，跟妳一樣。所以這就可以解釋了。」

我沒有看向謝爾頓，而是非常仔細地看著巴赫拉姆。他露出笑容。

「一半的贏家。」他說。

我放下電話，脫掉圍裙走了出去。

我不知道崔西如何發現我回到巴赫拉姆那裡工作。我不想讓任何人知道，自己幾乎無法面對這個事實。也許她只是透過玻璃瞄到我。八月下旬某個悶熱的下午，她穿著超貼身的緊身褲和露臍中空裝走進來，引起一陣騷動。我注意到她的衣著沒有隨著時代變化而改變，沒有必要改變。她並不像我和大多數我認識的女人一樣，努力想辦法用符合年齡的象徵、框架和標誌來裝扮自己的身體。彷彿她超越了這一切，不受時間的影響。她的打扮總是為了舞蹈排練，而她那樣穿看起來總是很漂亮。安瓦爾和其他男孩坐在外頭摩托車上等著，先花了很長的時間端詳正面，再調整位置以便看到義大利人所說的B面。她靠在櫃檯上和我說話時，我看見其中一個男孩摀住眼睛，彷彿承受著身體的痛苦。

「很高興見到妳。海邊怎麼樣啊？」

她幸災樂禍地笑著，證實了我早已有的感覺，我的大學生活成為本地的笑柄，是拙劣地嘗試扮演超出我能力範圍的角色，落得失敗的下場。

「我看到妳媽了。最近她無處不在。」

「對啊。我想，我很高興回來。妳看起來很棒。妳在工作了嗎？」

「哦，我在做各種各樣的工作。我有個大新聞。妳什麼時候下班？」

「我才剛上班。」

「那明天呢？」

巴赫拉姆悄悄貼近我們，用他最彬彬有禮的態度詢問崔西是否剛好是波斯人。

隔天晚上我們在本地一家酒吧碰面，過去我們一直認為這是愛爾蘭酒吧，現在既不是愛爾蘭也不是別的了。舊的雅座不復存在，取而代之的是許多來自不同歷史時期的沙發和翼背椅，上面罩著不協調的印花布，隨意擺放在店內各處，有如最近剛拆除的舞臺布景。壁爐腔上貼著紫色絨質壁紙，許多粗製濫造的森林動物標本停在或跳或蹲的動作中，裝在鐘形玻璃罩裡放在高處的架子上，用歪斜的玻璃眼睛俯視我和崔西的重聚。我停止凝視一隻僵化的松鼠，將目光轉向崔西，她手裡拿著兩杯白酒從吧檯走回來，臉上露出強烈的厭惡。

「七英鎊？這是什麼鬼？」

「我們可以去別的地方。」

她皺起鼻子。「不要。那正中他們的下懷。我們打出生就在這裡。喝慢一點吧。」

我們從來沒辦法慢慢喝。我們不斷地喝，用崔西的信用卡付帳，緬懷往事、開懷大笑，比我大學整整三年笑得都還要厲害，帶彼此回想起伊莎貝爾老師的黃色舞鞋、我母親的黏土坑、《舞蹈史》等每件事情，包括我從沒想過能夠一起笑談的事：路易為麥可·傑克森伴舞、我自己的皇家芭蕾學校幻想。我大著膽子探問她父親的情況。

她停止了笑。

「還在那裡。現在有一大堆『外面的』孩子，人家告訴我的……」

她那向來表情豐富的臉變得若有所思，一會兒後又擺出我從孩提時代就印象深刻的徹底冰冷。我原本考慮告訴她我多年前在肯迪什鎮看到的事，但是那冷漠讓句子到了嘴邊又堵住。

「那妳老爸呢？很久沒見到他了。」

「信不信由妳，我認為他還愛著我媽。」

「那很好啊，」她說，但是臉上仍是同樣的表情。她的視線越過我盯著松鼠。「那很好。」她又說了一遍。

我看得出來往事追憶告一段落，該適時試探地談談現在了。我能夠猜到崔西的消息會輕而易舉地遠勝過我提供的任何訊息。果不其然：她得到了西區舞臺的角色。那是我們非常喜歡的歌舞片《紅男綠女》（*Guys and Dolls*）的新版演出，她扮演「一號熱箱女郎」，我記得不是重要的角色——在電影中沒有自己的名字，只說了四、五句臺詞——儘管如此她經常出現，不是在熱箱俱樂部唱歌跳舞，就是跟在艾德蕾德身後，她照理應該是艾德蕾德最好的朋友。崔西將有機會唱〈收回你的貂皮〉（Take Back Your Mink）——這首歌我們小時候唱過，邊唱邊揮舞著兩條看起來骯髒破舊的羽毛長圍巾——她將穿上蕾絲緊身胸衣和真正的綢緞禮服，並且把頭髮燙捲定型。「我們目前在做正式的預演彩排。他們每天晚上用平板夾幫我造型，真是折騰死我了。」她摸了摸自己的髮際線，我看見在用來讓頭髮光滑平整的髮蠟下面，髮際線確實已經受損斑駁。

她停止自吹自擂。然而，在那之後她卻給我一種脆弱、自衛的印象，我感覺我的反應並不是她想要的。或許她真的以為一個二十一歲的大學畢業生聽到她的好消息後會崩潰哭倒在地。她拿起酒來一飲而盡。終於她問起了我的生活。我深呼吸一口氣，重複了一遍我對母親說的那套說詞：這只是權宜之計、等著其他機會的消息、暫時住在爸爸那裡，因為租金昂貴，沒有和人交往，不過另一方面是感情關係太複雜了，不是我現在需要的，我想要花點時間在自己身上——

「好，好，好，但妳不能一直為那個披薩店的討厭鬼工作對吧？妳需要有個計畫。」

我點點頭等著，一種熟悉的如釋重負感襲來，儘管我很久沒有這種感覺了，我認為這感覺與崔西將我掌握在手中有關：她拿走了我的決定權，用她自己的意志、意圖取而代之。崔西不是向來都知道該玩什麼遊戲、說什麼故事、選擇什麼節奏，配合節奏該跳什麼舞步嗎？

「聽著，我知道妳現在是個成熟的女人了，」她用推心置腹的口吻說，往後靠在椅子上，雙腳往下繃起足尖，從膝蓋到腳趾形成一道美麗的垂直線。「這不關我的事，不過假如妳需要的話，他們現在正在找舞臺工作人員。妳可以去試試。我可以幫妳說句好話。只有四個月，但總比什麼都沒有來得好。」

「我對戲劇一竅不通，完全沒有經驗。」

「噢，我的天哪，」崔西說著對我搖搖頭，一面站起來再去拿一輪酒。「說謊就好了啊！」

六

我想我對拉明的質問肯定是傳回到艾咪那裡，因為在我要離開可可海洋飯店那天，接待櫃檯打電話到我房間，說有個留言要給我；我打開白色信封發現了這張字條：噴射機不能用。妳得搭商用飛機。把收據留著。茱蒂。

我受到懲罰了。起先我覺得艾咪認為搭乘商用飛機是種懲罰很好笑，但是等我到了機場後，才驚訝自己竟然忘了那麼多事情：等待、排隊、服從不合理的指令。在場有那麼多人、工作人員態度粗魯，就連候機室螢幕上一成不變的班機時間，這一切在在都感覺像是侮辱。我的座位隔壁是兩名卡車司機，他們來自哈德斯菲爾德，六十多歲，兩人一起旅行。他們很喜歡這裡，「倘若負擔得起的話，他們每年都會來。」午餐後，他們開始喝起小瓶的貝禮詩奶酒，交流對他們各自「小妞」的看法。兩人都戴著婚戒，戒指有一半嵌入肥胖多毛的手指裡。那時我戴上了耳機，他們大概以為我聽不見他們說話。「我的那個跟我說她二十歲，但是她的親戚——他也是那裡的服務生——告訴我她才十七。不過她的聰明遠遠超出她的年紀。」他的T恤上沾著硬掉的蛋黃。他朋友的牙齒發黃、牙齦出血。他們每年都有七天假期。那個一口黃牙的男人連續三個月都值兩班，只為了和他的小妞在班竹市共度這個長假。我幻想自己殺人，拿著鋸齒狀的塑膠刀劃過他們兩人的喉嚨，可是我聽得越久，整件事就顯得越悲哀。「我對她說，妳不想來英國嗎？基本上她告訴我：『當然不想，親愛的。』她希望我們在瓦蘇蓋間房子，不管那到底在哪裡。這些小妞，她們可不傻。現實得很。英鎊在那裡比在家鄉他媽的好用多了。就好像我老婆抱怨說她想去西班牙，我跟她說，『親愛的，妳活在過去。妳知道現在西班牙物價有多高嗎？』」一種弱者從另一種身上得到滿足。

幾天後我回到工作崗位。我一直等著正式會議或是匯報，但是感覺好像我根本沒去過似的。沒有人提起我出差的事。就這點而言並非那麼不尋常，因為那時有很多其他的事在進行——新專輯、新巡迴演出——而這是不易察覺的最佳霸凌手段，茱蒂和艾咪拚命將我排除在所有重要決定之外，同時確保她們的一言一行都無法明確地解釋為懲罰或嚴懲。我們正準備秋天轉換到紐約，通常在這時期艾咪和我總是如影隨形，可是現在我幾乎見不到她，兩個星期來我接到的都是更適合管家去做的乏味差事。我打電話給貨運公司、將鞋子編入目錄、陪小孩去上瑜伽課。某個星期六早上我一早就逼問茱蒂這件事。艾咪在地下室健身，孩子在看他們每周一小時的電視。我搜索屋內，發現茱蒂坐在書房裡，兩腳翹在鋪著檯面呢的桌上，正在為腳趾甲塗上可怕的紫紅色，每根修長的腳趾間塞了一塊楔形的白色泡棉。一直到我說完她才抬起頭來。

「嗯，好吧，親愛的，我真不想對妳明說，但是艾咪一點也不在乎妳對她私人生活的看法。」

「我是在努力為她著想。那是我身為朋友的職責。」

「不，親愛的，那樣說並不精確。妳的工作是：私人助理。」

「我在這裡九年了。」

「而我在這裡二十九年了。」她把兩腳轉過來，放進地上一個發出紫光的黑盒子裡。「我看過很多助理來了又走。但是天啊，他們沒有一個像妳這麼會幻想。」

「難道那不是真的嗎？她不是想幫他辦簽證？」

「我不要跟妳討論這件事。」

「茱蒂，我今天主要的工作是照顧那隻狗。我擁有學位。別告訴我我並沒有受到懲罰。」

茱蒂用兩手將劉海往後梳。

「首先，不要他媽的那麼誇張。妳所做的是工作。因為不管妳怎麼想，小雞，妳的工作現在不是，也從來不曾是『最好的朋友』。妳是她的助理，一直都是。但是最近妳似乎忘記了這點，該提醒妳一下。所以那是我們的第一個問題。第二個：如果她想帶他到這裡來、想和他結婚，或是跟他一起在該死的大笨鐘上跳舞，都不關妳的事。妳管太多了。」茱蒂嘆口氣低頭看著腳趾。「好笑的是，她甚至不是因為那個男孩才對妳不爽。根本和那個他媽的男孩無關。」

「那是為了什麼？」

「妳最近和妳媽說過話嗎？」

這問題讓我漲紅了臉。有多久了？一個月？兩個月？國會正在開會，她很忙，而且如果她需要我，她知道我在哪裡。我在腦中思索這些正當理由，想了好半晌才突然納悶為什麼茱蒂對這事情感興趣。

「嗯，也許妳該跟她談談。她現在讓我們的日子很難過，我實在不知道為什麼。如果妳能查出來會很有幫助。」

「我母親？」

「我的意思是，在這個你們稱為國家的小破島上有上百萬個問題，不誇張真的有上百萬，她卻偏偏想要談『西非的獨裁國家？』」茱蒂說著用手指比個引號。「英國與西非獨裁國家勾結。她上電視、寫專欄文章，在該死的首相答問茶會或者不管你們怎麼稱呼的場合上站起來發言。她沒完沒了地談這件事。無所謂。嗯，那不是我的問題，國際發展部所做的事、國際貨幣基金組織所做的事，那不在我的範圍內。可是艾咪是屬於我的範圍，也是妳的。我們和這個瘋狂該死的總統合作，如果妳去問妳心愛的弗恩，他會告訴妳我們現在在走鋼索。相信我，親愛的，假如那位偉大的萬王之王、終身總統殿下不想要我們在他的國家？我們馬上就得離開那裡。學校砸鍋，所有人都完蛋。現在，我知道妳擁有學位。妳告訴過我很多、很多次。這是屬於國際發展嗎？不，我認為不是。我確信妳那個坐在後座議員席上的大嘴巴母親大概認為自己也在幫忙，天曉得，可是妳知道她其實在做什麼嗎？傷害那些她聲稱想幫助的人，侮辱我們這些試圖在那裡做出一些改變的人。恩將仇報，這似乎是家族遺傳。」

我在躺椅上坐下來。

「天哪，妳都不看報紙的嗎？」茱蒂問。

在那次談話三天後，我們飛到紐約。我留言給母親、寫簡訊給她，寄電子郵件給她，而她一直到下個週末才打電話給我，而且是依媽媽們奇特的時間安排，挑了星期日下午兩點半，正當傑的蛋糕從廚房端出來、彩帶從彩虹廳的天花板上掉落，在紐約愛樂交響樂團弦樂組的小提琴家伴奏下，兩百名賓客合唱「生日快樂」的時候。

「怎麼那麼吵？妳在哪裡？」

我打開通往露臺的拉門，走出去後關上。

「今天是傑的生日。他九歲了。我在洛克斐勒中心頂層。」

「聽著，我不想跟妳在電話裡吵，」母親說，聽起來很像她想在電話裡大吵一架。「我看了妳的電子郵件，了解妳的立場，但是我希望妳明白我並不是為那個女人工作，事實上也不是為妳工作。我是為英國人民工作，假如我對那個地區產生興趣，如果我越來越關心——」

「對，可是媽，妳不能多關心一點別的事嗎？」

「這個計畫的合作夥伴是誰對妳來說不重要嗎？親愛的，我了解妳，知道妳不是唯利是圖的人，我知道妳有理想——拜託，妳是我養大的，所以我很清楚。我已經深入研究過了，還有米莉安也查過，我們得到的結論是目前人權問題確實變得難以為繼——為了妳，我很希望不是如此，但是事實擺在眼前。親愛的，妳難道不想知道——」

「媽，對不起，我再回妳電話，我得走了。」

弗恩穿了件非常不合身、顯然是租來的西裝，褲管落在腳踝處有點過短，他正走向我，傻乎乎地揮手，我想直到這一刻我才意識到自己掉出圈外有多遠。在我看來他就像是在錯誤時刻、貼在錯誤照片上的人物剪影。他露出笑容，拉開拉門，像隻小獵犬似地歪著頭：「啊，妳看起來真美。」

「為什麼沒有人告訴我你要來？你為什麼沒跟我說？」

他一手耙梳過廉價髮膠沒有完全馴服的鬈髮，一臉困窘，好像犯了小錯當場被逮到的學生。

「嗯，我是祕密出差。這有點荒謬，可是我還是不能告訴妳，對不起。他們希望我不要聲張。」

我望向他所指的地方，看見了拉明。他穿著白色西裝坐在中央的桌子旁，宛如婚禮上的新郎，茱蒂和艾咪分坐在他兩旁。

「我的老天爺啊。」

「不，不。我認為不是他。除非他替國務院工作。」他往前走一步，兩手擺在隔牆上。「不過這景色真是太美了！」

整座城市展現在我們眼前。我背對著景致，轉頭去端詳弗恩，查看他是否真實，然後看著拉明從經過的侍者手中接過一片蛋糕。我試著解釋自己感到驚慌的原因，不僅僅是因為被蒙在鼓裡，而且是因為我安排現實的方式遭到了摒棄。那時在我心裡——或許大多數年輕人都是如此——認為自己是一切的中心，是世界上唯一擁有真正自由的人。我四處搬來搬去，觀察呈現在我眼前的生活，然而在這些場景中的其他人，所有次要人物，都只存在於我安置他們的隔間裡：弗恩永遠在那間粉紅屋，拉明局限在村裡滿是塵土的小徑上。現在他們在我的紐約做什麼？我不知道在彩虹廳該怎麼和他們說話，不確定我們的關係應該如何，或者在這個環境下，我該償還或是應得什麼。我試著想像拉明終於到了母體另一邊，他現在心中的感受，是否有人引導他走過這令人目不暇給的新世界，是否有人幫忙向他解釋花費在這些氦氣球、魷魚包子，及四百朵牡丹上的金額多麼驚人。然而在他身邊的是艾咪，不是我，我從這裡就可以看出她沒有這樣的顧慮，這是她的世界，他只是受邀前來，就像她邀請其他人一樣，當成一種特別優待和禮物，如同過去女王們不自覺地施恩於人那樣。在她心目中，這一切都是命運，永遠是命中注定，因此一點也不複雜。那是她支付薪水給我和茱蒂、弗恩、我們所有人的真正原因：讓她的生活保持簡單。我們在糾結成團的雜草中跋涉，好讓她漂浮在水面上。

「不管怎麼說，我很高興能來。我想見妳。」弗恩伸出手來輕觸我的右肩，當下我以為他只是拂去一些灰塵，我的心思在別處，想著我困在雜草中而艾咪在我頭頂上平靜漂浮的影像。接著他的另一手放到我另一邊肩上：我還是不懂。我和宴會上的其他所有人一樣，或許除了弗恩以外，我的視線無法離開拉明與艾咪。

「我的天啊，看看這個！」

弗恩瞥一眼我指的地方，瞧見拉明和艾咪吻了對方一下。他點點頭：「啊，所以他們不再隱瞞了！」

「我的老天爺。她打算嫁給他嗎？還是要收養他？」

「誰在乎呢？我不想談她的事。」

忽然間，弗恩將我的雙手抓在自己手中，我轉回頭時發現他用滑稽的認真神情凝視著我。

「弗恩，你在做什麼？」

「妳假裝憤世嫉俗——」他不斷地探尋我的目光，我也同樣努力地閃躲他的視線，「我認為妳只是害怕而已。」

這句話在他的腔調下，聽起來像墨西哥電視肥皂劇中的臺詞，以前每個星期五下午，我們經常在學校的電視教室裡和一半的村民一起觀賞那些電視肥皂劇。我忍不住放聲大笑。他的眉頭悲傷地皺成一條線。

「請不要嘲笑我。」他低頭看著自己，我也看著他：我想這是我第一次看見他沒穿工裝短褲。「事實是我不知道在紐約該怎麼穿著打扮。」

我把雙手從他手中抽開。

「弗恩，我不知道你認為這是什麼。你其實不了解我。」

「嗯，妳是很難了解。不過我想了解妳。戀愛就是這樣，想要多了解另一個人。」

對我而言，這情況尷尬得他應該在此時此刻消失，就像電視肥皂劇裡這樣的鏡頭會中斷、進入廣告一樣，不然我看不出來我們要如何度過接下來的兩分鐘。他沒有離開，反而從路過侍者的托盤中抓起兩杯香檳，一口氣喝下他的酒。

「妳沒什麼話要對我說嗎？我把我的心獻給妳啊！」

「噢我的天啊，弗恩，拜託！別再說這種話了！我不想要你的心！我不想為任何人的心、為任何人的任何事負責！」

他一臉迷惑：「好奇怪的想法。一旦活在這個世界上，妳就有責任。」

「對我自己。」現在換我喝完一整杯香檳。「我只想對我自己負責。」

「人在這一生中有時候不得不為別人承擔風險。看看艾咪。」

「看看艾咪？」

「為什麼不呢？妳不得不佩服她。她一點也不覺得羞愧。她愛這個年輕人。這可能會給她帶來很多麻煩。」

「你是說：給我們。這會給我們帶來很多麻煩。」

「但是她不在乎別人怎麼想。」

「那是因為她和以往一樣不知道自己陷入什麼麻煩裡。這整件事情太荒唐了。」

他們靠在一起看著魔術師，一位身穿薩佛街西裝、打領結的迷人男士，他也參加過傑的八歲生日宴會。他正在表演中國環的把戲。光線傾洩進彩虹廳，鐵環儘管看起來很堅固卻輕鬆地互相滑進又滑出。拉明看似著了迷，所有人都看得入迷。我可以聽見非常微弱的中國祈禱音樂，大略明白這肯定是效果的一部分。我能夠看出每個人現在的感受，只是我沒有和他們在一起，我感受不到。

「妳在嫉妒嗎？」

「我真希望我能夠像她那樣欺騙自己。我嫉妒所有毫無所覺的人。一點愚昧阻止不了她。沒有什麼阻止得了她。」

弗恩喝光杯中的酒，尷尬地將酒杯放到地上。

「我不應該說的，我想我誤解了情況。」

他示愛的用語非常可笑，但此時他恢復到比較像他平常的管理式措辭，令我感到抱歉。他轉身回到室內。魔術師表演完畢。我看到艾咪起身走近圓形的小舞臺。她呼喚傑上臺，或者至少走到她身旁，接著是卡菈，然後拉明。宴會裡所有人傾慕地排成月牙形圍繞著他們。我似乎是唯一一個仍在外面往內看的人。她一手摟著傑和卡菈，另一手舉起拉明的左手擺出勝利的姿勢。所有人鼓掌歡呼，隱約的哄然笑聲透過雙層玻璃傳來。她維持這個姿勢：滿屋子的相機閃個不停。從我的角度來看，那個姿勢將她人生的許多時期重疊為一：母親和情人、大姊姊、摯友、超級巨星與外交官、億萬富翁及街童、傻女孩和女強人。但是她為什麼可以在任何地方、任何時間，獲得一切、擁有一切、做任何事、成為任何人物呢？

七

我最鮮活記得的是她溫暖的身體，當她跑下舞臺，衝進舞臺側翼和我的臂彎，我站在那裡拿著鉛筆裙準備替換她的綢緞連身裙，或是等她搖擺著脫掉鉛筆裙後，拿條黑貓尾巴別在她背後，還有拿乾淨的面紙擦去她長滿雀斑的鼻梁上老是湧出的汗水。當然還有很多其他的紅男綠女，我必須遞給他們槍或手杖，或者固定好領帶夾、拉直衣服的皺紋，或是別好胸針，但是我記得的是崔西一手抓住我的手肘以保持平衡，輕輕跨進亮綠色的七分褲裡，我接著拉起褲子側面的拉鍊，小心不要夾到她的皮膚，然後跪下去繫好疊跟白色踢踏舞鞋上的蝴蝶結。在迅速更衣期間，她總是嚴肅而沉默，從來不曾像其他熱箱女郎那樣咯咯傻笑或動來動去，也從不自我懷疑或需要慰藉，我很快就明白那些是歌舞女郎的典型特徵，與崔西的性格正好相反。我替她換裝時，她始終目不轉睛地注視舞臺上發生的一切。如果可以觀賞表演，她就會看，要是她被困在後臺更衣室裡透過監視器聽的話，她會全神貫注在所聽到的內容上，旁人完全無法和她交談。無論看過那齣戲多少次，她永遠不會厭倦，總是迫不及待想要回到戲中。她厭煩後臺的一切。她的真實生活是在那虛構的世界裡、舞臺的燈光下，這令我困惑，因為我曉得她和其中一位明星、一個有婦之夫有私情，全體演員中沒有其他人知道。他飾演亞維・艾伯納西教士，那個在救世軍樂隊裡扛大鼓的和藹老紳士。他們不需要在他的頭髮上噴灰白色，因為他的年齡幾乎是崔西的三倍，早已生出許多白髮，花白的爆炸頭使他有種戲劇評論家喜歡稱之為「睿智」的氣質。在現實生活中，他生長於肯亞，後來在皇家戲劇藝術學院待過一陣子，接著又在皇家莎士比亞劇團工作了一段期間：他說話有種矯揉造作的莎士比亞式腔調，大多數人在背地裡取笑他，但我很喜歡聽，尤其是在舞臺上，聽起來非常飽滿、如天鵝絨般地柔滑。他們的戀愛只能在極為有限的時間裡談，毫無擴展的自由。舞臺上他們幾乎沒有在一起的場景——他們的角色來自兩個不同的世界，一個是禱告的殿堂，一個是罪惡的巢穴——到舞臺下一切又是在祕密中進行而且煩擾不斷。但是我很高興擔任中間人的角色，尋找空的演員化妝室、把風，必要時為他們撒謊。讓我有具體的事情可做，而不是像大多數夜晚那樣懷疑自己到底在那裡做什麼。

觀察他們談戀愛，對我來說也很有趣，因為他們的關係構築很奇怪。每次那可憐的男人一見到崔西就一副可能因為愛她而死的模樣，然而就我所知她對他向來不是非常和顏悅色，我時常聽到她叫他老傻瓜，或是拿他的白人老婆來取笑他，或者對他衰老的性慾開些殘酷的玩笑。有一次我不小心打斷了他們：我走進一間演員化妝室，並不知道他們在裡面，結果撞見奇特的一幕：他穿著整齊地跪在地上，低垂著頭，不加掩飾地哭泣，而她坐在凳子上，背對著他，面向鏡子，正在擦口紅：「拜託你千萬不要，」我砰地一聲關上門時聽見她說。「還有站起來。你他媽的別再跪了……」後來她告訴我他提出要和他老婆離婚。她對他的矛盾態度讓我最感奇怪的是，這嚴重擾亂了她所在劇場界的階級制度，在劇場界中，演出的每個人都有確切的價值和相應的權力，所有關係都嚴格遵照某種綱要。舉例而言，從社會地位、實際層面、性別方面來說，一位女明星相當於所有二十個歌舞女郎的價值，一號熱箱女郎大約值三個歌舞女郎和所有的候補演員，而任何一名有發言的男性角色等於舞臺上所有女性的總合，或許只除了女主角以外，而男明星可以印自己的貨幣，他一走進房間周圍的氣氛立刻煥然一新；當他選中某個歌舞女郎，她就馬上臣服於他，當他提議改變，導演立即從座位上站起來洗耳恭聽。這套體系堅不可摧，絲毫不受其他地方變革的影響，比方導演選角已經開始跨越、反對舊的階級與膚色界線，有黑人的亨利國王、操倫敦東區口音的理查三世，以及肯亞出身、說話簡直像勞倫斯·奧立佛本人的亞維·艾伯納西，但舊的舞臺階級制度仍然牢不可破。我上班第一週時在後臺迷了路，搞不清楚道具櫃在哪裡，於是我攔住一個穿緊身胸衣的漂亮印度女孩，她正好從我身邊跑過，我想要向她問路。「不要問我，」她絲毫沒放慢腳步說，「我只是個無名小卒……」我覺得崔西的戀情就像是對這一切的一種報復：有如看著一隻家貓抓住一頭獅子，馴化他，把他當狗一樣看待。

我是這對戀人下班後唯一可以交往的人。他們不能跟其他劇組人員一起去馬車與馬酒吧，但是他們同樣有股衝動，想用酒精消除表演結束後的亢奮，因此他們去群居空間[59]，那裡沒有其他演出人員會去，他則是那裡多年的會員。我經常受邀和他們一道去。在這裡

59　一九五〇年代倫敦蘇活區的一家類似酒吧的俱樂部，當時倫敦眾多藝術家經常光顧聚集於此。

人人都叫他「白堊」，而且都熟知他喝什麼——威士忌加薑汁汽水——他在十點四十五分準點抵達時，酒總是擺在吧臺上等著他。他喜歡這一套，還有那愚蠢的綽號，因為給人家取莫名其妙的綽號是上流英國的習慣，而他熱中於所有上流和英國的東西。我注意到他幾乎從不談肯亞或非洲。有天晚上我試著問他有關他家鄉的事，他變得非常煩躁。「聽著，妳們這些孩子在這裡長大，以為我的家鄉充斥著挨餓的孩子和巨星義助非洲慈善演唱會，或者其他妳們相信的鬼東西。嗯，我父親是經濟學教授，母親是政府部門部長，我在非常美麗的大院中長大，謝天謝地，有佣人、廚師、園丁……」他繼續這樣說了好一會兒，最後再轉回到他偏愛的話題：蘇活區的輝煌歲月。我感到尷尬，同時也覺得他故意誤解我：我當然知道他的世界存在，那種世界到處都有。那並非我想知道的事。

他真正擁戴的是這間酒吧本身，卻很難將這份鍾愛闡釋給兩個幾乎沒聽說過法蘭西斯・培根[60]的女孩聽，她們看到的只有被菸霧燻髒的狹小房間、俗豔的綠色牆壁，以及占據每個表面的瘋狂、雜亂的東西，崔西稱之為「藝術垃圾」。為了惹惱她的情人，崔西喜歡刻意表現得無知，但是儘管她試圖掩飾，我懷疑她時常對他酒後所講的冗長、離題的故事感興趣，那些有關他認識的藝術家、演員，和作家的故事，講述他們的生活與作品，他們和誰上床、喝了什麼或服用什麼，以及他們是如何死的。他去廁所或出去買菸時，我有時會撞見她正在深思近旁的某幅畫作，用她賦予所有事物的敏銳目光聚精會神地凝視，我想是在關注畫筆的運動。當白堊踉踉蹌蹌地走回來繼續之前的話題，她會翻翻白眼，但我看得出來她在仔細聆聽。白堊和培根不熟，只有一起舉杯的交情，他們有個共同的好友，是個名叫保羅的年輕演員，迦納人，長得「十分俊美、極富個人魅力」，他和他的男友以及培根有一陣子在巴特西那裡同居，處在柏拉圖式的三角關係中。「妳們必須明白的是，」白堊說（在喝過一定數量的威士忌之後，我們總有些事情必須了解），「妳們必須了解的是，當時在蘇活區這裡，沒有黑人，也沒有白人。沒那麼陳腐。不像布里克斯頓，不，在這裡我們是兄弟，無論是在藝術或是愛情，」——他捏了崔西一把——「在各方面都是。後來保羅得到了《甜言蜜語》（*A Taste of Honey*）中的角色，我們便來這裡慶祝，所有人都在談論這件事，我們覺得自己好像是一切的中心，搖擺的倫敦、波希米亞的倫敦、文學的倫敦、劇場的倫敦，現在這也是我們的國家了。真是美極了！我跟妳們說，假如倫敦的起點和終點都在迪恩街，一切就會……非常幸福。」

崔西扭動身子離開他的大腿，坐回自己的凳子上。「你真是該死的醉鬼，」她低聲抱怨，酒保偷聽到她說的，哈哈大笑地告訴她：「親愛的，恐怕那是成為這裡會員的條件呢……」白堊轉向崔西草率地親她一下：「好了，好了，妳這隻小黃蜂；妳的脾氣真是太大了……[61]」「看看我在跟什麼人打交道！」崔西邊喊邊把他從她身上拉開。白堊非常喜愛有如輓歌的莎士比亞敘事詩，這惹得崔西非常不悅，一來是因為她嫉妒他美妙的嗓音，二來是因為一旦白堊開始吟唱楊柳樹和不忠的潑婦，這個可靠的跡象表示他很快就得要人

60 Francis Bacon, 1909-1992，一九四〇至一九六〇年代英國獨特現代主義的肖像畫家。
61 出自莎士比亞的劇本《馴悍記》中的台詞。

攙扶著走下陡峭不穩的樓梯，扔進計程車上，送回到他的白人老婆身邊，而崔西會從他的皮夾中拿出錢來預付車費，通常會比確實需要的再稍微多一點。她很講究實際，只有學到些什麼才會結束這個夜晚。我相信她是在試圖重拾過去三年來她所錯失而我獲得的東西：免費教育。

那齣戲大受好評，到十一月時，在開演前五分鐘，製作人把我們聚集在後臺，宣布演出將要展延，不只到耶誕節，將延長到春天。演員們高興極了，當晚帶著欣喜的心情上臺。我站在舞臺側翼，也為他們高興，但把我自己的祕密消息藏在心裡，還沒有告訴管理階層或崔西。我的其中一份求職信終於通過了：在新開設的英國版 YTV 擔任製作助理，是份支薪的實習工作。上星期我去參加面試，和面試官非常投緣，她當場就告訴我我得到了那份工作，考慮到外面還有很多女孩在排隊我覺得這樣有點不專業。薪水只有一萬三千英鎊，不過如果我住在父親家，這筆錢綽綽有餘。我很開心卻猶豫要不要告訴崔西，也沒有真正問過自己我遲疑的根源是什麼。熱箱女郎從我身邊衝過，她們剛化好妝，打扮成貓的樣子飛奔上舞臺，艾德蕾德站在前排中央，一號熱箱女郎就在她左邊。她們挑逗地挺起胸部，舔舔爪子，抓住尾巴——十分鐘前我才將其中一條尾巴別在崔西身上——像小貓一樣蹲伏下去準備猛撲，然後開始唱歌，唱著嚴厲的「爸爸」，管妳管得太嚴，讓妳想要去流浪，而其他溫柔的陌生人，讓妳覺得像在家一樣……這首曲子向來很熱鬧，但那天晚上是真正的轟動。從我站的位置可以清楚看見前排，我能看到男人眼中毫不掩飾的欲望，其中有許多人的目光特別受到崔西吸引，按理說他們原本應該盯著飾演艾德蕾德的女人。崔西穿著緊身衣的雙腿柔韌而優雅、動作活力十足，讓其他所有人黯然失色，她移動的方式真的如貓一般，超有女人味，我非常羨慕，但是無論你在我身上黏上多少條尾巴，我都不敢奢望能夠在自己身上創造出那種味道。那首曲子中共有十三名女性在跳舞，唯有崔西的動作真正要緊，當她和其他人一起跑下舞臺，我告訴她她跳得非常精彩。她並不像其他女孩那樣猜疑我，或是要求我再稱讚一次，她只說：「嗯，我知道。」然後彎下身子脫掉衣服，將捲成一團的緊身衣交給我。

那天晚上全體演員在馬車與馬慶祝。崔西和白堊跟他們一起去，我也去了，只是我們習慣了群居空間裡醺醉、親密無間的氣氛，也習慣了我們自己的座位，聽我們自己說話，因此在站了十分鐘左右，扯著嗓門大喊卻得不到服務後，崔西就想離開了。我以為她的意思是，和白堊一起回去群居空間，像我們平常那樣，好讓她和她的情人可以喝得酩酊大醉，重溫他們不可能解決的處境：他想要向他老婆坦承、她確定他不會那麼做，而他的孩子讓情況更加複雜——他們跟我們年紀相仿——還有一種白堊擔心的可能性，那就是報社可能發現他們的私情編出一些報導，但我認為不大可能。可是等白堊去洗手間時，崔西把我拉到外面說：「我今天晚上不想搞他」——我記得那個「搞」字——「我們回去妳那裡喝個爛醉吧。」

我們到基爾本時大概是十一點三十分。崔西在火車上捲了一根菸，此時我們沿著街道邊走邊抽，回想起我們在二十歲、十五歲、十三歲、十二歲……也曾走在同一條路上做過同樣的動作。

一邊走我一邊將自己的消息告訴她。聽起來非常令人嚮往，YTV這三個字來自在青少年時期占據我們全副心思的世界，我幾乎不好意思提起，幸運得難以啟齒，彷彿我即將登上那個頻道，而不是將英國的郵件歸檔、泡泡英國的茶。崔西停下腳步，從我手裡拿走大麻菸捲。

「但是妳不會現在就要離開吧？在演出到一半的時候？」

我聳聳肩坦承：「星期二。妳很生氣嗎？」

她沒回答。我們默默地走了一會兒後她說：「那妳也打算搬出去嗎？」

我沒這個打算。我發覺我喜歡和父親住在一起，而且離母親不遠，又不住在同一個地方。我自己也很驚訝我並不急著搬走。我記得自己向崔西說了很多，說我多麼「熱愛」舊的街坊鄰居，我想，我是想要給她留下深刻印象，證明不管我的命運有何改變，我的雙腳仍然堅定地踏在本地的土地上，我依舊和父親住在一起，就像她跟她母親同住一樣。她聽著露出有點不自然的笑容，把鼻子朝向天空，沒發表意見。幾分鐘後我們走到我父親家，我發現自己沒帶鑰匙。我經常忘記帶，又不喜歡按門鈴，以免他已經入睡，我知道他得早起，會從房屋側面繞到後面的廚房進去，廚房門通常都開著。不過那時我正要把大麻菸抽完，不想冒險讓父親看見我抽菸——我們最近才互相保證兩人都要戒菸。於是我派崔西過去。不一會兒她回來說廚房門鎖著，我們最好去她家。

隔天是星期六。崔西很早就出門去準備午後場的表演，這天我不用上班。我回到父親的公寓，和他度過了一個下午。那天我並沒有看到那封信，雖然信很可能早就在地墊上了。我是在星期日早上發現的：信從門縫塞進來，收件人是我，用手寫的，有一頁的角落上有點食物的汙漬；我想這是我收到最後一封真正親筆寫的信。崔西沒有電腦，當時還沒有，但是革命正在我們周遭發生，不久以後唯一寄給我的信將是來自銀行、公用事業或是政府，上面有個小塑膠窗提醒我信的內容。這封信毫無預警地來了——我已經多年沒見過崔西的筆跡——我一邊打開信一邊坐到父親的桌旁，父親就坐在我對面。「那是誰寄來的？」他問，我才看了幾行還不知道是誰寄的。兩分鐘後，剩下的唯一疑問是：這究竟是事實還是虛構？這一定是虛構的：不這麼認為的話將會讓我現在生活中的一切變得難以忍受，也會毀掉我迄今為止的大半人生，讓崔西能夠在我下面放置炸彈，將我炸成碎片。我再看了一次以確保我理解內容。她一開始談到她的義務，說這是個可怕的義務，她一再地自問（「問」寫錯字）該怎麼做，覺得她別無選擇（「擇」寫錯了。）她描述了星期五晚上的情景，我也記得：我們順著街道走到我父親家，一面抽著大麻菸，直到她沿著房屋側面走，想要從廚房進去，沒有成功。但是在這裡時間軸一分為二，分成她的現實與我的現實，或者就我而言，分成她的虛構和我的事實。在她的版本中，她走到我父親的公寓後面，站在碎石鋪成的小院子裡，由於廚房似乎鎖著，因此她向左跨兩步，把鼻子湊到後窗邊，也就是父親臥室的窗戶、我睡覺的那間，她將雙手圈成杯狀放在玻璃上往裡看。在那裡她看見我父親赤裸著身體，趴在某個東西上面上下移動。起初她自然認為那是個女人，倘若是個女人，至少她向我保證，她絕對不會提起這件事，因為那不關她或我的事，但事實是那根本不是女人，而是個玩偶，真人大小，充了氣，而且膚色非常黑——「好像黑人布娃娃，」她寫道——另外還有新月形的人造羊毛頭髮和碩大鮮紅的嘴唇，紅得像血。「親愛的，妳還好嗎？」父親在桌子對面問，我拿著那封滑稽、可悲、荒謬、令人心碎、醜惡無比的信，手在發抖。我回說我沒事，接著將崔西的信拿到後院，拿出打火機點火燒掉。

第七部

近年

一

我有八年沒再見過崔西。我和丹尼爾．克拉莫第一次出去約會那晚是個異常暖和的五月夜晚。他每季都會來這城市一次，是艾咪特別欣賞的人之一，因為他長得帥，與她經常諮詢的其他會計師、財務顧問、版權律師有點格格不入，所以在她腦海中接納了他的一些資訊，比方說名字，或「令人愉快的氣息」與「紐約人的幽默感」等特質，以及一些她勉強記得的生平瑣事：出身皇后區。就讀史岱文生高中。打網球。為了盡量安排得寬鬆一些，我建議去蘇活區「隨機行事」，不過艾咪要我們先去她家裡喝一杯。這種隨意、親密的邀請很不尋常，但克拉莫接受邀請時似乎一點也不驚訝或擔心。在艾咪接待我們的二十分鐘內他沒有表現出客戶似的行為。他讚賞那些藝術品，不過分吹捧，禮貌地聆聽艾咪重複藝術品商人在她購買時告訴她的那套說詞，不久我們就自由了，擺脫了艾咪和那間令人感到壓迫的堂皇豪宅，從後面樓梯匆匆離開，兩人都因為喝了上好的香檳而有點飄飄然。我們走到布朗普頓路，進入溫暖、悶熱、潮溼、預示暴風雨可能來臨的夜晚。他想要走很長的一段路進城——我們依稀有個計畫，想去看看寇松電影院在演什麼——但我不是觀光客，而且當時少不更事穿著很難走路的高跟鞋。我正準備找尋計程車時，他鬧著「玩」地走下路緣，招手攔下一輛經過的人力三輪車。

「她收藏了好多非洲藝術品，」我們爬進豹紋座位時克拉莫說，只是在找話聊，而我準備好防堵任何客戶的跡象，於是挫挫他的銳氣說：「欸，我真的不知道你說的『非洲藝術品』是什麼意思。」

他看起來對我的語氣感到驚訝，不過還是不動聲色地笑了笑。他仰賴艾咪的生意，而我是艾咪的延伸。

「你所看到的，」我用更適合在演講廳演講的口吻開始說，「大多數其實是奧古斯塔・薩維奇的作品。所以是來自哈林區。那是她剛到紐約時住的地方——我是指艾咪。當然，普遍來說她非常支持藝術品。」

現在克拉莫露出一臉無趣的樣子。我讓自己無聊透頂。我們沒再開口說話，一直到三輪車在夏夫茨伯里大道和希臘街的轉角停下。等車子停在路邊，我們才驚訝地注意到孟加拉男孩的存在，在此之前，我們完全忘了他這個獨立存在的實體，但不可否認是他帶我們到這麼遠的地方，如今他在腳踏車座位上轉過身來，滿頭大汗、氣喘吁吁，幾乎沒辦法說明這種形式的人力苦活每分鐘要收多少錢。電影院沒有我們想看的片。天氣炎熱，衣服黏在身上，我們的情緒有點緊繃，漫步走向皮卡迪利圓環，不知道要去哪間酒吧，也不知道是否應該用餐，兩人都已經認為這晚的約會失敗了，眼睛直視前方，每走幾步就會看到戲院的巨型演出海報。就在往下走一點點的其中一張海報前面，我突然停了下來。那是音樂劇《畫舫璇宮》（*Showboat*）中的表演「黑人歌舞隊」的照片：他們穿戴著頭巾、褲管捲起的長褲、圍裙、工作裙，然而全都打扮得很有品味、很謹慎、很「真實」，沒有絲毫黑人保姆或班叔叔的影子。而最靠近鏡頭的女孩，嘴巴張大地唱歌，一手抓著掃帚高舉過頭，宛如活力喜悅的化身，那女孩正是崔西。克拉莫走到我背後，從我肩上仔細看。我伸出一根指頭指著崔西翹起的鼻子，就像崔西以前經常在舞者晃過電視螢幕前時指著舞者的臉那樣。

「我認識她！」

「哦，是嗎？」

「我跟她很熟。」

他輕敲香菸盒抖出一根菸點燃，上下打量著戲院。

「嗯……妳想去看嗎？」

「可是你不喜歡音樂劇吧？一本正經的人沒人喜歡。」

他聳了下肩。「我人在倫敦，這是場表演。在倫敦就應該這麼做，不是嗎？去看表演？」

他把他的菸遞給我，推開沉重的門，走向售票處。突然間這一切顯得非常浪漫、巧合、時機正好，我腦袋裡轉著可笑的少女故事，想著將來某個時刻我將向崔西解釋——在某間糟透的地區戲院後臺，在她穿上破舊的網襪時——很多、很多年以前，在我明白自己遇見真愛、獲得真正幸福的那一瞬間，十分偶然地湊巧瞧見她，當時她在《畫舫璇宮》的歌舞隊裡扮演一個非常渺小的角色。

克拉莫拿了兩張票回來，是第二排的上好位子。我給自己買了一大袋巧克力來代替晚餐。我很少吃這種東西，艾咪認為這種東西不僅營養糟糕透頂，還是精神軟弱的明顯證據。克拉莫買了兩大塑膠杯的劣質紅酒和節目單。我搜遍了節目單卻找不到崔西。她不在按照字母順序排列的演員表中應在的位置上，我開始擔心自己患了某種妄想症，或者犯了尷尬的錯誤。我來回翻著頁面，前額冒出汗珠，看起來鐵定像瘋了。「妳還好嗎？」克拉莫問。我幾乎又快翻到節目單最後面的時候，克拉莫用手指按住一頁阻止我。

「可是這不是妳認識的那個女生嗎？」

我再看一次：的確是。她將她聽起來普通、粗野的姓氏——一直以來我認識她的那個名字——改成法國式的「勒羅伊」，在我看來非常荒謬。她的名字也改了：如今是崔茜。而且照片中她的頭髮又直又富有光澤。我笑出聲來。

克拉莫好奇地看著我。

「妳們不是好朋友嗎？」

「我是跟她很熟。我的意思是，我大概八年沒見過她了。」

克拉莫蹙起眉頭：「妳瞧，在男人的世界裡，我們會稱之為『前朋友』，或者更恰當的：『陌生人』。」

樂團開始演奏。我讀著崔西的個人簡歷拚命分析，在觀眾席的燈光暗下來前與時間賽跑，彷彿看得見的文字中隱藏了另一組文字，有更深層的含意需要解讀，將會揭露有關崔西及她目前生活方式的重要訊息：

崔茜・勒羅伊

歌舞隊／達荷美舞者

戲劇經歷包括：《紅男綠女》（威靈頓劇院）；《萬花錦繡》（英國巡演）
《火爆浪子》（英國巡演）；《名揚四海！》（蘇格蘭國家劇院）；
安妮塔，《西城故事》（預演）

倘若這是她的人生故事，那真是令人失望，缺乏了其他人簡歷中普遍存在的成就：沒有電視、電影方面的經歷，也沒提到她在哪裡「受訓」，我認為那意味著她始終沒有畢業。除了《紅男綠女》外，沒有其他西區劇院的作品，只有那些聽起來很慘澹的「巡演」。我想像著小教堂的大廳和喧鬧的學校、廢棄電影院舞臺上空蕩蕩的午後場、小型的地方戲劇節。然而假如這一切當中有一部分讓我開心，那麼就有同樣大的另一部分令我憤怒，只要一想到此時在戲院裡正在看節目單的任何人，或是演員表裡的任何一名演員都可以拿崔茜．勒羅伊的簡歷和其他人的故事相比，我就生氣。崔茜．勒羅伊和這些人有什麼關係？像這個節目單上排在她旁邊的女孩，艾蜜莉．沃爾夫—普瑞特，這女孩的簡歷無窮無盡，曾就讀過皇家戲劇藝術學院，她不可能像我一樣知道，我朋友站在這舞臺或任何一座舞臺上——在任何環境下、扮演任何角色——的可能性在統計學上有多麼低，她或許冒然認為她自己，艾蜜莉．沃爾夫—普瑞特，是崔西真正的朋友，只因為她每晚都見到她，只因為她們一起跳舞，但事實上她一點也不清楚崔西是什麼樣的人，或她來自哪裡，或者她付出多大的代價才到達這裡。我將注意力轉向崔西的頭部特寫。嗯，我必須承認：她轉變得相當不錯。她的鼻子似乎不再那麼令人難以接受，她已經長大習慣了，另外她同那頁裡其他演員一樣露出百萬瓦特的百老匯式笑容，遮掩了我總是在她臉上察覺到的殘忍。令人驚訝的不是她很漂亮或性感——她在非常年輕的時候就已經擁有這些要素了。出乎我意外的是她變得非常優雅。她那秀蘭．鄧波兒似的酒窩不見了，還有從孩提時代就引人遐想的豐滿也無影無蹤。我幾乎無法想像她的聲音，我所熟悉、記憶中的聲音，從這個鼻子小巧玲瓏、頭髮亮滑、有著淡淡雀斑的人嘴裡發出來。我低頭向她微笑。崔茜．勒羅伊，妳現在在假裝誰呢？

「開始了！」布幕拉開時克拉莫說。他把手肘撐在膝蓋上，兩手孩子氣地握成拳頭托著下巴，扮了個滑稽的鬼臉：我迫不及待想看。

舞臺左邊，一棵覆蓋著松蘿鳳蘭的南方橡樹，繪製得非常漂亮。舞臺右邊，示意是密西西比小鎮。舞臺中央，一艘停在港灣的演藝船，棉花盛開號。崔西和其他四個女人首先上臺，從橡樹後面出現，拿著掃帚，在她後面跟著一群拿著各式鋤頭和鐵鍬的男人。樂團演奏了一首歌的開頭幾小節，我一聽就認出是那首重要的合唱曲，頓時不明所以地恐慌了好半晌，直到音樂本身喚醒了記憶。我看見整首歌在舊樂譜上展開，也想起自己第一次看到這首歌時的感受。現在小時候令我震驚的歌詞在我嘴裡成型，與樂團的前奏配合得天衣無縫，我記得密西西比河，在那裡「黑鬼」都要工作，白人不用，我緊抓住扶手，有種想從座位上站起來的衝動——宛如夢中的一幕——想要在崔西開口前阻止她，可是當我有這個念頭時已經太遲了，聽到歌詞我想我知道他們替換了一些新的詞彙，不過他們當然換了，已經很多年沒有人唱原來的歌詞了。「在這裡我們所有人都要工作……在這裡我們所有人都要工作……」

我坐回座位裡。我看著崔西熟練地來回擺弄掃帚，賦予掃帚生命，看起來簡直像舞臺上有另一個人，如同亞斯坦在《皇家婚禮》（*Royal Wedding*）中用衣帽架耍的把戲。在某一刻她與海報中的影像完全一致，掃帚在空中，手臂伸長，充滿活力的喜悅。我想要讓她永遠停留在那個姿勢。

真正的明星登上舞臺，開始演戲。崔西在背景裡打掃雜貨店的前門臺階。她在舞臺左邊，遠離主角茱莉・拉・弗恩與她摯愛的丈夫史蒂夫，這兩名歌舞演員在棉花盛開號上一起工作、墜入愛河。但是不久後，就在中場休息前，茱莉・拉・弗恩被揭穿是茱莉・多齊爾，也就是說，她並非如她一直以來假裝的那樣是個白種女人，而是個不幸的黑白混血兒，她「假冒」、說服了所有人，包括她自己的丈夫，直到被揭發那天。這時這對夫妻面臨了坐牢的威脅，因為根據反異族通婚法，他們的婚姻是違法的。史蒂夫割傷茱莉的手掌，喝了一點她的血：由於「一滴血原則」，現在他們倆都是黑人了。在昏暗的燈光下，當這荒唐的情節演到一半時，我查看了飾演茱莉的那位演員的簡歷。她的姓是希臘姓氏，膚色不比克拉莫深。

中場休息時我喝了很多而且過快，滔滔不絕地對克拉莫說話。我倚在吧檯上，擋住其他人找吧檯員工的路線，揮舞著雙手抱怨選角不公，像我這樣的演員能演的角色少之又少，即使有這樣的角色也得不到，有人總是把這種角色給白人女孩，因為即使是不幸的黑白混血兒顯然也不大適合扮演不幸的黑白混血兒，即使是在今日——

「像妳這樣的演員？」

「什麼？」

「妳說：像我這樣的演員。」

「不，我沒有那麼說。」

「有，妳說了。」

「我的重點是：那個角色應該是崔西的。」

「妳剛才說她不會唱歌。就我所看到的這算是個唱歌的角色。」

「她唱得很不錯！」

「天啊，妳幹嘛對我大吼？」

整個下半場我們和上半場一樣沉默不語地坐著，只是這回沉默有了新的特質，帶上互相輕視的冷漠造成的冰涼。我很想離開那裡。演出有很長一段時間沒見到崔西的蹤影，絲毫引不起我的興趣。只有到快要結束時，歌舞隊才再度出現，這回是扮演「達荷美舞者」，也就是說，是來自達荷美王國的非洲人，據說他們在一八九三年芝加哥的世界博覽會上表演。我看著崔西在一圈女人當中——男人自成一圈在對面跳舞——擺動雙臂，蹲低身體，用虛構的非洲話唱歌，而男人用力跺腳、敲擊長矛作為回應：貢加，轟勾，邦加，鼓巴！我不可避免地想起了母親，想到她描述的達荷美故事：眾王驕傲的歷史；作為貨幣使用的瑪瑙貝貝殼的形狀與觸感，完全由女人組成的亞馬遜軍隊，將戰俘當成王國的奴隸，不然就是砍下敵人的頭捧在手中舉起。其他小孩聽小紅帽和金髮女孩與三隻熊的故事，我聽的是這個「黑人斯巴達」，偉大的達荷美王國，奮戰抵禦法國人直到最後一刻。然而這些回憶幾乎不可能與目前在臺上臺下上演的鬧劇調和，因為和我坐在一起的大多數人都不知道這齣戲接下來的情節，因此我意識到他們自覺是在觀看某種可恥的白人假扮黑人的滑稽演出，很希望這一幕結束。而在舞臺上也是，世界博覽會上的「觀眾」也對這些達荷美舞者敬而遠之，雖然不是出於羞愧而是恐懼，害怕這些舞者或許很凶殘，和他們其餘的族人沒什麼不同，他們的長矛不是道具而是武器。我看向克拉莫；他窘迫地動來動去。我再轉回來看著崔西。面對這種普遍的不自在她多麼地開心，就像小時候她遇到這種時刻總是樂在其中。她揮舞長矛大聲咆哮，和其他舞者一起前進，走向博覽會上驚恐的觀眾，在觀眾跑下舞臺時和其他人一起哈哈大笑。既然觀眾任他們自行其是，達荷美舞者就隨心所欲：他們唱出他們有多麼高興和厭倦，高興的是看到白人的背影，厭倦、非常厭煩的是參加這場「達荷美表演」。

這時觀眾——真正的觀眾——看懂了。他們明白所觀看的表演目的是為了搞笑、諷刺，這些是美國舞者，不是非洲人，是的，他們終於領悟到自己被捉弄了。這些人根本不是來自達荷美！他們只是老好的黑人，畢竟他們就來自紐約的A大道！克拉莫輕聲笑了，音樂轉成散拍音樂，我感覺自己的雙腳在下面動來動去，試圖在絨布紅地毯上仿效崔西在硬木舞臺上所表演複雜的軟鞋踢踏舞步。那些舞步對我來說很熟悉，任何舞者應該都很熟悉，我真希望自己和她一起在那上面。我受困在二〇〇五年的倫敦，崔西卻在一八九三年的芝加哥，和在那一百年前的達荷美，以及人們像那樣擺動雙腳的任何時間、任何地點。

我嫉妒得哭了出來。

表演結束後，我從女廁的長長隊伍中走出來瞧見了克拉莫，他沒看到我，站在大廳裡，一副厭煩、生氣的模樣，胳臂上掛著我的外套。外頭開始下起傾盆大雨。

「那麼，我要走了，」他說著將我的外套交給我，幾乎無法看著我。「我想妳一定想去跟妳的『朋友』打聲招呼。」

他豎起衣領，走進令人不快的雨夜中，沒有帶傘，仍然怒氣沖沖。沒什麼比受到忽視更令男人著惱的了。但是我對他刮目相看：他討厭我顯然更勝於擔心我對他僱主的影響。一旦他消失在視線範圍外，我立刻繞到戲院側面，發現就像你經常在老電影中看到的那樣：有扇門寫著「後臺入口」，儘管下著雨，仍然有相當多的人緊握著筆和小記事本在等待演員現身。

因為沒有傘，所以我緊貼著牆邊、臉朝外，只有一面狹窄的遮篷為我擋雨。我不知道自己打算說什麼，也不曉得該如何接近她，然而就在我開始思考時，一輛車在巷子裡停下來，駕駛是崔西的母親。她幾乎沒什麼變：透過布滿一條條雨痕的擋風玻璃，我能看到她耳朵上同樣的錫耳環，三層的下巴，頭髮緊緊地往後梳，嘴裡叼著一根菸。我立刻轉身面對牆壁，趁她停車的時候逃跑。我沿著夏夫茨伯里大道奔跑，淋得濕透，心裡想著我在車子後座看到的景象：兩個綁在座位上熟睡的幼兒。我在想這是否才是崔西的人生故事這麼短時間就能讀完的真正原因。

二

你想要相信金錢的作用有其極限，有些界線是金錢無法跨越的，然而彩虹廳內穿著白色西裝的拉明感覺似乎是反面教材的例證。不過其實他並沒有簽證，還沒拿到。他有新護照和返國的日期。等到該離開的時候，我將和弗恩一起陪他回村子，待上一星期完成要交給基金會董事會的年度報告。之後弗恩將會留下，而我要飛到倫敦去接孩子，照看他們每季一次的探望父親。這是茱蒂告知我們的。在那之前我們要一起在紐約待一個月。

過去十年來，每當我們在紐約市，我的主要活動地點都是在一樓靠近廚房的女佣房，雖然偶爾也會敷衍了事地討論單獨空間的可能性，比方說住旅館或在哪裡租屋，但這討論總是沒有結論，很快就被遺忘了。可是這次我人還沒到他們就已經幫我租了公寓，位在西十街上的兩房公寓，一棟漂亮的褐沙石房屋的整層二樓，有挑高天花板和壁爐。詩人艾瑪·拉扎勒斯住過這裡：在我窗下有塊藍色匾額紀念她那擁擠著渴望呼吸自由的群眾[62]。我的視野能看到盛開的粉紅山茱萸。我誤以為這是升職。後來拉明出現了，我才明白我搬出去是為了讓他搬進來。

「你們究竟是怎麼回事？」傑生日宴會後的隔天早晨茱蒂問我。沒有開場白，只有刺耳的吼叫透過電話衝著我來，當時我正想吩咐莫瑟飯店的酒吧服務生不要在我的蔬果汁裡放蘋果。「妳和弗南多吵架了嗎？因為我們現在沒辦法讓他住在艾咪的住所，旅店沒有他的房間。妳或許注意到了，我們的旅店客滿了。我們那對情侶想要隱私。原本計畫是他和妳一起在那間公寓住上幾個星期，一切都安排好了，現在他卻突然抗拒起來。」

「嗯，我什麼都不知道啊，因為沒有人告訴過我。茱蒂，妳甚至沒對我提過弗恩要來紐約！」

茱蒂發出不耐煩的聲音：「聽好，那是艾咪要我處理的事，為了送拉明到這裡不得不如此，她不希望消息傳遍世界……這事情很棘手，所以我負責處理。」

「現在我跟誰住也是妳負責嗎？」

「噢，親愛的，我很抱歉，房租是妳付的嗎？」

我設法讓她掛斷電話後打給弗恩。他正搭著計程車在西側公路的某處。我能聽見遊輪進港的霧笛聲。

「我最好找別的地方。嗯，這樣比較好。今天下午我要去看一處在……」我聽見難過地翻動紙張的聲音。「嗯，那不重要。在市中心的某個地方。」

「弗恩，你對這城市不熟，相信我，你不會想在這裡付房租的。接受這房間吧。你不接受的話我會覺得很不好過。反正我從早到晚都在艾咪那兒，她再過兩個星期有場表演，我們會忙得不可開交。我向你保證，你會很難得見到我。」

62 艾瑪．拉扎勒斯（Emma Lazarus）的著名詩句。

他關上窗戶，河風不再猛然吹入。安靜帶來毫無益處的親密。

「我想見到妳。」

「哦，弗恩……拜託只要接受那個房間就好！」

那天晚上他唯一留下的跡象是廚房裡的空咖啡杯，和一只長型的帆布背包——學生為空檔年打包的那種——倚靠在他空蕩蕩房間的門框上。僅背著這只背包爬上渡船臺階時，弗恩的簡樸和節儉似乎有些高尚。我曾經渴望如此，但是在格林威治村這裡，想到一個四十五歲的男人僅擁有一只背包卻只讓我感到既悲哀又反常。我曉得他在年僅二十四歲時獨自徒步穿越賴比瑞亞，算是向格雷安·葛林[63]致敬，不過現在我只能想到：兄弟，這座城市會把你生吞活剝。我寫了一張和善、不偏不倚的歡迎短箋，塞在他的背包背帶下面，然後上床睡覺。

我說會很難得見到他的確沒說錯：我每天早晨必須八點就到艾咪家（她每天五點醒來，在地下室運動兩小時，接著再冥想一小時），而弗恩總是晚起，或者假裝如此。在艾咪的連棟房屋裡，一切都在忙亂地策畫、排練、焦慮：新的表演將在中型場地舉辦，她將與現場樂團一起現場演唱，她很多年沒這麼做了。為了遠離火線、災難、爭執，我盡可能待在辦公室裡，盡量避開排練。不過我推測他們正在策畫某種西非的主題。一組西非單面立鼓被送到屋裡，還有一把長頸非洲豎琴，好幾條肯特布，另外在某個晴朗的星期二早上，一個十二人的舞蹈團，待過布魯克林的非洲人，被帶到地下室的練舞室，一直到晚餐後才出現。他們很年輕，大多是第二代的塞內加爾人，拉明對他們極感興趣：他想知道他們的姓氏、父母親的村落，追查任何可能的家族或地緣關係。而艾咪和拉明形影不離：你再也無法和她單獨說話，他總是在場。可是這個拉明是哪位呢？她告訴我他仍舊一天禮拜五次，在她的衣帽間裡，顯然她的衣帽間面向麥加，她覺得這行為又好氣又好笑。就我個人而言，我想要相信他持續不懈，相信他仍有些地方是她無法觸及的，但有些時候我幾乎認不出他來。有天下午我端了一盤椰子水到練舞室，發現他穿著白襯衫白長褲，正在示範一套動作，組合了側身跺腳、滑步與曲膝，我認得那是坎科冉面具舞的舞步。艾咪和其他女孩仔細地觀察他，重複那些動作。她們汗流浹背，穿著中空裝和顯出肌肉線條的彈力全身緊身衣，緊密地挨著他和彼此，因此他跳的每個動作看起來有如傳過五具身體的一道波浪。然而真正判若兩人的動作是他揮手從我的托盤中拿走一瓶椰子水，沒有道一聲謝，沒有絲毫表示，你會以為他這輩子每天都從女服務生端得搖搖晃晃的托盤中拿取飲料。也許奢華是最容易穿過的母體。也許最容易適應的莫過於金錢。不過有時候我會在他身上看見影子般縈繞不去的特質，彷彿他遭到什麼東西跟蹤。在他作客期間快要結束時，我漫步走進餐廳，發現他仍在早餐桌旁，對著格蘭傑不停地說話，格蘭傑看起來疲憊不堪，似乎已經在那裡很久了。我在他們旁邊坐下來。拉明眼睛盯著格蘭傑的光頭和對面牆壁之間的

---

63 Graham Greene, 1904-1991，英國小說家、劇作家、評論家，曾被譽為「當代最偉大的小說家」，獲得諾貝爾文學獎提名二十一次，始終無緣獲獎。

某處。他又開始低聲說話，說話的方式令人費解、毫無曲折變化，持續不斷地有如咒語：「……這個時候，我們的婦女在右手邊的苗圃播種洋蔥，在左手邊的苗圃種下豌豆，豌豆要是沒有用正確的方法澆灌，那麼大約兩個星期後，等她們來耙地時就會遇到問題，葉子上會有橘黃色的捲邊，假如有這種捲邊就是得了枯萎病，她們得挖出種下的東西，在苗圃上重新播種，確保我希望放上一層從上游取來的肥沃土壤，你們要知道，大約在一個星期後，男人們會到上游去，我們到那裡的時候會挖取肥沃的土壤……」

「嗯—哼，」格蘭傑每隔一句說一次。「嗯—哼，嗯—哼。」

弗恩偶爾會出現在我們的生活中，在董事會議上或是艾咪需要他出席處理學校相關的實際問題時。他始終看起來很痛苦——每當我們眼神交會他的身體就會退縮——無論走到哪裡都在宣揚他的不幸，好像漫畫中頭上罩著烏雲的人物。在艾咪和其他董事會成員前面，他提供了悲觀的最新進展，重點在於總統最近所發表有關在該國的外國勢力的激進言論。我從來沒聽過他那麼說話，非常聽天由命，這其實不符合他的個性，我知道我才是他拐彎抹角批評的真正對象。

那天下午在公寓裡，我不像平常那樣躲在自己房間，而是在走廊上和他對峙。他剛跑步回來，滿身大汗，彎著腰，兩手撐在膝蓋上，粗重地呼吸，從兩道濃眉下抬眼看我。我非常理智。他沒有說話但似乎注意傾聽。沒戴眼鏡他的眼睛顯得非常大，好像卡通裡寶寶的眼睛。我說完後，他直起身子往相反方向彎，用兩手將後背往前推。

「嗯，如果我讓妳覺得尷尬，我道歉。妳說得對：這樣子很不專業。」

「弗恩——我們不能當朋友嗎？」

「當然可以。不過妳也要我說：『我很高興我們是朋友嗎？』」

「我不希望你不快樂。」

「但這不是妳的音樂劇。事實是我很難過。我想要某樣東西，我想要妳，卻完全得不到我想要或希望的，所以現在我很難過。我想我總會看開的，儘管目前我很傷心。我可以傷心嗎？是嗎？很好。現在我要去洗澡了。」

那時，我很難理解像這樣說話的人。那概念對我來說非常陌生，我不是那樣長大的。這類型放棄了所有權力的男人究竟期待能從我這種女人身上得到什麼樣的回應呢？

我沒有去看那場演出，我無法面對。我不想和弗恩一起站在露天看臺上，一邊感受他的怨恨，一邊觀看我們倆在發源地看過的舞蹈的奇幻屋版本。我告訴艾咪我會去，也打算要去，只是八點到了，我仍穿著家居運動服，半撐坐在床上，筆電放在腹股溝上，接著九點，然後十點。我絕對非去不可，腦子不斷向我重述這個事實，我也同意，然而我的身體定格，感覺沉重、無法移動。沒錯，很明顯地我必須去，而同樣清楚的是我哪裡也不會去。我上了YouTube，從一名舞者跳到另一名舞者：上樓梯的柏貞格、彈鋼琴的哈洛德與法亞德、穿著沙沙作響草裙的珍妮．勒貢、摩城唱片二十五週年特別節目中的麥可．傑克森。我經常最後來到這段傑克森的影片，不過這回當他用月球漫步橫過舞臺，真正引起我興趣的不是觀眾欣喜若狂的尖叫，甚至也不是他那超現實的流暢動作，而是他過短的長褲。不過去看演出的選項似乎還沒消失或完全已成定局，直到我停下漫無目的地上網，抬起頭來發現已經十一點四十五分，表示現在我們已經是不可否認的過去式了：我沒有去。我搜尋艾咪、會場、布魯克林舞蹈團，搜找影像、美聯社電報、部落格。起初只是出於愧疚感，很快我就發現透過一次一百四十個字元、一幀幀畫面、一篇篇部落格文章，我可以重現在現場的經歷，到凌晨一點時，已經沒有人可以比我更了解那裡。我比任何實際到場的人都要熟悉會場，他們局限在一處地點、一個角度、一段時間，而我利用強大的整理行動，在所有時刻同時在那會場的所有角落，從所有角度觀察事物。我原本可以就此打住，有綽綽有餘的資料可以在早上向艾咪詳述我那天晚上的體驗，可我並沒有停下來。這整個過程讓我不由自主。即時觀察討論形成與合併，觀看共識發展、精彩或尷尬之處獲得認同、眾人接受或否認其意義與潛在含意。侮辱和笑話、小道消息與流言、迷因圖、修圖軟體、濾鏡、眾多各種各樣的評論在這裡全都自在無束，遠離艾咪的影響或控制。這星期稍早的時候，我看著他們試穿服裝，艾咪、傑、卡菈打扮得像阿桑蒂王國的貴族，我猶豫地提出盜用的問題。茱蒂哼了一聲，艾咪看了我一眼，再低頭看著她幽靈般蒼白、小妖精似的軀體包裹在色彩鮮豔的布料中，然後告訴我她是個藝術家，藝術家應該獲准去熱愛、觸摸、使用各種事物，因為藝術不是盜用，那並非藝術的目的——藝術的目的是愛。我問她是否可能既熱愛一樣事物又不去干涉時，她用奇怪的眼神凝視著我，將兩個孩子拉進自己懷裡問：妳曾經愛過嗎？

但是現在我覺得有人為我辯護，幾乎是團團包圍住我。不，我並不想停手。我一再一再地重新整理頁面，等待新的國家醒來看見這些圖像，形成他們自己的看法，或是添補已經發表過的意見。凌晨時分我聽見前門嘎吱作響，弗恩跌跌撞撞地走進公寓，無疑是剛參加完演出後的派對。我動都沒動。時間肯定是在清晨四點左右，我一邊瀏覽新增的看法，一邊聆聽山茱萸裡的小鳥啁啾，這時我看見了用戶名「崔西．勒貢」，副標題「吐實者」。我戴隱形眼鏡的眼睛很不舒服，眨眼就痛，但是我什麼都沒看到。我點擊了一下。她貼了我到目前為止已經看過好幾百遍的同一張照片——艾咪、舞者、拉明、艾咪的兩個孩子——所有人在舞臺前面一字排開，身穿我看過他們試穿的阿丁克拉[64]印花布：飽滿的蔚藍色上印著黑色三角形的圖案，每個三角形中有隻眼睛。崔西截取這個圖像，放大很多倍後再裁切，只剩三角形和眼睛仍看得見，然後在底下提出疑問：**看起來很眼熟嗎？**

64 adinkra，迦納的符號，廣泛用於織物、陶器等物品上。

三

回程和拉明一起，我們搭噴射機，不過艾咪沒有同行——她在巴黎，接受法國政府頒發的獎章——因此我們必須和所有人一樣通過主機場，走進擠滿返鄉兒女的入境大廳。男人穿著厚實牛仔布製成的花俏牛仔褲、衣領像股票經紀人印有圖案的硬挺襯衫、有品牌的連帽上衣、皮夾克、最新款的運動鞋。女人也一樣決心同時穿上所有最好的行頭。頭髮打理得漂漂亮亮，指甲剛塗上指甲油。和我們不同，他們全都非常熟悉這個大廳，很快就找到搬運工來服務，將巨大的手提箱交給他們，叮嚀他們要小心——儘管每個箱子都裹著層層塑膠——然後領著這些又熱又累的年輕搬運工穿過人群走向出口，不時轉過身來大聲囑咐，如同登山客對待雪巴人。這邊，這邊！智慧型手機高舉在頭上，指示路線。在這環境中端詳拉明，我意識到他的旅行裝束肯定是深思熟慮後的選擇：儘管過去這個月中艾咪給了他許多衣服、戒指、鍊子、鞋子，他還是穿得和離開時一模一樣。同樣的舊白襯衫、斜紋棉褲、鞋跟磨到變薄的樸素黑色皮涼鞋。這讓我覺得他有些地方我還不了解；也許是很多地方。

我們搭乘計程車，我與拉明坐在後座。這輛車三面窗戶破損，車廂底層有個破洞，從洞口我能看見底下的馬路飛馳而過。弗恩坐在前座，司機旁邊：他的新策略是隨時與我保持冷漠的距離。在噴射機上他看書和雜誌，在機場他只顧實際的事情，拿手推車、加入排隊行列。他從不苛刻，從沒說過刻毒傷人的話，但結果卻是孤立。

「想要停下來吃點東西嗎？」此時他透過後照鏡問我。「還是妳可以等一等？」

我想當那種不介意省略午餐、可以頑強撐著的人，像弗恩經常做的那樣，仿效村裡最窮家庭的做法，一天只在傍晚吃一次東西。可是我不是那種人：我少吃一頓飯就會惱火。我們開了四十分鐘後在路邊的咖啡店停下來，對面是個叫做美國大學學院的地方。咖啡店的窗上有鐵欄杆，招牌上少了一半的字。店內菜單上畫著閃閃發亮的「附薯條」美式餐點，拉明大聲唸出價格，一臉嚴肅地搖了搖頭，彷彿遇到非常褻瀆或冒犯的事；在跟女服務生談了許久之後，三盤奶油燉雞送上來了，以協商後的「當地」價格計算。

我們俯身默默吃著食物，突然聽見一個低沉的聲音從咖啡店最後面傳來：「我的拉明小子！小兄弟！我是巴希爾啊！在這裡！」

弗恩揮揮手。拉明動也沒動：他老早就瞧見這位巴希爾，一直祈禱對方不要發現他。我轉身看見一個男人獨自坐在暗處靠近櫃檯的最後一張桌旁，是店內唯一的另一位客人。他體格魁梧肌肉發達像個橄欖球選手，身穿深藍色的條紋西裝，繫著領帶、別著領帶別針，穿著平底便鞋沒穿襪子，手腕上戴了一條粗金鍊。他的肌肉把西裝撐得緊繃，臉上滿是汗水。

「他不是我兄弟，是我的同齡朋友。他是我們村子的人。」

「可是你不去——」

巴希爾已經向我們走來。距離拉近時，我看見他戴著一副耳機，包含耳機和麥克風，有點像艾咪在舞臺上戴的那種，兩手抱著一臺筆記型電腦、一臺平板電腦，和一支很大的手機。

「得找個地方來放這些東西！」但他還是把所有東西緊抓在胸前，在我們旁邊坐了下來。「拉明！小兄弟！好久不見了！」

拉明對著午餐點頭。弗恩和我自我介紹，接受堅定、令人不快、溼答答的握手。

「嘿，我和他是一起長大的！村裡的生活！」巴希爾抓住拉明的頭緊夾在他汗溼的腋下。「可是後來我不得不去城裡，老弟，知道我在說什麼嗎？我是為了錢啊，老弟！在大銀行工作。讓我賺大錢吧！真正的巴比倫！但我心裡還是個村莊男孩。」他親拉明一下放開他。

「你聽起來很像美國人，」我說，但那只是他豐富多元聲音裡的一支。在那裡面有許多不同的電影和廣告，有很多嘻哈音樂、《艾絲梅拉達》[65]與《世界在旋轉》（*As the World Turns*）、BBC新聞臺、CNN、半島電視臺，還有一些你在城裡每輛計程車、市場小攤、理髮店到處都聽得到的雷鬼音樂。現在我們頭頂上小喇叭裡正在播放老黃人[66]的曲調。

「真的，真的……」他將又大又方的腦袋擱在拳頭上，擺出沉思的姿勢。「你們要知道，我其實還沒去過美國，還沒有。事情太多了，全都一起發生。不停地說話、說話，必須跟上技術、跟上時代。看看這個小妞：她整天播我的電話號碼，寶貝，從早到晚，日夜不停！」他迅速給我看一眼平板電腦上的圖像，一個美麗的女人戴著平滑而有光澤的織髮，引人矚目的嘴唇塗成深紫色。在我看來像是商業廣告的圖像。「這些大城市的小妞，真是太瘋狂了！噢，小兄弟，我需要上游的女孩，我想建立一個美好的家庭。可是這些小妞連成家都不想了！她們非常荒唐！不過妳多大年紀？」

我告訴他。

「沒有小孩？甚至還沒有結婚？沒有？好吧！好，好……我了解妳，姊妹，我了解妳：女強人，對吧？好吧，那是妳的作風。但是對我們來說，沒有小孩的女人就像沒有結果實的樹一樣。像棵樹——」他從椅子上半抬起肌肉發達的臀部然後蹲下，將雙臂像樹枝般伸展，手指如細枝般張開。「沒有結果實。」他坐了回去，兩手再度握成拳頭。「沒有結果實。」他又說一次。

好幾個星期以來，弗恩頭一次朝我這方向擠出一點笑容。

「我想他說的是妳就像棵樹——」

「嗯，弗恩，我明白，謝謝。」

巴希爾瞧見我的摺疊式手機，我私人的手機。他拿起我的手機，用誇張驚奇的態度拿在手掌上翻看。他的手很大，手機看起來像小孩子的玩具。

「這不是妳的吧。真的嗎？這是妳的？！他們在倫敦用這個？哈哈哈。噢，天啊，我

65 *Esmeralda*，意為翡翠，墨西哥著名的電視小說劇。

66 溫斯頓．佛斯特（Winston Foster）的藝名，他是牙買加雷鬼及舞廳音樂的DJ，在一九八〇年代大受歡迎。

們這裡的新穎多了。噢，天啊！有趣，真有趣。我沒有想到會這樣。全球化，不是嗎？真是奇怪的時代，奇怪的時代！」

「你說你在哪家銀行工作？」弗恩問。

「哦，老兄，我做的事情可多了。開發，開發。這裡的土地，那裡的土地。建築。不過我替這裡的銀行工作，沒錯，貿易，貿易。兄弟，你們知道就是那樣子嘛！政府有時候會讓生活變得難過。但是讓我賺大錢，對吧？你們喜歡蕾哈娜嗎？你們知道她嗎？她賺到了錢！光明會成員，對吧？過著夢想中的生活，寶貝。」

「我們現在得去渡船口了。」拉明低聲說。

「對了，我想這幾天我做了很多交易——很複雜的生意，老兄——得要採取這些行動、行動、行動。」他用手指拂過他的三項裝置來表達，彷彿準備隨時使用其中一樣來處理非常緊急的事情。我留意到筆電的螢幕是黑的，還有好幾處裂痕。「瞧，有些人每天都得過那種農場生活，剝落花生殼，對吧？可是我得採取我的行動。這是這裡新的工作與生活的平衡。你們知道嗎？沒錯，老兄！這是最新的潮流！但是在這個國家我們還有舊世界的思維模式，對吧？這裡很多人都該死的非常落伍。這些人需要花點時間，好嗎？要讓這觀念進入他們的腦袋。」他用手指在空中畫了一個矩形：「未來。你們必須記住這點。不過聽著：為了妳？我隨時奉陪！我喜歡妳的臉，天啊，非常漂亮，非常地純淨明亮。我可以到倫敦去，我們可以談真正的生意！哦，妳不是做生意的？慈善事業？非政府組織？傳教士？老天，我喜歡傳教士！我有個好朋友，他來自印第安納州的南本德市，名叫麥奇。

我們經常在一起。麥奇很酷，老兄，他超酷的，他是基督復臨安息日會教友，不過我們當然全都是神的子民，當然……」

「他們是來這裡辦教育的，為了我們的女孩子。」拉明說著轉身背對我們，想叫服務生過來。

「哦，當然，我聽說過那裡的改變。很厲害，很厲害。對村子有好處，對吧？發展。」

「我們希望如此。」弗恩說。

「但是小兄弟：你也湊了一腳嗎？你們知道這個小兄弟虔誠得不要錢嗎？他只在乎來生。我就不一樣了：我想要今生！哈哈哈哈。錢，錢，滾滾而來。就是那樣沒錯。噢天啊，噢天啊……」

拉明站起來：「再見了，巴希爾。」

「這傢伙真是嚴肅。不過他喜歡我。你們也會喜歡我的。噢我的天啊，小姐，妳快要三十三歲了！我們應該談談！時光飛逝。得好好享受妳的人生，對吧？下次，在倫敦，小姐，在巴比倫，我們來聊聊吧！」

走回車上時，我聽見弗恩暗自發笑，這段小插曲讓他心情愉悅。

「這就是大家口中的『怪人』吧。」他說，我們走到等候的計程車旁，轉身準備上車時，發現怪人巴希爾站在門口，仍戴著耳機、抱著他的各種科技裝備向我們揮手。看他站著，西裝顯得特別奇怪，褲管太短只到腳踝處，好像穿細條紋西裝的馬夏拉。

「巴希爾在三個月前就失業了，」我們回到車上時拉明輕聲說。「他每天都在那間咖啡店裡。」

沒錯，那趟旅行的一切打從一開始就感覺不對勁。我少了先前非凡的勝任能力，無法擺脫一種揮之不去的錯誤感，好像誤解了一切那樣。最開始是哈娃，她打開大院的大門，戴著一條新的黑色頭巾，覆蓋住頭部和上半身，穿著寬鬆無型的長襯衫，每次我們在市場看到時她總會嘲弄一番的那種。她和以往一樣緊緊地擁抱我，卻只對弗恩點個頭，似乎對他的出現感到惱火。我們大家在院子裡站了一會兒，哈娃客套、刺耳地閒聊著，沒對弗恩說半句話，我希望她提到晚餐的事，很快又意會到要等弗恩離開才會有晚餐。最後他終於明白了：他累了要回粉紅屋去。門一在他身後關上，以前的哈娃就回來了，她抓住我的手，親吻我的臉喊道：「噢，姐姐，好消息，我要結婚了！」我擁抱她卻感覺熟悉的笑容僵在臉上，和我在倫敦、紐約聽到類似消息時露出的笑容一樣，並且體驗到同樣強烈的被背叛的感覺。我為自己有這種感覺感到羞愧，卻不由自主，對她封閉起一部分的心。她牽著我的手帶我進屋裡。

有好多事情要說。他的名字是巴克里，是名塔布力基，穆沙的朋友，她不會撒謊說他很英俊，因為事實上正好相反，她想讓我立刻明白，因此拿出手機作為證據。

「妳看？他看起來像隻牛蛙！坦白說我希望他不要在眼睛上塗那種黑色的東西，或是把棕紅色染劑用在鬍子上……有時候他甚至纏腰布！我祖母覺得他看起來像化了妝的女人！不過她們肯定是錯的，因為先知本身就有擦眼圈墨，對預防眼睛感染很有幫助；還有好多我不知道的事情，我必須學習。噢，我祖母整天都在哭，從早到晚，日夜不停！可是巴克里很親切很有耐心。他說沒有人會永遠哭泣，妳不覺得這是真的嗎？」

哈娃的孿生姪女端來我們的晚餐：哈娃的是飯，我的是烤薯條。我有點恍惚地聽著哈娃告訴我她最近到茅利塔尼亞馬斯圖拉[67]的趣事，那是她至今到過最遠的地方，在那裡她經常在聽講時睡著（「講課的人妳看不見他，因為他不許看我們，因此他是在簾子後面說話，我們所有的女人都坐在地板上，講座很長，所以有時候我們就是忍不住想睡覺」），她曾想過要在背心內側縫個口袋，以便偷藏她的手機，在較無趣的背誦課上偷偷發簡訊給巴克里。但是在這些故事的結尾她總是說些聽來虔誠的詞句：「重要的是我對新姊妹們的愛。」「這不是我該問的。」「這在神的掌握中。」

「到最後，」她說，另外兩個年輕女孩端給我們錫杯裝的立頓茶，加了大量的糖。「最重要的是讚美神，拋下敦亞[68]的事物。我告訴妳在這個大院裡，妳聽到的全是敦亞的事。誰去了市場，誰有新手錶，誰要走『後門』，誰有錢，誰沒錢，我想要這個，我想要那個！但是當妳去旅行，把先知的真理帶給大家，根本沒時間去管這些敦亞的事。」

我好奇倘若現在這裡的生活如此惹她心煩，她為何仍住在大院。

「嗯，巴克里人很好但是非常窮。只要一有辦法我們就會盡快結婚搬家，目前他睡在

67 Mastura意思是貞潔或戴面紗的女人，在這裡指這些女人外出傳道。
68 dunya意指世俗。

馬爾卡茲[69]接近神，而我在這裡靠近雞和山羊。不過我們會省下很多錢，因為我的婚禮將會非常、非常小，像老鼠的婚禮，只有穆沙和他老婆會參加，沒有音樂、跳舞，或宴席，我甚至不需要買新衣呢。」她老練伶俐地說，我突然覺得很難過，因為如果我對哈娃有所了解的話，那就是她非常喜歡婚禮、婚紗、婚宴、結婚派對。

「所以囉，妳看這肯定會節省很多錢。」她說完交疊雙手放在膝蓋上，正式表示這想法已完結，我沒有反駁她。但是我看得出來她想談，她預先準備好的話語有如在沸騰鍋子上跳舞的蓋子，我只需要耐心地坐著等待她溢出。我沒提出別的問題，她就開始說起她的未婚夫，先是試探性地，然後越來越起勁。巴克里令她印象最深刻的似乎是善感。他長得醜又無趣，但他非常善感。

「怎樣無趣？」

「哦，我不應該說『無趣』，不過我的意思是，妳該看看他和穆沙兩人在一起，他們整天聽這些神聖的錄音帶，那些是非常神聖的錄音帶，穆沙現在想要學習更多的阿拉伯語，我也在學著充分欣賞錄音帶的內容，儘管現在對我來說那些錄音帶還是非常無聊，巴克里卻聽到流淚！他哭著把穆沙抱在懷裡！有時候我去了市場，回來時他們還在相擁哭泣！我從來沒看過伴遊哭！除非有人偷他的毒品！不，不，巴克里非常地善感。那其實是心地問題。起初我想：我母親是個學識豐富的人，她教我很多阿拉伯語，我的伊曼會勝過巴克里，但這想法大錯特錯！因為重要的不是讀了什麼，而是感受到什麼。我的心要像巴克里那樣充滿了伊曼還有很長一段路要走。我認為善感的男人會成為好丈夫，妳不覺得嗎？而且我們的馬夏拉男人——我不應該那樣稱呼他們，用塔布力基才恰當——他們對自己的女人非常好！我以前不知道。我祖母老是說：他們不怎麼大方，瘋瘋癲癲的，別跟那些像女孩子的男人說話，他們甚至沒有工作。天啊，她每天都在哭。可是她不懂，她太守舊了。巴克里總是說：『有句聖訓這樣說：「最好的男人會幫忙妻兒並且憐憫他們。」』情況就是這樣。所以，如果我們去旅行在馬斯圖拉時，嗯，為了避免別的男人在市場上看到我們，我們的男人自己上市場替我們採買，由他們買菜。我聽到的時候哈哈大笑，心想：這不可能是真的，但是確實是真的！我祖父連市場在哪裡都不曉得！我一直努力向祖母們解釋這點；她們太古板了。她們每天流淚就因為他是馬夏拉，我是說，塔布力基。據我看，她們是暗地裡嫉妒。哦，真希望我可以馬上離開這個地方。我去跟姊妹們在一起的時候好快樂！我們一起祈禱，一起散步。吃完午餐，我們其中一人必須帶領祈禱，妳知道吧，其中一個姊妹對我說：『由妳來吧！』於是我就當那天的伊瑪目，妳知道嗎？不過我並不羞怯。我很多姊妹都很害羞，她們說：『不該由我來說話，』我在這次旅途中發現我一點也不害羞。所有人都聽我說話，噢！之後甚至還有人問我問題。妳能相信嗎？」

「我一點也不驚訝。」

「我的主題是六項基本準則，有關一個人應當怎麼吃？事實上我現在並沒有遵守，因為妳在這裡，不過我以後肯定會牢記在心。」

---

69 markaz意思是中心或臨時居住地。

這個愧疚的念頭引發了另一個：她湊近前來對我低聲耳語，令人無法抗拒的臉蛋半帶著微笑。

「昨天我到學校的電視教室，我們看了《艾絲梅拉達》。我不應該笑的，」她說著突然打住，「但是妳尤其清楚我多愛《艾絲梅拉達》，相信妳會同意沒有人可以一口氣擺脫掉敦亞的一切。」她低頭看身上寬鬆無型的裙子。「到最後，我的服裝也得改變，不光是裙子，而是從頭到腳的所有衣服。我的姊妹都同意一開始很難，因為那樣穿非常熱而且大家會盯著妳看，他們會在街上叫妳『忍者』和『奧薩瑪』。可是我記得妳頭一次來這裡的時候對我說過：『誰在乎別人怎麼想？』我一直抱持這個堅定的想法，因為我的回報是在天堂，那裡沒有人會叫我忍者，而那些人鐵定會著火。我還是愛克里斯小子，我沒辦法控制，就連巴克里也還喜歡馬利[70]的歌，我知道是我有天聽他唱了其中一首。然而我們會一起學習，我們還年輕。就像我告訴過妳的，我們旅行時巴克里幫我做所有的家事，他幫我上市場，即使別人嘲笑他，他還是這麼做。他還替我洗衣服。我對祖母們說：『四十年來，爺爺曾經幫妳們洗過一只襪子嗎？』」

「可是哈娃，為什麼市場上的男人不能看到妳？」

她一臉厭煩：我又問了最愚蠢的問題。

「男人看著不是自己妻子的女人時，撒坦就會等著突襲，讓他們的內心充滿罪惡。撒坦無所不在！妳連這個都不知道嗎？」

我再也聽不下去，找了個藉口離開。黑暗中我唯一能去或說知道怎麼去的地方只有粉紅屋。走了一段路後我可以看到屋子沒有一盞燈是亮的，等走到門口，我發現門斜斜地掛在壞掉的鉸鍊上。

「你在嗎？我可以進來嗎？」

「我的大門永遠開著。」弗恩從陰暗處回答，聲音洪亮，我們同時大笑出來。我進屋裡，他為我泡茶，我把從哈娃那裡聽來的消息全部照搬過來。

弗恩傾聽我抱怨，他的頭越來越往後仰，直到他的頭燈照在天花板上。

「我必須說我並不覺得這很奇怪，」等我講完後他說。「她在大院裡做牛做馬，幾乎不曾離開過。我想她和任何一個聰明的年輕人一樣，非常渴望擁有自己的生活。妳在那個年紀的時候，難道不想離開父母家嗎？」

「我在她那個年紀的時候，我想要自由！」

「那妳認為她沒那麼自由嗎？我的意思是，在茅利塔尼亞旅行、傳道會比她現在關在家裡要來得不自由嗎？」他用一只涼鞋輕輕劃過堆積在塑膠地板上的紅色塵土。「有意思。這觀點很有意思。」

「哦，你只是想要惹惱我罷了。」

「不，我從來沒想過要那麼做。」他低頭看自己在地板上弄出來的圖案。「有時候我懷疑比起自由，人更想要意義，」他緩緩地說。「這是我想要表達的。至少，這是我自己

---

70 Bob Marley，牙買加唱作歌手，雷鬼樂鼻祖。

的經驗。」

再繼續說下去我們會吵起來，因此我改變話題，給他一塊我從哈娃房間偷來的餅乾。我記得我的 iPod 裡存了一些播客，於是我們一人一只耳塞式耳機，平和地並肩坐在一塊，小口吃著餅乾，聆聽這些美國人的生活記述，他們的小插曲和樂事，他們的快樂與煩惱、悲喜交加的頓悟，直到我該離開。

隔天早上我一醒來就想到哈娃。哈娃快要結婚了，接著肯定會有小孩，我想要和跟我一樣感到失望的人談談。我穿好衣服去找拉明。我在校園裡找到他，正在芒果樹下查看教案。聽到哈娃的消息他的反應不是失望，或者說不是他的第一個反應，而是心碎。早上還不到九點，我已經成功傷了某個人的心。

「可是這消息妳是從哪裡聽來的？」

「哈娃啊！」

他竭力控制自己的表情。

「有時候女孩子會說她們要嫁人了，實際上並沒有。這情況很常見。之前有個警察……」他的話音越來越小，最後消失。

「抱歉，拉明。我知道你對她的感覺。」

拉明生硬地笑了笑，繼續看他的教案。

「噢不，妳搞錯了，我們是兄妹。我們一直都是。我對我們的朋友艾咪說過：這是我的小妹妹。妳問她的話，她應該會記得我說過這句話。不，我只是為哈娃的家人感到遺憾。她們一定會非常難過。」

學校鈴聲響起。整個上午我巡視了各間教室，頭一次感受到弗恩在我們缺席的期間，不顧艾咪的干預，在某種意義上算是繞過她行事，在這裡所達到的成就。學校辦公室有她送來的所有新電腦及更可靠的網路，從搜尋歷史中，我可以看出目前為止老師們使用網路只有兩個目的：查閱臉書、將總統的名字輸入谷歌。每間教室都擺滿了難以理解的——對我來說——3D邏輯益智遊戲和可以下棋的小型手持裝置。但這些並不是令我印象深刻的革新。就在主建築物後面，弗恩利用一些艾咪的錢在院子裡打造了一座菜園，我不記得他在董事會議上提過這件事；各種各樣的農產品在這裡生長，他解釋，這些農產品屬於全體家長，多虧了這點和其他許多結果，以後第一堂課結束時，不會有一半的學生消失去幫忙農場上的母親，而是留在原地照料幼苗。我聽說弗恩在家長會的媽媽們建議下，邀請了當地馬吉斯[71]的老師到學校來，安排一間教室給他們教授阿拉伯語和可蘭經研究、直接付給他們一小筆錢，這阻止了另一大批學生在中午消失，或者像以往那樣，每天下午花一部分時間為這些馬吉斯老師做家務事以代替束脩。我在新的美術教室待了一小時，在這裡年紀最輕的女學生坐在桌子前調色做手印——玩耍——至於艾咪預計她們人人都有的筆電，如今弗恩坦承，全都在到村子的途中不見了，考慮到每臺筆電的價值是老師年薪的兩倍，

71 Majis是可供社區人士聚會討論各種問題、交流、接待客人、社交、娛樂的場所。

這並不令人意外。總而言之，光明女子學院並不是我在倫敦和紐約艾咪餐桌上經常聽到的那樣耀眼、全新、前所未有的未來培養箱。這裡是當地人口中的「陰森學院」，每天都發生許多微小但有趣的事，這些事情在每週末的村落會議上都會爭論不休，促成進一步的適應與改變，我覺得艾咪幾乎不知道或不曾聽過這些事情，但是弗恩留心注意，用極為開誠布公的態度仔細聽每個人述說，做大量的筆記。這是所運作正常的學校，用艾咪的錢建造起來但不受金錢控制，無論我在學校創建過程中發揮的作用多麼微小，如今我跟村裡的任何一個次要人物一樣，為此感到自豪。我享受著這種暖心的成就感，從學校菜園走回校長辦公室的時候，瞧見拉明與哈娃站在芒果樹下，非常貼近地站在一起，正在爭吵。

「我不聽你說教，」我走近時聽見她說，她發現了我便轉身重複一次她的看法：「我不聽他說教。他要我當最後一個留在這地方的人。我不要。」

在校長辦公室那邊，距離我們三十碼遠，一群好奇的老師剛吃完午餐站在門口的陰涼處，邊用裝滿水的錫壺洗手邊觀看爭論。

「我們不要現在談。」拉明察覺到這群觀眾，壓低聲音說，但是滔滔不絕的哈娃很難停下來。

「你離開了一個月，是吧？你知道在這個月中還有多少人離開這裡嗎？去找阿布杜雷啊，你見不到他的。艾哈邁德和哈金？我姪子約瑟夫？他才十七歲呢。走了！我的叔叔哥弗瑞，沒有人見過他。我現在照顧他的小孩。他走了！他不想留在這裡腐爛。走後門，他們所有人都是。」

「走後門的是瘋子，」拉明小聲說，隨後試著鼓起勇氣：「馬夏拉也是瘋子。」哈娃朝他邁了一步：他縮回去。我想，他不僅愛她，還有點怕她。這我了解，我自己也有點害怕她。

「而且我九月去師範學院的時候，」她用一根手指戳著他的胸膛說：「你還會在這裡嗎？拉明？還是你會在別的地方？你還會在這裡嗎？」拉明看向我：眼神驚慌而內疚，哈娃認為這表示肯定。「不，我認為不會。」

拉明的低語中摻入了勸誘的口吻。

「妳為什麼不乾脆去找妳父親呢？他幫妳哥哥弄到了簽證。妳開口要求的話，他同樣可以幫妳拿到。這不是不可能的事。」

我自己也動過這個念頭許多次，但是從來沒有直接問過哈娃，她似乎從來不想提起她父親的事，現在看見她的臉上滿是義憤，我很慶幸自己從沒問過。那群老師突然喋喋不休起來，就像在觀看拳擊賽的群眾看到一記重拳出現。

「你應該知道，我和他之間沒有親情。他有新的老婆、新的生活。有些人可以收買，有些人可以微笑面對他們不愛的人，只為了得到好處。而我不像你。」她說，那個代名詞落在拉明和我之間，說完她轉身離開我們兩人，長裙在沙上窸窣作響。

那天下午，我請拉明陪我去巴拉。他答應了卻似乎羞愧不已。我們在計程車上默默無言，在渡船上也是。我需要換些錢，而當我們走到牆上的小洞前面——百葉窗後有男人坐在高腳凳上，數著堆成高塔狀、用橡皮筋綑紮在一起的骯髒鈔票——他竟丟下我。拉明以前從來不曾把我獨自留在任何地方，即使在我最希望他走開的時候，現在我發現這個想法令我多麼恐慌。

「可是我要在哪裡和你碰面？你要去哪裡？」

「我有些私事要辦，不過我不會走遠，就在附近，渡口一帶。沒問題的，打電話給我就行了。我需要四十分鐘。」

我還來不及爭辯，他已經走了。我不相信他有事要辦：他只是想擺脫我一陣子。可是我換錢總共只花了兩分鐘。之後我繞著市場閒逛，一會兒後為了避免人家大聲叫我，我走到渡口另一側的古老軍事要塞，曾經是博物館如今已廢棄，不過仍然可以爬上防禦工事，眺望河川以及整座小鎮惱人的背水建法，忽視河水，採取防衛的蹲伏姿勢背對著河，彷彿對岸美麗的風景、大海及跳躍的海豚，都莫名地令人不快或是多餘，或只是乘載了過多痛苦的回憶。我爬下來在渡口邊徘徊。還有二十分鐘，於是我去了網路咖啡店。這是常見的畫面：一個又一個男孩戴著耳機說「我愛妳」或是「好的，我的寶貝甜心」，螢幕上中年的白人女性揮著手、拋飛吻，幾乎總是英國女性——根據她們住家室內來判斷——我站在桌子前，準備付每十五分鐘二十五達拉西[72]的費用時，可以看到她們所有人同時從玻璃磚的淋浴間走出來，或在早餐吧臺前吃飯，或是在假山庭園裡散步，或懶洋洋地坐在溫室的吊椅上，或是坐在沙發上看電視，手裡拿著手機或筆電。這一切沒什麼不尋常，我以前見過很多次，然而在這個特別的下午，我把錢放在桌上時，一個瘋瘋癲癲、胡言亂語的男人跑進店裡，開始揮舞著一根雕有花紋的長手杖穿梭在電腦間，咖啡店老闆拋下我們的交易，繞著終端機追逐他。那個瘋子長得非常高大俊美，好像馬塞族人，他打赤腳，穿著傳統的達西奇套衫，上頭有金線刺繡，儘管已經又髒又破，在他綁了髒辮的頭髮上戴了一頂明尼蘇達高爾夫球場的棒球帽。他輕敲年輕人的肩膀，一邊一下，宛如國王在冊封騎士般，直到店主設法奪走他的手杖，掄起手杖開始揍他。他挨著打還繼續說個不停，帶著優雅滑稽的英文腔，讓我想起多年前白堊的口音。「好好先生，你不知道我是誰嗎？你們這些傻子有人知道我是誰嗎？你們這些可憐兮兮的傻子？你們連我都不認得嗎？」

我把錢留在櫃檯上，回到外面在太陽底下等。

72 甘比亞的貨幣單位。

四

回到倫敦後，我和母親共進晚餐，她在樓下的安德魯·艾德蒙茲餐廳訂了一張桌子——「我請客」——但是店內深綠色的牆壁充滿壓抑，其他用餐者鬼祟的眼神令我困惑，而且她扳開我死抓著電話的右手說：「看看這個。看看她對妳做了什麼。沒留指甲，手指流血。」我納悶母親何時開始在蘇活區用餐、她為什麼看起來那麼瘦，米莉安又到哪裡去了？假如我有認真思考的餘地，也許會稍微更深入地思索這些問題，不過那天晚上母親談興高漲，那頓飯大半時間都是她一個人滔滔不絕地講述倫敦仕紳化的問題——不僅對我說也對鄰桌的人說——從平常對當代的牢騷回溯到過去，直到最後變成即興的歷史課。等到主菜上桌時，我們已經來到十八世紀初。我們一位是後座議員一個是流行歌手的私人助理，兩人一起吃牡蠣，而我們位在的那排連棟房屋曾是細木工和窗框工人、砌磚工與木匠的住處，他們所有人每個月付的房租，即使根據通貨膨脹調整後，也還不夠支付我現在放進嘴裡的一顆牡蠣。「勞工，」她解釋道，將一顆蘇格蘭萊恩湖（Loch Ryan）生蠔倒進自己的喉嚨。「還有激進分子、印度人、猶太人、逃跑的加勒比海奴隸。檄文作家與煽動分子。羅伯特·韋德伯恩[73]！『黑奴』。這也是他們的聚集地點，就在西敏市的眼前⋯⋯現在這裡不再發生那樣的事了，有時候我真希望發生。讓我們大家有事可做！或是有目標！或者即使是反對⋯⋯」她伸手去摸她頭旁邊有三百年歷史的木鑲板，依依不捨地輕輕撫摸。「事實是我的大多數同僚根本不記得真正的左派是什麼樣，相信我，他們不想記住。哦，但是從前這裡曾經是左派真正的溫床……」她就這樣繼續說下去，如往常一樣說得有點太長，不過口若懸河扣人心弦——附近的用餐者都傾身過來捕捉隻字片語——而且沒有一句話中帶刺或是針對我，她所有尖銳的稜角都被磨掉了。侍者收走空牡蠣殼。出於習慣我開始撥弄指甲根部的表皮。我心想，只要她在談論過去，那就不會問我現狀或未來，問我何時不再為艾咪工作或何時生孩子，閃避這雙管齊下的進攻已成為我每次見到她的第一要務。可是她沒有問我艾咪的事，什麼也沒問。我心想：她終於到達中樞，「掌握了權力」。沒錯，雖然她喜歡把自己描述成「黨內的眼中釘」，但她處在一切的中心，這肯定就是區別。她終於得到她一生中最想要、最需要的東西：尊重。也許我怎麼過我的人生對她來說已不再重要，她再也不必把這當作是對她本身或是對她撫養我方式的評判。雖然注意到她沒喝酒，我把這也歸因於母親的新特質：成熟、冷靜、自信，不再處於劣勢，達到她想要的成功。

正是這樣的思路讓我對接下來的事措手不及。她停止說話，一手托著頭說：「親愛的，有件事我得請妳幫忙。」

她說這話時皺了一下眉。我準備好忍耐某種裝腔作勢。如今回想起來，我領悟到這下

73 Robert Wedderburn,1762-1835，出生於牙買加的一神論者，超激進分子的領袖，十九世紀初在倫敦倡導反奴隸制。

皺眉極可能是由於身體真正疼痛而產生的真實、不由自主的反應，就感覺糟透了。

「我本來想要自己處理，」她說：「不要麻煩妳，我曉得妳很忙，不過我不知道在這種時候還能找誰。」

「是啊，嗯，是什麼事？」

我非常專心地在切除豬排上的肥肉。等我終於抬眼看母親的臉，她看起來疲憊不堪，我從未見過她如此。

「是妳的朋友——崔西。」

我放下刀叉。

「哦，這事情非常荒謬，我收到這封友善的電子郵件……寄到我的服務處。我很多年沒見到她了……但是我想：噢，崔西！信的內容是關於她的大兒子，他被學校退學，她覺得不公平，想要我幫忙，妳知道的，所以我回信了。起先感覺並沒有很奇怪，我經常收到這類信件；可是現在，妳知道嘛，我真的懷疑：這一切只是計謀嗎？」

「媽，妳在說什麼？」

「我真的覺得有點奇怪。她寄了那麼多電子郵件，可是……嗯，妳要知道，她沒有工作，這點很明顯，說真的，我不曉得她是否曾經工作過，而且她還住在那該死的公寓裡……這件事本身就會把人逼瘋。她肯定有很多空閒時間，所以馬上就寫出大量的信，一天兩、三封。她認為校方不公正地開除黑人男學生。我的確打聽了一下，看起來在這件事上，嗯……校方覺得他們有充分的理由。我沒辦法再進一步。我寫信給她，她非常生氣，寄了一些非常氣憤的信來。我以為事情結束了，但——這只是開端。」
她焦慮地搔著後腦勺的頭巾，我注意到她脖子頂端的皮膚發炎脫皮。
「可是媽，妳幹嘛回覆崔西的東西呢？」我抓著桌子兩邊，「我可以告訴妳她的精神狀態不穩定。我很早以前就知道了！」
「嗯，首先她是我的選民，我一向回應選民的要求。而且我後來才發現她是妳的那個崔西——她改名了，妳知道吧——她的信變得非常……奇怪，非常古怪。」
「這種情況持續多久了？」
「六個月左右。」
「妳之前為什麼不告訴我！」
「寶貝，」她聳個肩說：「我什麼時候有機會說？」
她的體重減輕那麼多，使得美麗的腦袋在天鵝般的脖子上看起來非常脆弱，這有別於從前的纖弱暗示了凡人時間對她的影響如同對其他任何人一樣，比以前對女兒疏於關心的任何指責都要來得響亮。我伸出一手按在她的手上。
「怎樣奇怪？」
「我實在不想在這裡談這件事。我會轉寄些她的電子郵件給妳。」
「媽，不要這麼誇張。妳可以告訴我大致的情況。」
「那些信相當惡毒，」她說，淚水湧上她的眼眶，「我一直感覺不大舒服，現在我收到一大堆，有時候一天十二封，我曉得這樣很傻，可是那些信讓我很煩惱。」

「妳為什麼不交給米莉安處理？她處理妳的信件不是嗎？」

她抽回手，擺出後座議員的表情，有點緊繃的苦笑，適合質詢公共醫療衛生服務的問題，但是在餐桌上看到令人不安。

「嗯，妳遲早會發現：我們分手了。我還住在錫德茅斯路的公寓。顯然我必須待在那一帶，又找不到像那樣條件的合約，至少沒辦法馬上找到，所以我請她搬出去。當然嚴格說來那是她的公寓，不過她非常能夠諒解；妳了解米莉安。不管怎樣，這沒什麼大不了的，我們沒有鬧得不愉快，沒有讓這事出現在報紙上。就這樣結束了。」

「哦，媽……我很遺憾。真的。」

「別這樣，不必這樣。有些人沒辦法應付擁有一些權力的女人，事實就是如此。我以前見識過這種事，相信將來也還會再遇到。看看拉傑！」她說，我很久沒想到著名積極分子的本名了，這時才意識到我已經忘了。「我一寫完我的書，他就馬上跟那個傻妞跑了！他從沒完成一本書難道是我的錯嗎？」

才不是，我向她保證，拉傑始終完成不了他那本關於西印度群島「苦力」勞工的書並非她的錯，儘管他已經寫了二十年，而我母親從著手書寫到完成她那本有關瑪麗．西柯爾[74]的書只花了一年半。沒錯，著名積極分子只能怪他自己。

「男人真是可笑。但事實證明女人也是如此。不管怎麼說，這在某方面來說是件好事……有些時候我真的覺得她企圖干涉……嗯，她對『我們』在西非的經營手法、踐踏人權，諸如此類的事情非常執著；我的意思是，她鼓勵我在議會提問，實際上那些是我沒資格發言的領域，到最後我認為她那麼執著的真正目的，說起來有點可笑，是想要離間我跟妳的關係……」這不大可能是米莉安的動機，我簡直難以想像，不過我強忍著沒說出口。「……而且我年紀漸漸大了，不像以前那麼有活力，我真的想把精力集中在我本地的要事、我的選民身上。身為地方代表，這才是我想做的事。我沒有更大的野心。別笑，親愛的，我真的沒有。再也沒有了。有一次我對她、對米莉安說——『妳看，每天都有人走進我的服務處，他們來自賴比瑞亞、塞內加爾、甘比亞、象牙海岸！我的工作是全球性的。這就是我工作的範圍。這些人從世界各地來到我的選區，搭乘那些可怕的小船，他們受到了創傷，他們看過人就在眼前死去，而他們來到了這裡。這是宇宙想要告訴我的事。我真心覺得這是我生來注定要做的工作。』可憐的米莉安……她的用意很好，天知道她做事非常有條理，但是她有時候缺乏遠見。她想要拯救每一個人。這樣的人肯定不是最好的人生伴侶，雖然我永遠認為她是個非常好的行政人員。」這段話令人印象深刻，也有點傷感。我好奇我是否也有類似冷冰冰的題詞存在：她不是最棒的女兒，不過她是個完美合格的晚餐約會對象。

「妳想，」母親問：「妳想她是不是精神錯亂……精神不正常還是……」

「米莉安是我認識腦袋最清醒的人了。」

---

74 Mary Seacole, 1805-1881，牙買加裔的英國護士，於克里米亞戰爭期間在後方設置了「英國旅館」，為戰場上受傷的軍人提供援助，士兵們親切地稱她為西柯爾媽媽，二〇〇四年獲選為最偉大的英國黑人。

「不，我是說妳的朋友崔西。」

「我希望妳不要再那樣叫她了！」

可是母親沒在聽我說話，她在自己的幻想中：「妳要知道，不知怎地……嗯，她讓我覺得內疚。米莉安認為這些電子郵件的事我應該一開始就報警，可是……我不曉得……當妳年紀大了，過去的事情會莫名其妙地……壓在妳的心頭上。我記得她以前常來中心接受諮商。當然我沒看她的記錄，不過在和那裡的團隊談過後，我感覺即使在那個時候，她就已經有些問題、心理健康的問題。或許我不該阻止她來，可是要為她爭取到那個位置本來就不容易，我很抱歉，那時我真的覺得她濫用了我的信任、妳的信任、所有人的……當然她還是個孩子，可是那是犯罪，那是一大筆錢，我確信那些錢全都落到她爸爸手裡，但是萬一他們責怪妳怎麼辦？當時我認為斷絕所有的關係是最好的。嗯，我相信妳對那時發生的事有很多看法，妳向來都有很多看法，我只是希望妳能了解撫養妳並不容易，我的處境並不輕鬆，最重要的是我集中心思在努力接受教育、拿到資格，也許在妳看來是太過分了些……可是我必須讓妳跟我的生活過得更好。我曉得妳爸爸辦不到這點。他不夠堅強。沒有別人會這麼做。我們只能靠自己。我同時有太多事要做，我的感受就是那樣——」

她把手伸過桌面抓住我的手肘：「我們應該多做點——保護她！」

我感覺到她緊握住我的手指骨瘦如柴。

「妳很幸運，有個這麼棒的父親。她並沒有。妳不曉得那是什麼感受，因為妳運氣好，真的，妳生來就很幸運，我知道。而且她幾乎算是我們家的一分子！」

她在懇求我。一直在聚集的淚水如今落下。

「不，媽……不，她不是。妳記錯了：妳向來不喜歡她。誰知道那家庭出了什麼事，或是她需要什麼樣的保護，如果有需要的話？沒有人告訴過我們，她當然從來沒說過。那條走廊上的每個家庭都有祕密。」我注視著她心想：妳想知道我們的嗎？

「媽，妳自己剛才說過：妳救不了所有的人。」

她點了幾下頭，拿餐巾擦拭濕掉的臉頰。

「這倒是真的，」她說。「千真萬確。可是同時，難道不能多做一點嗎？」

五

翌日早晨我的英國手機響了，是我不認識的號碼。不是母親或艾咪，也不是她兩個孩子的父親，或是那三個一年中有一、兩次仍然希望在我的班機起飛前誘惑我出去喝一杯的大學朋友。起初我也沒認出這個聲音。我從來沒聽過米莉安聲音這樣嚴厲或冷漠。

「可是妳知道，」在一陣尷尬寒暄之後她問我：「妳母親病得很嚴重吧？」

我躺在艾咪豪華的灰色長沙發上，向外眺望著肯辛頓花園——灰色石板、藍天、綠色橡樹——在米莉安說明狀況的時候，我發現這個景色與更早的融合：灰色水泥、藍天，越過七葉樹的樹梢，經過威爾斯登巷，延伸向鐵路。我可以聽見隔壁房間保姆艾絲戴爾正試著訓練艾咪的孩子，那種抑揚頓挫的語調讓我聯想到自己人生最初的時光，有搖籃曲、洗澡時間、睡前故事，還有用木湯匙敲打。夜晚往來車輛的大燈從天花板上滑過。

「喂？妳還在嗎？」

癌症第三期：從她的脊椎開始。二月時動過一次不完全成功的手術（二月時我在哪裡？）現在病情緩解，不過最後一次化療讓她變得很虛弱。她應該休息讓身體復原。但她依舊去議院、出門用餐，我還任她去，真是瘋了。

「我怎麼會知道？她又沒告訴我。」

我聽見米莉安對我嘶唇噴了一聲。

「任何有點判斷力的人只要看看那女人就知道有什麼不對勁了！」

我哭了出來。米莉安耐心地聽著。我本能地想要掛斷電話打給母親，可是米莉安央求我不要。

「她不想讓妳知道。她曉得妳必須出差之類的，不想干擾妳的計畫。她會知道是我告訴妳的。我是唯一知情的人。」

想到自己是個親生母親寧死也不願打擾的人我就無法忍受。為了逃避這個想法，我絞盡腦汁想些戲劇性的行動，甚至不知道艾咪在哈利街的多位私人醫生是否可能提供服務。

米莉安哀傷地輕笑一聲。

「私人？妳到現在還不了解妳母親嗎？不，如果妳想為她做點什麼，我可以告訴妳現在什麼最重要。那個一直在煩她的瘋女人？我不曉得她為什麼那麼在意，但是這件事必須停止，她滿腦子都想著這件事——在這種時刻不該如此。她說都和妳提過了？」

「對。她要轉寄那些電子郵件給我，不過還沒有。」

「我有，我會轉寄給妳。」

「喔，好……我以為，我的意思是，在晚餐時她說，妳們兩個……」

「是啊，沒錯，好幾個月前的事了。不過妳母親會永遠在我的生命中。她是那種一旦走進你的生命就不會離開的人。不管怎樣，當妳關心的人生病了，所有其他的事……就消失了。」

我放下電話幾分鐘後，電子郵件開始像陣陣小雨似地寄到，直到我收到五十封或更多。我坐在原地讀信，信中的怒氣讓我目瞪口呆。大量的信讓我覺得自己不合格，彷彿崔西對我母親比我更有感情，儘管這裡表達的不是愛而是恨。另外令我驚訝的是她寫得非常好，從不乏味，連一秒都沒有，她的讀寫障礙和許多文法錯誤並沒有阻礙她：她擁有引人入勝的天賦。你一旦開始看就會想要讀完。她對我母親主要的指控是忽視。忽視她兒子在學校的問題，忽視崔西本身的投訴及電子郵件，疏忽自己的職責——我指的是我母親沒有促進她選民的利益。坦白說，我覺得前幾封信並沒有不合理之處，但是後來崔西擴大了指責範圍：疏忽行政區裡的公立學校，忽視這些學校中的黑人小孩、英國的黑人、英國勞工階級的黑人、單親媽媽、單親媽媽的孩子，還有多年前疏於照顧崔西這個單親媽媽的獨生女。令我感興趣的是她在這裡寫的是「單親媽媽」，彷彿她父親根本不存在。口氣變成辱罵、詆毀。在有些信中她看起來像是喝醉或嗑茫了。不久這些信件變成單向的，條理井然地剖析崔西認為我母親讓她失望的許多地方。妳從來不喜歡我，向來不希望我在妳身邊，妳總是想要羞辱我，對妳來說我永遠不夠好，妳害怕跟我有瓜葛、總是保持距離，妳假裝自己是為了社區，但妳根本只是為了自己，妳告訴大家是我偷了那筆錢，妳沒有證據也從來沒有為我辯解。有一大堆信只提到住宅區。政府沒有採取措施改善地方居民的住處，這些住屋的品質都在惡化——幾乎所有的住屋現在都在崔西家的那個街區——從八〇年代初期以來就沒有人照管。與此同時，馬路對面的住宅區——也就是我們家的住宅區，市政會現在正忙著廉價出售——擠滿了年輕的白人夫婦和他們的嬰兒，看起來活像是「他媽的飯店度假村」。另外我母親打算怎麼處理在托貝路轉角賣純古柯鹼的那些男孩？游泳池關閉？威爾斯登巷的妓院？

信的內容就是這樣：荒誕不經地混合了個人積怨、痛苦的回憶、精明的政治抗議、本地居民的投訴。我注意到幾週過去後信變得越來越長。從一開始只有一、兩段逐漸增加到成千上萬字。在最近的信件中，我記得十年前就有的一些幻想和陰謀思維又再度浮現，就算不是在文字中也是在精神上。蜥蜴沒有出現：如今是祕密的十八世紀巴伐利亞教派，從查禁中倖存下來並在現今的世界中發揮其影響，成員包括許多有權有勢和有名的黑人，與白人和猶太人的菁英結盟，崔西對此非常深入地研究，越來越確信我母親可能是這些人的工具，雖不重要卻很危險，她已經設法鑽入英國政府的核心。

就在正午過後我讀完最後一封電子郵件，穿上外套，走到路的盡頭去等五十二號公車。我在布朗茲伯里公園下車，沿著基督堂大道走，抵達崔西的住宅區，爬上樓梯按她的門鈴。她肯定已經站在玄關處，因為她馬上就開門了，臀部上抱著一個四、五個月大的新生嬰兒，寶寶的臉背向我。在她身後可以聽見更多孩子在爭吵，電視的音量開得很大。我不知道自己期待的是什麼，但在我面前的是個焦慮不安、體格強壯的中年婦女，穿著毛巾布睡褲、室內拖鞋、黑色運動衫，上面寫了一個詞：**聽話**。我看起來年輕多了。

「是妳啊。」她說，用一手護住嬰兒的後腦勺。

「崔西，我們需要談談。」

「媽！」裡頭有個聲音喊道。「是誰？」

「欸，呃，我正在準備午飯？」

「我母親快要死了，」我說——過去兒時誇大的習慣不由自主回來了——「妳得停止妳所做——」

就在這時她兩個較大的孩子從門口探出頭來盯著我看。女孩看起來像白人，有一頭棕色的鬈髮和海綠色的眼睛。男孩遺傳到崔西的總體顏色和富有彈性的爆炸頭，長相並不特別像她：肯定是像父親。小嬰兒的膚色遠比我們所有人都要深，當她把臉轉向我，我發現她長得和崔西一模一樣，非常漂亮。不過他們全都很漂亮。

「我可以進來嗎？」

她沒回答，嘆了口氣，然後用穿著拖鞋的腳推開門，我跟著她進去。

「妳是誰，妳是誰，妳是誰啊？」小女孩問我，還沒得到答案就把手伸進我的手裡。我們走過客廳時，我發現我打斷了《南太平洋》（*South Pacific*）的放映。這個細節感動了我，讓我很難記得心懷怨恨寫電子郵件的崔西，或是十年前把信塞進我門內的崔西。我認識的是浪費一下午看《南太平洋》的崔西，而我愛那個女孩。

「妳喜歡嗎？」她女兒問我，我說喜歡的時候，她拉著我的胳臂帶我和她一起坐在長沙發上，夾在她和她哥哥之間，她哥正在用手機玩遊戲。我走過布朗茲伯里公園時滿腔義憤，現在又似乎完全可能就這麼坐在沙發上、握著小女孩的手看《南太平洋》，消磨一個下午。我問她叫什麼名字。

「瑪麗亞．咪咪．艾莉西亞．香黛兒！」

「她叫珍妮，」男孩頭也沒抬地說。我想他看起來像八歲，珍妮則是五、六歲。

「那你叫什麼名字？」我問，聽見自己的口吻像母親時感到一陣難為情，她對所有的小孩說話都好像他們沒有感覺似的，不分年齡。

「我叫做小博！」他模仿我的語調說，逗得他自己哈哈大笑，那笑聲完全就像崔西。

「那女人小姐，妳又是什麼來歷？妳是社會福利部的人嗎？」

「不是，我是……你媽媽的朋友。我們一起長大。」

「嗯，或許吧，」他說，彷彿過去是他可以接受或拋下的假設。他重新投入到正在玩的遊戲中。「不過，以前從來沒見過妳，所以我很懷疑。」

「這段是〈愉快的閒聊〉！」珍妮開心地說著，一邊指著螢幕，我說：「沒錯，不過我得跟妳媽咪說話。」儘管我只想待在沙發上，握著她熱呼呼的小手，感受小博的膝蓋不經意地靠著我的。

「好吧，不過等你們說完以後要馬上回來喔！」

她把小女兒摟在屁股上，在廚房裡弄得噹啷作響，我走進去時也沒停手。

「很棒的孩子，」在她堆疊盤子拿餐具時我發現自己說。「可愛——而且聰明。」

她打開烤箱；烤箱門差點刮擦到對面的牆。

「妳在做什麼？」

她使勁把烤箱門再關上，背對著我將嬰兒換到另一邊。一切顛倒過來：我變成抱著歉意、殷勤關切的人，而她是正義的一方。公寓本身似乎引出我這順從的角色。在崔西的人生舞臺上我沒有別的角色可以扮演。

「我真的需要和妳談一談。」我再說一次。

她轉身過來，擺出我們以前常說的得體表情，但是當我們目光相遇，又不由自主地對彼此露出傻笑。

「不過，我可沒有大笑喔，」她恢復原本的表情說。「如果妳來這裡只是想要煩我，那就走吧，因為我不打算和妳吵。」

「我來這裡是想請妳別再騷擾我媽。」

「她是這樣跟妳說的嗎！」

「崔西，我看過妳的電子郵件了。」

她將嬰兒放到肩上，開始輕輕搖晃，反覆輕拍寶寶的背。

「聽著，我住在這一帶，」她說：「和妳不一樣。我很清楚這裡的情況。他們可以盡情在國會大談特談，我就在本地，妳母親原本應該代表這些街道。她每隔一晚就上電視，結果妳看到這附近有什麼不同嗎？我兒子智商一百三十，好嗎？他接受過測驗。他是過動兒，腦筋動得太快，每天在那個爛地方無聊得要死。所以沒錯，他是惹了麻煩。因為他很無聊啊。而這些老師唯一想得到的處理方法就是開除他！」

「崔西，這件事我什麼都不知道，但妳不能就這樣——」

「哦，別再強調了，做點有用的事吧。幫我把這些盤子拿過去。」

她將盤子交給我，把刀叉放在上面，指示我回到客廳，我不自覺地在那裡為她家人在小圓桌上擺放餐具，就像我曾經為她的娃娃準備下午茶時間那樣。

「午餐上桌嘍！」她說，似乎是在模仿我的聲音。她開玩笑地拍拍兩個大孩子的後腦勺。

「又是義大利千層麵的話我就要跪泣了，」小博說，崔西回說：「是義大利千層麵沒錯。」小博擺出姿勢滑稽地用拳頭敲打地板。

「起來，你這個小丑。」崔西說，他們全都大笑起來，我不知道該怎麼繼續自己的任務。

我安靜地坐在桌旁，他們為了每件小事爭吵、大笑，每個人似乎都盡可能地大聲說話，無所顧忌地咒罵，崔西的膝上仍抱著嬰兒上下抖動，她一邊用單手吃東西，一邊和另外兩個說笑，或許他們的午餐時間向來如此，我卻無法擺脫心中的猜疑；對崔西而言，這也是一種表演，一種表達方式：看看我的生活多麼充實。看看妳自己的多麼空虛。

「妳還在跳舞嗎？」我打斷他們所有人突然問道。「我的意思是，工作上？」

餐桌安靜下來，崔西轉向我。

「我看起來像還在跳舞嗎？」她低頭看一下自己再環視餐桌，刺耳地大笑起來。「我知道我比較聰明，不過……該死的把照子放亮點吧。」

「我——我從來沒有告訴過妳，崔西，但是我在《畫舫璇宮》裡看到妳。」

她看起來一點都不驚訝。我懷疑她那時是否發現了我。

「哦，嗯，那都是很早以前的事了。我媽生病了，沒人照顧小孩……太困難了。我本身也有些健康問題。跳舞不適合我。」
「他們的爸爸呢？」
「他們的爸爸怎麼樣？」
「他為什麼不能照顧孩子？」我刻意用他而不是他們，不過崔西對委婉說法或虛偽向來警覺，並沒有受到愚弄。
「嗯，就像妳看到的，我試了香草、咖啡牛奶、巧克力，結果妳知道我明白了什麼嗎？在骨子裡，他們他媽的全都是一個樣：男人。」
她的措詞讓我慌亂了一下，不過孩子們——他們的椅子轉向《南太平洋》——似乎沒注意到或是並不在意。
「或許問題在於妳選擇了什麼樣的男人。」
崔西翻了個白眼：「謝謝妳喔，佛洛伊德博士！我沒想到這一點呢！還有其他金玉良言要給我嗎？」
我閉上嘴吃義大利千層麵，中間仍有些結凍，不過很美味。這讓我想起她的母親，於是我問她近況如何。
「她過世了，幾個月前走的。公主，是不是啊？她死了。」
「外婆死了。她去找天使了！」
「對。現在只剩下我們了。不過我們過得還可以。那些該死的社工人員一直來煩我們，但我們沒事。四劍客。」

「我們用大火燒掉了外婆！」

小博轉過身來：「妳真是白癡，我們才不是燒掉她呢，好嗎？講得好像我們把她放在營火上一樣！她是火─化啦。總比困在地底下密閉的箱子裡面好。不用了，謝謝。我的也想要這樣。外婆跟我一樣，因為她討厭密閉空間。她有幽─閉─恐懼症。所以她才每次都走樓梯。」

崔西對小博溫柔地笑笑，伸出手去摸他，他迅速低頭閃避。

「不過她看到了這些孩子，」她低聲說，近乎自言自語。「包括小貝拉。這一點我覺得挺好的。」

她將貝拉抱到唇邊，親遍她整個鼻子。接著看向我指著我的子宮：「妳還在等什麼？」

我把鼻子翹向天空，意識到這是借來的姿勢時已經太遲，多年來我在自豪或倔強的時候總會利用這姿勢，實際上這應該屬於坐在我對面的女人。

「適當的情況，」我說。「適當的時機。」

她微微一笑，臉上露出昔日的殘忍：「哦，好吧。祝妳好運。真是有趣，對唄，」她說，為了製造效果誇大她的口音，然後轉向電視不是對著我說：「有錢人沒小孩，窮人小孩多。妳媽對這一定有很多話可說。」

孩子們吃完了。我拿起他們的盤子收到廚房去，在高腳凳上坐了一會兒，按照艾咪的瑜伽老師示範給我們看的做法專注地深呼吸，透過長型的窗戶眺望停車場。有些答案我很早以前就想從她那裡得到了。我正在苦思再進入客廳時該如何重新調整讓這天下午對我有利，只是我還沒想到崔西就走進來說：「重點是，我和妳媽之間的問題是我和妳媽之間的事。老實說，我根本不知道妳來這裡幹嘛。」

「我只是想要了解妳為什麼會——」

「對，但那正是問題所在！妳我之間再也無法互相理解了！妳現在屬於不同的體系了。像妳這樣的人認為自己可以控制一切。而妳控制不了我！」

「像我這樣的人？妳在說什麼？小崔，妳現在是個成熟的女人了，妳有三個漂亮的孩子，妳真的必須控制一下這種妄想——」

「妳可以用妳喜歡、喜愛的花哨名字來稱呼它：總之有個體系，妳和妳該死的媽兩個都是那體系的一部分。」

我站了起來。

「崔西，別再騷擾我的家人，」我說著堅定地走出廚房，崔西追趕在後，穿過客廳，走向前門。「要是妳再繼續下去，警察就會介入了。」

「是啊，是啊，繼續走，繼續走。」她說完砰一聲關上我身後的門。

六

十二月初艾咪回去查看學院的進展。這回同行的人數比較少——格蘭傑、茱蒂、沒大腦的電子郵件代理人瑪麗—貝絲、弗恩、我——沒有記者。有明確的待辦事項：她想要提議在校地內開辦性健康診所。原則上沒有人反對，不過也很難看出這診所怎麼可能公然稱為性健康診所，或是弗恩有關本地女孩的性脆弱度的審慎報告——資料是他博得極大信任後慢慢從幾位女老師那裡收集來的，那些女老師跟他說話本身就冒著很大的風險——一旦向村子公開後怎麼可能不引起人際關係的混亂與反感？說不定還可能造成我們整個計畫終止。在去程的飛機上我們討論了一番。我結結巴巴地試著和艾咪談論慎重有其必要，以及我對當地環境的了解，我腦中想到的是哈娃，而弗恩遠比我有說服力，他詳述了早期德國醫療非政府組織對附近曼丁哥族村莊的干涉，那裡所有的女性都實施割禮，德國護士發現拐彎抹角的方法獲得接納，更直接的譴責反而失敗。艾咪聽到這些對照皺了皺眉，然後接續她剛才中斷的話：「聽著，我在本迪戈遇過這種事，在紐約也遇過，這種事到處都有。這和妳說的『當地環境』無關，這種事情無所不在。我有個大家庭，堂兄弟和叔伯來來去去，我知道那是怎麼回事。我跟你們打賭一百萬美元，你們走進世界上任何一間有三十個女生的教室，其中至少有一個人藏著不能說的祕密。我記得。我無處可去。我希望這些女孩有個地方可以去！」

與她的熱情和奉獻相比，我們的限制條件和擔憂顯得無足輕重而狹隘，但是我們設法說服她用「診所」這個詞，並且著重在經期保健——至少在和當地媽媽們討論診所的事情時這麼說——對許多沒錢購買衛生用品的女孩子來說，經期保健是個難題。我個人並不認為艾咪錯了：我記得自己的教室、舞蹈班、操場、青年團體、生日派對、女子婚前單身派對，記得總有個女孩抱著祕密，內心藏著不可告人、破碎的東西，當我陪著艾咪走在村莊裡，進入村民家中，與他們握手，接受他們的食物飲料和孩子的擁抱，我經常覺得我又看見她，那個在歷史上時時刻刻出現、無處不在的女孩，她打掃庭院、倒茶，或是將別人的嬰兒抱在臀上，帶著不可言說的祕密望著妳。

第一天很難熬。我們很高興回來，巡訪對我們來說不再奇怪，陌生的村落、看見熟悉的面孔，意外地感到愉快——就弗恩的情況而言，這些人已成為親密的朋友——不過也很緊張，因為我們了解艾咪，儘管她履行了她的職責，在格蘭傑受命拍攝的照片中面帶笑容，但她滿腦子都是拉明。每隔幾分鐘她就怒目看著瑪麗—貝絲，瑪麗—貝絲試著再打一次電話，依舊轉入語音信箱。我們在一些與拉明有血緣關係或交情的院落尋找他，似乎沒有人知道他在哪裡。他們昨天或今晨稍早時見過他，或許他去了巴拉或班竹市，說不定是去塞內加爾探望家人。接近傍晚時艾咪竭力掩藏她的惱怒。我們原本應該詢問村民他們對村中的變化感覺如何、他們還想看到什麼改變，可是只要有人對艾咪說一會兒話，她就會變得眼神呆滯，於是我們開始過於倉促地進出院落引起反感。我想要多逗留一會兒：我懷疑這是否是我們最後一次拜訪，覺得迫切需要記住眼中所見的一切，將村莊銘刻在記憶中，包括連綿不絕的光、綠黃交織的景致、鳥喙血紅的白鳥，還有村人，我的同胞。然而在這些街道的某處有個年輕人在躲艾咪，這種羞辱的感覺對她而言很陌生，因為其他人總是飛奔向她。我看得出來，為了避免想到這件事，她決定不停向前走。儘管她的意圖阻撓了我的盤算，我仍然為她感到難過。我小她十二歲，但是在那個炎熱的下午，我們在每座院落遇見的所有女孩，漂亮得過分、年輕得令人生氣，在她們當中我也感覺到自己的年紀，她們讓我們兩人都正視了那樣東西一旦失去再多的權力或金錢都無法挽回。

在日將落前我們走到了村子最東端，就在邊界上，到這裡已不再是村子，再度變成灌木叢區。這裡沒有院落，只有波浪鐵皮小屋，我們就是在其中一間遇見了那個嬰兒。所有人都疲憊不堪、熱得半死，因此起初我們沒注意到除了正在和艾咪握手的女人外，這個狹小的空間裡還有其他人，而當我轉身騰出空間好讓格蘭傑進來躲太陽時，我看見一個嬰兒擺在地板的一塊布上，旁邊還有個大約九歲的女孩正在撫摸嬰兒的臉。當然我們見過很多嬰兒，不過從來沒有這麼小的：只有三天大。女人將她包好，把小小的包裹遞給艾咪，艾咪接過來抱進懷中，站在那裡凝視著嬰兒，沒有說出一般人在抱新生兒時覺得應該發表的評論。格蘭傑和我覺得尷尬，走上前去自己說出了那些評語：是女生還是男生，真是漂亮，好小喔，好美的眼睛，多麼可愛濃密的黑髮。我下意識地說出這些話——以前說過同樣的話很多次——直到我仔細地端詳她。她的眼睛很大，睫毛長得很漂亮，眼瞳是黑紫色的，沒有聚焦。無論我怎麼試圖讓她看著我，她就是不看。儘管我跪在地上，她這小小神祇卻拒絕賜予我恩典。艾咪將嬰兒抱得更緊，轉身背向我，將她自己的鼻子貼在孩子花蕾般的嘴唇上。格蘭傑出去透氣。我再度靠近艾咪伸長脖子看嬰兒。時間流逝。我們兩人肩並肩、滿身大汗，不舒服地貼近彼此，兩人卻都不願意冒險離開嬰兒的視線範圍。嬰兒的母親在說話，我想我們兩個其實都沒在聽她說。最後艾咪非常不情願地轉過來將嬰兒放進我懷裡。那也許是種化學物質，就像充斥在戀愛中人體內的多巴胺一樣，淹沒了我。我在之前或之後都不曾有過類似的體驗。

「妳喜歡她嗎？妳喜歡她嗎？」一個友善快活的男人說，他從某個地方冒出來。「那把她帶到倫敦去啊！哈哈！妳喜歡她嗎？」

不知怎地我把她交還給她母親。同時，在替代的未來某處，我懷裡抱著孩子直接衝出那裡，揮手招了輛計程車到機場飛回家。

太陽下山後，在拜訪方面再也沒有別的事可做的時候，我們決定結束這一天，隔天早晨再集合去參觀學校、開村落會議。艾咪和其他人跟著弗恩到粉紅屋，我好奇上次來訪後有些什麼變化，於是前往哈娃家。在一片漆黑之中，我非常緩慢地走向我認為的主要交叉口，如盲人似地伸手去摸找樹幹，每到一個轉彎處都驚訝地感覺到有很多大人小孩經過我身邊，他們沒拿手電筒，但是快速又有效率地走向各自的目的地。我走到交叉口距離哈娃家大門只有幾步遠時，拉明出現在我身旁。我擁抱他一下，告訴他艾咪一直到處找他，期望明天能見到他。

「我就在這裡，哪裡也沒去。」

「嗯，我要去看哈娃，你要來嗎？」

「妳找不到她的。她兩天前去結婚了。明天會回來探親，她想見妳。」

我想表示同情，卻沒有合適的措詞。

「你明天一定要來學校，」我再說一次。「艾咪整天都在找你。」

他踢了一下地上的石頭。

「艾咪是非常好心的女士，她幫助我，我很感謝，但是——」他停留在這句話，有如搞砸了跳遠的人，最後還是突然跳了：「她年紀大了！我還年輕。年輕人想要有孩子。」

我們站在哈娃家門外，凝視著彼此。我們站得如此靠近，我感覺到他的呼吸吹在我的頸子上。我想我當時就知道那天晚上，或是隔天，我們之間會發生什麼，那是因為缺乏更明確或是更能表達清楚的解決辦法而用身體表示同情。我們沒有接吻，當時沒有，他甚至沒有伸手來牽我的。沒有必要。我們兩個都明白事情已經決定好了。

「好吧，進來吧，」最後他說，打開門彷彿那是他自己的家。「妳人來了，時間也晚了。就在這裡吃飯吧。」

站在露臺上往外看的是哈娃的哥哥巴布，和我上次見到他差不多是同一個定點。我們非常熱情地打招呼：如同我見到的每一個人，他認為我選擇再度回來本身就是某種美德，或者他假裝如此認為。對拉明他只點一下頭，我分不清是因為熟稔還是冷淡。當我問起哈娃時，他的臉色絕對是沉了下來。

「我昨天去那裡參加婚禮。我是唯一的見證人。就我自己而言，我不在乎是否有歌手、禮服，或是一盤盤的食物，這些對我來說都不重要。但是我的祖母們在乎啊！噢，她在這地方發動了一場戰爭！我得聽女人抱怨到我嚥氣的那一刻了！」

「你覺得她幸福嗎？」

他笑了，莫名其妙好像抓到我犯下的錯。

「啊，沒錯，對美國人來說這永遠是最重要的問題！」

晚餐端來了，非常豐盛，我們在外面吃，健談的祖母們在露臺另一端圍成一圈，偶爾看我們一眼，多半忙著她們自己的討論，不大在意我們。我們腳邊有盞太陽能燈，從下面照亮：我能看到自己的食物以及拉明與哈娃哥哥的下半張臉，更遠處是同平常一樣熱鬧的做家務嘈雜聲，和孩子大笑、哭鬧、喊叫，及人們穿過庭院往返各間屋外廁所的聲音。之前聽不到男人的聲音，此時我卻聽到男聲就在附近，拉明突然站起來指著大院的牆，在門口兩側現在有半打年輕人腿朝馬路坐著。拉明朝他們走了一步，哈娃的哥哥卻抓住他的肩膀叫他坐回去，他自己走上前，兩位祖母陪在他身邊。我看到其中一個年輕人在抽菸，這時把香菸彈到我們的院子裡。等哈娃的哥哥走到他們那邊後交談卻非常簡短：他說了些什麼，一個男孩笑了，一位祖母說了些話，他再說一次，態度更為堅定，六個屁股就悄悄從眼前消失。說話的那位祖母打開門，看著他們繼續往下走，走到路的盡頭。月亮從掩蓋的雲層下露臉，從我站的位置能看見至少有一個人背上有把槍。

「他們不是這一帶的人，是從本國的另一邊來的，」哈娃的哥哥坐回我身邊說。他仍然掛著會議室裡那種不帶感情的笑容，可是在設計師眼鏡後面，我能從他的眼裡看出驚魂未定。「我們越來越常看到這種情況。他們聽說總統想要統治十億年。他們逐漸失去耐性，開始聽其他意見。外國的意見，或是神的聲音，如果妳相信這在市場上用二十五達拉西買捲卡西歐錄音帶就可以得到的話。對，他們失去了耐心，我不怪他們。就連我們冷靜的拉明、很有耐心的拉明，耐性也耗光了。」

拉明伸手去拿一片白麵包，沒有吭聲。

「你什麼時候離開？」巴布問，語氣充滿批判、責備，因此我想當然地認為他指的是後門，然而看到我臉上肯定掠過的驚慌，他倆輕聲笑了出來：「不，不，不，拉明會拿到正式文件。全都安排好了，拜在這裡的各位所賜。我們漸漸失去所有最聰明的年輕人，現在你們又要帶走一位。這令人遺憾，不過事情就是這樣。」

「你自己也離開過。」拉明不高興地說。他從嘴裡取出一根魚骨。

「那時情況不同。這裡不需要我。」

「現在這裡也不需要我。」

巴布沒有回答，而且沒有他妹妹在那裡用閒聊來填補我們之間的空白。我們安靜地用完餐後，我搶在那些女童僕之前將盤子收在一起，朝我看過那些女孩走的方向去，走到院落的最後一個房間，原來那是間臥室。我站在昏暗的燈光下，不確定接下來該怎麼做，這時裡頭睡覺的六個孩子之一從單人床上抬起頭來，看見我抱著的那一大堆盤子，指點我穿過一面簾子。我發現自己又走到外頭的院子裡，不過這是後院，祖母們和一些年紀較大的女孩蹲在幾桶水旁，用大塊的灰色肥皂清洗桶中的衣服。一圈太陽能燈照亮這景象。我無意中撞見她們時，她們正停下工作觀看某種現場的動物表演：一隻小公雞追著一隻母雞，制伏她，用爪子抓住她的脖子，將她的頭壓進塵土裡，最後騎到她身上。這行動只花了一分鐘，自始至終母雞都一副百無聊賴的樣子，不耐煩地想要繼續她的其他工作，使得小公雞野蠻強迫她就範的意義顯得有點滑稽。「好小子！好小子！」一位祖母瞧見我便指著小公雞喊道。女人們哄笑起來，母雞解脫了：她繞著圈子漫步，一圈、兩圈、三圈，顯然精神恍惚，最後才回到雞舍和她的姊妹與小雞身邊。我將盤子放到她們告訴我的地方，擱在地上，回去後發現拉明已經走了。我明白那是暗號。我也宣布自己要上床睡覺，但我合衣躺在房間裡，等著眾人活動的最後聲響逐漸消失。將近午夜時分，我拿著頭燈悄悄走過院子，離開大院，穿過村莊。

艾咪認為這趟參訪是「發覺真相之旅」，然而村落委員會卻認為所有事情都是慶祝的理由。隔天，當我們參觀完學校進入院子時，發現芒果樹下有個鼓圈在等著，十二名中年婦人大腿間夾著鼓，就連弗恩也沒有事先收到通知。行程表再次延誤令艾咪焦慮不安，卻無法避免：這是一次伏擊。小孩蜂湧出來，在他們打鼓的母親周遭又圍了一大圈，而我們「美國人」被請去坐在最內圈、從教室拿出來的小椅子上。老師們都去搬椅子了，在從學校另一端、拉明的數學教室旁邊走來的人群中，我看見拉明與哈娃走在一起，各拿了四張小椅子。看到他時我沒有絲毫的不自在或羞愧：前一晚的事件與我白天的生活過於不同，我覺得它們發生在別人身上，是追求不同目標的影子，無法勉強進入光亮中。我朝他們倆揮揮手，他們毫無看到我的跡象。擊鼓開始了。我沒辦法大喊蓋過鼓聲。我轉身面向鼓圈，坐到艾咪隔壁提供給我的座位上。那群婦女開始在圓圈內輪流跳舞，將鼓放在一旁，充滿激情和爆發力地跳了三分鐘；這是反表演，因為儘管步法精彩，臀部搖擺出色，但是她們並沒有向外面對觀眾，而是繼續面向她們擊鼓的姊妹，背對著我們。第二個女人開始時，哈娃走進圈子，在我旁邊坐了下來，那是我為她保留的位子，但拉明只朝艾咪點個頭便自己坐到圈子的另一邊去，盡他所能地遠離她，我想也是遠離我。我捏一下哈娃的手向她表示恭喜。

「我好開心。我今天來這裡並不容易，不過我想見妳！」

「巴克里陪妳一起來嗎？」

「沒有！他以為我在巴拉買魚！他不喜歡像這樣的跳舞，」她說，雙腳微微動了動，仿效距離我們幾碼外正在跺腳的女人。「不過當然我自己不會跳，所以不會有什麼害處。」

我再捏一下她的手。和她在一起感覺很奇妙，她會將所有情況按照自己的尺度修剪，相信她可以把任何事都修改到合適的程度，儘管靈活適應早已過時。在此同時我的內心湧出一股家長的——或者也許在此我應該寫「母性的」——衝動：我一直抓著她的手，抓得非常緊，毫無理性地希望這麼做能夠如馬拉伯特那兒買來的廉價護身符般給予她保護，讓她免受惡魔傷害，我已不再懷疑這世上存在著惡魔。可是當她轉身看見我前額上的皺紋時，她對我大笑並且鬆開手，鼓掌歡迎格蘭傑走到圈內，他繞著圈子走來走去彷彿這是霹靂舞者的場子，賣弄笨重遲緩的動作，逗得擊鼓媽媽們興高采烈。在適當地矜持了一段時間後，艾咪加入他。為了避免看她，我環視圈子裡所有堅定不移、不屈不撓的愛，可悲的是方向錯誤。我可以感覺到弗恩在我右邊凝視著我。我看到拉明不時抬起頭來，目光只盯著哈娃，她完美的臉蛋緊緊包著宛如一份禮物。到最後我無法閃避艾咪的身影，她為了拉明、對著拉明、向著拉明跳舞，猶如為祈求不會降落的雨而跳舞的人。

八名擊鼓婦人之後，就連瑪麗—貝絲都嘗試跳了一下，接著輪到我。兩個母親各拉著我的一條臂膀，拽我起來。艾咪即興表演、格蘭傑重現史上有名的舞步——月球漫步、機器人舞、奔跑舞——我對於怎麼跳還是沒什麼想法，唯有憑直覺。兩個女人對著我跳舞、激我，我觀察她們片刻，同時仔細聆聽多重的鼓聲，明白了她們跳的舞步我也辨得到。我站到她們中間一步步配合她們。孩子們都瘋了。太多聲音對著我尖叫，我再也聽不見鼓聲，唯一能夠繼續的方法就是回應那兩個女人的動作，她們始終沒有亂了節奏，在一切喧鬧中聽到鼓聲。五分鐘後我跳完了，比跑六英里還要累。

我癱坐在哈娃旁邊，她從新頭巾的褶層中拿出一小塊布，我拿來擦拭臉上的汗水。

「他們為什麼說『太糟了』（too bad）？我跳得那麼糟嗎？」

「不！妳跳得棒極了！他們說的是：土霸（Toobab），意思是——」她伸手摸過我的臉頰。「她們說的是：『雖然妳是個白人女孩，跳起舞來卻像個黑人！』我說這是真的：妳和艾咪，妳們兩個，真的跳得像黑人！我想說，這是極大的讚美。我從來沒想過妳這麼會跳。天啊，天啊，妳甚至跳得跟格蘭傑一樣好！」

無意中聽到的艾咪爆笑出聲。

七

耶誕節前幾天，我坐在倫敦住所艾咪書房的辦公桌前，正在敲定新年晚會的名單，聽見艾絲戴爾在樓上某處說：「寶比，寶比。」那天是星期日，二樓辦公室關著，孩子們還沒從新的寄宿學校回來，茱蒂與艾咪在冰島，要待兩晚做宣傳。從孩子離開後我就沒見過艾絲戴爾或聽到她的聲音，因此我認定——如果我曾想到她的話——他們已不再需要她服務了。如今卻又聽到那熟悉的語調：「寶比，寶比。」我跑到上一層樓，發現她在卡菈以前的房間，我們過去稱為育嬰室的那間房。她站在上下開啟窗前望著窗外的公園，穿著舒適的卡駱馳鞋、實用的海軍藍打褶長褲和黑色毛線衫，毛衣上繡著金線，有如金屬箔裝飾物。她背對著我，聽到我的腳步聲後，她轉過身來，懷裡抱著一個襁褓中的嬰兒。嬰兒包裹得非常緊，看起來不像真的，宛如道具。「妳卜行就這樣上來碰寶寶！妳得先洗手！」我費了極大的自制力才從她們倆身邊向後退一步，雙手放到背後。

「艾絲戴爾，那是誰的寶寶？」

嬰兒打了個呵欠。艾絲戴爾低頭深情地看著嬰兒。

「我想是山個禮拜前領養的。妳不知道嗎？我覺得好像大家都知道呢！不過她昨晚才剛到這兒。她的名字叫桑可法——別文我那是什麼樣的名字，因為我沒辦法告訴妳。為什麼有人搖給這麼可愛的小寶寶取那樣的名字，我得說我不知道。我打算叫她桑德菈，除非有人阻止我。」

同樣黑紫色、茫然的視線從我身上滑過，只對自己著迷。我從艾絲戴爾的口吻能夠聽出她已經喜歡上這個孩子，在我看來似乎遠超過對傑和卡菈的喜愛，那兩個孩子幾乎算是她養大的。我努力集中精神在她懷裡這個「超級幸運的小女孩」的故事上，她從「偏遠地區」被援救出來，置於「優渥的環境中」。最好別去想這件事怎麼可能辦到：國際領養居然不到一個月的時間就安排好了。我再次伸出手。兩手在顫抖。

「如果妳拿麼想抱她的話，我現在正打算幫她洗澡：和我一起上樓吧，妳可以洗個手。」

我們到艾咪無比寬敞的套房去，那裡不知從何時起悄悄地為寶寶準備好了：一套帶著兔耳的毛巾、嬰兒爽身粉及嬰兒油、嬰兒用海綿和嬰兒肥皂，還有半打五顏六色的塑膠鴨子在浴缸邊緣排成一排。

「這些完全沒有意義！」艾絲戴爾蹲下去檢視一個用毛巾布做成的奇怪小裝置，上頭有個金屬框架勾在浴缸側面，看起來像是給小老頭用的日光椅。「這所有的設備。幫這麼小的寶寶洗澡的唯一方法就是在洗臉盆裡。」

我跪在艾絲戴爾旁邊，幫忙打開小包裹。有如青蛙的四肢張開，受到驚嚇。

「嚇到了，」嬰兒啼哭，艾絲戴爾解釋說。「她本來緊緊包著很溫暖，現在鬆開了很冷。」

我站到一旁，她將生氣大叫的桑可法放進厚實的維多利亞時代瓷盆中，我記得那是我訂購的，要價七千英鎊。

「寶比，寶比，」艾絲戴爾邊說邊用一塊布擦拭孩子的多處褶皺。大約一分鐘後，她用手捧起桑可法的小屁股，親吻她仍在哭喊的臉，叫我將裹嬰兒的毛毯鋪成三角形放在加熱的地板上。我再度蹲下來看著艾絲戴爾在寶寶全身各處抹上椰子油。對我這個抱嬰兒從未超過短暫片刻的人來說，整個步驟看起來非常純熟。

「艾絲戴爾，妳有小孩嗎？」

十八歲、十六歲、十五歲——她兩手都是油，於是指示我從她後面口袋拿出手機。我往右一滑，一瞬間看見整潔的畫面，一個高大的年輕人穿著高中畢業袍，兩邊站著他笑容滿面的妹妹。她告訴我他們的名字和特殊才能、身高、性情，每個人多久用Skype和她通話或是在臉書上回覆她一次。不夠頻繁。在我們兩人為艾咪工作的十年中，這是我們聊得最久、最親密的一次。

「我媽麻替我照顧達們。他們上京斯頓最好的學校。接下來他要到西印度群島大學念工程學。他是個優秀的青年。妹妹們都把他當成模範。他是明星。她們都很仰慕他。」

「我是牙買加人，」我說，艾絲戴爾點點頭，對寶寶溫和地笑了笑。我看過她多次這樣溫柔地遷就孩子或艾咪。我的臉一紅，修正自己的話。

「我的意思是，我母親娘家的人來自聖凱瑟琳區。」

「哦，是喔。我明白了。妳曾經去過拿裡嗎？」

「沒有。還沒。」

「嗯，妳還年輕嘛。」她將孩子重新包成繭狀抱在胸前。「時間站在妳那邊。」

耶誕節到來。嬰兒成為既成事實介紹給我和我們大家，是由她父母提議並同意、合法領養來的，沒有人質疑這點，或者說沒有人大聲提出疑問。沒有人質問在如此嚴重失衡的情況下，「同意」究竟意味著什麼。艾咪忙著疼愛寶寶，其他所有人似乎都為她高興，那是她的耶誕節奇蹟。而我滿腦子只有懷疑，以及這整個過程從頭到尾都瞞著我直到已成定局的事實。

幾個月後，我最後一次回到村子，盡我所能地四處打聽。沒有人願意跟我談這件事，就算開口也只說些巧妙的陳腔濫調。孩子的親生父母已不住在當地，似乎沒人確切知道他們搬去了哪裡。就算弗南多知道些什麼，他也不會告訴我，而哈娃已經跟她的巴克里搬到薩拉昆達。拉明無精打采地在村裡閒蕩，為她感到悲傷，或許我也是。沒有哈娃的大院夜晚漫長、黑暗而孤單，一切都用我不懂的語言在進行。雖然我到拉明的住處時——一共五、六次，總是在深夜——我都告訴自己，我們倆的行為是出於無法控制的身體慾望，但是我想我們兩人都非常清楚存在於我們之間的激情都是透過對方流向別的東西，投向哈娃或是想要被愛的意圖，抑或只是想要向自己證明我們彼此都不仰賴艾咪。她是我們所有無愛性交的真正目標，是過程的一部分，彷彿她也在房間裡。

有天一大清早，將近五點太陽剛升起，我從拉明家躡手躡腳地溜回哈娃的大院時，聽見喚拜的聲音，明白我已經太遲，無法神不知鬼不覺地通過——有個女人拉著一頭頑抗的驢，一群孩子在門口揮手——於是我改變方向，好讓人看起來以為我是沒有特別原因出去散步，畢竟所有人都知道美國人有時會這麼做。我繞著清真寺走一圈看見弗南多就在我前面，靠在旁邊的樹上抽菸。我以前沒見過他抽菸。我試著若無其事地微笑招呼，但他跟上我的腳步，痛苦地抓住我的手臂。他的氣息中有啤酒味，看起來像一夜未闔眼。

「妳在做什麼？為什麼要這麼做？」

「弗恩，你在跟蹤我嗎？」

他沒有回答，直到我們走到清真寺另一側的大白蟻丘旁，在那裡停下腳步，三面的視野都被遮擋住。他放開我開始說話，彷彿我們正在進行長時間的討論。

「我有好消息要告訴妳：多虧了我，他很快就可以永遠和妳在一起了，沒錯，這都要感謝我。事實上我今天要去大使館。我在幕後非常努力地撮合這組年輕和不大年輕的戀人，他們三人。」

我開始否認但是毫無意義。弗恩向來很難欺騙。

「妳肯定對他有很強烈的感情，才會甘冒這麼大、這麼高的風險。妳要知道，上次妳在這裡的時候我就懷疑了，之前也懷疑過，只是當事情證實了我還是非常震驚。」

「可是我對他沒有任何感情！」

鬥志從他的臉上完全消失。

「妳以為這麼說會讓我好過一點嗎？」

最終，我感到羞愧。一種可疑、非常古老的情緒。我們總是勸告學院的女孩們不要有這種感覺，因為它過時且無益，會導致一些我們不贊成的做法。但我終究還是感覺到了。

「請你什麼也別說。拜託。我明天就要走了，到此為止。一切才剛開始但已經結束了。求求你，弗恩，你得幫幫我。」

「我盡力了。」他說著往學校的方向走去。

這天剩餘的時間令人煎熬，還有隔天、整段航程都是折磨，走過機場時後口袋裡的手機像顆手榴彈。手機並沒有響。當我走進倫敦的住所，一切如前，只是氣氛更愉快。孩子們都適應得很好，至少沒有收到他們的消息。上一張專輯大獲好評。傑生日以及演唱會時拉明與艾咪的合照，兩人看起來男俊女美，出現在所有八卦的報章雜誌上，難以言喻地比專輯本身還要成功。而那個嬰兒首次亮相。事實證明這世界對背後的運籌帷幄並不特別好奇，報紙認為她很討人喜歡。大家似乎認為艾咪弄到一個嬰兒就像從日本訂購限量款手提包那樣容易是很合理的事。有一天在拍攝影片時，我坐在艾咪的拖車裡，跟二號私人助理瑪麗—貝絲一起吃午餐，我試探性地開了這個話題，希望能夠哄騙出一些情報；然而沒必要這麼小心翼翼，瑪麗—貝絲非常樂意告訴我，我聽到了整個故事，在艾咪見到嬰兒的幾天後，娛樂產業律師便擬了一份合約，瑪麗—貝絲在場親眼看見合約簽字。她很高興這證明了她的重要性，且暗示了我在組織階級中的地位。她拿出手機翻看桑可法、她父母，和艾咪在一起微笑的照片，其中我注意到有張合約的螢幕截圖。她去廁所時把手機留在我面前，我趁機把那張截圖用電子郵件寄給自己。兩頁的文件。從當地的角度來看是一筆鉅款，和我們一年在家用花卉上的花費差不多。當我把這事實告訴我的最後一位盟友格蘭傑，他令我大感意外，認為這是「付諸行動」的高尚實例，並且非常溫柔地談起寶寶的事，相較之下我要說的一切聽起來則非常醜惡、無情。我明白我們不可能有理性的談話。那個嬰兒施了魔法。格蘭傑愛上了可菲——我們都這麼叫她——所有接近她的人都愛上了她，天知道她多麼惹人疼愛，無人能夠免疫，我當然也不例外。艾咪完全癡迷：她可以花一、兩個鐘頭的時間讓可菲坐在膝上，光是盯著可菲看，什麼事都不做，我們非常清楚艾咪與時間的關係，對她來說時間寶貴而稀少，也因此明白這代表多麼偉大的愛。寶寶補救了各種各樣死氣沉沉的情況——與會計師的冗長會議、單調乏味的服裝試穿、公關策略的集體討論會議——只要她出現在任何房間的角落，抱在艾絲戴爾的膝上，或是放在架上的嬰兒提籃裡搖晃，輕聲笑、咯咯笑、啼哭，就能改變一天的色彩，純白無瑕、煥然一新。我們只要一有機會就圍繞在她身邊。不分男女、年齡、種族，而是囊括我們這些在艾咪團隊待了一定時間的所有人，從茱蒂那種憔悴的老戰馬，到我這樣的中階人員，再到大學剛畢業的年輕人，我們全都拜倒在寶寶的聖壇前。寶寶的一切從頭開始，她毫不妥協、不忙不亂，不需要在四千張寄往南韓的大頭照上偽造艾咪的簽名，也不必從各式各樣破裂的碎片中創造出意義；她沒有鄉愁、沒有回憶和遺憾，不需要化學換膚，沒有手機，沒有寄電子郵件的對象，時間完全站在她那邊。無論後來發生了什麼事都不是因為缺少對寶寶的愛。寶寶被愛包圍著。問題出在愛賦予你權力去做什麼事。

八

為艾咪工作的最後一個月，事實上就在她解僱我之前，我們小小巡迴了一趟歐洲，從柏林開始，不是舉辦演唱會，而是她的照片展。那些是拍攝照片的照片，挪用影像重新拍攝；這主意她是從昔日老友、攝影師理查・普林斯那裡得來的，並沒有添加任何新意，只除了是由她，艾咪，親自操刀。不過，柏林極受尊崇的藝廊仍然非常樂意展示她的「作品」。所有照片都是舞蹈家的照片——她認為自己首先是名舞蹈家，深深認同他們——負責所有調查的是我，實際拍攝大多數照片的是茱蒂，因為每次要去攝影棚重新拍攝照片時，總是有別的事非做不可：在東京辦見面會、「設計」新款香水，有時甚至是錄製真正的歌曲。我們重拍巴瑞辛尼可夫和紐瑞耶夫、帕芙洛娃、佛雷・亞斯坦、伊莎朵拉・鄧肯、格雷戈里・海因斯、瑪莎・葛蘭姆、薩維恩・格洛弗和麥可・傑克森。我為傑克森爭辯。艾咪不想拍他，他不是她心目中的藝術家，但是我抓住她疲勞不堪之際成功地說服了她。茱蒂則是為「有色人種的女性」遊說。擔心代表性不足，她經常如此，那真正的意思是她擔心其他人可能會認為代表性不足。每當我們談論這些事情，我都有種詭異的感覺，覺得自己實際上是那些東西之一，根本不是一個人而是一種物體——缺了這物體某個數學級數的其他物體就不完整——甚或連物體都不是，而是某種概念的面紗、道德的遮羞布，保護某某人不受某某批評，除了扮演這角色的時間外很少有人想到。這想法並沒有讓我感到不快，尤其是我對這體驗很感興趣，感覺好像是虛構的。我想到了珍妮．勒貢。

我的機會在艾咪到盧森堡開小型記者會後、我們開車越過盧森堡與德國邊境時來臨：我拿出手機用谷歌搜尋了勒貢，艾咪心不在焉地瀏覽那些影像，同時用她自己的手機發簡訊，我盡可能用最快的速度談論勒貢這名演員、舞蹈家、象徵，努力抓住她搖擺不定的注意力，突然間她果斷地點頭指向一張勒貢與柏貞格的合照，勒貢站著跳舞，擺出充滿活力喜悅的姿勢，柏貞格跪在她腳邊指著她，然後她說：「好，就是這張，我喜歡，很好，我喜歡逆轉，男人下跪，女人掌控。」一旦得到那聲「好」，我至少可以開始研究目錄上該出現哪種文稿。幾天後茱蒂拍了那張照片，角度稍微歪斜，缺了部分的相框，因為艾咪要求所有照片都用這種方式重拍，彷彿「攝影師本身在跳舞」。就這些照片來說，這張是展覽中最成功的一件作品，而且我很高興有機會重新發現勒貢。在一間又一間的歐洲飯店房間裡，我經常獨自在深夜研究她，明白自己小時候對她有多少幻想，對於她人生幾乎各方面基本上都抱著非常天真的想法。例如我想像了一整個勒貢與和她共事的人、舞者以及導演間互相友好尊重的故事，或者說我想要相信友誼和尊重可能存在，就是這同樣幼稚的樂觀精神讓一個小女孩想要相信她的父母深愛著彼此。然而亞斯坦在片場從來不曾和勒貢說過話，在他心裡她不僅是扮演女僕，實際上她和傭人沒什麼不同，大多數導演也一樣，他們其實並不了解她也很少僱用她，除了女僕的角色外沒有別的，很快地就連這些角色都沒了，直到她去了法國才開始「覺得自己像個人」。我得知這一切的時候人也在巴黎，坐在陽光下的奧德翁（Odéon）劇院前面，試著閱讀日光閃耀的手機螢幕上的資料，喝著金巴利香甜酒，難以抑制地查看時間。我眼看著艾咪分配給巴黎的十二小時一分一秒地消失，快得我幾乎感受不到時間，不久計程車就會到來，接著一條簡易跑道將會在我下面消失，我們將繼續前進，到另一個美麗、不可知的城市——馬德里，度過另一個十二小時。我想到那些歌手、舞者、喇叭手、雕刻家、三流作家聲稱在巴黎這裡終於覺得自己像個人，不再是個影子而是憑靠自己實力的人，這效果可能需要超過十二小時才能生效，我好奇這些人如何能夠準確地判斷開始覺得自己像個人的那一刻。我坐的傘下沒有遮蔭，飲料中的冰融化了。我自己的影子在桌子底下顯得巨大，如刀子一般，似乎延伸到廣場的一半，指向角落宏偉的白色房屋，那間屋子占據了大半街區，此時正好有個導遊站在屋外舉著一面小旗子，開始宣布一連串的人名，有些我認識，有些很陌生：湯瑪斯．潘恩、蕭沆、卡密爾．德穆蘭、雪維兒．畢奇……一小圈年長的美國觀光客站在四周，汗流浹背地點著頭。我回頭看我的手機，用拇指打出這行字：所以勒貢就是在巴黎開始覺得自己像個人。那表示——我沒有記下這一段——多年前崔西模仿得唯妙唯肖的那個人，我們看著她和艾迪．坎特一起跳舞、踢腿、搖頭的女孩，根本不是真正的人，只是個影子。就連她好聽的名字，我們兩人都非常羨慕的那個名字，也不是真的，現實中她是赫克特與哈麗葉．萊岡的女兒，是從喬治亞移居過來的佃農後代，而我們自以為認識的另一個勒貢——那個逍遙自在的職業舞蹈家——是虛構的存在，是打字錯誤的產物，是露艾拉．帕森斯[75]有天在投稿給《洛杉磯考察家報》的八卦專欄裡拼錯了「萊岡」而捏造出來的。

九

手榴彈終於在勞動節爆炸。我們在紐約，幾天後要前往倫敦，計畫在那裡和拉明碰面，他的英國簽證下來了。天氣熱得讓人受不了：腐臭的下水道空氣可以讓街上擦身而過的兩個陌生人相視而笑：你能相信我們住在這裡嗎？那味道有如膽汁，而那天下午茂比利街的氣味就是那樣。我走路的時候一手摀著嘴，這手勢有先見之明：等走到布魯姆街的轉角時我就被解僱了。發那封簡訊以及隨後十幾條類似簡訊的是茱蒂，這些簡訊全都寫滿了私人的惡言謾罵，宛如是艾咪親自寫下的。我是婊子、叛徒，該死的這個、該死的那個。就連艾咪個人的憤怒也可以外包給第二位當事人。

我有點暈眩、頭昏腦脹地走到克羅斯比，在住屋計畫二手書店咖啡館古著那側的前臺階坐了下來。每個問題都引出更多問題：我要住在哪裡、我該怎麼辦、我的書和衣服在哪裡、我的簽證狀態怎麼樣？比起生弗恩的氣，我更氣自己沒有更懂得預測時機。我應該等著這一刻到來：我難道不清楚他的感受嗎？我可以重現他的感受。忙著準備拉明的簽證文件、幫拉明買機票、安排拉明的出入境、接送，在此計畫的每個階段忍受與茱蒂之間的電子郵件往返，將所有的時間精力投注在別人的生活、別人的慾望需求和要求上。這是影子

75 Louella Parsons，美國電影專欄作家及編劇。

的生活，過一段時間後就會對你產生影響。保姆、助理、經紀人、祕書、母親——女人已經習慣了這樣的生活。男人的容忍度較低。過去這幾星期弗恩肯定寄了上百封有關拉明的電子郵件。他怎麼抗拒得了寄封炸毀我生活的信呢？

我的手機頻繁地嗡嗡作響，好像有了自己的動物生命。我不再盯著手機，將注意力集中在住屋計畫二手書店咖啡館窗內一個身材非常高大的弟兄身上，他眉毛挑得非常高，正拿著一系列的連身裙在粗壯的骨架上比劃，穿上一雙寬大的高跟鞋。瞧見我他露出笑容、縮小腹，微微轉身鞠了個躬。我不知道為什麼，也不知道是怎麼回事，但是看到他讓我打起精神。我站起來招了一輛計程車。有些問題很快就有了答案。我在紐約的所有物品都打包成箱堆在西十街公寓外頭的人行道上，門鎖已經換了。我的簽證狀態與僱主有關：我得在三十天內離開這個國家。要住哪裡花比較多時間。我從來沒有實際支付過在紐約的任何費用：我依靠艾咪生活，和艾咪一起吃飯，跟艾咪一起出門，當手機告訴我在曼哈頓旅館住一晚的價格後，我就像沉睡百年的李伯從睡夢中清醒過來。坐在西十街的前臺階上，我竭力思索替代方案、朋友、泛泛之交、可資利用的熟人。所有的關係都很薄弱，而且不管怎樣都與艾咪有關。我想到了一個絕不可能的辦法：沿著這條街往東走，直到在某個傷感的夢境中遇上錫德茅斯路的西端，在那裡母親會來應門，帶我到她半埋在書堆裡的多餘儲藏室。還有哪裡？下一步要去哪裡？我沒有座標。無人招呼的計程車一輛接一輛駛過，還有帶著小狗的時髦女士。這裡是曼哈頓，沒有人停下來留意這幅看起來肯定像舞臺劇重演的景象：一個哭泣的女人坐在拉扎勒斯匾額底下的臺階上，旁邊圍著一堆雜亂的箱子，遠離家鄉。

我想到了詹姆斯和戴洛爾。我在三月某個時候遇見他們倆，那是星期日晚上，我休息，獨自到市郊觀賞艾文·艾利舞團的演出，在劇院裡和鄰座的兩位先生交談，他們是五十多歲的紐約人，是對情侶，一個白人一個黑人。詹姆斯是英國人，高個子、禿頭，嗓音憂鬱，笑聲非常歡快，儘管他在這裡住了很多年，穿著卻仍然像是到牛津郡某個小村莊酒館裡吃頓愉快的午餐；戴洛爾是美國人，頂著髮尾變灰的爆炸頭，眼鏡後頭有雙鼴鼠似的眼睛，褲子褶邊磨損而且濺滿油漆，活像個學生藝術家。他對舞臺上發生的事情、每齣作品的歷史都瞭若指掌，而且對於紐約的芭蕾舞團整體都很熟悉，尤其是艾文·艾利舞團，因此起初我認為他肯定是編舞家，或者以前曾經是舞者。但事實上他們兩人都是作家，風趣而富有洞見，我欣賞他們低聲評論「文化民族主義」在舞蹈中的運用和局限的見解，我對舞蹈毫無看法、只有驚嘆，這樣的我也在每次燈光變換時鼓掌，布幕一落下就立刻跳起來，令他們感到好笑。「和沒有看過《啟示錄》[76]五十遍的人一起看真好。」戴洛爾提到，之後他們邀請我到隔壁的旅館酒吧喝酒，講了很長一段他們在哈林區買房的戲劇性故事：那間屋子是伊迪絲·華頓[77]年代的殘骸，他們正在用畢生的積蓄修繕。所以身上才有油漆。在我看來這顯然是極花力氣的工夫，而他們有個鄰居並不贊同，這位八十多歲的婦

76 *Revelations*，艾文·艾利（Alvin Ailey）於一九六〇年在紐約發表的作品。

人既不贊成詹姆斯和戴洛爾，也反對鄰近地區快速地仕紳化：她喜歡在街上對他們大喊，將宗教素材從信箱塞進來。詹姆斯將這位女士的體態模仿得精彩絕倫，我狂笑不已又喝完第二杯馬丁尼。跟不關心艾咪、對我一無所求的人出去真是輕鬆。「有天下午，」戴洛爾說，「我自己一個人走著，詹姆斯在別的地方，她從暗處跳了出來，抓住我的胳臂說：可是我能幫助你脫離他。你不需要主人，你可以自由自在——讓我來幫你吧！她可以挨家挨戶地為歐巴馬遊說，但是她沒有：她的想法是詹姆斯在奴役我。她要提供我私自的地下鐵路，將我走私到西班牙哈林區！」從那之後，我在紐約有空的星期日晚上偶爾會和他們見面。我看著他們鑿開灰泥顯露出原始的飛簷，在深粉色牆壁甩上一點一點的油漆仿造斑岩。每次造訪我都很感動：他們在一起經過這麼多年還是那麼地幸福！關於這個概念我沒有很多其他的榜樣。兩個人創造自己生活的時間，受到愛的保護，對歷史並非一無所知，但也不因歷史而扭曲。我非常喜歡他們倆，雖然和他們頂多只能算是泛泛之交，現在卻想到了他們。我從西十街的臺階上發了封斟酌過的簡訊，他們立即回覆，一如往常地慷慨：到晚餐時間我已經坐在他們的餐桌前，享用比我在艾咪家吃過更好吃的食物：美味、油膩、煎煮的食物。他們在其中一間空房為我鋪床，我覺得他們好像慈愛、懷有偏見的父母：無論我怎麼敘述自己的悲慘故事，他們都不認為我有任何過錯。在他們看來，我才應該生氣，所有的責任都在艾咪身上，完全不怪我。我走進鑲著木板的漂亮房間，這帶著玫瑰色的幻景撫慰了我。

直到隔天早晨茱蒂寄來保密合約我才生起氣來。我查看那份PDF格式的文件，我肯定在二十三歲時簽過，儘管不記得自己做過這件事。根據合約強硬的條款，從我嘴裡說出的話不再屬於我，我的想法、意見、感情，甚至記憶也都不屬於我，全都是她的。過去十年在我生命中發生的一切全都屬於她。我心中立刻燃起熊熊怒火：想要將她的屋子燒成灰燼。不過這年頭燒毀別人房子所需要的一切都已經掌握在你手裡。一切都在我手頭上，我甚至不需要下床。我建立了一個匿名帳號，挑選了她最痛恨的八卦網站，寫了一封電子郵件，將我所知有關小桑可法的一切全寫出來，再附上她的「領養證明書」照片，按下傳送。我心滿意足地下樓去吃早餐，預期，我以為，會受到英雄式的歡迎。然而當我告訴朋友我做的事情以及我認為這麼做的意義後，詹姆斯的臉色變得和大廳裡的中世紀聖莫里斯雕像一樣嚴肅；戴洛爾摘掉眼鏡坐下來，驚愕地盯著松木餐桌。他告訴我他希望我了解，他和詹姆斯在短短時間內就非常地喜愛我，而正因為他們愛我才能夠對我說實話：我的那封電子郵件只表明了我還非常年輕。

77 Edith Wharton, 1862-1937，美國女作家，著有《高尚的嗜好》、《純真年代》、《四月裡的陣雨》、《馬恩河》、《戰地英雄》等書。

十

他們在艾咪的褐沙石房屋外紮營。兩天後令我羞愧的是他們來敲詹姆斯和戴洛爾的門。但那部分是茱蒂引起的，揭祕報導：暗通款曲、「意圖報復的前僱員」……茱蒂來自不同的年代，那時揭祕報導的當事人身分不會曝光，你可以掌控新聞報導。然而他們在幾小時內就知道了我的姓名，很快就得知我的位置。天知道是用什麼方法。也許崔西說得對：也許時時刻刻都有人透過手機追蹤我們。我待在床上，詹姆斯端茶上來，為一名堅持不懈的記者開門又關門；隨著時間推移，戴洛爾和我在我的筆電上即時看著局勢扭轉。我沒有做任何改變，也沒有採取任何行動，就從茱蒂所說的俗氣、嫉妒的下屬變成《時人》雜誌上英勇的揭密者，一切都在幾小時內發生。我一再地重新整理、重新整理。上了癮。母親打電話來，我還來不及詢問她的近況，她就說：「艾倫用電腦給我看了，我認為那真的是很勇敢的行為。妳知道，妳一直有點膽小，我不是指怯懦，而是有點害羞。那都是我的錯，我太過保護妳了，或許是嬌慣了妳。這是我看過妳所做的第一件真正勇敢的事，我非常為妳驕傲！」艾倫是誰？她說話的方式聽起來含糊不清，不大像她自己，比我以前聽過的更假裝高雅。我用輕鬆的口吻問起她的健康狀況。她什麼都沒透露，只說有點小感冒，不過已經康復了，雖然我確知她是在對我說謊。她的語氣如此堅決，感覺好像是實話。我答應她一回到英國就會去看她，她說：「是啊，是啊，妳一定會來的。」口氣遠比她說其他事情時更不堅定。

下一通電話是茱蒂打來的，問我是否想離開，她已經幫我買了票，今晚的紅眼班機。另一邊靠近羅德板球場有間公寓讓我可以待上幾晚，直到紛爭平息下來。我試圖向她道謝。她發出海豹叫聲似的大笑。

「妳以為我這麼做是為了妳嗎？妳到底有什麼毛病？」

「好啦，茱蒂，我已經說過我會收下機票了。」

「親愛的，妳真是體貼啊。在妳幫我製造了一大堆麻煩之後。」

「那拉明怎麼樣？」

「拉明什麼怎麼樣？」

「他期盼到英國去。妳不能就這樣——」

「妳真是可笑。」

電話斷了。

太陽下山，門階上最後一個人離開後，我把我的箱子扔在詹姆斯和戴洛爾家，在列諾克斯搭上計程車。司機的膚色極深就像哈娃，名字聽起來也很像，而我處在到處都能看見徵兆和象徵的狀態。我抱著欠缺多年的熱情與雜亂無章的當地事實，傾身向前問他從哪裡來。他是塞內加爾人，不過這對我並沒有太大的妨礙：我從穿過中城隧道到進入牙買加一直說個不停。他不時用右手掌心敲擊方向盤，時而嘆氣時而大笑。

「所以妳知道家鄉是什麼情況啊！村莊生活！那可不容易，但是我想念那種生活！不過姊妹啊，妳應該來看看我們！妳可以沿著那條路一直走下去！」

「事實上，我跟你說的那個朋友，」我說，視線暫時離開螢幕抬起頭來，「來自塞內加爾的那個？我們才剛安排好要在倫敦碰面，我剛剛發簡訊給他。」我按捺下想要告訴這位陌生人我慷慨地幫拉明付了機票錢的衝動。

「哦，很好，很好。倫敦比較好嗎？比這裡好嗎？」

「不一樣。」

「我到這裡二十八年了。這裡壓力太大，妳必須非常憤怒才能在這裡生存，得靠怒氣生活……真是受不了。」

我們駛進甘迺迪機場，我想給他小費，他卻退還回來。

「謝謝妳到我的國家。」他說，忘了我並沒有去過。

十一

現在所有人都知道妳的真面目了。

等我落地，過去我們少女時代的舞蹈已經散播到世界上了。我覺得有意思的是崔西選擇在整整兩天後才寄給我。在她看來其他人在我自己明白前就曉得我的真面目了——不過話說回來也許他們一直都很清楚。這讓我想起她處理我們最早的芭蕾舞者遇險故事時，她會糾正、校訂我：「不：那段要放在這裡。」「她在第二頁死掉會比較好。」移動、重新安排片段以達到最棒的效果。現在她對我的人生也做出相同的影響，將故事開端擺在更早的時間點，讓隨後發生的一切讀來像是終生執著得到的扭曲後果。這比我自己的版本更具說服力，引發人們最奇怪的反應。人人都想看那段影片，但是沒有人看到：因為無論影片在哪裡發布，幾乎只要一放上去就立刻被撤下。對某些人，也許對你來說，這影片已經瀕臨兒童色情的邊緣，即使不是有意，給人的印象就是如此。有些人認為這影片只是在剝削，雖然你很難確切說出是誰在剝削誰。小孩子能夠剝削自己嗎？這難道不只是兩個女孩在胡鬧，僅僅是兩個女孩在跳舞，兩個棕膚女孩像大人一樣跳舞，天真但是技巧嫻熟地模仿成人的動作，就像棕膚女孩經常辦得到的那樣？倘若你認為不僅如此，那麼到底是誰有問題？是影片中的女孩，還是你？對於這影片無論怎麼說或怎麼想似乎都讓觀眾涉嫌：最好的辦法就是根本不要看。那樣才有可能稱得上道德高尚。否則這團內疚儘管無法確切看清，你仍然感覺得到。即使是我，在觀看那影片時，也有令人不安的想法：嗯，要是一個女孩十歲就表現出那樣的行為，還能說她無辜嗎？她到十五歲、二十二歲——三十三歲時有什麼事做不出來？想要站在無辜一方的欲望非常強烈，從我的手機一波一波有規律地跳出來，含在那些發文、怒罵、評論當中。相較之下，寶寶是無辜的，沒有絲毫歉疚。艾咪愛那個寶寶，孩子的親生父母喜愛艾咪，希望她撫養他們的寶寶。茱蒂將這訊息散播得到處都是。誰能夠來評斷？我是哪根蔥？

現在所有人都知道妳的真面目了。

潮流再度轉向，帶著極大的同情猛烈地往艾咪的方向流轉。但是儘管茱蒂做好了一切準備，門衛也保證了，茱蒂租的公寓門階上還是有人守著，因此到第三天，我帶著拉明前往母親在錫德茅斯路的公寓，我知道那裡在所有可查到的記錄中是登記在米莉安名下。門階上沒有半個人。我按門鈴後沒有回應，母親的電話又轉入語音信箱。最後是一個鄰居讓我們進去。我問起我母親在哪裡的時候，她看起來困惑而且震驚。這女人現在也知道我的真面目了：連自己母親住進安寧醫院都還沒聽說的那種女兒。

這裡看起來和母親曾經住過的所有地方一樣，到處都是書和文件，一如我記憶中的模樣，只是更嚴重：實際生活的空間縮減了。椅子充當書架使用，還有所有可利用的桌面、大半的地板，廚房的工作檯面也是。不過並不混亂，其中自有邏輯。廚房由離散小說與詩集占首要地位，浴室則多半是加勒比海地區的歷史。有一面牆擺滿了奴隸故事及相關的評論，從她的臥室沿著走廊一直到鍋爐。我在冰箱上找到安寧醫院的地址，是別人的筆跡。

我既悲傷又愧疚。她請誰寫的？誰載她去那裡？我試著稍微整理一下。拉明不大情願地幫忙我，他習慣了女人為他做事，沒多久他就在我母親的沙發上坐下，看那臺從我小時候就有的笨重老電視機，它半隱藏在一張扶手椅後面，證明從來沒有人看過。我將成堆的書搬來搬去，卻沒有什麼進展，半晌後便放棄了。我背對著拉明坐在母親的桌前，打開筆電繼續昨天做了一整天的事，搜尋我自己，閱讀有關我自己的訊息，同時也在線下找尋崔西。要找到她並不難。通常是第四或第五條評論，總是火力全開，毫不妥協、咄咄逼人、滿口陰謀論。她有好多個化名。有的相當不易察覺：與我們共同經歷的瞬間、我們喜歡的歌曲、擁有的玩具略有關係，或是我們初次見面那年或出生年月日的數字重新組合。我注意到她喜歡用「卑鄙」和「可恥」等字眼，以及「他們的母親在哪裡？」的句子。每次我看到這詞句，或是這言詞的變體，就知道是她。我到處都找到她的蹤跡，包括最不可能的地方。在其他人的動態消息中，在新聞報導下面，在臉書塗鴉牆上，辱罵任何不同意她論點的人。在我追逐她的蹤跡時，背後一個個白癡的日間節目開始又結束。如果我轉身去看拉明，會發現他如雕像般靜止不動、盯著電視。

「可以把音量關小一點嗎？」

在看房屋改造節目時他突然調大了音量，就是我父親曾經很喜歡看的那種節目。

「這人正在說埃奇威爾。我有個叔伯住在埃奇威爾，還有個堂兄弟。」

「是嗎？」我說，儘量不讓自己聽起來太過抱持希望。我等著下文，但他又回去看他的節目。太陽下山。我的肚子咕嚕叫了起來。我沒有離開座位，太執意要尋找崔西，將她從隱蔽處趕出來，每十五分鐘左右檢查一下第二個視窗，看她是否侵入我的收件匣。然而她對付我的方法顯然和對付我母親的不同。她寄給我的只有那一行字的電子郵件。

六點鐘開始播報新聞。拉明發現冰島人突然陷入災難性的貧困後心情大受影響。怎麼會發生這種事？是收成減少嗎？還是總統貪汙？但是這對我來說也是新聞，我不全然明白新聞播報員所說的話，無法解釋。「說不定我們也會聽到桑可法的消息。」拉明提出，我大笑著站起來，告訴他他們不會在晚間新聞播那種胡說八道。二十分鐘後，我在仔細查看冰箱裡腐爛的食品時，拉明叫我回去。那是他稱之為英國廣播新聞所播報的真實新聞的最後一則，右上角有張艾咪的圖庫照片。我們坐在沙發邊緣。鏡頭切換到某處日光燈管照亮的辦公室空間，牆上歪斜地掛著一張蛙臉終身總統的照片，嬰兒的親生父母穿著他們國家的衣服坐在照片前，看起來又熱又不自在。一位來自收養仲介的女人坐在他們左邊翻譯。我試著回想這母親是否和那天我在波浪鐵皮小屋中見到的是同一人，卻又無法確定。我聽著那個仲介女人向坐在他們對面的駐外記者解釋情況，他穿著和我那套起皺的舊亞麻制服與卡其褲類似的服裝。一切都按照程序辦理，洩露出來的根本不是領養證明書，只是仲介文件，顯然不是供大眾閱讀的，嬰兒的雙親對領養一事非常滿意，也明白他們簽的是什麼。

「我們沒有問題，」那位母親用結結巴巴的英文說，對著鏡頭生硬地微笑。

拉明兩手放在後腦上，再度陷進沙發裡，對我說了一句諺語：「有錢能使鬼推磨。」

我關掉電視。寂靜蔓延整間屋子，我們彼此無話可說，我們三角關係上的第三角已經不在了。兩天前我很滿意自己戲劇性化行動——履行艾咪忽略的照顧之責——然而這行動卻掩蓋了現實的拉明：拉明在我床上，拉明在這間客廳裡，拉明無限期地在我的生活中。他沒有工作沒有錢。他得來不易的資格在這裡都毫無意義。每次我離開房間，去倒茶、去上廁所，再看到他的第一個念頭總是：你在我家幹什麼？

八點時我訂了衣索比亞的外賣餐點。吃飯時我給他看谷歌地圖，說明我們在倫敦與城裡其他地區的相關位置。我指給他看埃奇威爾在哪裡，以及可以到達埃奇威爾的各種方法。「我明天要去看我母親，但是很顯然地，你可以隨意留在這裡。或者，你知道的，出去探險一下。」

那天晚上觀察我們的人會以為我們幾小時前才剛認識。我再次對他有所顧忌，對他自豪的獨立及保持沉默的能力感到畏縮。他不再是艾咪的拉明，但也不是我的。我不知道他是誰。當我顯然已經結束地理的話題後，他沒有討論半句話就站起來走到儲藏室去。我走進母親的房間。我們關上各自的門。

安寧醫院位在漢普斯特一條安靜、綠樹成蔭的死巷裡，離我出生的醫院很近，距離著名積極分子的住處只有幾條街。這裡秋天很漂亮，赤褐與金黃色映襯著所有珍貴的維多利亞時代的紅磚不動產，我強烈地聯想起母親在像這樣凜冽清新的早晨，與著名積極分子手挽著手走在其間，抱怨義大利貴族和美國銀行家、俄國的寡頭政治家、高檔的童裝店、從地底挖出的地下室，悲嘆她喜愛的這地方某種許久未見的波希米亞概念已然告終。當時她四十七歲。現在才五十七。在我想像她在這些街道上的所有未來中，目前的現實似乎最不具可能。在我小時候她是不朽的。我無法想像她沒有撕破這世界的固有結構就離開人世。取而代之的是這條安靜的街，這些落下金黃葉子的銀杏樹。

在服務臺前我報上自己的姓名，等了一會兒後一名年輕男護士前來找我。他提醒我我母親打了嗎啡，有時候會糊里糊塗的，然後才帶我到她的房間。我完全沒有留意這名護士，他似乎毫不起眼，可是當我走到房間他打開門時，母親從床上奮力坐起身來，大喊：「艾倫．潘寧頓！妳見到了出名的艾倫．潘寧頓！」

「媽，是我。」

「哦，我是艾倫，」護士說，我轉過身去再端詳這名年輕人，母親對他笑得非常燦爛。他個子不高，有著黃褐色的頭髮、藍色的小眼睛、微微圓胖的臉、普通的鼻子，鼻梁上有少許雀斑。唯一讓我覺得他不尋常的地方是，在這走廊上聽見許多奈及利亞、波蘭、巴基斯坦的護士交談的環境中，他的長相是十足的英國人。

「艾倫．潘寧頓在這裡很有名喔，」母親對他揮揮手說。「他的親切是傳奇。」

艾倫．潘寧頓對我微微一笑，露出一對尖尖的門牙，好像隻小狗。

「我不打擾妳們了。」他說。

「媽，妳還好嗎？妳很痛嗎？」

「艾倫．潘寧頓，」門在他身後關上後她告訴我，「只為別人工作。妳知道嗎？妳聽說過這些人，認識他們又是另一回事。當然，我一輩子都在為別人工作，可是不是像這樣子。這裡的人都是這樣。我先是有個安哥拉來的女孩，法蒂瑪，非常可愛的女孩，她也一樣……可惜她不得不離開。後來艾倫·潘寧頓來了。妳要知道：他是個看護。我以前從來沒有深思過這個詞。艾倫·潘寧頓看顧人。」

「媽，妳為什麼一直叫他艾倫·潘寧頓？」

母親看著我一副我是白癡的樣子。

「因為那是他的名字啊。艾倫·潘寧頓是個看顧人的看護。」

「對，媽，那就是看護的工作。」

「不，不，不，妳不明白：他看顧別人。他為我做了很多事！沒有人應該為別人做那些事，但是他為我做了！」

我厭倦了有關艾倫·潘寧頓的話題，於是說服她讓我大聲朗讀一會兒放在邊桌上的小書，單行本的《桑尼的藍調》[78]，之後艾倫·潘寧頓端著午餐的托盤進來了。

「可是我吃不下。」艾倫將托盤放在她大腿上時母親傷心地說。

「好吧，那我把午餐留給妳二十分鐘，要是妳非常確定吃不下就按鈴，我會過來把托盤收回去。這樣如何？聽起來可以嗎？」

我等著母親把艾倫·潘寧頓批得體無完膚，她一輩子都討厭、擔心別人屈尊俯就地對

78 *Sonny's Blues*，詹姆斯·鮑德溫（James Baldwin）的作品。

待她，或是像對小孩子似地對她說話，但是現在她認真地點點頭，彷彿這是非常明智、慷慨的提案，她將艾倫的雙手緊握在自己顫抖、幽靈似的手中說：「艾倫，謝謝你。請不要忘了回來。」

「忘記這裡最美麗的女士？」艾倫說，雖然他很明顯是同志，而我那終身是女性主義者的母親爆發出少女般的咯咯笑聲。他們就那樣握著彼此的手不動，直到艾倫微微一笑放開她、去照顧其他人，拋下母親和我兩人獨處。我有個異常的想法，我討厭自己這麼想：希望艾咪在這裡陪著我。我曾經和艾咪一起在臨終的病榻前四次，她對待臨終者的方式，她的真誠親切坦率再再令我欽佩、自慚形穢，房間裡似乎沒有其他人能夠做到像她那樣，就連家屬也無法。她並不懼怕死亡。她直視死亡，與臨終者談論他們目前的情況，無論他們的病情多麼嚴重，不抱著懷舊之情或虛假的樂觀，害怕的時候就接受恐懼，感受到痛苦的話就接納痛苦。有多少人能做到這些說來簡單的事？我記得她的一個畫家朋友，由於嚴重的厭食症錯失了幾十年，最終死於厭食症，在最後成為她的臨終床上對艾咪說：「天啊，艾──我是不是他媽的浪費掉大把的時間！」對此艾咪回答：「遠比妳知道的還要多。」我記得躺在床被間骨瘦如柴的人影張大了嘴巴，驚愕得突然大笑起來。但這是事實，只是沒有人敢告訴她，而我發現臨終的人都渴望聽到真相。我沒有對母親吐露絲毫真相，只是像平常一樣閒聊，讀更多她鍾愛的鮑德溫，傾聽艾倫．潘寧頓的故事，拿起大杯的果汁以便她用吸管吸吮。她知道我曉得她來日無多，而不論出於什麼理由──勇敢、否認，或妄想──她在我面前都沒有提起這件事，只除了當我問起她的手機在哪裡，她為何不接電話時，她說：「聽著，我不想將剩餘的時間花在那該死的東西上。」

我在邊桌的格子裡找到手機，收在醫院的洗衣袋裡，和一套褲裝、一個文件夾、國會行為準則，及她的筆電擺在一起。

「妳不必拿來用，」我說著接通手機電源放到桌上。「可是要把手機開著，這樣我才有辦法聯絡妳。」

通知提醒裝置響了起來，手機嗡嗡作響地在檯子上跳動，母親有點驚恐地看著它。

「不，不，不，我不要！我不要手機開著！妳為什麼非得那麼做不可？」

我拿起手機，可以看到幾十封未開啟的電子郵件占滿了螢幕，就連主旨標題都是惡言惡語，全都寄自同一個地址。我開始通讀所有的郵件，努力抵擋接連不斷的痛苦：子女撫養費的苦惱、房租的拖欠、與社工人員的小衝突。最近一封是最瘋狂的：她擔心她的孩子會被奪走。

「媽，妳最近有收到崔西的消息嗎？」

「艾倫．潘寧頓在哪裡？我不要吃這個。」

「我的天啊，妳現在病得那麼重，不應該再處理這事情了！」

「沒來檢查不像艾倫……」

「媽，妳有收到崔西的消息嗎？」

「沒有！我告訴過妳我不看那個東西！」

「妳沒有和她說過話？」

她沉重地嘆了口氣。

「親愛的，我的訪客不多。米莉安來過。藍伯特來過一次。我的國會議員同僚沒來。妳在這裡。就像艾倫．潘寧頓說的：『妳會發現誰是妳的朋友。』我大多數時間都在睡覺，做了很多夢。我夢到牙買加，夢到我祖母。我回到過去……」她閉上眼睛。「我剛到這裡的時候，的確夢到過妳的朋友，那時我打了高劑量的這個——」她扯了一下手臂上的點滴，「——對，妳朋友來看過我。我在睡覺，我醒來時她只是站在門邊，沒有說話。然後我又繼續睡，她就走了。」

我回到公寓時，情緒很脆弱，還有時差，我祈禱拉明出去了，而他確實不在。他沒回來吃晚餐時，我鬆了口氣。直到隔天早上，我敲他的門，輕輕推開，看見他和他的袋子都不見了，才發現他離開了。我打電話卻進入語音信箱。我每隔幾小時撥打一次，連打了四天，情況都一樣。我一直專注在該如何告訴他壞消息，說他必須離開，我們在一起沒有未來，連一刻也沒想過，他一直祕密計畫著從我身邊逃離。

少了他，電視關著，公寓一片死寂。只有我和電腦、收音機，我從收音機中不只一次聽到著名積極分子的聲音，仍然強硬，充斥著意見。關於我自己的報導則逐漸消退，無論是在網路或是其他媒體上，所有那些熠熠生輝的評論已經燃燒殆盡，慢慢化為焦黑的灰燼。茫然不知所措，我花了一天的時間寫電子郵件給崔西。起先莊重公正，之後諷刺，接著憤怒，然後歇斯底里，直到我意識到她沉默無言對我的影響遠超過我寫這些話所能達到的效果。她對我的控制力、評斷一如既往，無法用言語表達。我無法提出任何理由能改變我是她唯一見證人的事實，我是唯一知道她所有內在的人，那些遭到忽視、浪費的一切，可是我仍然把她留在無人注意的行列中，在那裡你必須大聲喊叫才會被聽見。後來我發現崔西寄發煩人電子郵件的歷史已久。一位三輪車劇院的導演沒有選派她角色，她認為是因為膚色。她兒子學校的老師。她醫生辦公室裡的護士。但是這一切都不會改變評斷。縱使她折磨我在彌留之際的母親，就算她想要毀掉我的生活，即使她坐在那間幽閉的小公寓裡，看見我的電子郵件在她手機上排列成行卻選擇不讀——無論她做什麼我知道那都是對我的一種評斷。我是她的姊妹，我對她負有神聖的責任。即使只有她和我知道並承認這一點，這仍然真實不虛。

我離開公寓到街角小店幾次，去買香菸和袋裝義大利麵，除此以外我沒見任何人也沒收到任何人的消息。晚上我從母親成堆的書中隨意拿幾本書，試著讀一點，失去興趣後再開始看另一本。我突然想到我是陷入沮喪，需要找人說說話。我拿著新的預付卡電話坐著，低頭看簡短的名單，那些從倉促停用的舊工作手機複製過來的個人姓名和電話號碼，試著想像每次互動會採取什麼樣的形式，我是否可以熬過、用什麼辦法熬過，可是每種可能的對話感覺都像是舞臺劇的一幕，在其中我扮演那個長久以來的影子人物，看起來似乎在與你共進午餐實際上心思卻向著艾咪、為艾咪工作、考慮著艾咪的事，日以繼夜、夜以繼日。我打給弗恩。電話鈴聲是一長聲單一的陌生音調，他接電話時說歐拉[79]。他在馬德里。

「在工作嗎？」

「旅行。我要休假一年。妳不知道我辭職了嗎？不過我真高興能夠自由自在的！」

我問他為什麼，預期會聽到針對艾咪的人身攻擊，但是他的回答沒有個人方面的因素，他關心的是她的錢在村裡造成的「扭曲」影響，那地區政府公共服務系統的瓦解，基金會天真地與政府共謀往來。他說話時我想起了我們之間的巨大差異並深感慚愧。我總是很快將每件事解釋成是針對個人，而弗恩卻看到更大的結構性問題。

「嗯，弗恩，很高興接到你的電話。」

「不，不是我打給妳，是妳打給我的。」

他任由沉默懸著。時間越久就越難想到該說什麼。

「妳為什麼打電話給我？」

我坐著再聽他呼吸幾秒鐘，直到我手機的預付餘額用罄。

大約一星期後，他寄電子郵件來說他到倫敦短暫一遊。我已經好幾天除了母親外沒有和任何人說話。我們在南岸見面，並排坐在影院咖啡館的窗邊，面對河水，敘舊了一下；氣氛尷尬，我太容易憤恨不平，每個念頭都拖向黑暗與痛苦。我只有不停地抱怨，雖然看得出來我惹他心煩，但我似乎克制不了自己。

「嗯，我們可以說艾咪活在她自己的泡泡裡，」他打斷我說，「妳的朋友也是，順便說一下，妳自己也一樣。很可能每個人都這樣。只有泡泡的大小不同而已。也或許是那個——你們英文裡怎麼稱呼來著？——表皮——薄膜的厚度，就是泡泡上那層薄薄的東西。」

服務生走過來，我們熱切地注意著他。他走開時我們看著一艘遊船沿著泰晤士河順流而下。

「噢！我知道我想告訴妳什麼事了，」他突然說，啪一聲拍了一下吧檯，弄得碟子嘎嘎作響。「拉明和我聯絡了！他很好，他在伯明罕。他想要我寫一封推薦函。他希望能進修。我們互通了一些電子郵件。我發現拉明是個宿命論者。他寫信給我說：『我來到伯明罕是預期中的事，所以我常常來這裡。』這不是很好笑嗎？不好笑？呃，或許我用錯了英文詞彙。我的意思是對拉明而言未來和過去一樣確定。這是哲學理論。」

「聽起來好像噩夢。」

弗恩又露出迷惑的表情：「也許我說錯了，我不是哲學家。在我看來這意思很簡單，好像在說未來已經在那裡等著你。何不等一下，看看未來會帶來什麼？」

他的表情充滿希望讓我大笑出來。我們恢復了一些往日友好的節奏，坐著聊了很久，我想或許未來我有可能會喜歡他。我逐漸適應了這種想法：我哪裡也不去，不再需要匆匆忙忙，不必趕搭下一班飛機。時間對我有利，如同對所有人一般。那天下午的一切感覺完全開放，讓我有點震撼，我不知道接下來幾天甚或幾小時內會發生什麼事，這是全新的感受。當我喝完第二杯咖啡抬起頭來時，驚訝地發現白日將盡、夜幕已快要降臨。

79 Hola，西班牙文，你好的意思。

之後，他要到滑鐵盧站搭地鐵，對我而言那也是最方便的地鐵站，不過我和他分開選擇了過橋。我忽略兩邊的柵欄，徑直走到中央，越過河，直到抵達對岸。

尾聲

母親生前我最後一次見到她時我們談到了崔西。這說法不夠強烈：實際上崔西是唯一能夠讓我們開口的話題。母親大多時候都累到說不出話來，別人也無法跟她交談，而且她這輩子頭一次對書不感興趣。我轉而唱歌給她聽，她似乎很喜歡——只要我唱的是以前摩城唱片的經典歌曲。我們一起看電視，這是我們以前從未做過的事；我和艾倫・潘寧頓閒聊，他不時進來查看我母親激烈打嗝、糞便的狀況，還有她妄想的發展。他端午餐來，她看也不看更別提吃了，然而在我們相處的最後一天，艾倫離開房間後，她睜開眼睛，彷彿在講述某個明顯、客觀的事實，就像在談論外面的天氣或是餐盤上的食物似的，用平靜、權威的聲音告訴我，該為崔西一家「做點什麼」了。起初我以為她沉浸在往日，過去幾天來她經常如此，後來很快明白她說的是崔西的孩子，雖然提到他們時，她自由地在他們的現實（如她自己的想像）、我們這個小家庭的歷史，以及更深遠的歷史之間遊走：那是她最後一次說話。母親說，她工作得太辛苦了，孩子都見不到她，現在他們要帶走我的孩子，可是妳爸爸人非常、非常好，我時常在想：我是個好母親嗎？我是嗎？現在他們要把孩子從我身邊帶走……可是我只是個學生，還在念書，因為你必須學習才能生存，我是個母親同時我也必須學習，因為妳知道我們任何人只要被發現讀書或寫字就要面臨牢獄之災、鞭刑或更糟的狀況，任何人被發現教我們讀書寫字也會遭受同樣的待遇，入獄或鞭答，那是當時的法律，非常地嚴苛，於是我們的時代和地方就那樣被奪走了，甚至連了解我們的時代和地方都遭到禁止——一個民族所受的待遇再也沒有比這更糟糕的了。不過我不曉得崔西是否是個好母親。我當然盡了全力來撫養他們，但是我很清楚地知道妳爸爸人非常、非常好……

我告訴她她非常棒。其餘的都不重要。我告訴她每個人都在自己的限度內盡了最大的努力。我不知道她是否聽見我說的話。

我在收拾東西時聽見艾倫．潘寧頓順著走廊走過來，用平淡、走調的聲音唱著我母親最愛的奧蒂斯[80]歌曲，講述出生在河邊，從那時起不斷東奔西走的那首歌。「昨天聽到妳唱了這首，」他出現在門口對我說，和往常一樣地爽朗。「妳有一副美妙的嗓子。妳媽媽非常以妳為傲喔，妳要知道，她時常談到妳。」

他對我母親笑了笑。但是她的反應超出艾倫．潘寧頓的理解範圍。

「很顯然，」她低聲說著闔上眼睛，我起身準備離開。「他們應該和妳在一起。那些孩子最適合的去處就是和妳在一起。」

那天下午剩餘的時間我心懷幻想，並非認真考慮，我不如此認為，只是在腦海中播放的一首多彩夢幻曲：一個現成的家庭突然出現在此時此地，填滿我的生活。隔天早晨，我繞著提弗頓遊樂場荒蕪的周邊散步，強風颳過圍欄，吹走為狗扔遠的棍子，然後發覺自己繼續走，往公寓的反方向前進，經過原本會帶我到安寧醫院的車站。母親在十點十二分過世，就在我轉入威爾斯登巷的時候。

崔西那棟高樓聳立在七葉樹之上，與現實一起映入眼簾。這些不是我的孩子，永遠不會成為我的孩子。我幾乎要轉身回去，有如從夢遊中突然驚醒的人，只是我有個新的想法，也許我可以提供別的東西，更簡單、可信的東西，介在母親提供救助的想法與毫無作為之間。迫不及待地我離開小徑，斜穿過草坪，走向有頂蓋的走道。我正要進入樓梯間時聽見了音樂，於是停下腳步抬起頭來看。她就在我上方陽臺上，穿著晨衣拖鞋，雙手高舉在空中，不停地旋轉、旋轉，孩子圍繞在她身邊，所有人都在跳舞。

---

80 Otis Redding, 1941-1967，美國靈魂樂創作歌手，二十六歲時死於飛機失事。

致謝

感謝我的初期讀者：Josh Appignanesi、Daniel Kehlmann、Tamsin Shaw、Michal Shavit、Rachel Kaadzi Ghansah、Gemma Seiff、Darryl Pinckney、Ben Bailey-Smith、Yvonne Bailey-Smith，尤其感謝Devorah Baum，在我最需要的時候給予我鼓勵。

特別謝謝Nick Laird，他第一個閱讀，及時看出時代該如何處理。

感謝我的編輯與經紀人：Simon Prosser、Ann Godoff、Georgia Garrett。

謝謝Nick Parnes、Hannah Parnes、Brandy Jolliff提醒我九〇年代的工作情況。

感謝Eleanor Wachtel介紹我無可比擬的珍妮・勒貢。

謝謝Steven Barclay在我最需要的時候提供了巴黎的一處小空間。

我非常感激Marloes Janson博士，她引人入勝、具有思想深度、啟發靈感的人類學研究：*Islam, Youth and Modernity in the Gambia: The Tablighi Jama'at* 證明是無價之寶，讓我對僅有印象的地方更深入認識，在我有疑問的時候給予我可能的答案，提供這故事許多文化的基礎，還有協助創造小說裡某些場景的感覺與特色。地理說明：在本書中的北倫敦是腦海中的狀態，有些街道可能與谷歌地圖中不符。

Nick、Kit、Hal，我愛你們感謝你們。

國家圖書館出版品預行編目(CIP)資料

搖擺時代/莎娣・史密斯 (Zadie Smith) 著；黃意然譯. -- 初版. -- 臺北市：大塊文化出版股份有限公司, 2021.05
面； 公分. -- (to；123)
譯自：Swing time
ISBN 978-986-5549-85-5 (平裝)

873.57 110005242